U0931346

慕南枝

贰 千里姻缘

吱吱 著

中国出版集团
中国民主法制出版社
全国百佳图书出版单位

图书在版编目（CIP）数据

慕南枝 . 2 / 吱吱著 . —北京：中国民主法制出版社，
2019. 1

ISBN 978-7-5162-1901-0

Ⅰ . ①慕…　Ⅱ . ①吱…　Ⅲ . ①长篇小说－中国－当代
Ⅳ . ① I247.5

中国版本图书馆 CIP 数据核字（2018）第 228899 号

图书出品人：刘海涛
图 书 策 划：谭　军
文 案 统 筹：高文鹏　崔　一
责 任 编 辑：翟琰萍　王　宜

书　名 / 慕南枝 2
作　者 / 吱吱 著

出 版 · 发 行 / 中国民主法制出版社
地　址 / 北京市丰台区玉林里 7 号（100069）
电　话 / 010-63055259（总编室）010-63057714（发行部）
传　真 / 010-63055259
http: //www.npcpub.com
E-mail: mzfz@ npcpub.com
经　销 / 新华书店
开　本 / 16 开　710mm × 1000mm
印　张 / 19.75　字数 / 271 千字
版　本 / 2019 年 1 月第 1 版　2022 年 3 月第 4 次印刷
印　刷 / 北京天宇万达印刷有限公司

书　号 / ISBN 978-7-5162-1901-0
定　价 / 39.00 元

目录

第一章
芳踪难寻

凭什么？！

姜宪冷笑，慌乱的心瞬间就被冻成寒冰，她推开李谦：“我要回宫！”说着便去撩车帘。

李谦没有阻止。

马车缓缓行驶在暮色四合的甬道上，两边都是庄稼田，远处农舍上方浓烟袅袅，如雾般笼罩着不大不小的村庄。

姜宪心中一惊，反过身去诘问李谦：“我们这是在哪里？”就算她再没有常识，也知道这既不是回京的路，也不是回农庄的路。

“我们去山西！”他的脸隐没在昏暗的马车里，看不清表情，一双明亮的眸子却熠熠生辉，仿若夜空中最闪亮的星子，又仿若在黑暗中伺机扑食猎物的豹子。

“不，不，不，”姜宪本能地感觉到了危险，“我不愿意和你去山西！我要回宫……”

“保宁！”李谦略一犹豫，一只手搂住姜宪的腰，另一只手抓住姜宪撩车帘的手，半搂半抱地把她拉回座位上，“我们现在已经出了昌平……”

也就是说，她被他劫持了！难怪他和她说了那么多废话，不过是想拖延时间，转移她的注意。这混蛋，又骗她！明明知道越是这个时候自己越应该冷静，可理智就像一根绷到极致的弦，砰的一声就断了。

姜宪犹如暴怒的小兽，没有章法只求痛快地对着李谦就是一番拳打脚踢："你这个混蛋！居然敢骗我！枉我对你那么好……你还骗我！你，你不要脸！你，你狼心狗肺……"她所受的教育和所处的环境让她只知道这几句骂人的话，只好车轱辘般反复地骂着同样的话。

李谦把她圈在怀里，既不敢用力让她觉得不舒服，又不敢不用力让她挣脱出去，任由她发泄，只好满含愧意地低声向她道歉："是我不好，是我不好，这件事都是我的错。你别生气好不好？以后你想干什么我都依着你好不好？"

姜宪气得直发抖，那句"以后你想干什么我都依着你"还是像钻子一样钻进了她的脑子里。她一把推开李谦，深深地吸了几口气，尽量让自己平静下来，但还是忍不住斜睨着李谦道："你刚才说我以后想干什么你都会依着我？"

"嗯，"李谦点头，望着她的目光中是不容置疑的认真，"你以后想干什么我都会依着你的。"

"那好，"姜宪绽开一个笑容，"我要回家！你立刻送我回家！"

"除了这件事！"李谦柔声道，可姜宪却偏偏听出了决不妥协的冷峻。

就好像从前，她提出减免江南税赋、鼓励没有户籍的流民开荒被李谦否决时一样，不管她怎么说，他都不同意，再深说下去，他就沉默不语地摇头。他待她就像对着个不懂事的孩子，说不通了，就冷着，时间一长，自己就想通了；而她纵然气得默默流泪，却依旧只能妥协……那些委屈和暗地里的伤心，犹如翻滚的岩浆，再次把她的理智淹没。

"我不管，我要回家！我只想回家！"姜宪说着，抬脚就朝李谦踢去，眼泪也不由自主地落了下来，"我只想回家！我哪里也不去！"

这样毫不设防地被踢，纵然是李谦也痛得闷哼一声。他眼神一黯，再次动作轻柔地把姜宪环在了怀里："除了这件事，其他的事我都依着你。"

"你混蛋！你混蛋！"姜宪泪流满面，劈头盖脸地朝李谦打去。

"是我不好，全是我的不是。"李谦温声地哄着她，却不动如山，没有任何放开的意思。

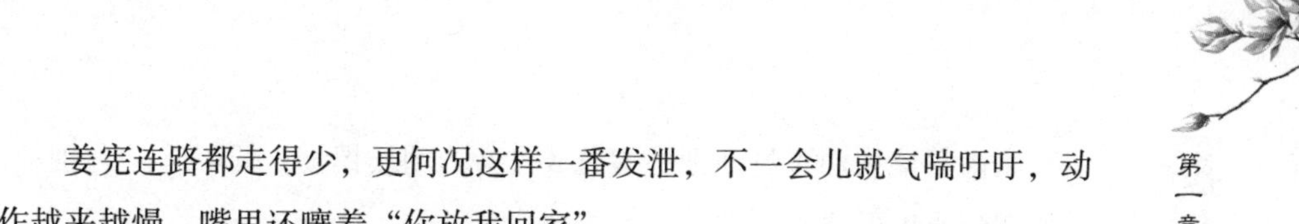

姜宪连路都走得少，更何况这样一番发泄，不一会儿就气喘吁吁，动作越来越慢，嘴里还嚷着“你放我回家”。

李谦松了口气，把她抱在怀里，让她靠在自己的肩上，有一下没一下地抚着她的头发，在她耳边柔声道：“是我不好，都是我不好。你别生气了，我以后都听你的，好不好？我们还要在路上走十几天呢，你身子骨弱，又受不了车船的颠簸，生病了怎么办？我知道我惹你不高兴了，你想打我，我都依着你。可你别生气，生气也是要耗精神的，你没有精神了，怎么打我啊！我倒杯茶给你喝，你再睡一会儿，等你醒了，再找我算账……”

他的怀抱，温暖而有力，让累了的姜宪觉得懒洋洋的，竟然生出几分蒙眬的睡意。可她心底依旧不安，不是对去山西的不安，也不是觉得李谦会伤害她而不安。她只是觉得，他现在再珍惜她，也抵不过日后与李家有利益冲突时要被放弃的结果。她不愿意把自己摆在那么卑微的位置上。

姜宪趺趺撞撞地想推开李谦，可实际上，她不过是疲惫地挥了挥手：“李谦，你送我回去吧，我保证，这件事就像没有发生一样。”她觉得脑子晕乎乎的，身子也有点热，“你应该相信我的为人，我说出来的话，肯定算数。”她知道他是真的想娶她，他只不过是会在更大的利益面前放弃她而已。所以她也没有侮辱他，说什么帮李家升官发财的话。

李谦当然知道姜宪说话算数，但此刻，他却深深地畏惧着她这种品行。如果姜宪答应和他去山西，就算是姜镇元亲至，她也会和他去；反之，就算他跪在她面前，她也不会跟他走。李谦一点也不想继续这个话题了。他要姜宪和他回山西，做他的妻子、他孩子的母亲，其他的，一律免谈。

“我知道，我知道！”他把她搂在怀里，继续柔声地安抚着她，“我们不说这些好不好？你累了，睡一会儿。我带了你喜欢的米糕，只放了一点点的霜糖，还带了玫瑰香露，你要是觉得吃着不香，我们还可以淋点玫瑰香露……”

姜宪心灰意冷，无力和他再争执。再说下去，也不过被拒绝罢了，区别只在是被沉默地拒绝还是嬉皮笑脸地拒绝而已。

姜宪挣扎着，要从李谦的怀里起身。李谦见她面如死灰，推他的力气也像小猫似的，心痛得不得了。要不是他，她也不会受这个罪。可他宁愿千刀万剐，也不愿意放弃她……

李谦只能视而不见地把她抱着放在旁边的矮榻上，低声道："你别动，小心扭到哪里了。"

姜宪懒得理他，闭了眼睛决定休息一会儿。

李谦心中略安，帮她掖了掖被角，低声问她："有没有哪里不舒服？"

他跪在矮榻前，说话的时候，热气蹿到了她的耳朵上，心尖好像都被酥麻得卷了起来。这种陌生的感觉让姜宪很不安，她侧过头去，想离他远一点。

李谦误以为她还在生气，忙解释道："我粗皮糙肉的，我是怕你刚才打我的时候把哪里伤着了……你有没有哪里不舒服？"

要是真的怜惜她，为何不送她回宫？不过是黄鼠狼给鸡拜年罢了。姜宪心头的火噌噌地往上蹿，不由得冷声道："你难道还能帮我上药不成？"

李谦被噎了一下，半晌才悄声道："要不，我把刘冬月叫进来服侍你？"

姜宪抬脚就踹了李谦一下："你给我出去！"

李谦闷哼了一声，好一会儿都没有动静。

姜宪顿时觉得心中惴惴的，不会是踹到他的心窝了吧？

马车里响起窸窸窣窣衣服摩擦的声音，接着就听到李谦在她耳边哑哑地说了声"那我先出去了"，然后就离开了马车。

姜宪并不关心他去了哪里，他既然敢劫她，肯定早有安排。她现在只担心姜律和赵啸他们能不能及时地追上来。

曹太后之所以把李家安排在山西，就是因为山西离京城很近，有个风吹草动李家就能疾行千里前往万寿山救驾。姜家掌握着京卫，山西却是李家的老巢，一旦踏入山西境内，就算是姜律追来，十之八九也讨不了好去。

一旦事情到了两军对垒的地步，就不是李谦劫持了一个郡主这么简单了。

以姜镇元的性子，肯定会灭了李家满门，赵翌也就有借口让姜家交出京卫的控制权了。交了兵权，姜家几代人的苦心经营就会分崩离析，甚至姜家会从此没落，沦为一个不入流的家族。如果事情更离谱一点，赵翌对她还有执念，放过姜家，让她进宫，而她被李谦掳过，不管是否清白，都不可能为后。可如果为妃，就等于把她和姜家一起钉在了耻辱柱上。

姜宪冷静下来，才知道这件事有多麻烦。她不由得揉了揉鬓角，暗暗祈求姜律快点追来，却不愿意去想万一姜律不能及时赶到，她该怎么办……

大兴的田庄里，已经乱成了一锅粥。

姜律阴恻恻地问田庄的管事："还没有找到吗？"

"没有……"管事满头大汗，脸色比姜律还要难看，"到处都找了，没有一点线索。几个角门都好好的，厨房里的东西也没有丢，除了郡主和那个小内侍，其他的人都在田间……"

姜律一下子把手边茶几上的器皿都扫到了地上："谁问你这些？我是让你去查下午的时候有没有人看见什么异常的情况！我难道不知道除了郡主和刘冬月，其他的人都在这里吗？"

茶盅摔碎溅起来的瓷砾划破了管事的面颊，渗出细细的血珠，他直挺挺地站在那里，眼角眉梢也不敢动一下。

坐在旁边太师椅上的邓成禄不忍直视般地别过脸去。

赵啸大步从外面走了进来，神色凝重，道："阿律，我有话跟你说！"

发现姜宪不见后，姜律和邓成禄负责盘问田庄里的管事、仆妇，曹宣和白愫负责盘问姜宪身边服侍的人，赵啸、金宵、王瓒则分头寻找蛛丝马迹。

"我的人在后面的角门处发现了一道车轮痕迹，浅浅的，"赵啸压低了声音，"如果不仔细看，根本发现不了。我手下的这人原是斥候，据他说，应该是辆两轮轻便马车，最多能载三百斤。"

姜律也是行伍出身，立刻明白过来，这种马车轻便，但也走不远："你是说，保宁已经不在田庄了？"

"我觉得是这样的。"赵啸道，"你想想，刘冬月也不见了。"

姜宪身边服侍的人说，姜宪之前在凉亭里玩，已经准备回去了，不知道为什么姜宪突然让刘冬月领着他们先走一步，刘冬月不放心，一个人找了过去，之后就再也没有看见二人。

如果不是晚膳前白愫找过来，姜律还不知道姜宪不见了。

姜律立马道："走，我们去看看！"

邓成禄想了想，追了过去："我和你们一道去！"

"你去了也帮不上什么忙。"姜律嫌弃邓成禄绵柔，"你还是在屋里等着好了。万一阿瓒和金宵回来说有什么发现，你也知道到哪里找我。”

邓成禄知道大家都觉得他是百无一用的书生，可这个时候被姜律婉拒，还是有些难过。

“邓世子！邓世子！”不远处传来曹宣的呼喊声。

“我在这里！”邓成禄忙高声应道，小跑着去了花厅。

花厅里不仅有曹宣，还有白愫，两人的脸色都不太好。曹宣问邓成禄：“姜世子去了哪里？”

邓成禄忙把刚才的事告诉了二人。二人对视一眼，白愫面露挣扎之色。曹宣深吸了一口气，没头没脑地对白愫道：“这件事你不要管了，我会见机行事的。横竖不差这一时，要出事已经出事了。你现在把郡主身边的人都叫到一起，让他们不要随意走动，跟他们说是怕姜世子迁怒，暂时哪里也不要去。”

白愫闻言脸又白了几分，颔首道着“我知道了”，看曹宣的目光却透着几分哀求。

曹宣神色不明，沉默了片刻道：“有些事，不是你我能决定的。”

“我知道了。”白愫说着，眼睛里泛起了水光。

出了什么事吗？邓成禄在心里嘀咕着。白愫屈膝朝着邓成禄行了个福礼，邓成禄慌慌张张地还礼，白愫已退了下去。

曹宣不太瞧得起邓成禄，留下一句“我去看看姜世子那边要不要帮忙”，就往外走。刚出门就看见金宵和王瓒神色凝重地迎面走了过来。

“阿律呢？”王瓒高声地问着曹宣，“我找他有急事！”

“他和靖海侯世子一起出去了。”曹宣朝着王瓒使眼色，言下之意是让他有什么话私底下说。

谁知道王瓒上前几步拉着曹宣就往旁边的观鱼缸去，还悄声道：“金将军不是外人，我们发现后面角门那里有道浅浅的车轱辘痕迹，金将军说，应该是有车经过。可那条路只通往田庄，两边又都是古树遮日，杂草丛生，寻常的人不会往那里走，怕是保宁已经不在田庄了。”

他以为曹宣会大吃一惊，不承想曹宣不仅没有露出惊讶之色，反而像隐隐松了口气。

曹宣看了金宵一眼，道：“靖海侯世子也发现了，姜世子就是和他一起去了角门，你们没有遇见吗？”

“没有。”王瓒微微一愣，“我们沿着那车轱辘痕迹追了过去，但到了山脚，那车轱辘痕迹却不见了，我们不敢追远，觉得这件事还是应该回来和阿律商量。为了节省时间，从正门进来了……”

曹宣立刻道：“那我们一起过去看看。”

王瓒和金宵点头，三个人一起去了李谦接姜宪的角门。王瓒让人去找了姜律和赵啸过来，几个人就站在那里说着各自的发现。邓成禄不知怎地也找了过来，在一旁听着。

事情再明显不过，姜宪不在田庄了，同时失踪的还有小内侍刘冬月。什么人能从田庄里不声不响地把人掳了去？至少这个人是姜宪认识的，不然他一出现姜宪就会呼救。还有刘冬月，在这件事里扮演了什么角色？

姜律揉了揉额头，看了赵啸一眼，对王瓒道：“阿瓒，我有件事要你去办。你现在想办法进宫，查查皇上在干什么，下午有没有召见什么人；还有高岭那里，有没有派什么差事下来。”

这话可谓石破天惊，可不管是赵啸还是金宵，甚至王瓒，都没有露出诧异的表情。

邓成禄不由得失声道：“你们……你们都怀疑皇上……”

姜律迟疑了半晌，道：“除了皇上，没有谁能这样不声不响地掳走了保宁！”

众人都沉默不语。邓成禄背脊冒出细细的冷汗来，战战兢兢地道：“既然只是怀疑，我看还是想办法尽快查清楚这件事是不是皇上做的。不然消息传出来，嘉南郡主就只能嫁给皇上了……”邓成禄说着，看了赵啸一眼。

邓成禄的话让赵啸不由得深深地吸了口气，他是真心喜欢姜宪的，而且他相信，就算是赵翌掳走了姜宪，也不会伤害她的。现在最要紧的是怎么把姜宪不声不响地救出来。但赵翌毕竟是皇上，一旦让他觉得尊严受了冒犯，谁敢担保他不会鱼死网破？

赵啸瞥了邓成禄一眼，对姜律道：“阿律，只要嘉南不改初衷，我亦不会负她！”

姜律欣慰地拍了拍赵啸没有受伤的那只肩膀。不管是真是假，至少赵啸在众人面前表明了态度，也不枉当初姜家和慈宁宫都选中了他。

姜律对王瓒道："你在禁卫军，这件事只有你方便打听。你趁着这个时候城门没关，快点回城，再晚了，恐怕就只能等到明天了。"

王瓒的脸阴沉沉的，难看极了。他默默地点头，一面大步朝外走，一面喊着自己随从问"马备好了没有"。不一会儿，他的身影就消失在了众人面前。

金宵长叹了口气，自责道："要是我没有邀请嘉南郡主到田庄来就好了。"

姜律知道大家心情都不好，安慰金宵道："要真是他做的，就算没有这一次，也会有下一次。"

金宵点头，犹豫了几息的工夫，道："阿律大哥，这件事我也有责任，你需要我做什么，只管吩咐，我也希望能早点找到嘉南郡主。"

姜律感激地朝他笑了笑。

邓成禄却在心里嘀咕，这个金宵还真是长袖善舞，借着这个机会就朝着姜律喊起了"阿律大哥"。如果是皇上掳走了嘉南郡主，他会把她藏在哪里呢？邓成禄望着地面冒出绿芽的杂草，又陷入了沉思。

月色如华地笼罩着茂密的树林，在地面投下斑驳的光影。

李谦盘腿坐在铺了地衣的大树下，敞开上衣，露出腹肌分明的上半身，用红花油揉着胸口的淤青。

不远处的云林纠结了半晌，最后还是轻手轻脚地走过来，低声道："郡主歇下了？"

李谦颔首，手一用劲，发出嗞的一声痛呼。

云林强忍着笑，道："我来帮您吧？"

"不用了。"李谦望了眼寂静无声的马车，目中满是柔情，低声道，"我宁愿更痛一点，代她来罚我。"

或许是夜色太好，或许是佳人就在身边，或许是有些话一直憋在心里没有机会对别人说，李谦顿了顿，又道："我不是没有想过就这样算了。甚至我还想，等过几年，她生了孩子，我买些孩子玩的小物什装作无意间路过福建的样子去探望她，如果赵啸大度些，我说不定还能做孩子的干爹，以后给她的孩子一年添一件花棉袄；就是老了，孩子看在我和她的交情上，偶尔也会来拜访拜访我这位世叔。但我只要一想到她会依偎在赵啸的身边，我就像被人在胸口捅了一刀似的，我不甘心，而且越想越不甘心……明明是我先遇到她的，凭什么让她嫁给别人……就算是老天爷要捉弄我，我也不会任他摆布的。”

云林没有作声。相思成痴，他总感觉有点危险。但李谦是他敬重的人，那些劝阻的话，不应该由他说出来。他陪李谦坐在树下。

空气中弥漫着刺鼻的药水味。

云林看着李谦身上的淤青，想着李谦大约长这么大也没有被人打得这么惨过吧？他道：“要不我们还是走小路吧，这样下去，我们得七八天才能到山西，万一姜律和赵啸追过来就麻烦了。或者我们走快点，晚上也赶路……”

“不行，不行！”李谦想也没想就否决了，“她的身体不好，我掳了她已经很对不起她了，不能再让她在吃穿用度上受苦。”

云林无奈道：“那万一他们追过来……”

“该硬拼的时候就只能硬拼了。”李谦平静地道，一副今后不管遇到什么困境他都会甘之如饴地走下去的模样，“我怎么都不会放手的！”

云林知道此时任何事都不可能让李谦改变主意了，索性道：“那明天让刘冬月骑马吧，我问过刘冬月了，他说他会骑马。”

“还是让他坐马车吧，”李谦道，“嘉南郡主平时身边从来不断人的。让刘冬月白天在马车里睡觉，晚上值夜，这样郡主半夜醒了也有个服侍的人。”

云林想到这一路上刘冬月那既委屈又害怕却一声没吭的样子，就这样让他和嘉南郡主单独待在一起，有些担心：“你看要不要嘱咐刘冬月几句？”现在李谦和嘉南郡主的关系已经够紧张了，若是再有人从中说些什么，谁也不敢保证嘉南郡主不会恨上李谦。

“要不……”云林沉吟道，“你佯装无意地让郡主看到你的伤？女孩子都心软。”

李谦摇头：“我已经骗过她一次了，她也不是普通女孩子，不是我露个伤，服个软，她就能立刻原谅我的。至于刘冬月，他能得了嘉南郡主的信任，就不是愚笨的人，什么话该说，什么话不该说，他比你我还清楚。况且他就是想在嘉南郡主面前进谗言我也没什么好怕的，我做过的事，不会不承认的；我既然敢承认，就不怕别人诟语！”

李谦坦荡无畏的模样让云林半天都不知道说什么。反倒是李谦被他的样子逗得笑起来：“好了，你去歇了吧！郡主不会就这样安安静静地跟我们走的，你路上看好刘冬月就成。我还指望着他服侍郡主呢，把人整没了，现在我再到哪里去找一个刘冬月？”

云林应“是”，却没有立刻离开，问道：“有一天，你会后悔吗？”

李谦沉默了一会儿，笑道：“我不知道以后会不会后悔，但此刻，我很庆幸我按着自己的心愿去做了这件事！”

云林没有作声，静静地看着他。

李谦收敛了笑容的面孔静寂如山，冷峻而认真。

云林转身离开，去巡视夜间戒备了。

李谦很快收拾好了自己，裹了件厚厚的斗篷和衣睡下。

马车里，毫无睡意的姜宪低声和刘冬月说着话：“这里离昌平不远，大公子应该很快就能追过来了。李谦这个人很狡猾，肯定还安排了其他人混淆大公子的视听。你把这条帕子收起来，找个机会系在路边的树上或是其他什么地方，给大公子指个路。”说着，她不免有些后悔，道，“早知道这样，我就应该多戴几件首饰的，随路丢个什么，也能给大公子他们报个信，我看有些书里就这么写的。不过，如果真的丢首饰的话，旁人看见了肯定会捡了去，如果藏起来就白丢了；非得拿去当铺，被人发现是内造之物，然后报了官府……”这样下来，黄花菜都凉了——她恐怕早就到了山西。姜宪想着，又把李谦在心里骂了个狗血淋头。

刘冬月表情呆滞地接过姜宪递过来的手帕，到现在心里还乱糟糟的。他怎么也想不明白，那些戏文里写的故事怎么就发生在了他的身上？嘉南郡主不是和李谦私奔吗？怎么嘉南郡主这会儿却要留了记号让大公子来寻？在田庄的时候，嘉南郡主可是什么也没有说就跟着李谦上了马车……

刘冬月想到这里，再也忍不住了，满目期待地望着姜宪：“郡主，那个李谦是不是劫持了您？”

反正郡主不管是私奔还是被劫持，他这个近身服侍的都是死罪。只不过郡主和李谦私奔他是知情不报，死后连个葬身之地都没有；郡主若是被李谦劫持了，他死了还能落个忠心的名声，好歹逢年过节的时候能享受义庄的香火。相比之下，他当然宁愿是李谦劫持了嘉南郡主。

姜宪一时间有些不知道该怎么回答，她不能让刘冬月因为她的缘故丢了性命。

“这事你别管了，”姜宪道，“你只管照着我的吩咐行事就是了。你千万别和他们对着来，留得青山在，不怕没柴烧。只有人活着，才能有更好的日子过。”

别人看李谦一团和气，很好说话的样子，可在刘冬月眼里，李谦目光坚毅而冷静，偶尔会闪过锐利如刀锋般寒冷的眼神，让他深深忌讳。

李谦因为得罪了嘉南郡主不得不投靠了曹太后，如今他父亲李长青又不得不去山西担任了那个如同鸡肋般的山西总兵，难道他想在走之前报复嘉南郡主一番？

刘冬月越想越害怕，不由得劝姜宪：“郡主，您放心，我不会坏您事的，您交代我的事，一定办到。您犯不着和他们这些人一般见识，有什么事忍一忍也就过去了。李谦那样的人不会有好下场的，等见到了世子爷，见到了太皇太后，有他受的……”

刘冬月的话提醒了姜宪。她刚才只顾着生气了，压根就没有想过李谦会怎样善后。万一姜律和赵啸追了过来，他还真的准备和他们动手不成？万一他真的把自己掳到山西，他准备怎么面对伯父和外祖母？他就不怕被满门抄斩？

姜宪腹诽着李谦，心里却隐隐冒出些许的异样来。“前世”他没有这么早遇到自己，安安稳稳地一路做到了总兵；现在，却把事情弄得一团糟。她想想就觉得头痛，不禁揉了揉鬓角。

刘冬月看着担心得不得了，忙道：“郡主，您是不是不舒服？哪里不舒服？”

“我没事，就是觉得这件事挺麻烦的。这几天辛苦你了，等回了宫，我会请太皇太后升你做从四品的少监。”

刘冬月喜出望外，想跪下来谢恩，却没有地方，只好道：“郡主，我一定会照您的吩咐行事的。”从四品的少监他是不敢想了，能免了死罪他就要给嘉南郡主磕九个响头了。

姜宪点了点头，这才觉得困得不行，打着哈欠躺下，迷迷糊糊地睡着了。刘冬月原本还想和姜宪再说几句，见状只好把话咽了下去，坐在一旁守着姜宪。四周静悄悄的，只听见虫鸣，连个说话的人都没有，刘冬月掐了好几次自己的大腿才勉强守到了天色透出些许的白来。

李谦叩了叩马车，问："郡主起来了吗？"

刘冬月恨不得杀了李谦，但又怕得罪了他让姜宪为难，只得压下心中的怒火，声音低沉而又不失恭敬地道："郡主还没有起呢，平时郡主要歇到卯时才醒。"

李谦听了并不意外，觉得这才是姜宪的做派："我们要赶路了。我让云林放桶水在车上，你就在郡主的车上待着，等郡主醒了，你服侍郡主梳洗。"

说完，也不等刘冬月应答，声音模糊地不知道和谁说了几句话。昨天那个看着他的人就提了桶水放进来，放下车帘，马车直接动了起来。

刘冬月愕然，他以为李谦说完这话，怎么也会让嘉南郡主洗个脸、上个官房什么的，不承想李谦说走就走，一点也不含糊。刘冬月的心突然沉甸甸的，看来从前是他小瞧了李谦。他轻轻推了推姜宪："郡主，您快醒醒，那李谦不知道把我们又往哪里带呢。"

姜宪睡眼惺忪地坐了起来："我们又上路了吗？"

刘冬月应声"是"，倒了杯热茶给姜宪。

姜宪喝了茶，总算是清醒了一些，问道："从京城去山西需要几天？"

刘冬月也不知道。

姜宪沮丧地道："山西是李家的地盘，他肯定要日夜兼程地往山西赶，我们还能阻止他不成？他要赶路就赶吧，你只记得把我让你做的事做好就行了！"

刘冬月知道姜宪的话在理，想想也有些失落，安静地服侍姜宪梳洗。听到动静的李谦拿了盒点心进来，温声道："路上也没有什么好吃的，你先垫垫肚子，晚上的时候我们再吃顿好的。"

姜宪道："我们要进城吗？"

李谦闻言笑道："你想去城里看看吗？"

她不想，但是他们现在一刻不停地赶路，她哪有机会给姜律报信呢?她只想利用进城的工夫把头上唯一一朵内造的堆纱宫花丢在城门口。

“随你。”姜宪道，“我还没有看过京城之外的集市呢！”

李谦笑望着她，目光温煦道：“等到了山西，你想到哪里逛我就陪你到哪里逛。”

这混蛋，还不如直接回绝她算了。姜宪上前，啪地甩了下车帘，硬生生地打在李谦的脸上。

李谦苦笑。

车帘内的刘冬月却神色大变，惊恐地低声提醒姜宪：“郡主，忍字头上一把刀，您一定要忍住了。”

她凭什么要忍李谦，让自己受委屈？姜宪道：“李谦，我要喝鸡汤！喝热气腾腾的鸡汤！”

李谦探进头来，笑着说“好”，用商量的口吻道：“午膳的时候用行吗？”

“现在！”姜宪挑了挑眉，眉宇间有着毫不掩饰的挑衅，“我不喜欢吃点心，咽得嗓子疼。”

“好啊，”李谦笑道，“过一会儿就有鸡汤喝了！”他笑得镇定而从容，好像在告诉她，不管怎样折腾，我都有办法解决，你只管闹腾。

姜宪气结，又甩了一下车帘子。

刘冬月看得胆战心惊，忙在一旁小声地道：“郡主，郡主，我们就吃点心好了，点心也很好吃。”

姜宪正在气头上，闻言回头瞪了刘冬月一眼：“你什么意思？李谦都说有鸡汤喝了，你反而让我吃点心，你难道让我一天三餐都吃点心不成？”

刘冬月急起来，焦急地道：“郡主，我们现在还落在李谦手里呢！”

姜宪冷笑道：“我还怕他不成？”

刘冬月被她理直气壮的口吻惊呆了，半天都没有回过神来。李谦一看就是个有主见的，一次两次地给他甩脸他能忍，这时间一长，他要是脾气上来忍不住可怎么办？

“郡主，人在屋檐下，不得不低头。”刘冬月劝姜宪，“您看，当年的韩信，还受过胯下之辱，他最后还不是名留青史……”

姜宪没想到刘冬月原来这么啰唆，打断他道：“那韩信最后还死于长乐宫的钟室呢！”

刘冬月语塞，还在想着再找个什么适合的人物比喻，姜宪已压低了声音道：“你别管这些，只管把我交代的事做好就行了。”

说到这里，刘冬月打起了精神，他们这一路疾行，那帕子还没有机会挂到路边的树上：“您看，要不要把您手上戴的那串小叶紫檀的十八子佛珠挂在树上？那是御赐之物，比较明显，镇国公世子爷未必认识您的手帕。”

姜宪觉得有道理，便把手上的佛珠取下交给了刘冬月，帕子也没有要回来：“不管是系个帕子还是挂个佛珠，你自己看着办吧！”

刘冬月应诺，小心翼翼地把佛珠放进了兜里。

马车渐渐地慢了下来。

李谦撩帘上了马车，手里还提着个食盒：“喝点鸡汤润润嗓子。”说着，打开了食盒，里面除了一碗鸡汤，还有一碟糟鹅、一碟青菜、一小碗米饭、一小碗白粥，“天气渐渐热起来，我怕你食欲不振，就让他们多准备了白粥。你要是不想吃米饭，就喝粥好了。”他一面说，一面帮姜宪摆着碗筷。

姜宪当然不是真的要喝鸡汤，她不过是想刁难李谦。他这样举重若轻地应对，她还有什么兴趣继续和他闹腾，虽然不饿，但还是拿起筷子吃了起来。

刘冬月望着那碗还冒着热气的鸡汤，不由得敬畏地看了李谦一眼。马车根本没有停，李谦却能弄来这样一顿饭菜，他不用想都知道，李谦这是安排人快马加鞭地跑到前面集市买回来的。李谦难道不怕留下痕迹吗，或者他还有什么后手？要不，就是他背后有人撑腰！刘冬月想到了曹太后，顿时慌张起来。曹太后是个做大事的人，不可能无缘无故地让李谦劫持郡主，她到底想干什么？

刘冬月越想越害怕，身子朝马车的角落里缩了缩。他不动还好，他一动，李谦就注意到了他，道：“刘公公要不要去补个觉？”

刘冬月看了有些心不在焉的姜宪一眼，想到自己刚才的猜测，强装镇定，道：“我还要服侍郡主用膳。”

李谦也不勉强，出了马车。

姜宪却目光闪烁地叫住他：“你们不用膳吗？”

“我们要赶路。”李谦笑笑，很耐心地回答她，“带了干粮，就在马背上解决。”

姜宪没有作声，点了点头。李谦帮他们放下了车帘。

因为心里有事，姜宪勉强吃了几口粥就不想吃了，把剩下的饭菜赏了刘冬月。

用膳后，刘冬月把东西收拾好了，探出头去看。马车走在一条土路上，但道路平坦，可容两辆马车并行。难道他们走的是官道？

刘冬月的心怦怦直跳。

李谦身姿矫健地骑着一匹枣红色大马走在他们身边，他旁边是云林。见刘冬月探出头来，李谦问："有什么事？"

刘冬月拿出食盒："还烦请您派个人拿走。"

李谦点了点头，云林接过了食盒。

刘冬月缩了回去。

云林把食盒交给了身后的人，低声道："您就这样任她胡闹？"

李谦斜睨了云林一眼，道："她不会胡闹的，她只是在试探我。"

云林默然。

刘冬月却扑到姜宪的身边，声音急促地喊了声："郡主，我们走的好像是官道！"

姜宪听了一惊："你看清楚了？"

"应该是吧……"刘冬月磕磕巴巴地把刚才看到的告诉了姜宪，"如果不是官道，怎么会这么宽，这么平坦？"

"周围的人多吗？"姜宪问。

刘冬月眨着眼睛，可怜兮兮地望着姜宪："我……我没敢多看。"

姜宪顿时气不打一处来，道："你就不能用点心啊！"

刘冬月低着头，不敢作声。他只要一想到这件事与曹太后有关系，心里就发寒，忙把自己的猜测告诉了姜宪。

姜宪有些哭笑不得，谁都有可能支持李谦掳了她，只有曹太后不会。李谦娶了她，就是和姜家联了姻。以姜家对她的重视和姜家的实力，李谦倒戈是迟早的事。若两家只是想保持表面的和睦，有白愫和曹宣的联姻就够了。可她怎么好意思告诉刘冬月李谦是想要她这个人呢？

姜宪只好支支吾吾地道："肯定不是曹太后。李谦是曹太后的人，我在李谦手里，姜家和太皇太后第一个怀疑的就是曹太后，她不会做这种蠢事的。”

刘冬月挠了挠脑袋：“那李谦到底想干什么？他把您劫持了能干什么啊，用您威胁镇国公？他以后还要不要在朝廷立足了……”说到这里，他像突然想起什么来了似的，面露惊恐，“郡主，他们在我们面前一点也不掩饰，难道他们准备杀人灭口？”

刘冬月第一次感觉到死亡离自己这么近，忍不住浑身发抖。

姜宪觉得刘冬月有些莫名其妙，道：“你害怕什么啊？李谦不会杀了我们的。”

刘冬月还想说什么，就听李谦隔着帘子问他们：“郡主，前面有个小村庄，我让刘冬月领着你出来散散步，一刻钟后我们启程。刘公公，你先出来一下，让云林告诉你怎么走。”

两人不知道发生了什么事，互看了一眼。刘冬月乖乖地出了马车。

李谦上了马车，温声问姜宪：“累吗？”

“累！”姜宪懒洋洋地靠在大迎枕上，语带讥讽地道，“难道我说累你就会停下来不走了？”

李谦闻言沉默了片刻，道：“的确不能停下来不走，但你可以睡一觉。赶路的时候睡觉会觉得时间不是那么无聊。”

姜宪别过脸去，一副懒得理他的模样。

李谦无奈地笑笑，退出了马车。

刘冬月爬了进来，低声道：“郡主，前面有个村庄，他们找了这里最大的乡绅，借了那乡绅家的官房……”言下之意，是说马车特意停在这里，是为了让姜宪如厕。

姜宪脸色通红，却不得不接受李谦的好意，不然等会儿她就只能在路边的草丛里解决了，那她宁愿憋死。

刘冬月扶着她下了马车，她这才发现马车是停在那乡绅家院子里的。估计是清了场，不大不小的三进四合院里静悄悄的，东西也都收拾得干干净净，像是提前打扫过了。

姜宪由刘冬月服侍着上了官房，又用澡豆洗了手，才重新回到马车上。

李谦骑着马走在马车一侧，认真地守护在旁。

姜宪的心情却沉重起来，李谦不仅走的是官道，而且大大方方，连个装扮都没有改，一副根本不怕别人认出他来的模样。可他不是那种狂妄自大、骄纵鲁莽之人。在姜宪的印象里，李谦不仅深谋远虑，而且心思缜密、果敢刚毅……他怎么会犯这样的错误？这只能说明一件事——李谦压根就不怕姜律追上来。

姜宪怎么想也想不明白，出了这样的事，谁还能帮李谦兜着？

刘冬月已经有十五个时辰没有合眼了，挺过了最初难熬的时辰，又开始打瞌睡，可他哪里敢睡？他狠狠地朝着自己的大腿连掐了好几下，才悄声对姜宪道："郡主，我把您的帕子系在了官房外面的树枝上。"

姜宪漫不经心地点了点头。

刘冬月轻声道："郡主，我看那个李谦还挺懂事的，知道给您安排官房的时候找一家最干净的，还在官房旁的镜台放了盒澡豆。我仔细看过了，凭那乡绅家的陈设，肯定不知道什么是澡豆，那澡豆定是李谦随身带着的。您说，我们要不要和他谈谈条件？这人生在世，不外名利两字，他有什么要求，别人能答应的，我们一定能答应……"

姜宪冷冷地斜视了他一眼，刘冬月把没有说完的话咽了下去。

姜宪若有所思。李谦敢这样行事，不外乎两个可能。一个可能是不怕姜律找来，可这几乎不现实；还有一个可能就是李谦京中有人，而且这个人会左右姜律的决定，甚至是让姜律走入歧路，并且，李谦有足够的把握这个人能成事！

姜宪想到这里顿时坐立难安。姜律是镇国公府未来的继承人，如果他身边有这样一个人，镇国公府岂不是危如累卵！

姜宪再也坐不住了，吩咐刘冬月："快帮我喊李谦过来！"

刘冬月忙探出头去喊李谦。

李谦立刻就上了马车，问姜宪："怎么了？"语气十分柔和。

姜宪却毫不客气："在姜律身边的那家伙是谁？"

李谦的目光闪了闪，他知道姜宪聪明，可没有想到她会聪明到这种程度。李谦望着这样的姜宪，心底莫名涌现出一股与有荣焉的骄傲来，而那些低拙的谎言对姜宪则是一种侮辱。

"我不能告诉你，"李谦坦然地凝视姜宪，"就算你猜出来了是谁，我也不会承认的。"

姜宪气得要命，拿起手边的迎枕就朝李谦砸了过去："你知不知道这件事有多严重？姜家要是因你的缘故受到伤害，我和你就是死仇！"

李谦胸口一滞，瞬间连呼吸都困难起来。死仇？她怎么会这么想？李谦望着姜宪的目光中闪过一丝茫然和无措，好半天才勉强露出了个笑容道："保宁，我永远都不会伤害你的，更不要说能护着你的姜家了。"他说着，顿了顿，又道，"至于我留在京城里的人，并没有恶意，也不可能会伤害到姜家……你以后就知道了。"

姜宪冷笑。那种冷，是从心底散发出来，拒他于千里之外的冷。不像往日，纵然是发脾气，也带着几分嬉闹，当不得真。

李谦心中苦涩，他做这个决定的时候就应该知道姜宪会对他失望，甚至厌恶。可他当时也曾问过自己，如果事情走到了那一步，他还要去京城吗？他不应该去，但他一想到姜宪给赵啸整理那些药材时的模样，心里就像被猫抓似的，坐立不安。他最终还是决定悄悄潜回京城，并且暗暗告诉自己，不管姜宪怎样为难他，他都会好好待她，弥补自己对她的伤害。他没有想到的是，当真正面对姜宪的冷眼时，他会痛得几乎要弯下腰去。

李谦深深地吸了一口气："保宁，要不我发个誓好不好？我保证不会伤害到姜家……"

姜宪听着就觉得烦。当姜家和李家没有利益冲突的时候李谦当然不会伤害到姜家，可有利益冲突的时候呢？就算李谦在自己面前表现得像只绵羊，那也是匹披着绵羊皮的狼，骨子里的东西是没有办法改变的，有机会吃肉的时候，怎么可能吃素？姜宪觉得自己从现在开始应该正视李谦，不能因为他年纪还小，喜欢给自己送东西，喜欢向自己讨主意，喜欢和自己谈天说地就真把他当成懵懂无知的少年，而要把他当成未来的西北王，当成雄霸一方的霸主。

"算了！"她打断了李谦的话，"我相信你此时并不想伤害姜家，你既然说这件事以后我会知道的，那我们以后再说好了。你赶路也很辛苦，不用管我了，我这边有刘冬月服侍。"说完，她打了个哈欠，示意李谦可以出去了。

李谦脸上的笑渐渐隐去，神情慢慢地黯淡起来："那你先休息吧！"分明的五官透露出些许颓然，他深深凝视了姜宪片刻，转身出了马车。

刘冬月长吁了口气。这个李谦的气场太强，他不高兴的时候，整个马车里都弥漫着逼人的凝重，他一走，马车里的气氛都轻快起来，连刘冬月的瞌睡也回来了。

“郡主！”他忙将刚才砸出去的大迎枕拽过来，殷勤地放在姜宪的身后，“您快歇会儿吧，您昨天可只睡了两三个时辰，那李谦连吃饭喝水都在马上，谁知道今天晚上是宿营还是继续赶路，我们可得早做打算。”不过几句话的工夫，他已一连打了七八个哈欠。

姜宪这才意识到刘冬月昨天晚上一夜没睡。她心生愧意，忙道：“你别管我了，快去歇了吧！”

“郡主不歇息，我怎么睡得着？”刘冬月道，“奴婢服侍郡主歇了再去休息也不迟。”

姜宪看他站都站不稳了还关心着自己，心中很是感动，点了点头，躺下歇了。

刘冬月自然不敢歇在这里，也不敢吩咐李谦，他叫了云林停车，爬上后面的那辆马车补觉去了。

京城，慈宁宫。

镇国公夫人房氏正笑盈盈地和太皇太后说着话：“我可不想委屈了这孩子，就想着给她准备的这些出阁之物还是让她亲眼看看才好，若是还缺什么，我也可以及时补上；若是不喜欢，也可以及时换了。”

“正是，正是。”太皇太后只要一想姜宪要嫁人了，自己百年之后有人照顾姜宪，就笑得合不拢嘴，“她昨天跟着阿律去了田庄，我闲着无事，把我库房里的东西整理了一番，看到好几件适合给保宁做嫁妆的，你等会儿和我去看看。我年纪大了，又久居慈宁宫，选的东西怕是不符合小姑娘的眼光了。你帮我看看，不行就请造办处那些金银匠重新回炉，打新的款式。”

房氏一听就知道是金银饰物。太皇太后历经三朝，多的是好东西。房氏很想去看看，可想到儿子请她进宫时的嘱咐，只好压下心底的好奇：“您选的东西还有不好的？今天不早了，我得出宫去了，改天再来和您仔细商量。”

宫里的规矩，进宫觐见的臣子通常都在午时以前出宫，有留膳的，申正必须出宫。再晚宫里就要落锁，京城也要宵禁了，那时候再出宫就十分不方便了。

太皇太后听了笑着直点头："你不是说想让保宁在田庄多待一天吗？我看也不用选什么时辰了，你明天再进宫好了，晚上歇在我这里，后天再出宫去，正好也不耽搁你接保宁去镇国公府小住。"

最主要的是姜宪要出嫁了，有些女儿家的事还需要房氏指点，这个时候回镇国公府住几日对姜宪是有好处的。这也是房氏进宫的目的，借口姜宪回镇国公府小住，把姜宪失踪的消息先瞒着太皇太后。房氏忙笑着应了，起身告辞，从神武门出了内宫。

在神武门门前等她的，是姜含。

房氏看见他，在太皇太后面前的伪装瞬间坍塌，质问道："阿律呢？怎么是你在这里？"

姜含神色肃然地说道："阿律哥和阿瓒去了高岭那里，怕伯母这里没有人照顾，就让我来接您。"

房氏一面由姜含扶了自己上马车，一面问他："阿律是怎么和你们说的？"

"也没说什么。"姜含道，"阿律哥说，人手不够，让我来帮帮忙。我爹那里，还都不知道。"

房氏这下放下心来，在马车里坐稳了，道："皇上那边有消息吗？"

"没有。"姜含也跟着上了马车，神色间难掩失望，"昨天阿瓒紧赶慢赶还是没能进城，只好在城门外等了一夜，城门一开就进了城。结果该查的都查了，还是一点影子也没有。阿律哥说，现在只能求助高岭了，看能不能从他那里知道些什么。靖海侯世子爷则去找孙德功了。"说到这里，他语气微顿，"还有承恩公，一直跑前跑后的，陪靖海侯世子爷去了孙德功那里……"言下之意是等会儿若是见到曹宣对他客气点，人家毕竟是在帮他们。

房氏却想着其他事，闻言胡乱地点了点头，有些拿不定主意地和姜含商量道："我看这件事，还是得告诉国公爷。你们小孩子有自己的门路，当然是好事，可保宁这事却容不得一点闪失，越快找到她越好，国公爷的门路可比你们要多。"

姜含也这么觉得："到现在都没有消息，我觉得是应该请国公爷想想办法了。"

房氏见姜含也这么说，没等到家就派了人去五军督都府喊姜镇元回家。姜镇元自娶了房氏之后，是第三次在他当值的时候被房氏叫回来，第一次是镇国公府老国公爷去世，第二次是姜镇英去世。姜镇元接到消息立刻就回了镇国公府。

夫妻俩在大门口遇上了。姜镇元神色焦急地上了房氏的马车，房氏忙把姜宪失踪的事告诉了姜镇元。他半晌都没有回过神来，姜家掌握着京卫，姜宪由姜律陪着，却在大兴的田庄里不见了。

他的拳松了又紧，紧了又松，好一会儿才压制住对姜律的失望和对姜宪的担忧："这件事我会处理的，你就别管了。想办法别让太皇太后知道，她老人家年事已高，我怕她受不了。"

"我知道轻重。"房氏答着，忧心忡忡地下了马车，进了内宅。

姜镇元则去了书房等姜律。

姜律和王瓒从高岭那里出来，情绪有些低落。听高岭的语气，赵翌这两天一直忙着给万寿山送东西，并没有其他事交代下来。难道姜宪不是被赵翌掳走的？

姜律从姜宪不见就没有合过眼，想到等会儿还要去见自己的父亲，不由得揉了揉有些发僵的脸，问王瓒："你是和我去镇国公府休息还是先回家，我们等会儿再碰面？"

"我和你回镇国公府。"王瓒看上去既疲惫又憔悴，仿佛一阵风吹过来就能让他倒下似的，看上去很不好，"我这样回家去，我爹问起来我都不知道说什么好。"

"那好，"姜律觉得王瓒的顾虑很对，"那你就和我一起回去好了。"

王瓒茫然地颔首。

两人上马，王瓒几次都没把脚伸进马镫。姜律正要扶他一把，有人在他们背后喊着"阿律哥"。

姜律回头一看，是金宵和邓成禄。还没有等他和两人打招呼，金宵已上前给姜律行礼，十分关心地低声问："郡主有消息了吗？"

清晨一进城，姜律就准备和赵啸几个分道扬镳，这毕竟是姜家的事，若是姜宪出了什么事，也应该私下解决才是，他不想让别人看姜宪的笑话。

赵啸一听就急了，道："阿律哥，都这个时候了，你还把我当外人吗？"

姜律在心里琢磨着，赵啸为了娶姜宪连皇上都得罪了，不管以后姜家和靖海侯家是否能结亲，赵啸的诚意是值得尊重的。何况现在赵啸和姜宪已经在说亲了，赵啸还对姜宪一往情深，这个时候不让赵啸帮忙，于情于理都说不过去。赵啸精明能干，他愿意帮忙，自己正好多了个强有力的帮手。姜律略一思忖就答应了。

谁知道曹宣也提出来帮着一块儿找姜宪："虽然说两家的大人有些误会，可我们这些做晚辈的好歹是一块儿长大的，我和保宁玩不到一块儿去，可也希望她能过得好。禁卫军那边我还认识几个人，你们有需要，我多多少少也能帮把手。"

曹太后执政十年，曹家就风光了十年。瘦死的骆驼比马大，谁知道曹家还留着什么底牌！曹宣愿意帮忙，说不定真的能打听到些什么。况且现在曹家和白家联了姻，两家也算是盟友，正好趁着这个机会冰释前嫌。姜律自然答应了。

金宵和邓成禄闻言也要跟着一起去找姜宪。他们一个是外地人，京城的几个城门叫什么都未必说得清楚；一个虽然是从小就在这皇城根下长大的，可比大姑娘还要老实，连自己家胡同口住的那户人家姓什么估计都不知道。让这两个人帮着去找人，说不定人没有找到，就弄得人人侧目。姜律费了好一番口舌才把这两个人劝回了家。不承想这才过了几个时辰，他俩又找了过来。

姜律不由得道："你们两个怎么凑到一块儿了？"

金宵回道："我们既担心郡主，又怕自己能力不足，给阿律哥和靖海侯世子添乱。"他说着，看了邓成禄一眼，"我们两人就商量了下，干脆给你们跑腿好了！别的不敢说，至少我们的嘴还算紧，知道什么话能说，什么话不能说。也免得你们没有人手用。"

姜律听了这话颇有些感激："我这不是怕委屈了你们吗？"

“阿律哥说的什么话！”金宵忙道，“承蒙阿律哥看得起，把我当朋友，这朋友可不仅有通财之谊，还要有兄弟之意。阿律哥再这样说，我会以为阿律瞧不起我，没有把我当朋友看待的。”

姜律是个爽快人，听了这话不由得笑着拍了拍金宵的肩膀，道：“行啊！难得你有这心，那就一起吧！”

金宵和邓成禄的加入，能帮他不少忙。

两人高兴地跟着姜律和王瓒去了镇国公府。

姜镇元听说两人主动帮忙，也没有多说什么，让来禀告的小厮带着四人一起到书房去。

金宵见到了自己的偶像姜镇元很激动，一反在同龄朋友面前的伶牙俐齿，恭敬而持重地给姜镇元行礼。或许是道不同不知深浅，邓成禄见到姜镇元的时候就镇定从容多了。

几个人分主次围着姜镇元的书案坐下来，坐在书案后的姜镇元，目光落在了王瓒的身上：“阿瓒，这两天辛苦你了！”他在心里暗暗叹了口气，如果姜家不是国公府，如果王家没有出了个太皇太后，这两个孩子多般配，“保宁的事与你们无关，你们不要自责。不管是谁掳了她去，都是有用意的。我们纵然这一两天没找到她，三四天内必定有消息，她又不是在街上被人拐了去，茫茫人海没有个寻处。”

要说焦急，姜镇元比谁都焦急，可看到王瓒像去了半条命一般，再多的责怪他也没办法说出口。

王瓒抬头看了姜镇元一眼又很快垂了眼帘，瓮声瓮气地道：“伯父您别说了，这件事全是我的错，是我们把她带出去的，如今人丢了，您……您就打我一顿好了。”他说着，突然间眼泪滚滚，起身就跪在了姜镇元面前。

姜镇元忙上前拉住了王瓒，怅然道：“你这孩子，不要出了事总往自己身上揽，要怪，也该怪阿律，他是你们的大哥……”

那边姜律早已上前搀了王瓒的胳膊，伤心地道：“阿瓒，你别这样，是我没有照顾好你们……”

三个人拉扯了半天才重新坐下。

金宵看着不禁在心里想，自己这个相邀的是不是罪魁祸首啊！只是还没有等他开口说话，姜镇元道：“你们都不要说了，若是心存内疚，这几天就拧成一股绳，想办法尽快把保宁找到。”

金宵几人连连点头。

姜镇元问起赵啸：“他那边有什么消息没有？”

姜律恭谨地回道：“我们约好了不管有没有消息，酉时都在国公府碰头。”

姜镇元倾身去看明间里的更漏。

金宵已机敏地站了起来，道：“离酉时还有一刻钟。”

姜镇元点头，对姜律道：“那你就说说去见高岭的事吧。”

姜律颔首，详细地说了起来。

不一会儿，赵啸和曹宣到了。给姜镇元行过礼后，姜镇元没有废话，直接问起了姜宪失踪的事：“你们把事情的经过一五一十地告诉我，包括你们之前都在干些什么，之后人都在哪里、看见听见了些什么，有没有哪里觉得不对劲的地方——不管有没有证据，不管是不是觉得匪夷所思，都要一一告诉我。至于皇上那里，我已经派人去查了，你们就不要插手了。”

第二章

各方博弈

姜律几个到底都还年轻，现在有姜镇元出面，事情就好办多了。几个人精神一振，各自说起各自知道的情况。

姜镇元仔细地听着，不时问几句，大家就顺着他的话开始回忆当时的情景。

等姜镇元问完了话，已是亥正时分。大家都没有用晚膳，说话的时候还不觉得，此时谈话告一段落，都感觉到饿得不行了。

姜镇元很是歉意，忙吩咐早已等候多时的厨房的人上菜。他什么也吃不下，又怕自己在这里几个孩子会感觉拘束，索性留下姜律作陪，自己一个人回了内室。

房氏也一直关心着书房里的动静，见姜镇元回来，忙上前帮他更衣，又亲自摆了碗筷服侍他用膳。

姜镇元看着围在自己身边忙得团团转的房氏，不由得长长地叹了口气，道："你明天什么时候进宫？"

房氏叮嘱了贴身的大丫鬟给姜镇元上茶之后，挨着姜镇元坐下："明天卯时就走。"镇国公府离紫禁城不远，去早了太皇太后还没有起来。

姜镇元道："那你就趁着这个机会和太皇太后把保宁的嫁妆定下来吧，

也免得她老人家闲着没事听到什么风声。”

如果姜宪最后嫁给赵翌，礼部的聘礼不会少，他不想委屈了姜宪，就得给她准备相应的陪嫁；如果是嫁给赵啸，那更得准备丰厚的陪嫁了。

“公主府的东西是留给她的，镇国公府除了老祖宗们留下来的东西之外，一分为二，一半留给阿律，一半给保宁带走。”姜镇元怕房氏心里不痛快，解释道，“虽说钱财是身外之物，可没有这些身外之物，日子也过不好。这些东西给了保宁，是防身保命的东西；给了阿律，也不过是多吃几顿好的、多穿几件衣裳罢了。好男儿志在四方，我相信我们悉心教养出来的阿律不是那种吃祖宗饭的人。”

房氏连连点头，柔声道：“您从前就跟我说过，家里留太多的钱财，子孙们不免花销无度，反而容易把孩子给养坏了，原本能建功立业的，最后只知道吃喝玩乐。阿律的事，我听您的，您说怎么办就怎么办好了。我也是从姑娘走过来的，姑娘家的难处我知道，您不用担心我心里不舒服。”

姜镇元不由得感激地捏了捏房氏的手，低声道：“妻贤无祸事，我真庆幸岳父当初把你嫁给了我。”

房氏心里甜蜜蜜的，面上却红得能滴出血来。

夫妻俩商定了姜宪的嫁妆，房氏再去宫里，就主动了很多。太皇太妃作陪，她和太皇太后坐在大树底下对着姜宪的嫁妆单子。

太皇太后拿下夹在鼻梁上的老花镜，仔细地打量着房氏。房氏圆润的脸庞虽然难掩眼角的皱纹，却神色温柔，优雅又从容。

“我脸上有什么不妥的吗？”感觉到太皇太后目光的房氏不解地抬头，摸了摸自己的面颊和头发。

“没有，没有。”太皇太后把老花镜交给身边正在誊抄嫁妆单子的孟芳苓，笑道，“这是你们镇国公府一半的家当了吧？这肯定是镇国公的意思，可你若是不同意，他也不好拿这样的主意。”她说着，一只手握住房氏的手，另一只手拍了拍房氏的手背，“你很好，很好！”

房氏赧然地低头。

太皇太后又道：“你们也不必如此宠着她，有时候，钱财才是惹事的祸端。等会儿芳苓把单子抄好，我挑几样给保宁当陪嫁就行了，其他的，你们还是留给阿律好了……”

房氏急起来，要说什么，太皇太后朝着她摆了摆手，示意她不要再说：“你们要是觉得心里过意不去，等到我那重外孙出生了，你们再给保宁做做面子。”到时候她肯定不在了，保宁就更需要倚仗镇国公府，有了这样一番来往，不管以后保宁过得怎样，都没人敢怠慢她了。

房氏明白了太皇太后的用意，照着太皇太后的意思安排着姜宪的嫁妆。

第二天离宫的时候房氏眼睛还是花的，不禁对身边体己的嬷嬷笑道：“我看我也得学太皇太后配副眼镜才行！”

这位嬷嬷夫家姓黎，原是房氏的陪嫁丫鬟，后来嫁了姜家做管事的世仆，大家就改了称呼，年轻的时候称黎大嫂，如今称黎嬷嬷了。

黎嬷嬷笑道：“那眼镜虽然是稀罕物，我也是第一次见到，可我听宫里的人说，这东西是西洋进贡的，那就是要通过市舶司了。那靖海侯府在福建，一副眼镜还不是世子一句话的事？”

朝廷有三处市舶司，其中就有一处设在福州，正是靖海侯府的辖地。

姜宪失踪的事，房氏连黎嬷嬷都没有告诉，她支支吾吾地把这件事给揭了过去，回去却得知姜镇元在家里，没有去五军都督府。

房氏不由得大惊失色，没有更衣就去了姜镇元在内院的书房。

姜镇元正像困兽似的在屋子里打转，见房氏进来，把身边服侍的都遣了下去，压制不住焦虑地低声对房氏道：“皇上这几天忙着和内阁辅臣们商讨苏浙税赋的事，压根没有派人去过田庄……”

房氏脸都白了，失声道：“那保宁去了哪里？”

“不知道。”饶是姜镇元，目光中也闪过一丝茫然，时间拖得越久，对姜宪就越不利，“我已经让人去查这些日子有什么人出过城了，只是涉及的人太多了，不知道会不会有漏网之鱼。我也让阿律问掌珠了，看能不能问出点什么，赵啸几个那里，我也让他跑一趟……”

房氏忧心忡忡，保宁，不会有什么事吧？

被房氏惦着的姜宪此时正坐在荒郊野外的一片树林里啃着咸菜和馒头。

刘冬月心疼得眼泪都快落下来了，他闭了闭眼睛，给自己打了半天的气，才大着胆子挤到了云林等人歇息的火堆旁，小心翼翼地推了推云林，声音卑微地道："云爷，能不能给我点热水，我冲杯热茶给我们郡主喝。"

"不行！"云林想也没想就拒绝了。

刘冬月心中一沉，就听见云林接着道："我们家爷叮嘱过了，说郡主从小就娇养在宫里，喝的都是玉泉山的水，怕郡主水土不服，特意装了几皮囊玉泉山的水。郡主若是要喝茶，你去用那水在这火堆旁帮着郡主烧一点，我们喝的水不能给郡主喝。"

刘冬月连声向云林道谢，用马车里的锡壶给姜宪烧了一小壶水，给姜宪沏了壶仁化银毫，低声道："郡主，这馒头配着咸菜是好吃，可吃得多了也不行，容易口渴，还容易水肿。您喝口茶润润口吧？"说着把茶递到了姜宪的手边。

姜宪怏怏地把手中的馒头丢到青花瓷水草纹的大海碗里，接过刘冬月捧上的茶喝了几口，觉着口齿间都清新了很多。

刘冬月看着不免劝她："郡主，那李谦既然能给您带点心，还能弄来热气腾腾的鸡汤，您想吃什么就和李谦说就是了。您这样，若是让太皇太后知道了，还不知道怎样伤心呢！"

"她不会知道的。"姜宪喃喃地道，把茶盅递给刘冬月，伸出手说道，"你扶我一把，我今天没有动弹，站都站不起来了。"

刘冬月忙放下茶盅把姜宪扶了起来，殷勤地道："您这是要去哪里？外面天都快黑了。我听云林说，大家歇一会儿就要启程继续赶路了。"说到这里，他顿了顿，低压了嗓子道，"郡主，李谦不在，我刚下去的时候他就不在，不知道他去做什么了。"

自那天刘冬月亲眼目睹了姜宪把大迎枕砸向李谦，而李谦却没有动怒之后，他就不怎么怕李谦了，还敢在李谦背后说他的不是。刘冬月觉得，现在李谦的态度才是做臣子的本分。

姜宪没有作声，李谦不会无缘无故地不见的，不是去安排接下来的行程就是出现了什么突发事件。如果是姜律他们追了过来就好了。从她离开田庄到现在已经快五天了，路边的庄稼田地越来越少，取而代之的是黄色的土坡和一座一座的山林。如果她没有猜错，他们纵然没有进入山西境内，也离山西很近了。

姜宪手脚僵直，好不容易才靠着刘冬月的帮助下了马车。

云林和李谦那班护卫围在一堆篝火旁吃着干粮，火上架着个被熏得漆黑的大锡壶。听到动静，火堆旁的人回过头来，见刘冬月扶着姜宪站在马车旁，他们又纷纷转过头去，好像看见了什么不应该看见的东西。

云林跑了过来，恭敬地给姜宪行礼："郡主可是有什么事？"

"没什么事！"姜宪打量着四周，深深地吸了口气，"我就是下车来随便走走。"

这是个很寻常的山林，可能是因为已是傍晚时分，下起了寒气，山间有淡淡的岚雾飘飘荡荡，空气也一改午间的燥热，变得凉爽而湿润，沁人心脾。

云林闻言就回了火堆边，一点也不担心姜宪会跑或是呼救似的。

姜宪悄声问刘冬月："我的佛珠手串还在你那里吗？想办法留个记号。"

刘冬月不动声色地嗯了一声。

两人就围着休息的地方转了几圈，看着天色渐渐暗了下来，有不知名的蚊虫在他们面前飞来飞去，又忙上了马车。

刘冬月提了壶热水进来："云林说我们这就启程了。"

姜宪懒懒地倚在迎枕上嗯了一声。外面传来几声马打喷嚏的声音。姜宪知道，他们这是要继续赶路了，她问刘冬月："李谦还没有回来吗？"

"没有，"刘冬月悄声道，"是云林在安排接下来的行程。"

他到底去干什么了？不会被姜律捉了吧？还是遇到了什么危险？李谦不在，周围全是陌生的人，姜宪既担心又慌张。

有急促的马蹄声传来，渐行渐近。姜宪忙撩了帘子看，李谦和他那个随从骑着马回来了。

姜宪松了口气，放下了帘子。

马车外传来李谦和云林的低语。

不一会儿，李谦撩了车帘探进头来，道："保宁，你这两天都没有好好吃东西，我去前面村子弄了点山药，让人炖了些粥。"说着，把手中的一个小陶罐递给了刘冬月，道，"你服侍郡主吃点粥。"

姜宪很是意外，难道他去了这么长时间是给自己弄吃的去了？她心里惊涛骇浪，面上却丝毫不露，微笑道："多谢李将军！"她示意刘冬月把东西收下，声音温柔，客气有礼，静静地坐在狭窄的马车里，却像坐在金銮宝殿上似的优雅从容、气度俨然，好像她接受的不是一罐乡野村夫熬出来的粥，而是在接受外藩来朝的贡品一般。

李谦轻轻地叹了口气，放下车帘，吩咐马车上路。

刘冬月手捧着陶罐，下巴微扬，与有荣焉地赞扬姜宪："郡主，您做得对，您可是金枝玉叶，那李谦算什么？您就应该这样狠狠地晾着他，让他知道什么是真正的天之骄女、皇室贵胄，别以为您对他和颜悦色就可以在您面前随意说笑！"

姜宪但笑不语。

而李谦此刻却眉头紧锁地骑在马上，望着姜宪的马车，眼底闪过苦痛之色。

一直注意着李谦的云林不由得靠了过去，低声道："怎么了？我看郡主挺好的，并没有拒绝你的好意啊！"自从那天李谦和嘉南郡主争执了几句之后，嘉南郡主好像一下子变得通情达理起来，不仅对李谦给她准备的吃食毫不挑剔，而且一路上非常配合，安静顺从得像朵养在花盆里的花。

可就是这样，李谦才觉得不安。他不由得叹了口气，望着渐渐暗沉下来的天，徐徐地道："云林，我们对自己不喜欢的人和事会发脾气吗？"

云林笑道："当然不会！谁有那么多的精神，发脾气也是很累的。"

李谦闻言，自嘲地笑了笑。云林一个激灵，突然明白了李谦的话。从前郡主和李谦闹腾，是因为她还在意李谦，现在对李谦拒之千里，也就像个陌生人一样客气起来。他望着姜宪坐的马车，不由得骇然，嘉南郡主的性子……还真是让人琢磨不透啊！

云林迟疑道："公子，郡主……郡主这几天不会一直都在生气吧？"

"如果是生气就好了！"李谦说着，眼神又黯淡了几分，喃喃地道，"怕就怕她把我抛到了脑后，连仇人都不想和我做了。"

云林听得目瞪口呆。

李谦苦笑道："像郡主这样的人，不知道有多少人想往她身边凑，她理你，那是抬举你。你觉得自己委屈，大可不必在她身边服侍，你走了，自有大把的人等着补上你的位置。就好比郡主想成亲了，赵啸、金宵、邓成禄，哪一个不是万里挑一的人才，可在郡主面前，也只有等着被选的份儿；

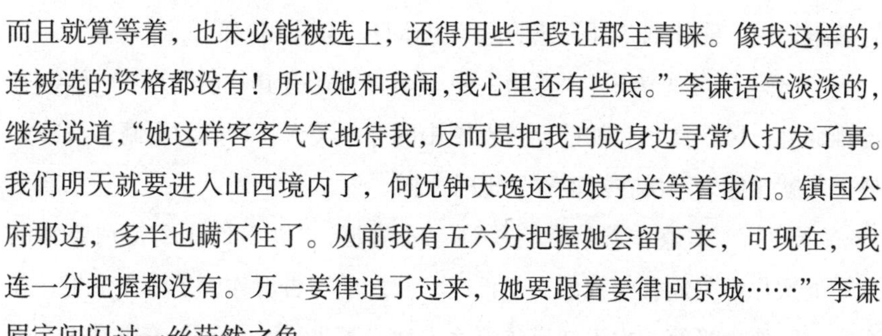

而且就算等着，也未必能被选上，还得用些手段让郡主青睐。像我这样的，连被选的资格都没有！所以她和我闹，我心里还有些底。”李谦语气淡淡的，继续说道，“她这样客客气气地待我，反而是把我当成身边寻常人打发了事。我们明天就要进入山西境内了，何况钟天逸还在娘子关等着我们。镇国公府那边，多半也瞒不住了。从前我有五六分把握她会留下来，可现在，我连一分把握都没有。万一姜律追了过来，她要跟着姜律回京城……”李谦眉宇间闪过一丝茫然之色。

这样的李谦，云林还是第一次见到，在他心里，不管发生了什么事，李谦从来没有软弱迷茫拿不定主意的时候。就像当初李谦要把嘉南郡主带回山西，云林觉得李谦异想天开，可他还是跟着李谦悄悄潜回了京城。他总觉得李谦既然敢做，就肯定有几分把握。这是云林第一次看见李谦的软弱，也是云林第一次感受到李谦对姜宪的患得患失。云林在心里思忖着。

李谦已打起精神：“还有两天，我会在这两天让她回心转意的。”他的声音有点大，不知道是在鼓励自己还是鼓励云林。

不知道为什么，云林看到这样的李谦觉得心里酸酸的，想了想，从兜里掏出一串小叶紫檀十八子的佛珠手串：“这是刘冬月挂在刚才我们歇息的那片树林里的东西。”

李谦笑着接了过去，把它放在随身的荷包里。那荷包里，还有块素帕。

云林道：“你不如把帕子和佛珠都还给郡主。”这样，也能让嘉南郡主知道李谦对她有多好了。

李谦摇头，笑道：“她会觉得丢脸，会恼羞成怒的，还是别让她知道比较好。就算以后想让她知道，也要找个合适的机会。”

云林无话可说，紧紧地闭上了嘴。

李谦去了姜宪的马车。

姜宪正在喝茶，那罐粥被放在一旁。李谦没有去碰那罐子，却知道那罐子肯定还是满的。

姜宪对他的出现并不惊讶，从容地微笑，举了举手中的茶盅，客气地道：“要不要喝杯茶？信阳的毛尖。冬月的茶艺还不错，我原来只知道冬月办事稳妥，没想到他沏茶也有一套。”

李谦看了低眉顺目缩着肩膀跪坐在一旁的刘冬月一眼，道：“保宁，我有话跟你说。能让刘冬月去他的马车里休息一会儿吗？”

“当然！”姜宪笑道，“客随主便。李将军还有其他吩咐吗？”她笑容温雅娴静，风仪高华，如前朝仕女图中的那些美人，可她的眼睛却清冷如晨星，就像他第一次在宫里看见她时一样。

“算了，”李谦看着就觉得头痛，妥协道，“也不是什么特别要紧的事。上次你不是问我帮我的人是谁吗？我之前不告诉你，是怕你多想，如今……”他生平第一次不知道该怎么表达，不告诉她自己在姜律身边安排的人是谁，不是很正常的吗？可他又不想和她这样冷战，思来想去，最后只得低头。他觉得这比他行军打仗、千里追敌还要难。

谁知道姜宪却嗤笑一声，接着他的话道："如今就要进入山西境内了，李将军安排来接应的人应该已经在这附近，我知道不知道都不要紧了……"

姜宪的怒意来得非常突兀，好像一只懒洋洋晒着太阳的猫，突然被人踩了尾巴，一下子就跳起来，毫不留情地朝踩它的人挠过去似的。就是刘冬月，也猝不及防地愣在了那里。

李谦却长长地松了口气，姜宪不理他，他反而惶恐；她朝着他发脾气，他反而踏实。

“我没有这么想。”李谦忙道，“我没有想到你会这么在意这件事。姜家对我有提携之恩，我是永远都不会背叛姜家的。只是我太想让你和我去山西了，我绞尽脑汁，也没有更好的办法，只好请了个朋友帮忙。我以性命担保，他不会伤害姜家，也绝对不会对姜律不利……”

姜宪根本不领情，冷笑道："你以为你不说，我就猜不出来吗？"

李谦张了张嘴，半天没有说出话来，他的确没有想到姜宪会猜出是谁。可他想到姜宪的聪明，又觉得是意料之中的事，但也正是因为姜宪太聪明了，不能排除是在诈他。

李谦的脑子飞快地转了起来，好像没有更好的办法来解决这件事……那就坦白好了。有时候，坦白是最好的防守。

“我知道你迟早会知道。”李谦坦然地望着姜宪，真诚地说道，“我压根就没准备骗你，不过现在不是最好的时机罢了。两国交战还不斩来使，你不能就这样定了我的罪，要不等事情结束了我们再说？你现在就大人不计小人过，给我个机会让我改过自新……”

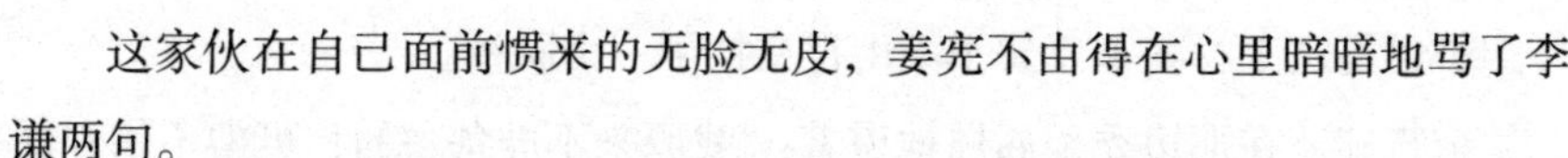

这家伙在自己面前惯来的无脸无皮，姜宪不由得在心里暗暗地骂了李谦两句。

“让未来名动天下的李大将军给我赔不是，我可不敢当。”她挑着眉梢笑着，带着几分不屑的挑衅，几分算计的狡黠，让李谦的心抑制不住地怦怦乱跳，“让我猜猜，是谁这么胆大包天，居然能无视天家的威严，挑战姜家的底线帮你？先来想想我的失踪会让谁讨了好去？赵啸？他是损失最重的一个，可以排除了。白愫？我们情同姐妹，她不会。曹宣？那就更不可能了，他已经定了亲，和姜家结成了联盟，我失踪了，对他没有一点好处。金宵？我就是嫁给邓成禄也不可能嫁给他吧？难道是邓成禄？”姜宪凝视着李谦，唇角泛出一丝冷意。

远在京城的镇国公府外院的书房此时灯火通明。

难掩的疲倦爬上了姜镇元的面容，他揉了揉眉心，因为着急上火而略带几分嘶哑的声音低低地在书屋里响起：“我也知道很晚了，可我们却一刻钟也拖不起了。我们再想想，嘉南失踪之前，有没有发现什么异样？”

赵啸几个围坐在姜镇元的身边。赵啸自姜宪不见后就几乎没有合过眼，不仅瘦得厉害，原本明亮的眼睛也变得黯淡无光。曹宣实在想不出有谁会劫持姜宪，劫持姜宪会有什么好处。和白愫定了亲之后，他就有点避着姜宪，真的没有注意姜宪身边都有些什么人。金宵则是不安地动了动，望了眼整个人都颓唐了的王瓒。只有邓成禄，还是之前的那个样子，呆呆地望着书案上羊脂白玉雕成的卧鹿镇纸，仿佛已经神游天外，只剩个躯体留在凡间。

怒急攻心，姜律就有些不耐烦起来，问金宵：“田庄是你租赁的，提议过去游玩的也是你，你就没有发现一点可疑之处？要知道，我们几个可都在田庄，带去的护卫随从也不少，那人不踩踩盘子，怎么可能知道嘉南住在哪里、田庄的布局是怎样的！”

众人这个时候才回过神来，目光全落在了金宵的身上。

金宵脸涨得通红，却又没有办法辩解，憋着口气，胸膛一起一伏的，半晌才红着眼睛道：“我也没有想到会发生这样的事啊！之前是辽王邀我过去玩。也不是邀我一个人，是邀了几个从边镇过来的参将和游击将军，其中就有榆林总兵邵世伯的儿子邵江，我是被邵江拉过去的……”

难道是辽王？姜镇元父子不由得交换了一个眼神。

金宵却还在那边委委屈屈地说着："我原来不准备去的，可架不住和邵江打小的情分，就跟着去了。听他们说，最近京城里的人都喜欢到附近的农庄钓钓鱼、打打牌什么的，我过几天就要回太原了，就想着在京城也算是交了几个朋友……"

余下的事不说众人也能猜出是什么了。

姜镇元没等金宵说完，已道："我知道了。辽王那边，我会派人去查的。天色不早了，大家先回去歇了吧，有什么事我再找你们。"

金宵低着头，和曹宣几个走了出去。

赵啸差点就成了镇国公府的女婿，他觉得只要姜家还认这门亲事，不管姜宪出了什么事，他都不能主动退婚。既然这样，不如一心一意地把姜宪找回来："我带了几个斥候进京，用得上吗？"

斥候是军中用来侦探军情的，打探消息比一般人厉害多了。之前查赵翌，也是用的斥候，不过是姜家的斥候。

"查辽王就不用了。"姜镇元冷峻地道，"你这几天也没有休息好，先回去歇了吧，之后说不定还有你忙的，你现在需要养足精神。"

赵啸会意："那我就等伯父的消息了。"

姜镇元点头。

赵啸出了书房。他的随从立刻跟了过来，等上了自家的马车，不由得低声问道："世子，我们真的还要迎娶嘉南郡主吗？"

赵啸半晌没有出声。如果真是辽王掳了嘉南郡主，只怕已经得手。就算找回来，嘉南郡主还会是从前那个嘉南郡主吗？女人如花，受了风雨，多多少少会有些影响。他喜欢的是那个有些骄纵、有些狡黠的嘉南郡主，而不是畏畏缩缩，总觉得自己对不起丈夫的嘉南郡主。

赵啸心里乱糟糟的，疲倦地闭上了眼睛，喃喃地道："等把郡主救回来了再说吧。"

皇家的女子通常都不怎么在意这些事，她们不愁嫁，不然怎么是"尚"公主而不是"娶"公主呢？他在这里发愁，说不定人家嘉南郡主只当是被狗咬了一口。如果真是这样，那辽王可就有得瞧了。赵啸迷迷糊糊地想着，在马车里睡着了。

送走了赵啸的姜镇元一刻也没有耽搁，立刻传下话去，彻查辽王的行踪。

一直没怎么合眼的王瓒靠在旁边的书架旁，反应已经很迟钝。他低声地问脸阴得可以下雨的姜律："辽王抢了保宁去做什么？他可是个鳏夫啊，皇上是不会同意他娶保宁的……"

姜律心里烦得要命。如果他早点盘问金宵，不是盲目地只查赵翌，保宁说不定已经回家了。只要一想到姜宪有可能落到了辽王手里，他就想杀人。

听到王瓒问这么白痴的问题，他忍不住道："你就不能动脑筋想想，最恨他的是曹太后，他只要娶了姜宪，就是我们姜家的女婿了，到时候他想造反，我们纵然不会帮他也不可能帮皇上……"

"为什么你们总是要联姻！"王瓒低声嘶吼着，眼泪都下来了，"联姻就会什么都行吗？既然这样，为什么还有那么多人反目为仇！"

正叮嘱着属下怎么找人的姜镇元听到动静朝这边望了过来，警示般地瞥了姜律一眼。

姜律也被王瓒突如其来的愤怒吓了一大跳，一把把他拉到了旁边的角落里，低声道："你发什么疯呢！"

王瓒呆呆地站着，没有吭声。

姜律看着他这样，又觉得他有点可怜，不由得放缓了声音道："阿瓒，你去睡一会儿吧，接下来才是硬仗，我们都得养精蓄锐。"

"我知道。"王瓒喃喃地道，转身出了书房。

姜律忙吩咐小厮跟上，送王瓒去了客房。

那边姜镇元已经送走了属下，大步走了过来，道："阿瓒回房间了？"

姜律沉着脸点了点头："爹，您也认为是辽王吗？"

姜镇元闻言面露欣慰，颇有些感慨地道："阿律，你办事比从前稳妥了。"

姜律听着却眼眶一红："可我还是把妹妹弄丢了。"

姜镇元揽着儿子的肩膀，安慰他道："你妹妹是姜家的女儿，流着姜家人的血，她是不会屈服的。"

姜律垂了眼帘，轻轻地嗯了一声，心底打定主意，只要姜宪一句话，就算抢亲的是辽王，他也会帮她杀了辽王。

姜镇元拍了拍儿子的肩膀，温声道："你也去歇会儿吧，到时候我叫你。"

姜律身体疲惫得不得了，却一点也不想睡："爹，您不相信赵啸吗？"他们实际上很缺人手，但父亲还是拒绝了赵啸的帮忙。

姜镇元看了儿子一眼，若有所指地道："你以为赵啸是因为什么被太皇太后选中的？"

姜律一愣。

姜镇元的心情也很差，他没有精神和儿子玩太极，叹道："太皇太后之前就在查，是谁泄露保宁选婿之事，接着就发生了皇上在仁寿殿拔剑刺伤了赵啸的事。你以为这都是巧合？不过是因为赵啸这个人既有头脑还有胆识，能为保宁做到这个程度也算是用心，我们没有追究他而已。不然，只通风报信而不挨那一剑，或者是只知道刺激皇上而不知道怎样下台，他都不可能做我们姜家的女婿。"

"难怪！"姜律恍然大悟道，"我当时心里就纳闷，他素来聪明知礼，三个人殿前臣对，怎么就他激怒了皇上……"

姜镇元听着，神色变得非常严肃，道："阿律，就算是这样，你也要记住了，靖海侯家是靖海侯家，镇国公府是镇国公府。就算靖海侯家的世子是保宁的儿子，你能帮他的，也不过是想办法让镇国公府更显赫，让人提起来就忌惮，这才是保住你妹妹和她儿子最好的办法。"

"我明白！"姜律正色地点头。

"去睡吧，"姜镇元摸了摸姜律的头，再次催促他，"不要多想。事情已经发生了，要想办法解决，而不是一味沉溺于自责和后悔里面，这对目前的困境一点作用也没有。"

"嗯！"姜律受教地点头，叮嘱着父亲，"您也早点休息。"

姜镇元笑着颔首。

姜律朝外走去。走了几步，他忍不住回头，道："爹，辽王那里……"

"我心里有数。"姜镇元道，"几个城门那边也还在查。"也就是说，姜镇元并不完全相信金宵的话。

那为什么不再盘问金宵？姜律很想问问父亲，转念想到也许父亲有其他的用意，他把这句话咽下去，回了房间休息。

人去屋空，只有灯花欢快地爆着。

姜镇元闭上了眼睛靠坐在太师椅上，轻轻地叹了口气，不敢去想姜宪的下落。

有小厮战战兢兢地走了进来，低声道：“国公爷，安陆侯世子求见。”

姜镇元皱了皱眉，想起那个寡言得如同木讷般的清秀少年。这个时候求见，难道他发现了什么？姜镇元立刻坐直了身子，精神一振，忙道：“请他进来！快请他进来！”

通往山西娘子关的驿道上，一队人马寂然无声地护送着两辆马车连夜赶着路。马蹄落在黄土甬道上，在安静的夜里整齐有序，夹杂着车轮的碾压声，单调却很规律。

如果姜镇元看到这一幕，肯定会大吃一惊。三十几个人，马蹄声不乱，这不是轻而易举能做到的。只有那些经过长年累月训练，在战场上经历过生死，马已如同自己身体一部分的人才可能做得到。这样的骑士，鞑子里寻常，关内却少见，何况还一下子出现了这么多。

可惜姜宪如同聋子听对子，唯一感受就是这车不错，不那么颠簸。李谦身边的护卫也很规矩，非礼勿视，非礼勿听，可见李谦驭下还是很有自己的一套。

她把更多的心思放在了诘问李谦上：“我猜对了吗？”

李谦没有作声。

姜宪心火直蹿，强忍着没有发作。白皙柔嫩的手指轻轻描着茶几边上有金粉勾勒的山茶花：“你这个人看着和谁都能说得到一块儿去，实际上心气高着呢，还有点事无不可对人说的桀骜。你这是不屑在我面前说谎又不想告诉我，是吧？”

“没有！”李谦无力地辩解。

姜宪置若罔闻，继续道：“看来我还真是猜错了。那天在场的有赵啸、曹宣、阿瓒、我大哥、金宵和邓成禄。我怀疑邓成禄，是因为邓成禄最单纯，你最狡猾，他可能会上你的当，可你不承认，那就不是他了。我虽和曹宣不和，又不想搭理邓成禄，可曹宣也好，邓成禄也罢，甚至是赵啸，我们都是一个圈子里的人。他们绝对不可能出卖我。”姜宪盯着李谦的眼睛，好像想看清楚他心里到底在想什么似的，“那唯一的可能，就是金宵了！”

李谦叹气。

姜宪知道自己猜对了，问李谦：“他为什么要帮你？”

李谦望着她冰雪般寒凉的面孔，突然有点后悔拖了金宵下水。以姜宪的性子，虽然不屑去找金宵的麻烦，可若是遇到了金宵，十之八九会随手给金宵穿穿小鞋。李谦想到那情景，不由得喉咙微紧，轻轻地咳了两声。

姜宪沉着脸色，道：“李谦，事到如今，你还不想告诉我吗？”说完，不等李谦开口，又径直道，“你和他应该认识不久吧？如果我没有猜错，你们应该是在我去万寿山之后，也就是我提醒了你以后才认识的。你是怎么说动金宵帮你的呢？联姻吗？你们家好像只有一个妹妹，和金宵的年龄还不相符，或者是嫁给金宵的弟弟？我听说金宵兄弟六个，金大人既然让金宵来京城向我求亲，可见对子女的期望还是很高的。你们家墙新树小，金家应该还看不上眼吧？况且现在金家还是金海涛当家，金家的事还轮不到金宵拿主意，你有什么能让金宵动心的？”她上下打量着李谦，“还是……你答应娶金家的女儿了？”

“你胡说些什么！”李谦在姜宪面前什么都能忍，唯有姜宪质疑他的感情不行，“你明明知道我……”眼角瞥见马车角落里的刘冬月，到了嘴边的话还是咽了下去，低声道，“我……别人家的女孩子我都不会娶的。”

姜宪再也压抑不住心底怒火，杏目圆瞪，道：“你少在这里给我张狂！金宵可不是糊涂人，得罪镇国公府，得罪慈宁宫的后果，他应该很清楚才是……”她说着，抓起迎枕就朝李谦砸过去，“你是不是拿了我的什么东西给他看？”

“没有！”李谦连声否认，直挺挺地坐在那里受着，动都没敢动一下，道，“我怎么会做这种齷齪事！”

姜宪当然知道他不会，只是气他不愿意告诉自己。

“你还想骗我！”她威胁他，“若是让我查出来，你就死定了！”

“真没有！”李谦欲言又止。

姜宪大怒道：“你到底说还是不说！”

李谦犹豫半晌，这才低声道：“我……我拿了镇国公的名帖给他看……”

姜宪一愣，马上反应过来：“你这混蛋！我把伯父的名帖给你，是让你在京城里遇到危险的时候能保住性命，你竟然拿它去误导金宵，让金宵以为我要和你私奔……”

她很伤心,金宵是她帮着介绍的,名帖也是她给的。就像“前世”一样,自己掏心掏肺地为他安排好了一切,他却背叛了自己。两世为人,她都栽在同一个人的手里。眼泪猝不及防地从姜宪的脸庞滑落。

李谦顿时慌了起来。在他的印象里,姜宪很坚强,就算她和皇上是青梅竹马,皇上和自己的乳母通奸,被证实是真的后,她也能立刻抛于脑后择夫嫁人。她现在却哭了起来。

京城。镇国公府。

邓成禄战战兢兢地站在姜镇元面前,红着脸,半天也没有说出一句话来。

姜镇元在心里叹气,就冲安陆侯家这位世子爷这副文弱的样子,也难怪现在功勋之家难出个能领兵打仗的人物了。他表情略松,道:“这么晚了,你单独来见我,可是想起什么要紧的事了?”

邓成禄垂在袍缝的手紧紧地握成了拳,并且深吸了一口气,这才道:“姜世伯,我觉得,金宵肯定与这件事有关。”

姜镇颇有些意外,慢慢敛了笑容,神色一正,肃然道:“成禄,你可知道你在说什么?”

“我知道!”或许是压在心底的话终于说了出来,或许是事情已经到了这一步,他不说清楚不仅有诬陷朋友之嫌,还会耽误营救姜宪,除了把话说清楚,已没有第二条路可走,邓成禄口齿变得流利起来,“姜世伯,我来找您之前也犹豫了良久,怕自己猜错了,会害了嘉南郡主。可今天金宵却把辽王扯了进来,我就更肯定了。”

姜镇元闻言神色略显微妙。

邓成禄一门心思都在自己要说的话上,并没有注意到这些:“天下熙熙皆为利来,天下攘攘皆为利往。郡主失踪之后,我一直在想这件事,不管是谁劫持了郡主,肯定都是因为会从这件事上得了好去。郡主早不出事,晚不出事,偏偏在议亲的时候出事,那郡主失踪之事,十之八九与郡主的婚事有关。那人能不声不响地带走郡主,田庄内必有内应,否则根本不可能掌握郡主和我们的行踪。当时田庄有我、姜世兄、王世兄、曹世兄、靖海侯世子、金宵、清蕙乡君七个人。靖海侯世子是最不可能的,他和郡主已经交换了名帖，郡主出事，于他只有害处没有益处。其次是清蕙乡君，她和郡主情同姐妹，而且她所嫁之人是曹世兄，郡主出事，她于曹家还有何用？而且我查过了，清蕙乡君身边服侍的没有一个曾经走出过内院或是接触过田庄仆妇，她没有机会暴露郡主的行踪。再就是曹世兄，曹太后现在在朝中举步维艰，同时得罪姜家和太皇太后的后果他根本承受不了，所以这件事也不是曹世兄做的；不仅不是他做的，他这个时候恐怕和姜世伯和姜世兄一样焦急，盼着能早点把郡主找回来，洗脱自己的嫌疑。王世兄就更不可能了，他若是想娶郡主，哪有我们这些人什么事？”

邓成禄语气微顿，嘉南郡主不见了，王瓒像去了半条命似的，必是很喜欢嘉南郡主，只是这话他不好当着姜镇元说。说出去了，好像在说嘉南郡主和王瓒私相授受，于他们两人的名声不好。不过，王瓒为什么不求娶嘉南郡主呢？邓成禄天马行空地走了会儿神，回神后眼角微垂，颇为沮丧地道：“然后就是我和金宵了。”

姜镇元笑而不语。

邓成禄沉浸在自己的思绪里，喃喃道：“姜世兄肯定早就怀疑我和金宵了，曹宣他们都是姜家的姻亲，是自己人，只有我和金宵与姜家没有什么关系。姜世兄却任由我们俩帮着寻找郡主，不过是想先稳住我们，怕打草惊蛇对郡主不利罢了……”

姜镇元坐直了身子。好像话说到这里，他才真正有了兴趣。

偏偏邓成禄是个不会看人眼色的，还在那里自顾自地道：“可我真的没有做过……田庄是金宵找的，人是金宵邀的，查清楚不是皇上干的之后，他还把这件事推到了辽王的身上。廖家世代镇守辽东，辽王去了辽东之后，执意娶了廖家的大小姐，就是想借助廖家在辽东站稳脚跟。后来辽王妃病逝，他纳了王妃的庶妹为妾，主持中馈，照顾两个嫡子，可见对廖家的重视。郡主可不是一般的女孩子，当初曹太后摄政的时候，心心念念地想让曹世兄娶了郡主，尚不敢下旨赐婚。辽王这些年来一直都注意着京城的动向，他不可能不知道。郡主不愿意，他掳了郡主去有什么用？就算是他强迫了郡主，郡主不想嫁，大不了杀了他再重新选婿，多得是人想娶郡主，辽王这不是给自己惹来杀身之祸吗？连我都想得到的事，金宵肯定也想得到。”邓成禄说着，突然有些不高兴，抬头望着姜镇元道，“姜世伯，您为什么还要相信金宵的话？郡主已经失踪四天四夜了，您怎么还能神定气闲地和金宵打太极，您应该立刻把金宵叫来盘问才是……”

姜镇元没有想到邓成禄陡然间变得这么大胆，笑道：“你不是说，我们早就怀疑你和金宵了吗？让你和金宵参与到寻找嘉南的事是怕打草惊蛇。你们两个人都没有露出马脚，我没有证据，怎么盘问？如果问了这个，通风报信的却是另一个，不仅没有把人给逮住，反而伤害了嘉南怎么办？”

“不！不是我！”邓成禄委屈得眼睛都红了，大声道，“我发誓，真的不是我！我没有出卖郡主！”

“口说无凭！”姜镇元一副不相信他的样子，淡淡地道，“在我看来，你们一个沉默不语，一个上蹿下跳，都有嫌疑，你得拿出证据来才是。”

“证据？”邓成禄茫然望着姜镇元，手足无措地呢喃道，“证据……我怎么证明我自己……要不，要不……”他目光渐渐有了光彩，人却像要哭出来似的，带着哭腔道，“我发誓行不行？我发誓，就算救出了嘉南郡主，我……我也不娶她，行不行……”豆大的泪珠滑落下来。

姜镇元难掩惊讶，这孩子倒是个纯良之辈。他站起来，高声喊了随从进来，道：“你拿着我的拜帖去把金宵叫来！”

随从应声而去。

邓成禄呆呆地望着姜镇元，一副不明白到底发生了什么事的样子。

姜镇元不由得好笑：“你不是让我快点盘问金宵吗？怎么，我派了人去找金宵，你觉得我做得不对吗？”

邓成禄这才反应过来，姜世伯相信了他的话！巨大的喜悦击中了邓成禄的心房，他不住地朝姜镇元道着“谢谢”。

姜镇元哭笑不得：“我救我自己的侄女，你道什么谢？”

邓成禄傻笑。

姜镇元突然觉得，如果把保宁找回来，嫁给邓成禄也不错，只是不知道保宁愿不愿意。别的事邓成禄有点木讷，有一点他却说对了。保宁太可怜了，不管是他还是太皇太后，都不愿意勉强她嫁人，不然曹太后早就下圣旨赐婚了。知道这件事的人都不可能为了让保宁下嫁而强行掳了她去，想到这里，姜镇元心中一动，难道……保宁是自己跟人走的？

姜镇元额头上冒出细细的汗来，突然想到了王瓒对保宁的痴心。两个孩子从小一起玩到大，王瓒有什么好吃的都会想到保宁，自己不吃不喝也要留给保宁。长辈们不是瞎子，谁看不出来？可太皇太后顾忌着两家的关系，不愿意亲上加亲，宁愿让王瓒和保宁只做表兄妹，王瓒就忍着从来不提，孩子们何尝不是怕伤了大人的心？赵啸如果不是平白地被赵翌刺了一剑，又怎么会被选为保宁的夫婿，可如果没有那一剑呢？

姜镇元想到金宵那张让其他人都黯然失色的面孔，女孩子也和男孩子一样，喜欢俊俏的。难道拐了保宁的是金宵？姜镇元隐隐觉得不应该是金宵，如果是金宵，以保宁的聪明才智，就算赵啸被赵翌刺了一剑，也应该有办法不动声色地让赵啸出局才是。

此时，姜宪的马车停在路边的山林旁。

云林隔着车帘低声禀道："公子，我们是继续赶路还是在山林里休整一会儿？马上要天亮了。"

已经进了山西境内，大家这段时间连夜赶路，他们的马全是战马，速度很快，耐力却不足，再这样跑下去，人和马都会吃不消。李谦明白，说道："到山林里安营扎寨。"

百姓都习惯赶早集，驿道上一早一晚的人很多，到了白天和夜晚人反而少，正好趁着这个时间赶路。

云林应声而去，找了个被绿树掩映的山坡安营，恰好可以挡住驿道旁来来往往的人群。

李谦看着云林行事越来越有章法，很是欣慰，温声问姜宪："你要不要让刘冬月陪着你下去走走？"这是委婉的说法，实际上他是问姜宪要不要上茅厕。

姜宪红肿着眼睛，什么也提不起兴趣，对李谦的话置若罔闻。李谦叹口气，想了想，去拉姜宪的手。姜宪没有挣扎，心灰意冷般的死寂，任他握着。

"保宁，你别这样！"李谦说着，不知不觉间红了眼眶，"你跟我说句话好不好？除了把你送回去，你说什么我都答应好不好？"

从姜宪知道他拿着姜镇元的拜帖骗了金宵之后，她就这样默默地坐着，或无声流泪，或双目无神地不知道望向哪里，凭他说什么都不理睬他，甚至连个眼神都不给。他心痛难忍，到现在也没有缓过劲儿来。

李谦实在挺不住了，不由得抱住姜宪，低低地在她耳边求道：“保宁，是我错了，我不该辜负了你的好心。我保证，以后再也不这样了……我当时没有想那么多，只是觉得以镇国公府的厉害，发现你不见了肯定会很快就追上来的，我不能和镇国公府起冲突，才想了这个法子。我不是存心要骗你伯父和你大哥的，不过是想拖延些时间，让我能带着你跑远点。”他说着，语气突然变得有些委屈起来，“你看，你知道我在你大哥身边安插了个人之后就像和我结了死仇似的，我要是真的和你大哥动起手来，你还不得恨死我，拿把刀在旁边帮你大哥啊！况且你大哥那么厉害，如果我乖乖地站在那里任他打一顿他就能消气，答应把你嫁给我，我肯定站在那里任他拳打脚踢，就算是把我打残了打废了我也认了。怕就怕他把我打了，还嫌弃我不敢和他动手，觉得我不配和你站在一起。保宁，我这也是没有办法的办法。我不比赵啸和金宵他们，我就是去排着队娶你，姜家也看不上我，我也没那资格去排队啊！你还不准我插个队什么的……”

这混蛋又开始胡言乱语，他以为这是在买东西不成？姜宪低下头，怕自己忍不住笑起来，到时候李谦就又要开始嘚瑟了。她还没有原谅他呢！

“你离我远点！”姜宪推搡着李谦，“看见你我眼睛痛。”她语带嗔怒，不经意地流露出些许笑意。

李谦顿时心花怒放，保宁总算是和他说了句话。他就知道，他的保宁是最明理的。李谦哪里还敢再提金宵的事，忙道：“保宁，我让他们给你煮点粥好了。有花生米、红枣、薏仁、绿豆、桂圆，你想吃什么粥？”

“你以为是在过腊八节呢？”姜宪不悦地道，“我不想喝粥，我想休息一会儿。”

李谦柔声地道：“那你先吃块点心垫垫肚子，等你一觉睡醒了，我再给你弄吃的。”他依依不舍地松开了手臂。

姜宪转过身去，没有理睬李谦。

一旁的刘冬月却看得下巴都要掉下来了，李谦敢对郡主不敬，郡主竟然就由着他哄自己？难道根本不是什么劫持，而是私奔……

刘冬月被自己这个念头吓着了，猛地站起来就想往后退，却忘记了他还在马车里，咚的一声撞在车壁上，引来了李谦和姜宪的目光。

“我没有，我没有！”他慌慌张张地摇着手，压根不知道自己说了些什么，“不是我！不是我……”

姜宪困惑地皱了皱眉。

刘冬月越发慌张，要是被镇国公或是太皇太后知道了，他就死定了！早知道这样，他在田庄的时候就应该大声呼救的。他会不会被扔到慎刑司？进了慎刑司的人，听说还没有活着出来的。刘冬月吓得脸色发白，他还当着嘉南郡主骂李谦不是个东西，不知道郡主回过神来会不会觉得他对李谦不敬啊……

天边泛起了鱼肚白，空气清新而寒冷。

金宵裹着斗篷，精神有些萎靡地坐在轿子里。冒着寒风半夜三更从镇国公府回到家里，刚刚泡了个热水澡，上床躺下还没有来得及闭上眼睛就被人叫起来，在料峭寒风中又重新赶往镇国公府。

金宵打了个哈欠，轿子在侧门前停下。

金宵赏了姜家的轿夫几块碎银子和姜家的门房一把铜子，由姜镇元的随从领着，去了姜镇元在外院的书房。天色已明，书房里却点着蜡烛，显然书房里的人一夜都没有合眼。

难道嘉南郡主有了什么消息？金宵在心里琢磨着，笑着进了书房。

姜镇元坐在书房大书案后面的太师椅上，精神尚可，没看出来是否一夜未眠。倒是邓成禄，金宵没有想到他会在这里，他依旧穿着昨天穿的那件青竹色夹棉直裰，脸绷得紧紧的，好像谁欠了他三百两银子似的。

金宵和姜镇元见过礼后，不禁对邓成禄道：“你没有回去吗？还是有什么事又过来了？”

邓成禄没有理他，像孩子般“我不和你玩了”那种不理睬，没有恶意，只是生气。

金宵笑起来，坐到姜镇元指了指的玫瑰椅上。

有小厮送了茶点进来。姜镇元端起茶盅喝了一口，神色淡然地问金宵：“嘉南在哪里？”

金宵愕然。

姜镇元冷冷地看着他，目光锐利如刀剑。

金宵相信，如果此时姜镇元手中有剑，自己已经死了不知多少回了。

他老老实实地道："我不知道郡主在哪里。但我知道，她是和山西总兵李长青之子李谦走的。"

"你说什么？"姜镇元胸有成竹的面孔被撕裂，露出本来的凶悍，"李谦是从什么地方冒出来的？嘉南怎么会和他走？"话虽这么说，他想起姜宪几次帮李家忙，心里已隐隐有几分相信。

姜镇元对小辈素来爱护，加之年纪渐长，养气功夫越发到家。金宵和邓成禄都是第一次看见这样杀气四溢的镇国公，两人不由得同时瑟缩了一下。

金宵更是老老实实地道："那天我和赵啸等人一起去万寿山给太皇太后请安，遇到了李谦，他正巧从郡主歇息的乐寿堂出来，我们就相互认识了一下，后来又一起回了京城。没几天，他来找我，说想请我帮个忙，让我请嘉南郡主等人去大兴的田庄游玩。我当时还纳闷，我和他又不熟，他怎么想到让我帮他，结果没等我问他，他就告诉我，说他父亲去了山西任职，这几年都不会回来了。他请了嘉南郡主去山西做客，又怕您和阿律哥不答应……"他说着，有些羞赧地看了姜镇元一眼，"所以决定他俩悄悄走。然后他拿了张您的名帖给我，说他们无意惹家中的长辈伤心，只是让我帮着拖延一下时间，如果您识破了，就让我把这张名帖交给您，让您别为难我……"

姜镇元啪地一巴掌拍在了金丝楠木的大书案上，震得笔架、水洗嘭嘭直响。

"你……"他怒瞪着金宵，千言万语，一时间不知道先说哪一句好。

坐在那里的邓成禄却腾地站起来，厉声道："不可能！如果郡主想嫁李谦，就算那李谦是个普通军户，郡主也会堂堂正正地嫁给他的，她怎么可能和他私奔？"

"可她真的和李谦走了啊！"金宵在姜镇元面前还是有些胆怯的，他小心翼翼地打量了姜镇元一眼，为自己辩护道，"郡主身边那么多人，没有一个发现郡主不见的，如果郡主不是心甘情愿的，我们怎么会到了用晚膳的时候才发现？"

"这是两码事！"邓成禄不依不饶，第一次表现得那么强势，"不管郡主愿不愿意跟李谦走，你都不应该帮李谦。你这样，是……是助纣为虐！"

金宵不服道："我怎么觉得我这是助人为乐呢？"

两人你一言我一语地论起是非来。

“好了！”姜镇元大喝一声打断两人的争论，问金宵，“他们真的去了山西吗？”

“应该是！”金宵也不敢肯定，“李谦在山西总兵府任职，他父亲是山西总兵，山西又是李家的老家，他想娶郡主，没有给姜家下聘，怎么也会由李家长辈出面完成婚礼的。”

姜镇元点了点头，让人去喊姜律和王瓒，道：“把事情的经过告诉他们，让他们带五十骑，快马加鞭往山西赶。拿了我的官印和拜帖，不行就征调大同总兵府的兵力，无论如何也要把嘉南带回来。”

姜镇元又叫了个小厮过来：“你去请承恩公过来。”

把曹宣叫来干什么？金宵和邓成禄面面相觑。

姜镇元说道：“从昨天到今天，发生了很多事。你们应该也累了，在这边客房先歇一歇，等会儿我让人给你们送早膳。”

嘉南郡主还没有找到，他们所说的话还有待查证。这是要把他们软禁在镇国公府吧？邓成禄觉得这样挺好，可以为自己正名；金宵则是心虚，不敢顶撞姜镇元。两人齐齐应诺，跟着小厮退了下去。

镇国公府立府百余年，树木葳蕤，随处都是合抱粗的古树，古朴而又幽静。

金宵感慨道：“镇国公府可真漂亮，我们那里很少见到这么大的古树。”

邓成禄一副心不在焉的样子，没有理会金宵。

金宵也不恼，继续在那里感慨：“难怪大家都要往京城跑，京城真是物华天宝。不过，像镇国公府这样的宅子，在京城也很少见吧？我听人说，他们家有几株百年的墨菊，我原来还想看看的，现在恐怕看不到了……”

邓成禄依旧一副神游太虚的模样。

金宵想到这个邓成禄不声不响的，最后却摆了他一道，现在还瞧不起自己似的不愿意搭理自己，不免有些生气，“喂”了一声，嘲讽道：“安陆侯世子爷，枉我平时对你那么好，你竟然在镇国公面前告我的状。现在若有所思的样子，不会又在心里盘算着怎么在我背后捅我一刀吧？”

邓成禄闻言嗤笑：“难道我在镇国公面前说的不是事实吗？我有一句陷害你的话吗？我有一句不属实的话吗？你自己品行不端，还责怪别人纠正了你的错误。我长这么大，读了这么多书，也算是见识过不少人了，还从来没有遇到一个像你这样的。”

金宵辩无可辩，只好气愤地道：“你不愧是读书人，出口成章，我说不过你还不成吗！”

邓成禄也不是那胡搅蛮缠的人，见金宵认输，反而觉得自己有些得理不饶人，有失读书人的风度。

“你以后别做这种事了。”他好心地劝金宵，“这家务事，通常是婆说婆有理，公说公有理。还好嘉南郡主跟着那个李谦走了，如果李谦是骗你的呢，你岂不是害了嘉南郡主？”

金宵见邓成禄说话真诚，心中的不满也渐渐散去，想到两人同时被姜镇元怀疑，也算是难兄难弟了，说话的语气也就柔和起来：“这还用你来说，我当然不会凭着李谦一面之词就去帮他。我查过，李谦和嘉南郡主的确私交甚笃，不然我怎么会帮李谦呢！不过你说得也有道理，我的确不应该插手，但只要一想到那天赵啸在仁寿殿的臣对，我心里就觉得憋屈。我父亲曾经对我说，这世上有才能的人多得很，可为什么只有有限的那几个人能入阁拜相、授爵荫妻？因为他们比常人付出得更多，思量得更多，让我不要总是认为理所当然。我这次算是受教训了。”

邓成禄知道他是在说赵啸在皇上面前玩手段的事，想了想，还是拍了拍金宵的肩膀，劝他道：“善骑者坠于马，善水者溺于水。有时候有些事做得太多，未必是件好事。”

金宵轻轻地嗯了一声，觉得和邓成禄又亲近了几分。他小声地问邓成禄：“你说，镇国公喊了曹宣过来会说些什么？”

“不知道！”邓成禄回答得很快，这让金宵不由得怀疑邓成禄知道却不想告诉自己。

他向邓成禄保证：“你悄悄地告诉我一个人还不成吗？我保证不告诉别人！”

邓成禄的嘴唇抿得死死的，一路上任金宵怎么说也没有再和金宵说一句话。

被姜镇元请过来的曹宣十分忐忑，他来之前和自己的幕僚商量了半天，也没有猜出姜镇元单独叫自己来的用意。

曹宣身姿挺拔，风仪雅贵地站在姜镇元的书房外，待小厮通禀出来，才整了整衣袖，不紧不慢地跟着小厮进了书房。书房窗扇紧闭，空气显得有些浑浊，显然书房里的窗户并没有在早晨打开通风。

曹宣上前给姜镇元行了礼。

姜镇元大马金刀地坐在那里，目光冷峻地打量着他，开门见山地道："承恩公，我们有了嘉南的消息，据说，她被山西总兵李长青的长子李谦带去了山西。我找你来就是想问问你，清蕙乡君这些年来一直陪在嘉南身边，不知道她认不认识李谦这个人？"

曹宣的汗一下子就冒了出来，湿透了他的脊背，他觉得脑子里嗡嗡作响。应该是自己听错了吧！曹宣朝姜镇元望去。

姜镇元的目光清明而又严肃，如同一个睿智公正的长者。

曹宣却觉得刺目，喃喃地道："您……您说的是真的吗？嘉南郡主和李谦……去了山西？"

"我已经让阿律和阿瓒赶去了，"姜镇元冷冷地道，"最多五六天就能把嘉南接回来了。"

曹宣木然地点头，脑子里却在想姜宪什么时候和李谦这么好了，竟然跟李谦去了山西。曹家把李家当成忠臣，指望着李长青在山西站稳脚让曹家能重返庙堂，可现在，李谦却和嘉南郡主私奔了！曹宣想到几次姜家对曹家的退让，想到李家这次去山西姜家所表现出来的不以为然，姜家和李家是不是早就勾结在了一起？

曹宣的汗越冒越多，他望向姜镇元，目光中透露出些许惊惧。姜镇元为什么要对他说这些？他就不怕自己告诉姑母吗？

姜镇元这个人隐忍而老辣，是非常厉害的人物。从万寿山宫变那件事就能看出来他能进能退，能守能攻，能忍能扬，知道自己该做什么，知道自己要的是什么……这才是真正的大丈夫。这样一个人，会没有想到一旦李家和姜家的关系暴露之后会发生什么吗？很显然，他不仅知道，而且毫不在意。这种强大的自信，只透露了一点，他能帮着赵翌软禁姑母，就能怂恿赵翌杀了姑母。他能当着自己的面说出这样一番话来，就不怕姑母知道。

曹宣擦擦额头上的汗，思绪又回到了刚才姜镇元说的话上。

姜镇元已经让姜律和王瓒赶去了山西，他这是要干什么？以姜镇元的能耐，他完全可以瞒着自己，先杀了李谦，把姜宪带回来，然后做个局，让李家死于庙堂之争。姜镇元为什么要告诉自己，而且还是在姜宪刚刚和李谦私奔，姜家还没有人赃俱获的情况下……

曹宣打了个激灵，白愫！姜镇元的目的是白愫。他告诉自己这些，并不是要告诫自己，而是因为他是白愫的未婚夫，姜镇元通过自己这个未婚夫来警告白愫。姜宪既然和李谦私奔，可见她是相信李谦的，两个没有什么接触的人，谈何相信？姜宪和白愫情同姐妹，姜宪身边突然多了一个男子，别人可能不知道，白愫肯定是知道的。姜镇元没有让夫人房氏直接去问白愫，却让自己转达，已经明确地表达了对白愫的不满。曹白两家的婚姻，原来是为了曹姜两家结盟。如果白愫失去了姜家的支持，那曹家和白家联姻又有什么意义？以他姑母的性子，若是知道了这件事，把白愫叫去狠狠教训一顿是轻，说不定还会想办法退了这门亲事。

曹宣不由得苦笑，答非所问地道："姜世伯，您也别担心。保宁是个聪明人，她会为自己打算的。您知道我，文不能文，武不能武的，姜世弟那里，我就不跟着过去拖他们后腿了。我看我等会儿去趟北定侯府，给清蕙乡君报个信，她这几天担心着郡主，只怕也没睡个好觉。"

姜镇元笑着点了点头，好像对他的知情识趣很欣慰似的。

事关重大，曹宣不敢多留，和姜镇元客气了几句之后，起身告辞。

姜镇元没有留他，叫了个小厮送他出门。

曹宣出了镇国公府，往北定侯府去，心里却不由自主地回想着刚才发生的事。看来李家是姜家早就布在曹家的一颗棋子了，李家这颗棋子的作用到底是什么？曹宣思来想去，没有办法判断，顿时生出几分惶恐来。万寿山之变后，他们最大的倚仗就是李家手中的兵了，结果李家却是姜家安排在他们身边的一把刀，实际上他们什么都没有，他姑母甚至还想办法当了自己一部分首饰，给李家凑了五十万两银子贴补军饷……

第三章
应对

曹宣神色恍惚地到了北定侯府。

随从递上拜帖，北定侯府守门的飞跑着去禀了北定侯。不一会儿，北定侯府开了东侧门，北定侯世子，也就是白愫的弟弟，只有十岁的白惜带了北定侯的几个幕僚迎了出来。

一阵寒暄之后，曹宣被迎到北定侯府外院的书房。北定侯穿了件半新不旧的锦袍在书房见了曹宣。

曹宣提出要和白愫单独见一面，并道："我刚从镇国公府过来。"

北定侯很想问一句"发生了什么事"，但还是克制住了好奇心，他让人通知白愫，把曹宣带到了不远的一个花厅。就算是未婚夫妻，没有成亲之前也不好太过亲密。花厅隔扇四开，院子里守着好几个丫鬟婆子。

迟到的春日暖暖地照在花木扶疏的院子里，花团锦簇。曹宣却感觉到了萧瑟。

曹宣望着院子里的草木发了会儿呆，白愫才由几个丫鬟婆子簇拥着走了过来。白愫穿了件玫红色宝瓶纹遍地金的褙子，敷了粉，点了唇，乌黑青丝挽了双螺髻，戴着镶百宝的金簪和点翠大花，打扮得很光鲜，却难掩眉宇间的憔悴。

丫鬟上了茶点之后，她就把身边服侍的都打发出去了，神色焦虑地低声道："是不是保宁她……"一句话没有说完，已是泪盈于睫，"我这些天根本就睡不着，一闭上眼睛就想起我们第一次见面，保宁往我嘴里塞胡豆时的情景……"

姜宪失踪的事，她连自己的父母都没有告诉。那些跟着过去服侍的，更是借口要出嫁了，把她们都拘在自己的院子里做针线活儿。她又惊又怕，憋得狠了，见到个知情人不自觉地话就比平常多了起来。

曹宣皱眉，看得出来，白愫是真的在担心姜宪。既然如此，为什么姜镇元询问众人的时候她却一言不发？难道她觉得李谦是姜宪的良配？那姜宪和李谦私奔，不正遂了两个人的意吗？她又在担心什么？

曹宣觉得白愫很假，先有李家的反叛，后有白愫的言不由衷，曹宣的心情前所未有地烦躁起来。

"我刚从镇国公府过来。"曹宣喝了口茶，神色淡然地把他知道的都告诉了白愫。

白愫一听就惊恐地跳了起来："不可能！保宁不可能和别人私奔！你们都是听谁说的？姜世伯怎么会相信这种鬼话？我天天都和保宁在一起，如果保宁和那个李谦有私情，我怎么会不知道？"说着，她猝然停了下来，面色苍白地朝曹宣望去，"姜世伯让你来跟我说这件事，他是不是在生我的气？觉得保宁和李谦私奔了，我却任由事态发展……"

还算不傻！曹宣暗暗吁了口气。

白愫却一下子激动起来，拉着曹宣的衣袖："你带我去见姜世伯，保宁不可能和人私奔，如果她真的和那个李谦在一起，一定是被李谦劫持了！"

曹宣并不相信她的话，站在那里没有动，诘问她："你有什么证据？"

白愫的脸一下子红了起来，支支吾吾了半天也没有说出一句话来。

曹宣想到白愫有可能隐瞒了姜宪和李谦的事，见她这个样子就有些不喜，语气生硬地道："现在是什么时候了，你还在这里扭扭捏捏的！有的时候，一句话能决定一个人的生死，你说嘉南不会和别人私奔，可现在不管是镇国公还是金宵都觉得嘉南和别人私奔了。"

白愫明白事态的严重，咬了咬唇，瞬间下定决心，低声道："我从小就喜欢你,后来被保宁知道了,她鼓励我嫁给你。那时候太后娘娘还执掌权柄，我想着两家的身份地位悬殊，没让她提这件事。后来太后娘娘去了万寿山静养，保宁又问我愿不愿意嫁给你，我说愿意。她就去求了姜世伯，促成我们的姻缘。”

曹宣愕然地望着白愫——他一直以为，白愫是迫不得已才嫁给他的。曹宣的心情一下子变得很微妙，呆呆地望着白愫，半晌都没有回过神来。

白愫赧然，不自在地轻轻咳了一声，垂了眼帘继续道：“难道现在李家和姜家的关系比起当初的我们还要复杂不成？保宁若是有心嫁给李谦，怎么会没有办法？而且保宁最在乎的是太皇太后，她曾和我说过，为了让太皇太后颐养天年，她愿意永远留在宫里。当初赵啸和保宁议亲，保宁同意，就是因为赵啸曾经当着太皇太后的面允诺会在京城待上五六年。她不可能丢下太皇太后跟着李谦去山西的。”至于姜宪觉得男人不是什么大不了的事，喜欢在一起就一起过，不喜欢了就分开，这样的话太过惊世骇俗，她是怎么也不敢告诉曹宣的。

曹宣闻言神色大变，难道弄错了？如果姜宪真的和李谦没有私情，而是被李谦劫持了，姜家会不会认为这是曹家在背后支持李谦呢？曹宣在心里大骂，随即心中一动，觉得这件事有些不对劲，李家既然暗中投靠了姜家，他应该巴结姜宪都来不及，怎么会劫持她？

曹宣突然想起一件事来。太后寿辰的时候，他和一些功勋世家的子弟在一起，后来才听说，李谦得罪了嘉南郡主，在水木自亲码头上跪了几个时辰。

曹宣不由得问白愫：“自万寿山之后，李谦和嘉南还有过接触吗？”

白愫闻言也想起了水木自亲码头上发生的事：“你是说李谦对保宁怀恨在心？保宁之后并没有找他的麻烦，之后对李谦也很是和气，他对保宁也很敬重，看不出来有什么异样的地方。”

“这么说来，万寿山之后他们还有来往？”曹宣若有所思。

白愫点头：“就算是这样，也不说能保宁是自愿跟着李谦去山西的。有些事你我都会遇到——彼此说说笑笑做个朋友尚可，但抛家舍业地跟着一个人走又是另一回事。”

曹宣觉得白愫说得有道理。

白愫的目光却几不可见地闪了闪。

曹宣并没有注意到白愫的异样，而是沉思了好一会儿，才轻声道："李谦这个人你不了解。李长青是土匪出身，崇尚武力，推崇的是以牙还牙，以眼还眼。在我们看来嘉南对李谦已经是宽宏大量了，可对他们来说，说不定是奇耻大辱。"

白愫皱了皱眉，李谦给她的感觉不是这样的。不过，曹宣和李谦接触得多，也许曹宣是对的，她对曹宣道："你等会儿还有什么事吗？能不能陪我去趟镇国公府？既然姜世伯怀疑我知道保宁和李谦交往的事，我看还是尽快把这件事解释清楚比较好，不然于你于我于保宁都没有什么好处。"

曹宣应允，借口房氏有事要见白愫去向北定侯辞行。

北定侯没有多问，派了马车载着白愫跟曹宣去镇国公府。

正在和房氏用早膳的姜镇元见曹宣去而即返，还带了白愫，知道他们这是来向自己解释的，可他还是怒意难忍，粗暴而又直接地拒绝了："让他们回去吧，就说我一夜未睡已经歇下了。"

白愫急起来，忙求过来递话的小厮："麻烦小哥再走一趟，就说我有要紧的事禀告姜世伯，若是姜世伯歇下了，让我见见房夫人也行。"

白愫曾经跟着姜宪在镇国公府小住，这小厮又是在内院服侍的，知道她是清蕙乡君，和姜宪交好。小厮想了想，又跑了一趟正院。

姜镇元已更衣准备睡下，听了小厮的通禀不为所动。

房夫人想着平日里白愫那乖巧的模样，不免劝道："不管你为什么恼了掌珠，她毕竟是小辈，你见见她又怎样？何况我觉得这孩子不错，说不定是什么误会呢。"

姜镇元回房就把姜宪的事告诉了房氏，见房氏这样为白愫说话，不好驳了妻子的面子，只好重新穿衣，去了内院的书房。

曹宣有点担心白愫，决定陪着白愫一起去见姜镇元。

白愫却让曹宣先回去："姜世伯既然愿意见我，想必已经不生气了。我见过姜世伯之后，想去看看房夫人，保宁失踪了，她心里肯定很是难过不安，我陪着她说说话也好。"

曹宣不由得多看了白愫两眼，别的不说，白愫在为人处事上的确妥帖，难怪当初被太皇太后选中进宫陪着姜宪，还得了个清蕙乡君的封号。

他起身告辞。

白愫跟着小厮去了内院的书房，看见姜镇元就急急地道："姜世伯，保宁只怕不是和李谦私奔了，而是被李谦劫持了！"

姜镇元觉得她这是在耍小聪明，为了反客为主而危言耸听。

白愫感受到姜镇元的冷淡，有些伤心，道："我的确有些话没有跟世伯说，但那是有原因的……有件事，我谁也没有告诉。去年重阳节之后，我回了趟家，再回到宫里，保宁的话突然变得很少，干什么事也都是懒洋洋的，提不起兴趣。可突然有一天，她让我给她打掩护，说要出宫一趟。自那天开始，那个李谦隔三岔五地来找保宁，两个人常常嘀嘀咕咕……"

姜镇元听着心中一惊，算算日子，那正是姜宪查出了皇上和方氏有私情的时候。之前他就怀疑姜宪的消息来源，如今看来，那个帮姜宪打听消息的人应该就是李谦了。姜宪发现皇上不对劲，想查查皇上的底细，偏偏他们那个时候正和皇上密谋宫变之事，没空理会她。她只好请李谦帮忙，之后为了答谢李谦的帮忙，才将李谦推荐给了他。甚至为了让李谦能尽快地得到曹太后的信任，姜宪在水木自亲码头演了一场大戏，给了李家一个投靠曹太后的理由，让李家在宫变中大出风头，一跃成为当朝最受瞩目的行伍之家，从一个被招安的土匪变成了忠贞刚烈的臣子，洗白了李家，也洗白了李谦……所以，就算是李谦和姜宪有接触，也不是因为有私情。如果白愫不告诉自己，自己恐怕永远也不知道保宁还有这么多的秘密。姜镇元有些恍惚，既然如此，两个人的关系应该很好才是，白愫为什么说李谦劫持了姜宪呢？

白愫看出了姜镇元的困惑，继续道："伯父应该知道，白家和曹家结亲，是保宁做的媒人。"她脸上浮起一团红云，"那是因为她知道我喜欢曹宣……"她毫无保留地把前因后果全都告诉了姜镇元，并红着眼睛道，"姜伯父，你看，保宁这么有主见，她怎么会让自己沦落到用私奔的办法解决婚姻大事呢？"

姜镇元听着，出了一身的冷汗……

从镇国公府出来，曹宣站在人来人往的朱雀大街上，有片刻的茫然。

姜家肯定会把这件事给压下去。可对于那些时刻关心着朝廷动态的人，总能打听到姜宪曾经在山西出现过，而太后就是其中一个。到时候他怎么向太后解释李谦的举动？太后一旦知道李家是姜家安排在她身边的一颗棋子，她能再经受住一次打击吗？

曹宣的双手慢慢地攥成了拳，从现在开始，他要支撑起曹家的门庭。曹宣高声吩咐随从：“备马，我们去万寿山！”

万寿山山峦叠翠，草木葱茏。几个穿着轻薄春裳的宫女正步履轻快地穿过绿草成茵的山坡往旁边的小径上走去，盎然的春意扑面而来。

曹宣站在宜芸馆的台阶上，漫不经心地看着远处的风景，想到即将要跟曹太后说的话，心情始终无法放松。

闵川迎了出来。曹太后自从把程德海打发去服侍方氏以后，身边就没有了得力的太监，闵川脱颖而出，得了她的青睐，如今做了万寿山的大太监，正四品的衔。他殷勤地亲自帮曹宣打了帘子，道：“太后娘娘知道国公爷过来了，不知道有多高兴，还特意吩咐奴婢给国公爷洗盘李子。”

曹宣朝他笑了笑，没有答话，随着他快步进了西殿。

曹太后闭着眼睛，靠在临窗的大炕上养着神，两个八九岁的小宫女跪在旁边给她捶肩，听到动静她睁开了眼睛，神色淡淡地说了句“来了”。

曹宣早已习惯了外冷内热的曹太后，他恭敬地上前行了礼，在曹太后示意下坐在她对面的炕上，关心地问候起曹太后的日常起居来：“现在天气越来越热了，万寿山到处是花木，蚊虫也多，您也别总是守着宫里的规矩，早点让内侍们点了艾香才是。”

“我知道了。”曹太后不太习惯这样的家常，不耐烦地应付了几句，就问起李谦来，“我上次看他写来的信，说都已经安顿好了，胡以良那边也打过交道了。他想在开春之前去趟四川，你有没有兴趣和他一起去？”

鞑子进犯京城，十次里有八次是因为天气不好歉收，没有吃的。而冬天过去之后青黄不接的春天则是他们最难熬的日子，双方开战多是那个时候。

曹宣微微一愣，他正愁找个什么借口说说李谦，曹太后就主动提起了他。

闵川亲自端了茶点进来。

曹宣看着小小的甜白瓷高足碗里放着的大半碗李子，个个不过酒盅大小，一看就知道是从普通的集市上买回来的李子。而往常这个时候不要说李子了，就是樱桃都上了桌，不由得十分难过，也更坚定了把李家和姜家的关系瞒着曹太后的决心。

曹宣把自己要说的话在脑海里又过了一遍，才道："姑母，我正想和您说说李谦的事呢！"

曹太后有些意外，却没有急着追问。

看着闵川指挥宫女上了李子等茶点，又遣退了身边服侍的人之后，曹宣这才道："姑母，嘉南被李谦劫持回了山西！"

"你说什么？"饶是曹太后这么能经事的人闻言也不由得大惊失色，"这是什么时候的事？李谦怎么会劫持了嘉南郡主？这件事镇国公知道吗？"

曹宣顿时露出一副勃然大怒的样子："姑母，亏我们待他那么好，他行事却一点不顾忌曹家，想干什么就干什么……"他把金宵怎样请他们去田庄游玩，姜宪又是怎样失踪的，姜镇元怎样发现金宵不对劲和白愫的推论都一一告诉了曹太后。

曹太后听后出了一身的冷汗，半晌才道："你怎么敢肯定姜宪不是和李谦私奔了？"

曹宣做出又悔又恨的样子："当时我也以为是皇上掳了嘉南，想着若这件事真是皇上做的，让姜家和皇上去撕扯，我们站在旁边看热闹，说不定还能落个好，就没有跟您说，也没有往这上面想。等到金宵一口咬定嘉南是和李谦私奔了的时候，我这才感觉到不对劲。承蒙您瞧得起，让那李谦担了守护万寿山的副指挥使，我这些日子也算是和他同吃同住，颇为了解他。他平日里桀骜不驯，野性难改，因嘉南在水木自亲码头折了他的面子，他一直耿耿于怀。我为了拉拢他，也就没有制止他，偶尔还会在他发脾气的时候附和他几句，以至于他每每说起这件事的时候都咬牙切齿，还曾扬言要姜家的好看。这次金宵邀了我们一起出游，正巧李家的一个护卫奉李谦之命给我送了点山西的土仪过来，我就随口提了提。结果没过几天，他就写了信过来，专程问起这件事，说什么金宵少年英雄，他父亲是太原总兵，金宵又在榆林总兵府任游击将军，和榆林总兵邵家是世交，如果能结识金宵就好了，以后有什么事也可以有个照应。还说如果有机会，让我一定将金宵引见给他。我哪里知道他是在探我的口风啊，我不仅答应给他引见金宵，还安慰他说这不过是个普通的聚会，为了巴结姜家和赵啸，金宵还请了姜律和嘉南郡主……”曹宣有些难堪地低下了头，“姑母，这件事都是我不对。您从前提醒过我，说李家不过是我们手中的屠刀而已，笼络即可，没有必要走得那么近，我……我却妄想以兄弟之义打动他，让他对我言听计从，于是我事事在姑母面前为他掩饰，结果却给姑母捅了这么大一个娄子。”他说着，突然激动起来，眉宇间也添了几分惊慌，道，“姑母，姜律和王瓒已经赶去了山西，而且还带了姜镇元的官印和拜帖，他们一碰头就会发现金宵也上了李谦的当，到时候我们该怎么办？别人都知道李谦是我们家的人，姜镇元会不会以为李谦是受了我们的指使？”

曹太后心里也很慌张，但她的慌张不是李谦背着她给她捅了个大娄子，而是担心事情如金宵所言，姜宪和李谦私奔去了山西。如果真是那样，那李家所谓的投靠就是场笑话了，她不仅信错了人，而且还无人可用，成了姜家案板上的一块肉。

曹太后疲惫地靠在了身后的大迎枕上，发现自己的内衣已经湿透。她闭上眼睛，脑海里像翻书似的，想着对策。

曹宣眼巴巴地望着曹太后，把满天的菩萨都拜了个遍，只盼着能瞒过自己的姑母，别发现李家和姜家的关系。

偏殿里静悄悄的。大约过了半炷香的工夫，曹太后才长长地吁了口气，坐起来，端起茶盅喝了一口茶：“阿宣，我仔细想过了，姜宪不管是和李谦私奔了还是被李谦劫持了，不见到这两个人谁都说不清楚，都作不得数。”她说着，眼角微挑，露出几分狰狞来，“而且就算是李谦劫持了姜宪，谁看见了？谁能作证？谁敢担保姜宪不是因为和李谦私奔又后悔了才倒打李谦一耙的？”

曹宣心里怦怦乱跳，失声道：“您……您是说……”

曹太后眼角的那点狰狞蔓延到了她的眉宇间：“李谦闯下如此大祸，我们说什么都晚了，做什么都别想把自己摘出来了，现在唯一的办法就是死咬着说姜宪是和李谦私奔，这样一来，就算姜镇元想给姜宪出头也只能捏着鼻子认了。”

“您……您是什么意思？”曹宣顿生不妙之感，觉得事情好像有点脱离了他的掌控，朝着不知名的深渊滑落。

曹太后目光闪烁，冷冷地道：“我这就让人写一份赐婚的懿旨，你带着这份懿旨快马加鞭追上姜律和王瓒，在李谦开口认罪之前把这份懿旨给李谦。他是聪明人，自然知道怎么做对自己最有利！”

“可这样一来……”曹宣满头是汗，觉得自己刚从一个泥沼里爬出来又落入了另一个泥沼。那岂不是害了姜宪！御赐的婚姻是不能和离的，他不想姑母伤心，可他也不想逼姜宪嫁给劫持自己的劫匪过一辈子啊！

曹家当权的时候，姜宪虽然多次拒绝曹宣，从来没有给过曹宣一个好脸色，可在曹宣看来，这才是正常人应该有的反应。他不仅没有恨过姜宪，反而觉得姜宪很真实，像个邻家妹妹，比起平时那些围在自己身边看他脸色，而真正意图到底是什么谁也说不清楚的人来说，不知道可爱多少；后来曹家落魄了，可姜宪待他却比从前温和几分。她的爱憎这样分明，曹宣每每想起的时候都会会心一笑，觉得十分难得。现在，他从白愫那里知道了曹白两家联姻的真正原因，就更觉得姜宪像别别扭扭的小妹妹了——嘴上不说，心里却关心着他。他就更不能让姜宪落得被迫嫁人，还和害了自己的人相对一辈子的下场！

“不行，不行！”曹宣下意识地表示反对。

曹太后的目光化作了锐利的刀锋落在曹宣的身上：“混账东西，这也不行，那也不行，你还能干什么？她姜宪是金枝玉叶，你就是从荒郊野外捡回来的不成！姜镇元现在是心疼侄女，没有弄清楚姜宪到底是和人私奔了还是被人劫持了，才隐忍不发。等姜律和王瓒见到姜宪，弄清楚事实，你就等着被姜镇元碎尸万段好了！他这个人发起疯来，就是先帝都害怕，不然先帝怎么会给姜宪一个刚刚出生的小姑娘享亲王俸禄，你以为朝廷的钱多得没处花了吗？这件事由不得你，你不去，我让闵川去，你就给我乖乖地回去做你的北定侯府的大姑爷好了！”

那还不如自己去呢！

“我听姑母的吩咐。”曹宣苦涩地道。

“这就对了！”曹太后大霁。见曹宣神色间带着几分怅然，想着他出生的时候曹家已经发迹，从来不知道世道的艰辛，加之自幼父母双亡，自己对他也教导得少，能长成现在这副温良纯善的性子，总比寡情刻薄要好，何况这孩子在自己落到这样一副田地还知道孝顺她，实在是难得，对他也不应该太过苛刻才是。

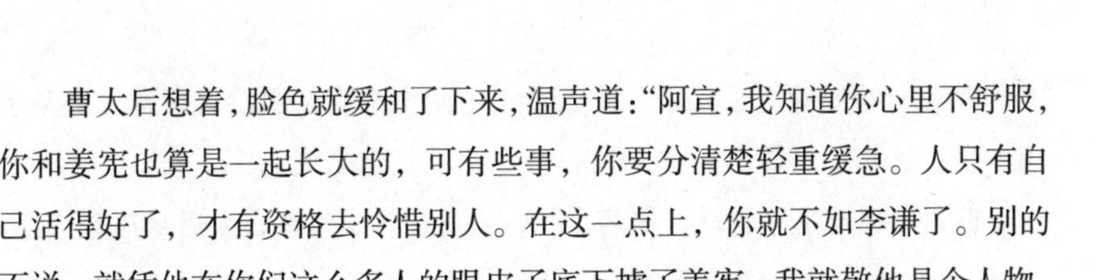

曹太后想着，脸色就缓和了下来，温声道：“阿宣，我知道你心里不舒服，你和姜宪也算是一起长大的，可有些事，你要分清楚轻重缓急。人只有自己活得好了，才有资格去怜惜别人。在这一点上，你就不如李谦了。别的不说，就凭他在你们这么多人的眼皮子底下掳了姜宪，我就敬他是个人物。你这次见着他，对他客气点。”

曹宣听着心中一动，道：“姑母，我要是去的时候李谦已经招了……”

“不会的。”曹太后看了曹宣一眼，很肯定地道，“阿宣，你不懂。李谦和我很像，我们都出身寒微，能一步步走到今天，其中的艰难苦痛，是你不能理解的。就算是到了最后关头，只要还有口气，他就不会放弃，更不会妥协退让。”

曹宣恭敬地应是，顺从而又谦和。

曹太后很满意曹宣的态度，叫来身边的女官进来拟好懿旨，又亲自看了两遍，才让女官用了凤印，交到曹宣的手里，叮嘱他：“你若是没有好马，去宫里找珍宝阁的刘清明，让他给你想办法。我记得去年西域那边进贡了匹汗血宝马，不行你就先借用几天。记得把官印什么的都带上，护卫也要挑高手，外面不太平……”

曹宣一一点头。曹太后又交代了几句，才让曹宣离开。

曹宣拿着懿旨，就像拿了个烫手山芋般慢慢地走着。

出了宜芸馆迎面碰上了闵川，他身后跟着好几个提着食盒的内侍：“国公爷，您这是要回去啊！”他笑盈盈地给曹宣行礼，“眼看就要晌午了，国公爷不在这里用了膳再走？”

“不了，”曹宣心不在焉地道，“太后娘娘有事吩咐我，我急着去办事呢！”

闵川笑着让到了一旁：“国公爷您慢些走！可惜明天才去宗人府领夏裳，不然就可以和国公爷一道回城了。”

曹宣听了一愣，然后暗暗骂了自己一声“笨蛋”，这世上除了姜镇元，最疼爱姜宪的还有太皇太后。如果她老人家知道太后娘娘要逼姜宪嫁给李谦，是绝不会答应的。

曹宣拍了拍闵川的肩膀，说了声“多谢”，转头就步履匆忙地折回宜芸馆。

闵川愕然，不解地望着曹宣的背影眨了眨眼睛，然后不紧不慢地带着那帮捧着食盒的小内侍进了宜芸馆。

曹宣喘着气冲进了偏殿，曹太后正由两个小宫女服侍着穿鞋，准备去用午膳，见状不由得愠道："阿宣，什么事让你这么失态？"

曹宣心里已有了计较，把两个小宫女赶出去，坐在曹太后身边轻声道："姑母，您怎么把太皇太后给忘了！"

曹太后一时没明白。

"您想想，那姜律和王瓒过去，肯定带了不少护卫随从，姜家的护卫随从可不是那些纨绔子弟用来撑场面的花架子，我就带那么几个人去，如果姜律不接旨，不承认这门亲事怎么办？"

曹太后看着曹宣隐隐透露着几分喜悦的面孔，不由得笑道："那你有什么好主意？"

曹宣定了定神，让自己的语气尽量平和舒缓："我看，这赐婚的懿旨不如由太皇太后来下！"

"你是说……"曹太后立刻明白过来，眼睛一亮。

曹宣道："姜家可以不听我们的，难道还能不听太皇太后的？就算他们不听，那也是他们和太皇太后的事，与我们何干？而且凤印在您这里，太皇太后若要下旨，只能动用皇上的玉玺，如果姜家不遵，那就是抗旨。"

"不错，不错！"曹太后欣慰地望着曹宣，"你终于做了件有脑子的事。"

曹宣汗颜，心想，要是有一天您发现我到底干了些什么，别把我给撕了就成。

曹宣赶回了京城。

他求见太皇太后的时候，太皇太后正和太皇太妃用午膳，听了宫女的禀告不由得看了看外面的天色，困惑道："这个时候？"

宫女连忙点头："承恩公说，有急事找您，让您无论如何也见他一面。"

这样的说辞在觐见的时候是几乎没有的，太皇太后猝然想到还没有回宫的姜宪，心里顿时有些急起来，放下筷子就去了偏殿。

曹宣正在偏殿打着转，看见太皇太后立刻跑了过去，并对陪着一同前来的太皇太妃道："还烦请您帮我们看个门，我有话要单独和太皇太后说。"

两位老人家脸色都变了，太皇太妃更是一句话都没有问就带走了随身服侍的人。

曹宣扶着太皇太后在偏殿的罗汉床上坐下，这才把曹太后的懿旨拿出来，把这几天发生的事告诉了太皇太后。

太皇太后听了差点昏过去。曹宣吓得够呛，不禁后悔自己行事太莽撞，忙喊了孟芳苓进来，给太皇太后吃了粒舒心保肝的药丸。

太皇太后闭目养了会儿精神，遣了孟芳苓，问曹宣："你是说，现在谁也不清楚保宁到底是和李谦私奔了还是被劫持了，但曹氏却要一口咬定保宁是和李谦私奔了，所以你想亲自跑一趟，让我给你写两份圣旨，如果保宁是和李谦私奔，就赐婚；如果是被李谦劫持的，就赐死李谦。是这个意思吗？"

"是！"曹宣没有摸清楚太皇太后的意思，不免有些惴惴不安，小心翼翼地道，"太皇太后，我好歹是看着嘉南长大的，论起来，我还是她的姐夫。曹家和姜家的恩怨是一回事，可事关嘉南的婚姻又是另一回事，我不想嘉南不幸福。"

太皇太后紧紧地抿着嘴，目光黯淡地斜倚在大迎枕上，半天没有说话。

曹宣不敢催促，屏气凝神地候在一旁。

"我明白了。"良久，太皇太后缓缓地道，"掌珠说保宁不会私奔，可也没有否认保宁私底下常常和李谦见面，是吗？"

曹宣点头："清蕙的确是这么说的。"

太皇太后听了，又是一阵沉默。

曹宣琢磨不透太皇太后此时是怎么想的，心里急得不得了。姜律是少年将军，骑射功夫了得，而且带着王瓒已经比他早走半天，再耽搁下去，自己就算是求得了圣旨只怕也没办法及时赶到。

太皇太后不动声色地坐直了身子，向着曹宣伸出手去，一副要下炕的样子。

曹宣忙上前躬身扶住了太皇太后。

太皇太后站在罗汉床前的踏脚上："曹宣，你把你姑母的懿旨留在我这里吧！"

曹宣犹豫了两息，把懿旨给了太皇太后。他觉得这世上没有谁比太皇太后更疼爱姜宪了，她肯定舍不得让姜宪难过。

太皇太后喊了孟芳苓进来，把懿旨递给她道："你这就去准备好文房四宝，我和承恩公要用。”

曹宣愕然。

太皇太后道：“既然要下圣旨，总得有个人拟旨，我看就由你来好了。”

曹宣不禁松了口气，忙扶着太皇太后去偏殿的书房，按着圣旨的格式先在纸上拟了两份旨书。

孟芳苓走了进来，拿了三张空白的圣旨进来，笑道：“世子爷，奴婢怕你写坏了，就多拿了一张过来。”

曹宣望着那五彩织金的绫锦，心情有些复杂，空白的圣旨应该不是那么好拿的吧？想是这么想，他还是坐下来工工整整地用馆阁体把太皇太后认可了的旨书誊在圣旨上，并在等墨迹干的时候问一直等在旁边的太皇太后：“要不要去行人司那边打听一下今天是谁当值？”

玉玺不止一个，每个的用途都不一样，偶尔皇帝兴起，还会启用新玺。除了刻有“受命于天，既寿永昌”的传国玉玺之外，还分别有皇帝用于封命诸侯三公时用的皇帝行玺、用于给诸侯和三公书信时的皇帝之玺、用于发国内之兵的皇帝信玺、用于封命藩国之君的天子行玺、用于与藩国书信的天子之玺和用于征藩用兵的天子信玺。传国玉玺由皇帝保存，其他的玉玺都由尚宝监管着。平时用玺的时候通常都是由行人司将用玺文书送至尚宝司，尚宝司发揖帖给尚宝监，由尚宝监的大太监从管着玉玺的女官处取玺。

程序非常复杂、烦琐。可自从孝帝为讨静妃欢心，在静妃生下先帝之后给她晋位时用了传国玉玺之后，加上先帝是个更喜欢折腾的，赵翌又有曹太后垂帘听政……各种玉玺的使用就有点乱了。可不管怎么乱，想在这空白的圣旨上盖上有效的玉玺，就得由行人司出面，这就有可能惊动赵翌。这件事一旦变得尽人皆知，一个不小心，就会变得不可收拾。

谁知道太皇太后眉也没有皱一下，起身吩咐曹宣一句“你拿着圣旨跟我来”，连衣饰都没有换，带着孟芳苓直接朝外走去。

曹宣忙跟了上去，忍不住小声地提醒太皇太后：“我来之前问过，今天行人司当值的是翰林院学士吴辅成……”

吴辅成出身寒微，早年进京赶考的时候借居在京郊的长椿寺，镇国公府老国公夫人去寺里还愿的时候曾经救了卧病在床的吴辅成一命。吴辅成很是感激，逢年过节的时候总会去探望老国公夫人，两家颇有些来往。

太皇太后看了曹宣一眼。曹宣心中一颤，总觉得太皇太后那一眼若有所指，心中不免发虚，不敢再说什么。

很快，太皇太后出了慈宁宫，往内务府去。

曹宣一愣。内廷十二衙门就设在内务府，难道太皇太后要直接去尚宝监不成？可没有尚宝司的揭帖，尚宝监是不敢用玺的。内务府巴掌大小的一个地方，十二衙门的大太监全在里面办公，就是曹太后在的时候，对他们也是客客气气的，太皇太后亲临，根本就瞒不住。这都是小事，怕就怕泄露了圣旨上的内容。

曹宣忍不住再次道："太皇太后，您看我们要不要想办法先到行人司那里下个公文……"

太皇太后没理他，只是催抬肩舆的内侍："快点！"

内侍们不敢耽搁，小跑起来。曹宣没有办法，只得跟上。很快，他们进了内务府。来来往往的内侍都看傻了眼。

太皇太后示意随行的太监："关门！"随行太监立刻把几个还没有走远的内侍、少监拎了回来，关上大门。

太皇太后问那几个被拎进来的少监："尚宝监在哪里？"

能在这里走动的就没有一个傻的，那少监立刻一副鹌鹑样，忙道："奴婢这就带您去。"

太皇太后点头，由孟芳苓搀扶着往西边去。一个留在原地的随行内侍不知道从哪里拿出根廷杖，对院子里的那些内侍喝道："全给我贴墙站好！"

不仅把那几个内侍呵斥住了，那些原本在窗后面看热闹的内侍也忙缩回头。整个内务府静悄悄的没有一点声响。

曹宣苦笑。太皇太后显然早有安排，他既不能阻止也拿不出更好的办法来，还不如跟着太皇太后。曹宣在门口想了一会儿，抬脚往院里走。

尚宝监的大太监领着二三十个内侍跪在院子里。太皇太后站在台阶上，目光冷冷地看着远处的天空，一个穿着正六品服饰的内侍被随着太皇太后来的内侍按在地上，脸上蒙着打湿了的桑皮纸，因为窒息而拼命挣扎着。

曹宣腿一软，差点就瘫在地上。他扶着旁边的花树，深深地吸了口气，悄声问身边一个小内侍："这是怎么一回事？"

那小内侍看了他一眼，声若蚊蝇地道："太皇太后让他在圣旨上用印，他说要尚宝司的揭帖……"

曹宣默然，发现周围跪着的内侍除了两个正五品，其余都是些没有品阶的。两个正五品一个忍不住举袖擦着满头的大汗，一个像筛糠似的抖个不停。

太皇太后温柔地问地上两个五品的内侍："你们手里也没有保管玉玺的钥匙吗？"

曹宣看了看太皇太后白皙丰腴的面庞，想到还在太皇太后脚下垂死挣扎的那个六品内侍，突然明白了姑母对他说过的话："只要能在后宫里活下来的女人，就没有一个是简单的人物。"

那位像筛糠般的内侍已手脚并用地朝太皇太后面前爬去，嘶声嚷道："太皇太后，奴婢知道钥匙放在哪里，奴婢这就去给您找……"

太皇太后看也没有看他一眼。

刘小满则上前扶起他，见他裤裆湿漉漉的，发出一阵怪味，站都站不住了，忙朝旁边的人使了个眼色，立刻有人过来架着那内侍。刘小满这才笑着对那内侍柔声道："这才对！太皇太后她老人家使唤你，那是你祖上冒青烟，是给你的恩典……"他说着，随那两个内侍进了尚宝监的正堂。

太皇太后看了曹宣一眼。曹宣打了一个寒战，想到那两张圣旨还在自己手里捏着，回过神来，急匆匆地跑进尚宝监的正堂。

身后传来一片求饶声。曹宣强忍着才没有回过头去，如果太皇太后把这些人都杀了，皇上应该很快就会知道吧？

曹宣心乱如麻，只见刘小满不知道从哪里拿出一大串钥匙，嘴里嘟囔着"到底哪把钥匙才是"，手却麻利地试着那个放着皇帝行玺的琉璃罩子。

他顿时有些走神。姜宪算是公侯，给她赐婚，自然得用皇帝行玺，可李谦却只是个小小的从三品游击将军。赐死的那道圣旨，若是皇上当成私事来处理，着礼部用他平时用在奏折上的印章就行了；如果当成公事来处理，由刑部上折子盖上"皇帝制诰"的印章就行。李谦这回搭上了姜宪，也算是享受了一次公侯的待遇，圣旨印着"皇帝行玺"，难怪这朝廷上下的少年郎都想娶姜宪，连死都可以享受比别人高的等级……

曹宣想到这里，不由得冷哼。如果李谦真的劫持了姜宪，死都便宜他了！他再朝刘小满望去的时候，刘小满已拿了皇帝行玺出来，对曹宣道："快把圣旨打开铺在书案上。"

曹宣慌乱地哦了一声，快手快脚地打开了圣旨。

刘小满从随身的荷包里拿出一小盒朱砂。

曹宣看着刘小满连手都没有颤一下，就将皇帝行玺盖在圣旨上面，心想，太皇太后那里还有张空白的圣旨，如果盖上了皇帝信玺送给姜镇元，又会发生什么事？他在朱红色的印章处撒了吸墨的细沙，在等着印章干的时候小声问刘小满："外面的人怎么处置？"

刘小满望着他和善地笑："谁会去告诉皇上？连玉玺都保管不好……"

曹宣不由得心中发毛，道："可皇上不可能不知道……"

"现在不说，以后再说还有什么用？"刘小满像教导小辈似的声音温煦，"更何况，司礼监的秉笔太监这个位置不知道有多少人盯着呢，他干不好，自然有人想干。不然出了这么大的事，外面怎么不见一个正四品的？人家都躲在屋里揣着聪明装糊涂呢！承恩公以后做事，也要多动动脑筋才是。人心难测，可也正是这难测的人心，掌握好了，就能无往不利。"他见曹宣听了他的话一点也没有放松，反而更紧张了，索性低声道，"早年这玉玺是由宫里的女官掌管的，你道为何孝帝时候变成了尚宝监？就是因为那时候的司礼监秉笔太监们觉得用印不方便，不能瞒着皇上偷偷地在圣旨上用玺，没办法显示司礼监是内廷第一衙门的威风，不然你以为他们为什么这么老实？事情做绝了，大家鱼死网破，皇上还敢管到太皇太后的头上不成？"

到底是曹太后护着长大的，就算是家破，人还是有几分稚嫩。刘小满笑着，拍了拍曹宣的肩膀："您也别发呆了。太皇太后她老人家嘱咐了，奴婢等会儿走趟御马监，让他们把皇上养在西苑的那匹汗血宝马借着用一用。国公爷此时不妨出宫去，想想要带哪几个人去山西。等会儿奴婢带着马和圣旨在皇城北大街的内校场等您。那里的管事太监是奴婢的熟人，正好把那马给涂点颜料，万一那马跑死了，也不用管，直接丢在路边就行，别人也不知道那是匹汗血宝马……"

曹宣不知道自己是怎么走出宫去的，等他定下神来的时候，已经在赶往山西的路上了。

赵啸一口气睡到了午膳的时候才被随从叫醒，想到这几天发生的事，觉得像做梦似的，呆呆地坐在床头良久，这才问随从："镇国公府那边有什么动静没有？"

随从犹豫了片刻，悄声道："世子爷，镇国公世子和恩亲伯世子带着人出了京城，看方向，应该是往西边去了，而且是一人双骑……"也就是说，会日夜兼程地赶路。

赵啸神色大变，这个时候，能让姜律和王瓒同时离京的，除了姜宪，没有第二个人、第二件事。

赵啸腾地从床上跳了下来，失声道："快！快去给我准备车马，查查姜律和王瓒现在在什么地方！"

姜律和王瓒日夜兼程，不过两天的工夫就到了定州。

随行的侍卫都已经快要口吐白沫了，姜律的随从福升不得不提醒姜律："大公子，今天晚上我们还是在这里歇会儿吧，已经跑死好几匹马了。"

只有一骑的侍卫不可能总是日夜不停歇，如果姜律执意继续赶路，就意味着他们会缺少兵力。姜律的脸色发青，不得不下令众人扎营休整。王瓒眼眶深陷，眼底发青，看上去像被饿了几天的逃荒人。他站在山坡上望着那些侍卫搭建营地，沉默得像座山。

姜律不由得叹气，递了个水囊给他，温声道："你昨天一天都没有吃东西，喝口水润润喉咙，我叮嘱福升给你熬了点肉汤，你多少喝一点。别人没有找到，你先倒下了。"

王瓒低下头，接过水囊连喝了几大口，甚至还因为动作太过粗鲁而把水溅在衣襟上："谢谢！"他声音嘶哑地道，"也不知道保宁现在怎样了……"

姜律抿着嘴静默了一会儿，低声道："她不会有事的。"

姜宪和李谦私奔的猜测，姜镇元和姜律都下意识地没有告诉王瓒。可如果是劫持，李谦还没有联系他们，也许是还没有安顿好，也许是代表李谦和他们讲条件的人还没有联系上他们。不管是前者还是后者，只要能追上李谦，他们就不会像现在这样被动了。

姜律想着，顿时觉得有了希望。他拍了拍王瓒的肩膀，道："别担心，

太皇太后说过，保宁是个福人，她会逢凶化吉的。”

既然有福，为何会父母双亡、寄人篱下？王瓒望着夜幕下的山林，目露茫然。

而此时的姜宪正在一片山林里宿营。

李谦提着一盏小小的灯笼，笑着问坐在马车里的姜宪：“你真的不和我一起去吗？”

“不去！”姜宪不耐烦地说道，语气里有着她自己也没有察觉的犹豫，“我最讨厌往树林去了，每次去，那些虫子都会咬我，痒好长时间……”

“我这里有香囊，戴上就不会被虫子叮了。”李谦说着，指了指腰间挂着的荷包，“这是当年你曾祖父征讨苗疆的时候委托百草堂做的，据说连瘴气都防……”这药如今成了军中必备，百草堂也因此赚了个盆满钵满。

谁知姜宪却道：“你得了热疖为何要喝金银花饮，不喝藿香正气水？”虽然都是夏季消暑的汤饮，可金银花饮是清热解毒，藿香正气水却是治夏热所患的风寒。

李谦失笑，没有辩驳：“那我自己去了。”他的声音温柔得如那春末的夜风，“给你捉几条小鱼烤着吃。”

姜宪忍不住笑了起来，大大的杏眼弯弯如月牙儿，李谦强忍着才没有伸手去抚她的眼角。姜宪笑着道：“你钓不到大鱼就直说，何必拿什么烤鱼来应付我，难道大鱼就不能烤着吃？”

李谦低低地笑，笑声轻快又清越，听得出，他很高兴。越深入山西，李谦就越放松，特别是在娘子关和那个叫钟逸天的人会合之后，李谦明显地松了一口气。

姜宪不记得钟天逸这个人，却知道李谦手下有一员大将叫钟天宇，是一个智勇双全的帅将，一直镇守甘肃，她没见过。这个钟天逸不过十七八岁，沉着脸的时候眉宇间透着几分凶悍，笑的时候却十分活泼开朗，看他的着装谈吐，应该是李家去福建时留在山西的底牌。他这么快就被李谦委以“重任”，显然是李家的死忠，并且对李谦个人十分推崇。

自那天和他把话说开之后，姜宪就越来越放松。李谦知道，她已经意识到他不可能把她送回京城了，只能等着姜律来救她，所以干脆抛开那些杂念，怎样舒适就怎样过日子。

他觉得这样很好，能不能留下姜宪，首先取决于他能不能说服姜律，能不能得到姜家的承认。这一段路程，也许是两个人之间最后的时光，也许是全新的开始。

李谦帮姜宪掩好车帘，隔着帘子小声地叮嘱她早点歇息，若是睡不着，就让刘冬月给她读词话本，他最多一个时辰就会回来；若是他回来的时候她还没有睡，就给她烤鱼，让她尝尝他的手艺，若是他回来的时候她睡了，明天就煮鱼汤给她喝……

林林总总，听得刘冬月都有点抬不起头来，心里眼泪哗哗直流。郡主还说她是被劫持的，有被人劫持了日子过得比劫匪还舒服的吗？要是大公子追了过来，郡主却要跟李谦去山西，他该怎么办啊？

刘冬月在那里胡思乱想，李谦已把灯笼交给随行的小厮，领着几个人走了。刘冬月忙道："郡主，您是听听词话还是歇一会儿？今天又赶了一天的路，您辛苦了。"

姜宪意兴阑珊，答非所问地道："你说，要是我想明天白天去垂钓，李谦会答应吗？"

刘冬月还真不知道。李谦平时对姜宪千依百顺，可一旦涉及赶路的事，凭姜宪怎么说他都会坚持己见，丝毫不动摇。可这样的话他不敢跟姜宪说。他怕姜宪不高兴，可他也不能不答："郡主，我觉得您还是别去山林里玩了，谁知道里面有些什么？我去年夏天的时候就听人说，曹太后去万寿山避暑，有个随行的小内侍被蛇给咬死了，反正我是不想去的……"

姜宪气结："什么时候轮到你想去不想去了？"

刘冬月忙苦着脸求饶道："郡主，奴婢说错话了……"

姜宪懒得跟他计较："我让你套套冰河的话，你可问出什么来了？"

李谦的小厮冰河在娘子关等着他们。

刘冬月无奈地摇头，道："那小子精着呢！我问他十句他能答我一句就不错了。我反而觉得云林不错，有什么事问他，他还能告诉我。"他说着，悄悄地撩了车帘朝外望，道，"郡主，那个叫钟天逸的陪着李大人去了林子里边，云林还在那边督促那些人安营。要不我们趁着这个机会问问云林，李大人准备把我们带到哪里去？”

姜宪冷笑道：“云林是有名的智多星，他能让你套出话来？”

刘冬月低着头没有说话，心里想，郡主您还说您和李谦没有关系，怎么李谦身边的随从是什么性子都知道？看来，有些话他不能藏着掖着了，他得跟郡主挑明了。刘冬月在心里给自己打了半天的气，鼓起勇气道：“郡主，我以后就跟在您身边服侍您，您看可好？”

姜宪一愣。

刘冬月忙道：“郡主，我也知道这不合规矩，可这规矩不是人定的吗？您在小汤山的温泉别院还没有完全修缮好，钥匙还在我手里呢！还有，太皇太后让内务府出钱，给您弄了好几个田庄，那几个田庄从前都是皇庄，那些庄头的眼界可高了，一般人根本镇不住。再就是您身边服侍的人，全都是些宫女嬷嬷，没几个内侍，您这想去买个胭脂水粉什么的不都没个跑腿的吗？郡主，您就把我留在您身边吧，我在内堂上过学，能背《三字经》，还会算术……”

都怪李谦，要不是他，刘冬月这个时候应该在小汤山帮她装饰温泉别院了。姜宪想想心里就有点烦，但她也知道刘冬月在担心什么，好歹是条人命。她向他保证：“你放心，有我一口吃的就有你的一口，你只管跟在我身边就是了。”

刘冬月喜出望外，在马车里跪着给姜宪谢恩。

姜宪又叮嘱他道：“我们都要好好地回去才是，有什么事你自己多个心眼，怎么也要留下性命，不然再多的荣华富贵也与你无关。”

刘冬月连连点头。

有人敲着马车的车板，低声道：“郡主，我是云林，给您送热水。”

姜宪示意刘冬月不要再说。刘冬月点头，去接了热水，问姜宪要不要沏茶。姜宪摇头，决定早点休息。

刘冬月帮姜宪铺了床，吹了灯，在黑暗中守着呼吸均匀绵长的姜宪。

不知道过了多久，外面有动静。刘冬月撩了角车帘看，是李谦他们抓鱼回来了。那个钟天逸跟李谦差不多高，两个人低声说笑着在营帐旁边分手，钟天逸去了云林歇息的帐篷，李谦手里拿着个什么东西走了过来。

刘冬月不敢得罪他，轻轻地把车帘撩开了一道缝。

李谦声若蚊蝇地问他："郡主睡了？"

刘冬月点头。

李谦探头进来，借着洒进来的月光看着姜宪熟睡中的身影，好一会儿才把手中的东西递给刘冬月："你把这个给郡主。"

刘冬月低声应"是"。

李谦这才慢慢地离开了马车。

钟天逸不知道从什么地方钻出来，笑着撞了撞李谦的肩膀，道："我看那郡主还没有高姐姐漂亮，你怎么就为她要死要活的，非她不可？"

李谦轻蔑般地瞥了钟天逸一眼道："我看你比你弟弟聪明多了，钟世伯怎么要把家业交给你弟弟？"

"你小时候可不这样，怎么几年没见，说话却没一句能听的！"

李谦不以为然，道："你明明知道郡主是我心尖上的人还胡说八道，还想听我说你的好话，你没病吧？"

钟天逸欲言又止。

李谦像没有看见似的接着说道："时候不早了，你也早点歇了吧，明天我们还要赶路。"

钟天逸闻言怪声怪气地道："我们这叫赶路？这是游山玩水吧！"

李谦没有理他，往自己的帐篷走去。

钟天逸冲着他的背影"喂"了一声，道："宗权，你该不会是准备在这里把事情给解决了吧？"

李谦没有回答他，只是侧过身来朝他扬了扬手。

有鸟儿扑棱扑棱的扇羽声。李谦和钟天逸同时朝天空中望去，一只巴掌大的翠鸟落在了钟天逸的肩膀上。钟天逸微愣，取下了翠鸟脚上绑着的纸条。李谦面色严肃地走了过去。钟天逸趁着月光看了一眼，笑道："没想到那位镇国公府的世子爷还真有几分本事——他们已经到了定州，照这样下来，最多两天就能追上我们了。"说着，把纸条递给李谦。

李谦拿过来看了一眼，把它撕成碎片："我们明天应该可以到阳泉了吧？"

"嗯。"

"我记得阳泉有座药林寺，苍松翠柏，风景宜人。"李谦沉吟道，"郡主这些天一直在赶路，身体疲惫，我们明天去药林寺歇歇脚如何？也好让郡主休息休息。”

钟天逸翻了个白眼。那药林寺的确苍松翠柏，风景宜人，可也山势陡峭，沟深壑陡，一不小心掉下去，就会粉身碎骨，尸首无存……他不由得道：“宗权，你去了趟京里，说起话来都文绉绉的了，我看你和官府衙门里的那些人越来越像了。你想收拾那位镇国公世子爷你就直说，还说什么风景宜人……”

李谦听着笑了起来：“天逸，你觉得镇国公府的世子爷很好收拾吗？”

钟天逸想了想，说道：“九边里面我最瞧得起的就是金宵了，他难道比金宵还厉害吗？”

李谦笑道：“所以我让你去京里瞧瞧，你去了京城，才知道真正的纨绔子弟是什么样子，真正的世家子弟又是什么样子。”

钟天逸听完跃跃欲试，道：“我帮你打头阵吧？”

李谦不置可否。

第二天早上，姜宪醒来就看见枕头旁边放着一个田螺壳，酒盅大小，壳是粉红色的，泛着七彩的荧光，看上去有点像打磨了的蚌壳。她不由得拿在手里把玩，问刘冬月：“这是哪里来的小东西？”

刘冬月正端了洗脸水进来，闻言笑道：“这是李大人昨天晚上送过来的，见您睡了，没敢吵醒您。”

姜宪拿在手里对着阳光照了照，田螺壳上有一圈一圈像被水冲刷出来的纹路，非常漂亮。她对刘冬月说道：“可以做成个花觚，比瓷器和锡器的都有意思。”喜欢之情溢于言表。

刘冬月抿了嘴笑道：“李大人实在是有心，今天天还没有亮就起来，现在正熬着鱼汤呢。您洗漱完了，我端点过来您尝尝。”

姜宪点头，把田螺壳放在一旁。刘冬月忙把东西收了起来。

姜宪用青盐漱了口，净了脸，胡乱绾了头发，正等着用早膳，李谦就亲自端了碗鱼汤进来放在了马车的小几上。她一看，还真只是一碗汤，熬得白白的，像羊奶。姜宪喜欢这些清淡的东西，喝鸡汤也只是喝那一碗汤而已。她笑着向李谦道了谢。

李谦的目光在她的头上停留了片刻。她根本没法好好洗头发，这几天就这样随便地绾着，蓬头，好在没有垢面。李谦心里很不是滋味，姜宪长这么大也没有这么狼狈过吧？偏偏姜宪一点也不在意，任头发披着散着。他每次看到她这样就会想起书中描绘的那些魏晋名士，自有股高华气度，让他觉得她狼狈也有狼狈的好看。他没有像平时那样离开，而是坐在车辕上细声地和她商量道："这附近有座药林寺，风景很好，要不我们去寺里歇一晚吧，你也可以沐浴盥洗一番，太原离这里还有三四天的路程。"

姜宪歪着头看他，调笑道："你还真准备带我回太原啊？你父亲应该不知道这件事吧，难怪你跟我说你在总兵府的后面置了个宅子，是想学别人金屋藏娇不成？"

李谦的耳朵突然红通通的，他有些不自在地轻咳了一声，跳过了这话题："我听说药林寺有个凉石窟，石窟雕着好几尊佛像，还有口八角井，那井水可以消灾防病，被当地人称为'圣水'。到时候我陪你去讨一碗喝可好？"

姜宪知道李谦这是不想告诉她他的打算，心中有些怅然，又觉得如果换了她是李谦，只怕也会这样做，一时间又觉得很理解，发脾气就显得有些无理取闹了，遂也不去追究。她和李谦说着闲话："别的都好说。那药林寺的香火旺，能旺得过大相国寺和白云观？与其去看热闹，你还不如找个地方让我歇歇，这些天总睡在马车上，我的腰都要僵了。"

李谦不由得朝着她的腰睃了一眼。姜宪歪在大迎枕上，曲线如起伏的山峦一样迷人，特别是沉下去的纤纤腰肢，细若拂柳，仿佛两只手就能合拢似的。

"那好！"李谦有些心猿意马，"我这就差人去药林寺打点，我们的马车可以慢点走。你明天还要去城里逛一逛吗？有没有什么东西需要买？"完全不担心有人会找上来似的。

姜宪心中一沉，没了和李谦说话的心情，问道："你用了早膳没有？我要用早膳了，有什么话我们等会儿再说吧。"

李谦应了声"好"，目光却流露出缠缠绵绵的不舍之意。

姜宪只觉得脸烧得火辣辣的。

中午，他们到了药林寺。药林寺的住持披着袈裟，带着几个大和尚小沙弥在山门前迎接，旁边还有顶软轿。

姜宪额头冒汗。

李谦和那几个和尚沙弥寒暄之后，果然要她上软轿。姜宪觉得几位高僧爬山，自己坐着软轿跟着，好像对菩萨有些不恭敬，不太想乘软轿。

谁知道李谦却悄声对她道：“那天你从田庄的内宅走到偏门都几乎走不动了，何况这药林寺的几千级台阶呢，要是你走到半路上走不动了，可是连个健妇都没有……”他说到这里，两眼冒光，嬉笑道，“不过这样也好，到时候我就背你上山下山好了。”

姜宪把他给赶走了，想到自己喘着气爬不上去的样子，还是由刘冬月扶着上了软轿。

李谦由几个大和尚簇拥着往山上爬。

姜宪撩了轿帘朝外看，不是青绿松柏，就是重峦叠嶂，看了几眼就觉得没有意思，放下了轿帘假寐。可谁知真的睡着了，等她醒过来的时候，已到了寺庙的大殿前面。

刘冬月忙上前服侍姜宪戴帷帽。

几个大和尚尚可自制，跟过来的几个小沙弥却不行，瞅着机会就看上姜宪一眼，好奇之心表露无遗。

他们拜了菩萨之后，在专给香客留宿的厢房里歇下。那几个小沙弥送了热水过来，见刘冬月在外间服侍姜宪，又开始看着刘冬月窃窃私语。

姜宪懒得理会，她几天都没有好好洗个澡了，在李谦不知道从哪里给她找来的新浴桶里泡了个舒服，然后草草擦了擦身。她生平还是第一次自己给自己洗澡。

姜宪正犹豫着是不是叫刘冬月进来帮个忙，刘冬月隔着门扇道：“郡主，李大人打发两个妇人来给您洗头，您看要不要她们进来服侍？”

刚才洗澡打湿的头发把她的中衣都弄湿了，不让她们进来服侍，等会儿恐怕要穿湿衣服了，何况她相信李谦找来的人应该不会很差才是。姜宪让那两个妇人进来了。

两个妇人穿着都十分普通，但干干净净的，进来后眼睛也不乱看，一看就是手脚麻利、进退有度的妇人。

姜宪由着她们帮自己洗头。那两个妇人一开始还不吭声，后来见姜宪面相和善，忍不住就夸起姜宪来。

“姑娘这头发可真是漂亮，乌油油的，不涂头油也滑溜溜的，十里八村的闺女小媳妇我见过不少，却没有一个能和姑娘相比的。”

“姑娘这皮肤真是细腻，比那刚出生的孩子还要粉嫩，难怪刚才那位大爷吩咐只给姑娘洗头，这要是给姑娘洗澡，我们这双手怕是要刮伤姑娘的皮肤了。”

“姑娘身边怎么也没有带两个小丫鬟？刚才外面那少年是姑娘的什么人？您身边怎么也没有个服侍的？”

姜宪不愿意在外人面前驳了李谦的面子，坐在罗汉床上由那两个妇人帮着绞头发的时候轻声道：“我们只是路过药林寺，临时起意进来看看，耽搁了时间，不然早就到家了，也就不会请二位来帮着我洗头了。”

两个女人笑眯眯地点头，一会儿赞叹姜宪身上的衣料好，一会儿赞叹姜宪的簪子精美，却只是不冷场而已，并不显聒噪。这样的人物姜宪在宫里见过不少，外面却少见。她不得不感慨李谦办事厉害，不过这会儿工夫，就找了两个十分会应酬的人。

两个妇人告辞的时候，姜宪让刘冬月打了赏。刘冬月不由得庆幸郡主去田庄的第一天就被李谦拐了出来，原本准备打赏田庄仆妇的银锞子还在，不然可就丢脸丢大了。两个妇人自然是喜出望外，说了一箩筐好话，才被冰河领了出去。

李谦和钟天逸歇在正房对面的倒座，两个人盘坐在临窗的大炕上喝茶，透过支开的冰裂纹窗棂看着两个妇人兴高采烈地拿着赏钱从正房穿过院子向外走，钟天逸不由得道：“你就任由郡主这样折腾不成？我看姜律很快就会追过来，到时候看你怎么办。”

“她怎么折腾了？”李谦不以为然地喝了口茶，懒洋洋地道，“不过是打赏了两个妇人罢了，这对她来说就像我们喝茶要掀开茶盅的盖子一样平常，我还要和她过一辈子呢，自然要让她觉得怎样舒服就怎样过了。至于姜律，我不可能躲他一辈子，姜家在没有找到我们之前是不会让风声走漏的。你放心，现在没有几个人知道郡主和我在一起。”他也沐浴过了，换了件青竹色的素面杭绸夹层道袍，还带着几分湿意的头发用根竹簪随意绾着，神态悠闲地倚在靓蓝色粗布印花的大迎枕上，俊俏的面孔在光线幽暗的厢房里白皙得发光。

钟天逸撇了撇嘴："嘉南郡主不会是看中了你这张脸吧？可男人仅有张脸有什么用，还是得靠真本事吃饭吧。"

李谦失笑："你不是说你很佩服金宵吗？你到底见过金宵没有？当初太皇太后给郡主选婿，金宵没选上。"

钟天逸不由得拍了拍额头，奇道："那嘉南郡主到底喜欢你什么？你可别说你们从前不认识，我虽然不像我弟有那九曲回环的心肠，可也不是傻子。"

李谦笑而不答，起身趿了鞋："我去看看郡主，她那边应该收拾完了。"

钟天逸一听跳了起来："我也去！"

李谦想了想，道："也行，你这些年在江湖上走动，知道的奇闻轶事多，等会儿给她讲讲，免得她无聊。"

"敢情你把老子当成说书的了！"钟天逸瞪着李谦，眼睛有铜铃大。

李谦不以为意地说道："要不是看你性子跳脱，我就请天宇帮忙了。我把你当成我的朋友第一个引见给郡主，你还不愿意，那正好，你就别去了，我准备太阳快下山的时候邀郡主到凉石窟走走。你去帮云林好了，他等会儿要领着人去周围看看……"

"谁说我不愿意去了！"钟天逸不满地冲着李谦"喂"了一声，神色一肃，道，"说正经的，天宇最崇拜你了，他要是知道我领着人来给你办事，肯定一声不吭地就跟过来，你怎么没有叫他来？"

李谦漫不经心地说了句"你身手比天宇高啊"，下炕出了倒座。

"啊？"钟天逸不解地望着晃动着的门帘子，忙追了出去。

姜宪的头发还散着，听人通禀说李谦过来，还说带了个朋友，只好让刘冬月帮自己梳头。还好刘冬月没吃过猪肉也见过猪跑，忙乱了半天总算是绾了个纂儿，姜宪才去了正房的正堂。

李谦和钟天逸正坐在正堂的太师椅上等她，见她出来，李谦站起来，钟天逸咧着嘴倒吸了口凉气，也跟着站了起来。彼此见了礼，李谦问姜宪有没有兴趣去凉石窟看看。

姜宪笑道："今天晚了，明天再和大人一起去吧！"十分给李谦面子。

那岂不是明天还要在药林寺待一天？钟天逸想出言阻止，谁知道李谦已笑着应"好"，问姜宪想不想去院子里坐会儿："太阳不大，又已经偏西，院子里架着葡萄架，嫩叶都出来了。郡主这几天都在马车里，不如晒晒太阳透透气。”

姜宪腹诽，还不是因为你才只能待在马车里？可面上却笑着和李谦出了正堂。

三个人坐下，冰河和刘冬月端茶点，小心翼翼地服侍着。这个时候刘冬月的细致周到就体现出来了。冰河放茶盅的时候会发出细微的碰瓷声，而且放下就放下了。刘冬月则会把茶盅放在姜宪伸手就能拿到的地方，进退之间没有一丝声响，低垂着眼睑，视线从来不曾落在三个人的脸上。可姜宪的目光若是在果盘上停留了几息，他就立刻递了牙签过来，姜宪刚刚吃完了瓜果把牙签放下，他立刻就递了温热的帕子……

钟天逸非常好奇刘冬月是怎么做到的，他三番两次地盯着刘冬月看，看得刘冬月不自在——在很多人眼里，宦官是个非常奇怪的东西。

姜宪心中大怒，对着钟天逸冷笑道：“不知道我这侍从哪里得罪了钟公子，要钟公子盯着他眼珠子都不转一下？我这侍从没有别的本事，服侍人还不错。钟公子既然和李大人是世交，想必也是钟鸣鼎食之家，莫非是想让我这侍从指点指点家中的仆妇？”

钟天逸怒目，郡主不是出身尊贵、贞静贤良、宽和大方，为天下闺阁女子的典范吗？怎么出口就这么损，讥笑他是暴发户。

可没有等他开口，李谦已笑着对姜宪道：“你别管他，他自十五岁立志做游侠之后，一年三百六十五天，天天都要往外跑，他肯在过年的那几天待在家里，钟伯母都要多给菩萨上几炷香。他这是看见冬月行止有度，羡慕呢！”

一席话说得刘冬月眼泪都差点出来了。行止有度啊！宫里不知道多少内侍服侍了贵人们一辈子，没有出过丝毫差错，都没有得到这样一句赞扬啊！

刘冬月忙低下头，怕把眼泪给飙出来。钟天逸却像被针扎了似的一下子跳了起来，大声道：“宗权，枉我敬你是个英雄！你如今哪里有个英雄的样子，简直是……简直是重色轻友！”

满院子的人全都低下了头。寂静中，李谦斜视着他，就像看一个不懂事的孩子在那里胡闹。钟天逸脸一红，顿时像泄了气的皮球，说不下去了。

姜宪嘴角微抽，这才发现钟天逸原来就是个棒槌，和他生气，纯属给自己找不自在。她朝刘冬月使了个眼色，示意他不必理会钟天逸。刘冬月感激地望着姜宪，郡主给他出头，李大人还夸奖了他，如果不是有外人在，他真想跪下来给郡主和李大人磕个头。

好在之后钟天逸再没有什么惊人之举。

三个人安安静静地喝了会儿茶，姜宪婉拒了李谦的邀请，一个人用完晚膳，回到屋里就躺下了。

刘冬月小声提醒姜宪："您要不要出去走走？消消食也好。"

"算了，"姜宪意兴阑珊，对刘冬月低声道，"我这心里七上八下的，总觉得不踏实。你说，李谦在药林寺歇脚，还任由着我在这里多停留一天，不会是有什么打算吧？"不管是"前世"还是今生，她都没有斗过他，每次落入圈套的总是她。

刘冬月如果是个傻的也不可能被太皇太后安排到姜宪身边服侍，可他还是第一次走这么远的路，连自己在哪里都不知道，更别说看破李谦的安排了。

"奴婢也不知道啊！"他苦着脸道，"我看您不如直接去问李大人好了，我觉得李大人人很不错，您去问，他肯定会如实告诉您的。"

姜宪瞪了他一眼："你前两天还说李谦是个混蛋，怎么今天口风就全变了？"

刘冬月哪里敢说他这是见风使舵，忙道："之前不是和李大人没有什么接触嘛，这些日子李大人一天要跑四五趟，我瞧着李大人真心还不错！"

姜宪默然。这几天李谦有事没事就往她这里跑，就算是刘冬月也感觉到了他对自己的好，可这又有什么用呢？她低声对刘冬月道："你把我们的东西都收拾好，等大公子来了，我们就走。"

李谦给她买了好几件衣裳和首饰，她知道他已经尽力对她好了，可这些对她来说还是生平穿过的最粗糙的衣料。她准备一并带走，就当个纪念好了。

晚上，她听着屋外的虫鸣进入了梦乡。

第四章
停留比试

姜律和王瓒坐在大树下啃着干粮。

福升拿了两个水囊过来，低声对两人道："大公子、世子爷，喝点水吧！"

姜律接过来就连喝了几大口，然后又低头开始啃饼。王瓒却食不下咽，喝了水，就再也吃不下那饼了。

姜律只好劝他："不想吃也得吃，不然你等会儿没有体力赶路。我们已经进入山西境内，大同总兵府那边，最迟明天就会有人增援，我们只要找到保宁就好……"说完，又吃了几口饼。白色的饼屑簌簌地落在姜律的衣襟上，他像没有看见似的，继续填着肚子。

王瓒想到他进宫时一副翩翩佳公子的派头，不由得心生佩服，道："阿律哥，难怪别人都说姜世伯后继有人，你也很会打仗吧？"

"打仗这种事怎能说好坏？"姜律听着，放下了手中的饼，颇有些怅然地道，"那些名将都是由万人尸骨堆集而成的……"

王瓒没有作声。

有斥候跑了过来，声音急促地道："大公子，我们发现郡主的行踪了，他们是由娘子关进的山西，如果没有猜错，他们会顺着平定、阳泉、寿阳往太原去。"

姜律和王瓒腾一下就站了起来，王瓒更是激动地道："此话当真？"

事关重大，那斥候也不敢拍胸，而是道："那人并没有隐瞒自己的行踪，就在两天前，他们还在定州府的银楼买了些衣裳和首饰。从这里去太原最近的路就是经过阳泉往寿阳去了，他们应该会急着赶回太原才是。"

大同是姜家的地盘，可太原却是金家的地盘。李长青如今是山西总兵，山西又是李家的老巢，在姜律看来，李谦不是急着赶回太原把生米做成熟饭，就是藏身汾阳老家避而不见。

"走！"姜律立刻下令，"我们连夜赶路。"

没有一个人反对，众人沉默地整装，很快朝阳泉赶去。

翌日用过早膳，姜宪和李谦去了凉石窟。

同行的还有钟天逸。这次他不再盯着刘冬月看了，而是精神萎靡地跟在他们后面，显得有些心不在焉。姜宪当没看见。刘冬月也不吭声，依旧一副低眉顺目的模样，除了服侍姜宪，一句多余的话也没有。

李谦的小厮冰河忍不住，瞅了个机会低声对刘冬月道："昨天晚上我们家大爷去骑马了，先了钟大爷两个马头，钟大爷还自称游侠呢，听说气得一夜没有睡。"

刘冬月支支吾吾地应酬了几句，快步走到姜宪身边，和冰河拉开了距离。

姜宪还以为出了什么事，瞥了刘冬月一眼。

刘冬月讪讪地笑，小心翼翼地上前扶着正下台阶的姜宪。

钟天逸很看不惯，悄声对李谦道："你还是给郡主找两个丫鬟吧，这个样子被外人看见了还不知道会怎么说，你就没有发现昨天庙里的那些秃驴们纷纷找借口来围观刘冬月吗？"

李谦刚进宫那会儿也看不惯，可他在宫里待了一段时间之后也就理解了。他低声呵斥钟天逸："别胡说！这也是没有办法的事。好比我们这次从京城来，如果嘉南身边不是刘冬月而是个宫女，我们能这么顺利地回到山西吗？宫里和外头不一样，宫里地方大，需要的杂役多，不用这些阉人怎么办？"

钟天逸嘟囔："反正我觉得不好。"

“那就当没有看见！”李谦道，“郡主从小在宫里长大，和寻常的世家小姐不一样，你以后就明白了。”

钟天逸不以为然：“我早就和我师兄说好了，过几天和他一起去川西，等过年的时候才回来，我看不看得惯有什么要紧的？反正你是铁了心要娶她，她以后在内宅，我在外院，一年四季也碰不到一次。”

李谦闻言笑道：“那你什么时候走？”

“等我护送你们到了太原就走。”钟天逸说着，“喂”了一声，用手肘拐了拐李谦，低声道，“你借点银子给我，我出来的时候我爹就给了我一百两银子，说让我帮你把事办完了就回去……我准备直接走人！”

李谦点了点头，见姜宪由刘冬月扶着已经看完凉石窟上雕着的佛像，丢下钟天逸，快步走过去，笑道：“我记得京城的万寿寺里也有这样的雕像，两者有没有什么区别？”

姜宪一面仔细地打量，一面悠悠地道：“没想到你还去过万寿寺。那边的佛像是北边的手艺，粗犷大气，这边却是南边的手艺，细腻精致，不过，我还是喜欢北边的手艺。你看这佛像雕的，面相倒是悲天悯人的，这身子骨却太纤细了些，也就只能这样供在石窟里供人观赏。”

李谦就是想哄着姜宪多说几句话，她愿意搭腔，他自然喜出望外，不由得道：“那我们下次有空一起去游崇善寺吧？那是前朝所建，气势雄伟，你肯定喜欢。”

姜宪就似笑非笑地瞥了李谦一眼，道：“我以为你会邀我去游灵岩寺！”崇善寺在太原，灵岩寺在汾阳。

李谦被那一眼瞥得心里怦怦乱跳，好一会儿才平静下来，觉得自己答也不是，不答也不是，索性只是笑，指了石窟下的八角井道：“你看，那就是凉石窟的圣水了，看着是不是很清凉？”

京城少水，姜宪喜欢水多过山，闻言上前几步走到井边的石栏杆旁。只见那井是一眼泉，不过三尺见方，泉水清澈见底，既不外溢也不减少，井顶有微光射入，窟上雕着的巨龙倒映其中，颇为精巧。

姜宪大感兴趣，吩咐刘冬月道：“去打些水上来，我们也尝尝是什么滋味！”

刘冬月有片刻的犹豫，郡主的身体不好，这一路上吃的水都是玉泉山的……此时他想起来，才惊觉李谦对姜宪的好，不禁朝李谦望去。

李谦见了在心里暗暗点头，这个刘冬月倒是机敏，知道这种事要问他。

“保宁，”李谦笑着上前对她道，“你从小喝玉泉山的水长大的，小心水土不服。这水我们就不喝了，打上来给你洗洗手如何？我听说信佛的敬香要濯右手，你濯了手，我们去大雄宝殿给菩萨敬炷香好吗？”又怕她不听，指了井底道，“你看，那旁边全是绿绿的苔藓，也不知道平时有没有虫子爬过来喝水……”

姜宪原本就有些怵那些井边潮湿的苔藓，听李谦这么说，顿时没有了喝水的兴致。

李谦见状忙朝刘冬月使了个眼色。

刘冬月大为佩服，李大人居然两三句话就让郡主改变了主意。他小跑着去拿水囊打水。李谦接过水囊，示意姜宪蹲在井边，给她净手。水冰凉冰凉的，但她刚才走了很长的一段路，身上正微微发热，这井水如解渴的甘露，让她神清气爽。

李谦递了帕子给姜宪擦手。姜宪顺势坐在了井边的石栏杆上，望着满山的翠绿笑道：“这里倒很幽静。”

李谦笑着坐在了她身边的石凳上，拿过冰河手中的水囊和茶盅亲手倒了杯水给姜宪，笑道：“喝点水，你走了半炷香的路。”

姜宪也不客气，接过茶盅小口小口地喝了起来。

钟天逸坐在了旁边的石阶上，道：“在这里偶尔住几天还成，住长了，除了秃驴就是树，非得疯了不可。”

姜宪想到刚才李谦说的话，问李谦：“你不信佛吗？信道？”

李谦正色道：“我都信。”又问姜宪，“你应该信佛吧？我看太皇太后每天早上起来都要给菩萨上香，还亲自抄佛经。”

钟天逸在旁边看着有趣，扑哧一声笑，拆着李谦的台：“郡主，李大人这个人，既信佛也信道，只要对他有利，他可以做任何门派的信徒。”

“钟天逸！”李谦瞪目，转过头去悄声对他说了句“银子”。

钟天逸立刻闭上了嘴巴。

李谦回头对姜宪笑了笑，道：“你别听他胡说八道，他是唯恐天下不乱。我不过是有时候觉得佛教说得有理，有时候又觉得道教说得有理罢了。”

"哦？"姜宪却觉得钟天逸说的才是真相，挑着眉笑道，"那你觉得哪些话有道理？哪些话又没有道理呢？"

李谦笑道："比如说，佛教里让人'放下屠刀，立地成佛'，我觉得就很有道理；道教里说的'不修来世修今生'，我也觉得有道理。"

姜宪望着他，不说话，只是笑。

接下来的行程姜宪就显得有些心不在焉。吃过全素的午膳，她问李谦："我们什么时候启程？"

李谦笑道："你想早点走吗？"

姜宪摇头道："我想午休。若是你准备下午走，此时需要开始收拾行李了。"

李谦道："我们明天启程。"

姜宪没有问为什么，由刘冬月服侍着回了厢房。

李谦站在院子里，看着正房台阶旁红蕾初绽的石榴树问钟天逸："寺庙里不是要六根清净吗？这里怎么会种石榴树？"石榴树通常寓意着多子多福。

钟天逸想了半天，道："可能是来庙里求菩萨的人都希望多子多福吧。"

"这里又不是观世音菩萨的道场。"

"要不就是因为释迦牟尼什么都管？"

两个人围着这无聊的话题说了大约半炷香的工夫，冰河神色慌张地小跑着进了院子。

"公子！"他手里拿着张大红色洒金的帖子，说话的声音打着战，"是……是镇国公世子爷，让人送了名帖过来，说是要……要上山拜访您。他带了十几个人，卫属说，全是高手，禁卫军的高手……"

终于来了！

事到临头，李谦反而松了口气："请镇国公世子爷到前面的厅堂里坐坐。"

李谦的声音冷静而沉着，等冰河匆匆走后，钟天逸不禁低声道："你果真是在这里等着姜律！"

"不然呢？"李谦笑着反问道，"你以为我要躲着姜律不成？普天之下，莫非王土，我躲得过一时，躲不过一世。"李谦从来不是个被动挨打的人，主动迎战才是他的性子。

钟天逸不由得豪情大发，道："走，我陪你一起去！让我也会会这位赫赫有名的'小李广'。"

"他肯定不会让你失望的！"李谦笑着，眼底有与有荣焉的骄傲，转身往穿堂去。

钟天逸一愣，见李谦的身影已消失在了垂花门，忙快步跟了过去。

王瓒望着无一人守候的陡峭山道，低声对姜律道："阿律哥，这个李谦欺人太甚，他算准了我们不敢随意和他动手不成？居然就这样大大咧咧地停在这里。"

"阿瓒！"姜律停下脚步，打断了他的话，目光深沉地看着他的眼睛，凝声道，"你现在需要平复心境。你想想这个李谦，先是用金宵拖延时间，然后一路招摇地歇在了药林寺，一副等着我们上门的架势，这是普通人干得出来的事吗？保宁在他手里，你想救保宁，就得过他这一关。我们日夜兼程，已是疲惫之军，他好整以暇，我们已落下风，你还不能理智对待这件事，那我们只有一个'输'字。与其此时上山丢人现眼，还不如在山下找个客栈好好休整一夜，再来会会这个李谦。"

"我知道了。"王瓒深深地吸了口气，神色渐渐恢复了平静，"是我不对，我这段时间太烦躁了。"

"烦躁不是件坏事，可若是控制不住心中的烦躁，那你永远就只能是个三流的将军。"姜律淡淡地道，面色如常地跟在小厮冰河身后一步一步地往山上去，"阿瓒，人有所为而有所不为，怎样选择，决定了你以后会走哪条路。"

李谦站在山门尽头，看着姜律等人的身影在蜿蜒的青石山道上渐行渐近。

钟天逸跃跃欲试。李谦沉静如水。

大约一盏茶的工夫，姜律登上了最后几十级台阶，他若有所感地朝上望去，四周只有青松翠柏，晓风山峦，深山寂静，不见一个人影。姜律心中不悦，竟然没有在山门口迎接自己，这个李谦，的确颇为托大。他进了寺庙，看见李谦带着四五个人迎来。

“镇国公世子爷！”他笑容灿烂，远远地和姜律打着招呼，“有失远迎，还请恕罪！陋室小院，多有得罪，还请到穿堂奉茶！”

姜律冷笑，穿堂奉茶，当他们是不入流的官吏？王瓒已是勃然大怒。只是没等到他们出言诘问，李谦已上前行礼：“内院有女眷，实在是不方便待客，还请两位多多谅解。等哪日回到京城，卑职定在琼花楼设宴，给二位赔罪！”

内院有女眷，这是在告诉他们姜宪在他手里吗？饶是已经有了心理准备，得到证实的姜律依旧气得心潮翻滚，可越是这样，他表面上越是不动声色。他微笑着朝李谦点头，目不斜视地由李谦陪着进了厅堂。

钟天逸的目光落在姜律的身上，有点收不回来。原来姜律长得是这个样子，文质彬彬的，不像武将，反而像个书生。他朝姜律的手望去，可惜姜律的手握成了拳，他看不见虎口和指尖是否有茧。

王瓒的心却绷得紧紧的，不知道阿律哥有没有发现，这寺庙的周围好像藏着很多人，已经把他们团团围住了，他能感觉到那些敌视的目光。王瓒想到尾随他们而来的大同总兵府那些官兵，不禁在心里冷笑了几声。李谦不动手则罢，若是动手，定让他尸骨无存。他的手搭在腰间的剑柄上，落后姜律两三步进了穿堂。

一行人分宾主坐下，冰河战战兢兢地上了茶。

李谦笑着向姜律介绍：“这是大红袍，如今已是贡茶，还好我在福建有几个交情不错的朋友，去年想办法给弄了一点，也不知道是真是假，还请世子爷尝尝。”

姜律还真就和李谦品起茶来：“汤色澄亮，兰香馥郁，果然是上好的大红袍。”

李谦闻言神色微懈，笑道：“那就好，不然我可没脸坐在这里和世子爷喝茶了。”

姜律听着笑了笑，道：“李大人此言差矣！李大人若是那要颜面的人，你我怎么会坐在药林寺品茶？李大人意欲为何，还请明告，也免得我等粗鄙之人胡乱猜测，坏了李大人的事。”姜律连说带笑，连讽含讥，把李谦狠狠奚落了一番。

钟天逸面色赤红。王瓒扬眉吐气。

偏偏李谦不为所动，态度真诚而又不失恭谦地道：“从京城到阳泉千里迢迢，世子爷日夜兼程，一路辛苦。按道理，我们应该明天约个时候见面才是，那时候世子爷的心情想必早已平静下来，有什么话彼此间也更容易说得通，可我还是觉得早点和世子爷见面比较好。一来是好安了世子爷的心，二来也是想早点把这件事给解决了，于我们两家都好。”说完，还客气地给姜律续了杯茶。

姜律气极而笑，反问道：“那李大人有什么主意呢？”

李谦望着姜律，乌黑的眼眸深邃而幽远，表情认真而诚挚，道：“世子爷，不知道您生平是否遇到过这样一件事，明知道不对，却觉得自己如果不做，定会后悔终身。”

姜律一愣。

“我现在就遇到了这样一件事。”李谦的声音极轻，仿佛袅袅炊烟，带着世俗的乡土气，真实而亲切，“明知道是错误的，却宁愿粉身碎骨也要做，而且，到现在也没有后悔。”

姜律心生不悦，冷笑道：“我的确是没有遇到过这样的事，那是因为我父亲常常教导我，大丈夫有所为，有所不为。如果一个人连是非都没有办法分辨，连欲望都没有办法控制，那他和畜生有什么区别？享受了家族荣誉的人有义务去维护它的荣耀，而不是让它因为自己的私念而分崩离析，万劫不复！”

虽然早有准备，但面对姜律的威胁，李谦还是心中微黯。该做的他已经做了，若是姜宪问起，他对她有了个交代，这就够了。他早就知道这件事不可能凭几句话就皆大欢喜，只是不死心，想试一试而已。

念头在李谦的脑海里转了转就立刻被抛到一旁，他端起茶盅来慢慢地呷了一口，颇有些无奈地笑了起来：“世子爷，既然我们说不到一块儿去，你我又都不愿意退一步，不如手下见真章。你们赢了，是我学艺不精，无力保护她，自然无话可说，任由你们处置；如果我赢了，我只求世子爷不要再插手我们的事。当然，若是世子爷愿意站在我这边，我更是感激不尽。”

姜律冷笑，缓缓地站了起来：“废话少说，你我之间除了一战，别无他法。镇国公府是我父亲当家做主，我也只是奉了父命千里追踪，我技不如人，铩羽而归，自有家中的长辈做主，你感激我也没有用！”姜律脱下罩在外面的长衫反手丢给福升，露出一身劲装来。

钟天逸眼角微挑，跟着站了起来。

王瓒眼睛发红，盯着李谦像盯着猎物，他高喊了声“阿律哥”，上前几步站到了姜律的身边，看着李谦道：“让我来会会他！”

只是还没有等姜律回答，李谦笑道：“世子爷，难道我们要打混战？”

“你怕了不成？”姜律嗤笑，“这种事，难道还要分出三六九等？横竖是分出胜负，只要分出来就成，单挑还是混战有什么区别？”

姜律扬着脸斜睨着李谦，李谦却觉得心生暖意。保宁恼火了，也喜欢这么看人，像只高傲的猫，说出来的话偏偏能砸死人。他微微地笑，脱了外面的道袍，露出里面的短褐，显然也是早有准备。

姜律的心沉到了谷底。李谦守株待兔，一路引他们过来，他就知道他们没那么容易把保宁带走。可李谦能在他的冷嘲热讽之下依旧沉着平静，这就很不简单了。难道他还有什么倚仗？姜律低声叮嘱王瓒：“你不要冲动，李谦身边那个姓钟的我要是没有看错，也是个高手，而且还是江湖高手，多半是李谦请来助阵的。我之前考虑不周，以为他会一直逃窜，没想到这个家伙居然敢在这里等着我们……”姜律说到这里，有点恼火，这已经是他第二次判断失误了，但他很快就压下这点异样的情绪，继续道，“我带来的都是军中高手，结阵布局没有问题，但单打独斗肯定不是他们的对手。我来会李谦，你等会儿负责对付那个叫云林的，他和你的身手差不多，随便找几个人缠着那个姓钟的就成。只要我和李谦分出胜负来，这场争斗就分出了胜负，你不要想着能赢所有的人。”

王瓒知道自己的身手不如姜律，行军打仗也不如姜律，虽然心中气愤，但还是顺从地点了点头：“我听阿律哥的。”

姜律松了一大口气，大步朝外走。王瓒愤然地瞥了李谦一眼，疾步跟着姜律出了穿堂。李谦抬起头来，眯着眼睛凝视着王瓒的背影，面沉如水。

钟天逸不由得拐了拐李谦，低声道：“你真的要和姜律单挑啊？他的骑射十分出众，当初他在大同做游击将军的时候，曾奉命到五台山剿匪，一箭穿透了两个人，江湖上的人都知道。他们这种做大将军的，通常都考虑得很全面，你别看他一副咋咋呼呼的样子，说不定早就挖好了陷阱等你跳，你自己小心点！”

李谦笑道：“我现在也是山西总兵府的游击将军了。”

钟天逸一愣，随后嗤地笑了起来，朝李谦挤着眉眼道："我怎么把这茬给忘了！"

李谦笑了笑，低声道："你帮我盯着王瓒！"

"恩亲伯世子爷？"钟天逸很是意外，"我还以为你会让我帮着算计姜律呢！"

"不行！"李谦严肃地道，"姜家不会要个软脚虾似的女婿，我必须堂堂正正地打败姜律。你千万不要插手，坏了我的大事，只需要护着恩亲伯世子就行了。"

钟天逸顿时来了兴趣："怎么个护法？是逗他玩玩，还是只要打败他就行了？"

"是不能让他出事！他是嘉南郡主的表哥，太皇太后的侄孙，他要是在这里出了事，嘉南恐怕会恨我一辈子的，谁出事他也不能出事。"

钟天逸和李谦从小一块儿长大，也算得上是知己了，钟天逸明白他的用意，点头回了句"我知道了"，两个人就不再说什么，一前一后地出了穿堂。

外面是铺着青石板的庭院，开朗疏阔，两边植着合抱粗的古树。此时正值春末，树叶已陆陆续续地冒了出来，满目嫩绿。

姜律挺立如松，拔出了腰间的软剑。

李谦自遇到姜律之后第一次面露凝重之色。

剑原本就是百刃之王，软剑的剑身柔软如绢，力道非常不好掌握。又因为太软，软剑不适合砍和刺，却很容易割断对方血管与关节处的韧带，挥动起来可以像鞭子一样，让人防不胜防。

姜律，这是想要自己的命吧！李谦深深地吸了口气。

钟天逸朝着姜律吹了声口哨："真有钱！我还是第一次遇到用软剑的人，看来世子爷的内家功夫和外家功夫都已小有所成。"

姜律没有吭声，看着他的目光满是傲然。

李谦朝着身边的冰河伸出了手。难怪姜律小小年纪可以拉二石弓，并不是姜律天生神力，而是姜家有习武的秘法。李谦生平第一次感受到了李家和姜家的差距，李家是在乱世中挣扎着学会防身保命的武艺的，姜家却是站在百年传承的底蕴上培养自己的子弟，李家能走到今天，真是撞了大运。

冰河把李谦的刀给了李谦。姜律的目光微微一闪，李谦用的是把非常寻常的斩马刀，朝中北边的卫所如今用的都是这种刀。如果是别人，姜律肯定不以为意，可用这种刀的人是李谦。他想到之前李谦一环套一环的诡计，顿时觉得不寻常。

姜律心里绷得紧紧的，神色间却满是桀骜，对随他而来的侍卫高声道："兄弟们，给我拿出打鞑子的力气来，死伤不论，弄翻一个算一个。大同那边的兄弟们马上就要赶过来了，出了事有我担着，回去请大家到白家铺子喝二锅头，吃猪头肉！"

那些侍卫齐齐笑喝着拔出佩刀。

钟天逸沉声对云林道："姜小国公不简单，你领着人去堵那群侍卫，我来对付王瓒。"说完，没等云林回应，已一跃而起，轻如云团快如闪电般地朝王瓒扑了过去："恩亲伯世子爷，我是李谦的副手，你是姜小国公爷的副手，他们闹他们的，我们也来会会。"说话间，已伸出五指朝王瓒抓去。

还好王瓒听了姜律的话，一直眼观四路，耳听八方。在钟天逸朝他扑过来的时候已连连后退好几步，等到钟天逸快要落下来的时候已拔刀朝钟天逸砍去。

御林军用的御刀乃大内所造，集全国之力锻造，岂是普通刀剑可比。王瓒的御刀和钟天逸的手碰到了一起，发出一阵金石撞击之鸣。钟天逸笑着赞了声"好刀"，借着御刀之力如柳絮般荡开。王瓒这才发现钟天逸手掌心里套着套蝴蝶刀，刀身小巧，精致单薄，却流光溢彩，寒气四溢。他目光微寒，喝道"再来"，欺身上前，朝钟天逸袭去。

姜律笑道："李谦，你是主我们是客，怎么能客人打起来了，主人还在一旁看热闹！"一句话还没有说完，软剑已如毒蛇般朝李谦袭去。

李谦举刀，挡住了姜律的攻势。

姜律手微微一颤，软剑顺着李谦的刀势朝他的膝盖削去。

李谦刀尖向下，铛一声点在了姜律的软剑上。

"好身手！"姜律含笑赞道，眉宇间杀气却越发浓重，手中的软剑一剑快过一剑朝李谦挥去。

"世子爷的身手也不错！"李谦答道，七尺长的斩马刀在他手里举重若轻，虎虎生风，凌厉逼人。

那些侍卫和李谦的人也没有闲着，刀剑出鞘，混战起来。

一群穿着黑色劲装的男子轻手轻脚，鱼贯着穿过抄手游廊，在穿堂前的屋檐下蹲下，拿出五连发的弓弩架在了肩膀上。精钢制成的箭尖在春日偏午后的阳光下闪烁着寒冷的光芒。

姜律跳出和李谦的战圈，高声喝道："李谦，你这是什么意思？"

李谦平复了一下微喘的气息，朗声道："世子爷不必惊慌！不过是怕有人自以为是地冲进内宅，惊扰休憩之人罢了，只要他们不过这道线就会没事。而我既与你定下胜负之争，就不会违背誓言，还请世子爷放心！"

"放心个屁！"姜律想到刚才李谦那不要命的打法，忍不住骂道，"我看你这是拿命在搏……"说着，他突然间顿悟：李谦，不就是拿命在搏吗？搏他能不能赢，搏姜家会不会放过他，搏他有没有这个能力留下保宁；或许，他还在搏，保宁对他到底有没有私情……

这混蛋！竟然敢拿命来威胁他，威胁他妹妹，难道以为他姜律不敢杀他不成？

姜律抿着嘴，又和李谦战在了一处……

姜宪是被一阵响动给惊醒的，隔着帐子懒洋洋地问打盹的刘冬月："现在是什么时辰了？李谦可曾派人过来？外面是在干什么呢？"

刘冬月很长一段时间都是晚上值夜，白天补觉。这两天歇在药林寺，虽然说晚上可以在姜宪外屋睡上一觉了，可在白天还是瞌睡不断，所以姜宪醒过来他都没有听到动静。闻言他不由得打了个激灵，清醒过来，快步去看了看钟漏，回来笑道："现在已是申初，李大人没有派人过来。外面不知道发生了什么事，奴婢这就去看看。"说完，拔脚就要往外走。

姜宪喊住了他，道："横竖有什么事也轮不到我们出头，你还是先打水进来，我要梳洗。"

刘冬月应声而去。

姜宪就倚在床头想着这几天的事，不管李谦是有意还是无意，他们的行程也拖了两三天了，阿律哥怎么还没有寻来？虽然不知道李谦打的什么主意，但刚离京那会儿他可是日夜兼程，如今突然慢下来，不由得让人生疑。于她则是求之不得。到了太原，就是金家的地盘了。她跟着李谦到了太原的消息就没办法掩得住了，后面会发生什么还真不好说。怕就怕赵翌知道后又整出什么幺蛾子来，她是越来越看不透赵翌了。“前世”她乖乖地嫁给了他，他心里却全是方氏，两个人的事情只怕朝野上下都知道了，只瞒着她一个人，让她颜面丢尽；这一世，她离他远远的，他反待她如珍似宝，任她怎么讥讽全都不放在心上，对方氏也没有“前世”那样上心了。赵翌好像一直都没有弄清楚自己到底要的是什么。想到这里，姜宪不由得叹了口气。他俩还真不愧是表兄妹，她也一样没有弄清楚——她真的要嫁给赵啸吗？将来跟着他去福建，人生地不熟的，身边没有忠心的心腹，手中没有足以对抗赵啸的兵力，万一和赵啸利益相左的时候被人拘禁起来都没有人相救。

姜宪觉得自己更理解曹太后了，她和曹太后何其相似——归根到底不过是想找个庇身之所而已。曹太后没有靠得住的人，孤立无援，所以要垂帘听政，手握权柄。姜宪从小被身边的亲人捧在手心，众人却各有各的生活，花团锦簇之下，她总是一个人，也因此后面赵翌的背叛才会让她那样难以容忍，李谦的选择才会让她那样愤怒。这世上难道就没有一个会把她紧紧地抱在怀里、放在心上，哪怕风吹雨打也会带着她的人吗？姜宪突然间心灰意冷，觉得两世为人，最终还是一个人孤零零地过日子。

不对，太皇太后心里只有她一个人，她们相依为命。念头闪过，她又有片刻的怀疑：太皇太后是因为母亲永安公主过世才亲自抚养她的，如果母亲还在，对外祖母来说，她也不过是个受宠的外孙女吧？姜宪明知自己不应该这么想，可心情还是抑制不住地往下沉，连刘冬月进来请她去梳洗的时候她都半晌没有动，甚至生出钻到被子里继续睡一觉的念头。她在心里挣扎了半天，还是起了床。

刘冬月尽心尽力地服侍着她，可梳头还是个大问题。姜宪觉得要让李谦给她找个会梳头的妇人来才行，反正他已经不在乎暴露行踪了，她干什么还要委屈自己？

这时外面的喧嚣之声越来越大，姜宪不由得皱眉。

刘冬月忙道：“奴婢这就去看看！”

姜宪的心情刚好了一些，就见刘冬月跌跌撞撞地折了回来。

“郡主，郡主！”他哭丧着脸扑通跪在姜宪的面前，“您快去看看啊！大公子来了，可李大人让一排弓弩手举着箭对着大公子！”

"你说什么？"姜宪手上的茶盅哐当落在地上，茶水洒了一地，她手脚发软，好不容易才扶着茶几站了起来，脸色苍白地问刘冬月，"李谦居然让人去射大公子？"

"可不是嘛，"刘冬月抹着眼泪哭了起来，"恩亲伯世子爷也来了，那个钟天逸和世子爷动了手，李大人的随从和大公子带来的人也打成了一团……李大人根本就没有诚意，大公子可是他的大舅子啊，有谁和大舅子动手能讨了好去的……"

姜宪脑子里一片空白，根本没有听清楚刘冬月唠唠叨叨地在说些什么。她高一脚低一脚地由刘冬月扶着往外走，周围的花草树木在她眼里都变得朦朦胧胧不真切起来。

半路上有人把他们拦住，低声说着话。她懒得理会，径直朝前走。刘冬月拉住她，哭喊着"郡主"。姜宪缓过神来，发现拦着他们的人是冰河，而透过穿堂半开的隔扇，那排穿着黑色劲装的弓弩手看得一清二楚。

"怎么会这样？"她喃喃道。

刘冬月的手被她攥得生疼，却不敢吭一声。

"郡主！"冰河满头是汗，"大爷不是要拦您，也不是想伤害镇国公世子爷，这是防着那些没有眼色的人瞅着这边没有人守着，突然闯进来，惊扰了郡主。郡主，您别着急，千万别着急……"

姜宪甩开刘冬月就朝穿堂走去。

冰河一下子挡在了姜宪的面前："郡主！"他眼眶泛红，急得快要哭了，"您不能过去，刀枪无眼……大爷叮嘱过，让您在屋里等着就是了，他绝不会动镇国公世子爷一根头发丝的……"

既然是刀枪无眼，谁又敢保证姜律的一根头发丝都不会少？姜宪觉得李谦又在骗她，她推开冰河就朝前走。冰河不敢再拦她，跟在她身边低声地喊着"郡主"，苦苦地哀求着。

兵器相接、斥责叫骂、喝彩唏嘘之声扑面而来，如同小时候姜镇元带她到校场上去玩时听到的声音一样。那时候伯父曾经眼中含笑地轻声叮嘱她："保宁乖，不要吵闹，若是惊扰到他们，刀枪无眼，一个不留神就会伤了袍泽。"她还记得她当时捂着嘴巴不停地朝伯父点头。

姜宪不由得抿了嘴，停住脚步。面前一群人里穿着白色劲装和黑色短褐的姜律和李谦最打眼。一个兔起鹘落，身轻如燕；一个大开大合，势如破竹。两个人辗转连击，战得正酣。姜宪一愣，她虽然不懂武技，可打牌都能看出打牌人的性格，更何况习武？她的大堂兄姿势漂亮，却如临风拂柳，刁钻诡谲；李谦姿势朴实，却浩然激昂，充满阳刚之气。一个以巧取胜，一个以力相搏，格局高低立现。

姜宪默然，眼角的余光瞥见不远处的王瓒、钟天逸。钟天逸像只蹁跹的蝴蝶，身形轻盈，不时朝王瓒扑过去，神色轻松；王瓒双唇紧闭，眉宇间满是疲惫，每次钟天逸扑过去的时候他都只能吃力地举刀相迎，颇为狼狈。至于云林几个，要说有多凶险，他们之中既没有谁受伤倒地不起，更没有谁命丧黄泉；要说有多轻松，他们每个人身上或多或少都带着点伤，看不出胜负。

姜宪不敢妄动，可让她就这样眼睁睁地看着他们打下去，也是不可能的。她喊了冰河过来，小声地问他："现在谁占了上风？"

这怎么好说！当然是大爷的人赢了——镇国公世子爷带来的人虽然都是高手，可李谦等人曾转战福建、抗过倭，是从死人堆里爬出来的，就凭这个，气势上就比那些京卫强；钟天逸更是逗着恩亲伯世子爷玩；至于大爷和镇国公世子爷，虽说到现在也没有分出胜负来，可看他们的样子，谁都没办法一下子把对方击倒。冰河眼珠子直转，如果他说大爷比镇国公世子爷厉害，郡主会不会让大爷住手，镇国公世子爷会不会借机要了大爷的性命？如果他说镇国公世子爷比大爷厉害，郡主会不会拍手叫好，索性跑出去乱了大爷的心绪，好让大爷败于镇国公世子爷手里呢？

冰河支支吾吾道："我……我也不知道。"

姜宪急得不得了，左右看看，居然没有一个能说清楚的人。她只好对刘冬月道："走，我们去穿堂的东间看看。"

穿堂的东间有糊着高丽纸的隔扇，站在里面，除非是晚上点了灯，不然根本看不清楚穿堂里是否有人。

刘冬月的心也一直怦怦直跳，万一大公子在这里受了伤，那可不是闹着玩的。就算是郡主再喜欢李大人，镇国公恐怕也不会轻易放过李大人，说不定郡主还会因为此事让镇国公心生不悦，两人之间产生嫌隙。

刘冬月忙搀着姜宪进了东间。冰河没有办法，只好也跟了过去。刘冬

月十分体贴地将糊在隔扇上的高丽纸用手戳开了个小洞，喊了姜宪："郡主，这里看得清楚，您快过来看看吧！我瞧着恩亲伯世子爷有些不对劲。"

姜宪吓了一大跳，也顾不得什么礼数了，凑到小洞前往外瞅。因为离得近，她看得更清楚了。王瓒这会儿已是满头大汗，脸色发青，仿佛手中的刀都举不起来了似的，还好钟天逸看上去没有什么恶意，只是有一下没一下地和王瓒过着招。

这样下去也不是个办法啊！姜宪的目光不由得飘向了旁边的李谦和姜律。姜律的软剑像蛇一样灵活，就这一会儿的工夫，竟把李谦的胳膊划出一道缝，衣袖裂开，露出白皙的皮肤和一串血珠子。

姜宪不由得捂住了嘴，就见姜律的软剑像鞭子般朝李谦的脖子疾扫而去，这要是划在脖子上……李谦焉有命在！姜宪眼前一阵发黑。在她心里，李谦素来是顶天立地的，此刻他不会因为她，殒命于此吧？姜宪从来没有想过李谦会死，她心慌得厉害，就像站在悬崖边，一不小心就会被风吹落到万丈深渊里一般。她想张口喊李谦"小心"，又怕李谦分心反而给了姜律可趁之机。她想喊姜律"住手"，又怕姜律事后问她为何帮了外人。

姜宪十分矛盾，一时间不知道到底该怎么办好。

而李谦那边已扭身低头，避开了姜律的软剑。姜宪见状，松了口气。姜律的手腕一抖，软剑在空中划了个弧，朝李谦的腰间刺去。李谦脚尖点地，在空中翻了个跟头，落在了姜律身旁，手中斩马刀却点在了姜律的手腕上。顿时，姜律的软剑落地。未等姜宪发出惊呼，姜律突然伸出脚来接住了剑柄，又朝着空中一蹬，反手接住了软剑。姜宪刚吁了口气，就见李谦的刀已朝姜律劈去。姜律连退几步，软剑缠上了李谦的刀身，双方互不相让。

一直逗着王瓒的钟天逸却突然高声笑道："宗权，你那边还没有分出胜负吗？我看到烟火了，大同的那帮官将被拦在了山下，要不要我提了王瓒的首级去和那些官兵们讲讲道理？"

姜律明知李谦不敢杀王瓒，可钟天逸的话还是让他心急如焚。王瓒可是恩亲伯府的独子，如果王瓒在这里出了事，就算他把姜宪带回去，也没法向太皇太后和恩亲伯交代。他不禁暗生后悔，扭头朝王瓒望去。李谦朗笑，手上用力，随着一声轻响，荡开姜律的软剑，朝着姜律的面门劈去。

见此，姜宪再也忍不住，啊地叫出声来，提了裙摆就往外走。刘冬月急忙跟上。院子里的李谦和姜律都已经听到姜宪的声音，李谦手下微滞，姜律已连退几步。转眼姜宪出现在穿堂的门口，她面色苍白，神色焦虑，举手投足间却一派落落大方、冷静沉稳，尽显大家气度。

李谦一愣，姜律的软剑却蛇般游了过去，剑尖笔直，直取李谦喉头。姜宪顿时脸色又白了几分，她就知道，自己不该出现的。李谦无论如何也会让阿律哥几分，绝不会真取阿律哥的性命。姜宪泪盈于睫，恨不得上前去帮李谦挡了那一剑。

李谦或是恼了姜律的偷袭，或是和姜律打斗得太久，这一次他没有避让，而是肩膀快如闪电般向旁边微倾，躲过了姜律的剑尖后，不退反进，顺着软剑刺过来的方向向前，一刀抵在姜律的肩膀上。

姜宪闭上了眼睛，觉得自己刚才脑子进了水，怎么会觉得李谦不会伤害阿律哥。耳边突然响起了一阵惊呼，姜宪忙睁开眼睛，只见一根白蜡长棍横挡在姜律的肩头，抵住了斩马刀的刀尖。

姜宪顺着那长棍望了过去，就见穿着白色武士装的赵啸面色铁青，下颌微扬，神色倨傲地单手执棍站在姜律和李谦的中间。

赵啸竟然赶了过来！姜宪讶然。钟天逸不是说大同的官兵都被李谦的人挡在了山下吗？那赵啸是怎么进来的？她不由得打量四周，并没有看见赵啸的随从或是侍卫。也就是说，赵啸是单枪匹马一个人闯进来的。

姜宪心中一沉，难怪“前世”赵啸能雄霸闽南！不管怎么说，她和赵啸也算是未婚夫妻了，这个时候若是再流露出丝毫对李谦的关心都是对赵啸的辱没。她无意折赵啸的面子，退后几步，躲在门后。

院子里的人也被这骤变惊得停止了打斗，众人的视线都落在赵啸的身上，就连钟天逸和王瓒也满脸严肃地望着赵啸。

“李大人，许久不见！”赵啸的目光却慢慢地从李谦手中的刀移到李谦脚下那双半新不旧的水牛皮靴子上，又慢慢地重新回到李谦的脸上，这才挑着眉道，“你以逸待劳，胜之不武。不如让我代姜世子会会你好了，不知道李大人敢还是不敢？”

李谦闻言只是微笑，看上去神色间还透着几分和煦，可眼底却迸射出一丝冷意，如风雪压境，让人心中一寒。姜律带来的几个侍卫甚至被李谦的气势压得垂下了眼帘。

姜律不禁目光凝重，阻止道："赵啸，多谢你千里相助，只是这件事我和李谦早有约定……"

"阿律哥，"赵啸看了姜律一眼，道，"我是姜家的女婿，姜家的事就是我的事，我怎么能够袖手旁观！"

自姜宪失踪之后，赵啸动用了手中所有的力量，跟着姜家忙前忙后。可姜家有了姜宪的下落却没有通知赵啸，如今又被赵啸抓了个现行，姜律就算脸皮再厚这会儿也不由得面红，何况他刚才差点就输给了李谦，他又怎么好意思拒绝赵啸。他低声道了一句"你小心点"，就退到王瓒身边，扶住了好像站着都很吃力的王瓒。王瓒没有拒绝，半靠在姜律的身上，目光炽热地望着赵啸和李谦。

李谦像没有感到王瓒的目光般，提着刀，做了个"请"的手势。赵啸冷笑，腿微微下蹲，扎了个马步，几息间长棍已虎虎生威地朝着李谦横扫过去。李谦一改和姜律争斗时的朴实无华，长吟一声，飞身跃起，刀刃如霜，杀气凌人地朝赵啸劈了过去。院子里霎时寒气四溢，众人打了个寒战，齐齐后退，把庭院的空地都让给了两人。赵啸高喝一声"好刀法"，旋身而起，长棍在空中划个弧，迎刃而上。院子里响起碎金裂石之声，敲打在众人的胸口，让人呼吸一窒。

李谦朗笑道："世子爷也不差！没想到我和世子爷相识七八年都不知道世子爷原来是南少林寺的传人，靖海侯府真是深藏不露啊！"

"你没有看出来，那只能说明你眼拙！"赵啸应道，手下却毫无停顿之意，一挑不成改直刺。

李谦笑道："现在看出来也不迟啊！"他的话音刚落，气势一变，刀势狂烈如火般朝赵啸劈去。

从刀势中透露出来的暴戾血腥之气迅速席卷了庭院的角角落落，众人心中又是一凛。

姜律和钟天逸却脸色大变，姜律更是低声惊呼："李谦这是想要杀了赵啸吗？"

"不……会吧？"王瓒道，朝钟天逸望去。

钟天逸此时已经没有了刚才和他打斗时的闲适，而是面色严肃、聚精会神地盯着李谦和赵啸，眼也不眨一下。

王瓒心里打了个突，悄声问姜律道：“赵啸也不是李谦的对手吗？”

姜律脸色隐隐有些发青，压低了嗓子道：“李谦是经历过生死的人，说不定还是从死人堆里爬出来的；赵啸毕竟身份尊贵，千金之子坐不垂堂。要是单讲武技，李谦怎么能比得上得了南少林秘传的赵啸？”

王瓒听明白了，单讲武技李谦不如赵啸，可若是生死之搏，赵啸却不如草莽出身的李谦。

“那怎么办？”王瓒急忙问姜律。按照他们和李谦的协议，如果他们输，就只能自己离开。如此一来，姜宪怎么办？

姜律也没有想到最后会落得这样一个结局。他捏了捏拳，很想说一句“我们先回去，找我爹出面收拾李谦”，可他只要一想到姜宪可能离他不过一射之地，这种话就说不出口。

姜律凝视着被一排弓弩手挡着的穿堂，风吹过，好像看见了绯色的裙裾。他心跳如雷，难道姜宪就在那门后？

姜律手心全是汗，思忖良久，下定决心般地面色一沉，朝福升点了点头。

福升会意，高大的身子突如闪电般朝穿堂扑过去。

那些弓弩手却丝毫不见慌乱，只听嘭的一声弩箭齐发。站在庭院里的人无一幸免，包括战成一团的李谦和赵啸，两个人不得不停下来先打落朝他们射去的箭。有几个避之不及的已捂着中箭的地方倒在了地上，有些虽然灵敏地避开了却依旧神色惊恐。福升更是如断了线的风筝般从半空中落下。

姜律面色黑如锅底，大喝一声一跃而起，落在了福升身边。隐约间，他好像听到了女子的惊呼。福升的肩膀、大腿和腰间各中了一箭，箭入三寸，痛得福升满头冷汗，人已经昏厥。姜律哪里还顾得上其他，一面检查福升的伤势，一面轻声喊着福升的名字。

见福升挣扎着睁开了眼睛，姜律松了口气，忙嘱咐随行懂医的侍卫帮福升治疗。转念想到刚才的情景，他气极而笑，冲着继续和赵啸打斗在一起的李谦高声骂道：“李谦，你发什么疯？你就不怕把自己给射死！”

李谦正如姜律所料，越战越勇，刀势由之前的平和中正转为风起云涌，如被激怒的猛兽，一改从前被驯服的假象，突然间露出凶狠狰狞的面目，张开了血盆大口，和赵啸纠缠在了一起，不死不休。

赵啸显然不适应这种打法。他从开始的略占上风到了如今的被动反击，脸色很是难看。听到姜律的话他甚至不敢回头看一眼，生怕被李谦寻到可乘之机。

李谦却轻松如昔，闻言高声笑道："我不是早就告诉过你，不要试图越过穿堂。谁也不行！哪怕是我自己。要么死在这里，要么我们一起尝尝药林寺的素斋。"

姜律瞪大了眼睛，他从李谦的言谈举止中看到了认真。李谦，他是真的准备不成功便成仁，宁愿死战到底也不愿意妥协，放姜宪离开。

"你疯了！你到底知不知道自己在干什么？事情闹大了，你就是死也留不住保宁的！"

王瓒的手攥成了拳，指甲深深地陷进掌心。虽然姜律没有告诉他姜宪为什么会落在李谦的手里，但并不代表他什么也不知道——李谦喜欢保宁，求而不得，索性抢亲！猜测被证实后，痛得他的心都麻木了。李谦真的宁愿死也不愿意放开姜宪吗？王瓒想到他跪在母亲面前，求母亲为他求娶姜宪时母亲眼中的泪水和不能满足子女愿望的愧疚与痛苦。是不是因为他的胆小怕事，他才会和姜宪走到了今天这一步？王瓒隐约有点明白，更多的，却是不敢想，不愿想……他耳边突然传来姜律的暴喝声："李谦，尔敢！"

王瓒回过神来，就见赵啸丢棍翻身连打几个滚，才堪堪避开了李谦那犹如狮子搏兔般的雷霆一击。如果说之前姜律只是感到李谦不会放过赵啸，此刻，没有人会怀疑，李谦存心要将赵啸斩于刀下。

姜律脸色发青，喝道："李谦，我与你一战！"

李谦笑着转身，锦帛般绚丽的晚霞给他镀上了一层金光，他神色温和地站在那里，犹如闲庭信步般悠然自得，眉宇间没有一丝杀意和戾气，却让人心中生寒，仿佛置身于三九寒冬的冰窟窿，控制不住地打着寒战。

姜律的面色更差了，他强打起精神高声道："怎么？你不敢吗？"

李谦哂笑道："你明知道我敢还是不敢，何必多此一举！"

姜律明白他的意思：如果不是看在姜宪的分儿上，自己刚才根本就不可能和李谦打斗那么长的时间。

赵啸已站起身来，脚尖一勾，白蜡长棍飞身而起，落在了他的手里。

"李谦！"他沉声道，"今天你我二人中只有一个人能走出去。"

李谦淡漠地望着赵啸，眼底杀意横生。姜律心中暗叫“不好”，刚要阻止两人继续争斗下去，赵啸已纵身而起，长棍如深谷狂风般怒吼着朝李谦挥去。李谦迎身而上，刀势狂烈，却又带着惊涛骇浪般的激昂跌宕，连绵不绝。两相碰撞，赵啸屹立不动，李谦却连退三步。姜律心中一松，却见赵啸嘴角溢出一丝血迹——胜负已分！

“赵啸！”姜律形神俱震。

赵啸仍道“再来”，举棍朝李谦扫去，却已没有半点刚才的气势，如垂暮老人，迟缓而沉重。

李谦莞尔，平平横出一刀，却如秋尽冬来，木叶凋零，蕴含着重重杀机。

“赵啸！”姜律提剑冲了上去。

瞬间两个人对李谦形成了夹击之势。李谦回头，不躲不闪，只是淡漠地望着姜律。

姜律心惊，明知这是个绝好的击杀李谦的机会，却又不愿意变成自己从前最瞧不起的卑劣小人……他有一瞬间的犹豫。

耳边突然传来曹宣声嘶力竭的吼声：“住手！都给我住手！我有圣旨！赵啸、李谦、姜律，尔等接旨，快接旨！”

众人都被这声音给吼蒙了，齐齐循声望去。就见一个有着一双水光潋滟的眼睛的俊美男子，由一个护卫扶着，气喘吁吁地拖着两条腿走了过来。那样一双漂亮的桃花眼，不是曹宣是谁？

几个人心中横生疑窦，却又都不愿第一个出面询问。李谦、赵啸、姜律等人就这样静悄悄地看着曹宣。别人怎么想姜律不知道，姜律却在心里暗暗地骂着李谦，不是说把人拦在了山下，谁也别想上来吗？怎么先是来了个赵啸，现在又来了个曹宣……李谦面无表情，看了扶着曹宣上来的男子一眼，那是他的心腹随从卫属。他安排卫属守在山脚，阻拦大同那边的增援，不想卫属却把人给带到这里来了。

卫属并非是个不知道轻重的人，他朝着李谦几不可见地点了点头。

李谦不动声色，静观其变。

曹宣两天两夜没有合眼，觉得自己累得随便找个地方都能趴下，哪里还有精神去观察众人的神色。他原地转着圈儿，喃喃道：“怎么没有椅子？我要坐一会儿……”

赵啸双手抱肘，冷眼旁观。姜律见状不由得掩饰般地上前朝着曹宣就是一脚，道："你带的圣旨呢？先宣完了圣旨再找地方歇着。"

曹宣被踢得一个趔趄差点就摔在地上，还好卫属眼疾手快将他扶住了。

"这圣旨不是给你们的。"曹宣反而清醒了很多，"嘉南在哪里？这道圣旨是给嘉南的！"

李谦朝卫属望去，眉目间有些不悦；卫属再次无声地点了点头，示意李谦少安毋躁。

姜律皱着眉问曹宣："到底是怎么一回事？是皇上的圣旨还是太后的懿旨？怎么是你来宣旨？我长这么大还没有见过圣旨不能当众宣读的！应该是口谕吧？"

王瓒闻言立刻反应过来，忙道："曹宣，这件事与曹家无关，你别无中生有！皇上那里责怪下来，自有我和阿律哥顶着。你还是站到一旁去，等会儿和我们一起回京就是了。刀枪无眼，你可别伤着自己。"

赵啸此时也反应过来，冷笑道："曹宣，你别弄得大家都烦你。"威胁的味道十足。

曹宣在心里苦笑，还真让自己猜对了，姜家就有这么大的胆子！如果事情得不到姜律的认可，姜律根本不会接旨，而且还会得罪赵啸。可这关系到姜宪的终身幸福，除了姜宪，谁也没有办法代替她做决定，这件事无论如何也要先跟姜宪商量。

如果是平时，曹宣肯定要和颜悦色地想办法说服姜律，可现在，他又困又累又渴又饿，实在是无力也无心和姜律、赵啸纠缠。他掐了自己两下，觉得脑子又清醒了几分，索性拉大旗作虎皮："我是受太皇太后之命来见嘉南的，这件事镇国公也知道，两位长辈都让我把圣旨直接交给嘉南。阿律，嘉南自幼被先帝抱着坐在金銮殿上用玉玺盖着奏折玩，你觉得她会不认识我手中的到底是懿旨还是圣旨？何况见过嘉南之后，圣旨上写的是什么，如果不给你们看，你们会仅凭我的三言两语就遵照执行吗？"

一时间几个人诡异地保持了沉默。

曹宣执意要见姜宪："嘉南在哪里？"

姜宪被那阵箭雨吓了一大跳，此时还心里怦怦乱跳，庆幸着曹宣的及时到来。

曹宣的话她听了个一清二楚，如果不是碍于赵啸，她早就冲出去接旨了。听曹宣的意思，圣旨是太皇太后让曹宣带过来的，应该对她有利才是，可为何曹宣不当众宣读圣旨却要让自己接旨？这其中肯定有蹊跷。姜宪心中没底，不免有些忐忑。她示意刘冬月到穿堂门口晃一晃，告诉曹宣自己在院子里面。

只是没等刘冬月领会她的意思，李谦突然开了口："承恩公，既然您是奉了太皇太后之托来见嘉南郡主，我们断然没有拦着的道理。只是我和靖海侯世子爷有些摩擦，为了保证嘉南郡主的安危，请嘉南郡主留在了内院，只好请承恩公一个人去见嘉南郡主了。"

曹宣不由得在心里暗骂，什么请嘉南郡主留在了内院，是把嘉南郡主软禁在内院了吧？这个李谦，官样文章倒做得好。曹宣目光微黯，他想到从前和李谦做同僚时李谦说话的语气和措辞，越发觉得李谦这个人不简单，再转念想到在他不知道的时候李谦早已是姜家放在曹家身边的一颗棋子，心里就更不是滋味。

李谦却貌似大度地朝着那排弓弩手挥了挥手，那排弓弩手立刻让出了一条仅供两个人并行的缺口。

曹宣定了定神，快步走进了穿堂。姜宪坐在正堂等他。看见失踪了数日的姜宪，饶是曹宣早有心理准备，心里也不禁一愣。

姜宪穿了件质地很一般的湖绸褙子，但是花式活泼俏丽，一看就是江南民间新出的样子；头发乱糟糟地挽着，什么首饰也没有戴。本该很狼狈才是，可偏偏她面色红润，目光璀璨，眼角眉梢都带着他从未见过的飞扬洒脱，就像个在家里随意穿着、玩乱了头发的小姑娘，还仗着家人的疼爱毫不在意地出面待客，没有一点和人私奔的不安与羞涩，更没有半点被劫持的惶恐与害怕。

曹宣片刻间都有些糊涂，不知道自己到底是来干什么的。

第五章

抉择传旨

姜宪见曹宣目光有些呆滞地望着她不说话，想到自己现在的样子，还是颇有些不安地轻轻咳了一声。曹宣回过神来，姜宪就客客气气地喊了声“承恩公”。

曹宣见低眉顺眼地站在她旁边的刘冬月做着一副普通小厮的打扮，嘴角微抽。这两个人，大家都为他们急得上火，他们倒好，悠闲自在得像出来游玩似的。

“嘉南，”他懒得再打量两人，“我受太皇太后所托，有事和你商量。”

姜宪在曹宣执意要见她的时候就知道曹宣的来意不简单，她朝刘冬月使了个眼色。刘冬月微微低头，轻手轻脚地退了下去。

“承恩公请坐！”姜宪指着下首的太师椅，起身亲自为曹宣倒了杯茶。

曹宣轻声道谢，喝了几口茶，在心里斟酌了片刻，把自她失踪之后的事一一告诉了姜宪。姜宪又惊又喜，惊的是没有想到大家会把矛头指向赵翌，结果耽搁了几日才追过来，更没有想到李家和姜家的关系会因为这件事暴露；喜的是白愫不愧是她两世的好姐妹，别人都以为自己私奔了，只有她不相信。

曹宣压根就没有想到姜李两家的事是姜宪从中牵的线，他以为姜宪听不懂这其中的蹊跷，也就没有多说自己的用意，只是告诉她："太后娘娘怕阿律和阿瓒年轻气盛，不愿意接受懿旨，让我拿了懿旨找太皇太后换道圣旨……"

姜宪骇然地望着曹宣，曹太后居然给她和李谦赐婚！曹太后就是再糊涂，也不可能糊涂到这种程度。她睁大了眼睛望着曹宣。

曹宣每次见到姜宪，姜宪都是一副冷冰冰的样子，这样生动活泼的姜宪他还是第一次见到，不由得心中一软，眉宇间平添了几分温和。他把太皇太后怎样闯进尚宝监，怎样二话不说直接赐死了个六品的太监，内务府十二衙门的大太监们又怎样装不知道，个个闭门不出，刘小满又怎样借了赵翌的汗血宝马、拿了镇国公姜镇元的帖子送他出京等事都告诉了姜宪。

姜宪愣愣地望着曹宣，嘴角微翕，半晌都说不出话来。

原来如此！要不然曹太后怎么会给她和李谦赐婚呢。定是曹宣发现了李家和姜家的真正关系，怕曹太后受不了这个打击，在曹太后面前为李家掩饰，把李谦抢亲说成是她被李谦劫持。曹太后在这种情况下，只好把不可能变成可能，把李谦劫持变成抢亲，好推卸责任……所以曹宣才会进宫忽悠太皇太后，把懿旨变成了圣旨。

太皇太后不会是相信了曹宣的话，以为自己和李谦私奔了吧？她想到太皇太后这么多年来韬光养晦，万事不管，不过是盼着她能平安长大，恩亲伯府能安稳度日，如今却为了自己闯尚宝监。就算是那些大太监们全都装作不知瞒过了赵翌，也不是长久之计。私自在圣旨上用印，这是等同谋逆的大罪。赵翌生性凉薄，亲政之后还没站稳脚跟就已经像先帝和孝宗皇帝一样开始防着姜家。到时候他若是拿这件事大做文章，不要说是姜家了，就是太皇太后十有八九也要跟着倒霉。

太皇太后她老人家谨言慎行，战战兢兢了一辈子，最后却被自己拖下水。想到这里，姜宪心里就无限悔恨。她当初下定决心不再管李谦的时候就应该快刀斩乱麻，而不是像现在这样黏黏糊糊的，最后害人害己。而曾和她在庙堂上是盟友的曹宣，今生却由于各种各样的改变和她渐行渐远，成了对手。姜宪的眼眶止不住有水光浮现。

曹宣的心如坠入湖中的石头，一沉再沉。姜宪如果真的是和李谦私奔的话，听到太皇太后想办法为她弄来了赐婚的圣旨，她应该非常高兴才是，怎么却这样伤心，甚至在他面前忍不住湿了眼眶？这可不是他了解的嘉南郡主。难道被白愫说中，姜宪是被李谦劫持的？

曹宣摸了摸放着两份圣旨的匣子，想起李谦那张俊朗明快的面孔，心中突然觉得很是不忍。李谦就要这样被杀了？他不过比自己小两三岁而已！看姜宪的样子，并没有受怠慢，而且她既然是被劫持的，当初在田庄的时候为何不呼救？

两个人各自想着心事，厅堂里陷入一片死寂。

良久，还是姜宪先清醒过来。为了收拾自己杂乱的心情，给彼此重新续了茶。

曹宣缓过神来，再次向姜宪道谢。

她却心中一动，既然是太皇太后冒了这么大的风险为她换来的赐婚圣旨，曹宣为什么直到现在也没有向自己宣读？姜宪想到“前世”曹宣“善谋”的名声，不禁坐直了身子，调整了呼吸，尽量让自己显得悠然地说道：“承恩公非要我接旨，又把我大哥他们拦在外面，可是有什么话要单独交代我？”

曹宣不由得暗中感叹姜宪的聪慧。他身子向前倾，压低了声音道：“嘉南，太皇太后爱你如珍似宝。我们在见到你之前，谁也不敢保证我们听到的就是事实，所以太皇太后才会让我来。她老人家并不是只让我给你带了一道圣旨，而是带了两道——一道是赐婚，一道是赐死。你想怎样，太皇太后全凭你做主。”

“你说什么？”姜宪再也坐不住了，腾一下就站了起来，望着曹宣的面孔瞬间变得煞白，“你说什么？两道圣旨？”她喃喃道，“太皇太后她老人家让你带了两道圣旨来？”

曹宣也站了起来，目光凝重地望着姜宪，点了点头。姜宪的眼泪簌簌落下。

曹宣想到姜宪会很激动，可他没有想到姜宪会这样全然不顾形象地痛哭流涕，如果有人这个时候走进来，肯定会以为他做了什么对不起姜宪的事！他忙摸出块帕子，又想到自己几天都没有洗澡，这帕子也脏兮兮的，只好又将帕子塞了回去。他在厅堂里转了一圈，最后在洗漱的盆架前找了块洗脸用的帕子递给姜宪。

姜宪擦着脸，就听见曹宣在耳边道：“太皇太后这也是为了你好，你不要有什么负担。虽说你离京已经有些日子了，可你常年住在慈宁宫，又是没有出阁的小姑娘，就是皇上也不知道你如今不在宫里。阿律和阿瓒，甚至靖海侯世子都在这里，若是回京晚了，只说是我们带你出来游玩就是了。不会有什么流言蜚语传出来，你就算是不相信我，也应该相信你伯父的能力才是……”好像笃定了她会选择那道赐死李谦的圣旨似的。

姜宪冷笑，就因为李谦背叛了曹家不成？她毕竟做过摄政太后，知道政治就是两方妥协的产物，不管在慈宁宫里发多大的脾气，到了乾清宫她都能让自己心平气和，好生地和那些内阁大臣、六部三院的官吏们周旋。她自认为自己在正事上还是个挺能忍的人，至少比赵翌能忍，可这会儿她却忍不住发起脾气来：“你这是什么意思？让我赐死李谦吗？你刚才在外面的时候为什么不直接宣旨？怎么，怕人说你们曹家忘恩负义、过河拆桥，连个属臣都庇护不了？凭什么让我们姜家做恶人？凭什么让我给你们曹家背黑锅？这事我不干！”

曹宣望着姜宪那气呼呼的脸，想到这件事的前因后果，不由得幽幽地说道：“嘉南，你该不会是真的喜欢上了李谦吧？”

姜宪微微一愣。

曹宣的目光却变得锐利起来。姜宪仿佛又看到了那个在朝堂上意气风发、侃侃而谈，在乾清宫为她出谋划策、共商朝政的五军都督府都督兼尚宝司卿承恩公曹宣。

“前世”和今生交错，迷茫而又无措的她不禁喃喃道：“我喜欢有什么用？他最在意的还是李家的前程，他自己的雄图霸业……”

曹宣心中一凛，他做梦也没有想到，姜宪有一天会和他说心里话。像他们这样出身的人，说句心里话有多难，没有人比他更清楚的了。

“你……”曹宣心情复杂，他很想问姜宪，如果两家的立场一致，姜宪是不是就会选了李谦做夫婿？

可姜宪已经在他那一声短暂询问声中清醒过来，她哑然失笑。自己这是有多彷徨，才会把今生和“前世”的曹宣弄混了，居然想让曹宣和“前世”似的给自己一些建议。可她那略带几分自嘲的笑容却刺伤了曹宣的眼，让他莫名冒出股感同身受的悲凉来。他不由得强调：“嘉南，我带了两道圣旨来。”言下之意，我和太皇太后一样，都希望你过得好，能选择自己所想选择的，所以我才执意要来见你，让你决定到底宣读哪一份圣旨。

姜宪立刻就明白了曹宣的意思，杏目圆睁地望着曹宣。难道，他就不怕李家和姜家联姻后，架空了曹太后吗？他就不怕曹家从此一蹶不振，彻底没落下去吗？

姜宪定定地望着曹宣。

曹宣没有回避她的目光，而是坚定地回望着姜宪，正色道："嘉南，我知道我这么说你可能觉得我有些天真，可我真是这么想的。月满则亏，水满则溢，有些事，做个七八分就好，像我姑母这样，就是太好强了，不然她也不会被拘禁在万寿山。我希望曹家能繁荣昌盛，却不希望它站在风口浪尖，整日里担惊受怕，有个风吹草动就严防死守。我既不想让别人把曹家当成挡箭牌，也不想曹家被人利用当成出头鸟，连个安生日子都没有。"

姜宪明白，有时候一旦入了局，就没办法不玩下去。可谁又敢保证自己一辈子打雁都不会被啄了眼？或者说，像他们这种生于富贵长于安逸的人都不愿意去操这份心，觉得什么事差不多就行了。花无百日红，何必去劳心劳力，把自己的一辈子都搭进去。

姜宪感谢曹宣的选择，她一点也不想和"前世"的友人反目成仇。姜宪的目光落在了放着两道圣旨的红漆雕龙匣子上。

曹宣再次轻声地提醒她："你可以选择一道圣旨。另一道圣旨，奉太皇太后之命，我会当着你的面烧了的，不会有人知道。"

她当然不会担心，不管是太皇太后还是曹宣，都是做事极稳妥的人。可问题是，她该怎么选择？赐死李谦吗？念头闪过，姜宪就打了一个寒战。在她的心里，李谦比她强大，比她更适应这个时代的生存法则，她不能想象李谦会死在她的前面，她还没有看着他快马驰骋，看着他实现雄心壮志和宏图伟业。他不能就这般死去，并且还是死在她的手里。

放在那只红漆雕龙匣子上的手仿佛被火烫了一下，让姜宪心中一痛。烧了赐死李谦的那道圣旨，那她就只能选择嫁给李谦。可她压根就没有想过要嫁给李谦，不然她又为何同意太皇太后给她选婿，同意和赵啸交换庚帖？对了，还有赵啸，赵啸一路追了过来，这会儿就在外面。她刚才怕伤了赵啸的自尊心都没有露面，在这种情况下她若是选择嫁给李谦，赵啸还有何颜面立足于世？他没有做错任何事，却被掩入她和李谦的恩怨中来，这对赵啸不公平。可是如果两道圣旨都不选，她又将冒天下之大不韪为她求来两道圣旨，甚至是让她自由选择的太皇太后置于何种境地？

三条路，一条都走不通，姜宪的额头冒出细细的汗珠。

曹宣见姜宪久久都没有给他一个回应，心里更加确定姜宪对李谦有情愫，也更加确定就算姜宪是被李谦劫持的，她也没有真正责怪李谦。可要嫁给李谦，尊称一个被招安的土匪为公公，对姜宪来说，恐怕一时间很难接受吧？

曹宣拿出两道圣旨，摊放在了桌上，说道："嘉南，我们最多有一刻钟。如果一刻钟之内你还没有选择，就算我愿意继续等你，外面的那几个人也未必愿意等了。"

姜宪生平第一次不知道该怎么办好。

庭院里，赵啸站在院子中间，望着穿堂绘着十八罗汉的沉香木屏风发呆。姜律和王瓒站在赵啸的东边不远处，担心地望着赵啸。李谦则退到了院子西边的古树下，和钟天逸站在一起，低垂着眼帘，看着脚下的蚂蚁搬家。

夕阳西下，满院静谧。良久，内院都没有什么动静。

钟天逸有些沉不住气了，和李谦耳语："要不要我帮你去看看？以我江湖排名前三的轻功，他们不会发现的……"

他的话还没说完，李谦已抬头轻蔑地瞥了他一眼，低声道："你动一下试试看？"

钟天逸发现王瓒飞快地朝这边睃了一眼，在心里暗暗叹气，装模作样地摸了摸下巴上并不存在的胡须，感慨道："这位嘉南郡主还真是红颜祸水，引得这么多美男为她折腰！她要是个绝代妖姬还好说，偏偏是个只有五六分姿色的女子。你说，你们到底是垂涎她的美貌还是觊觎她的地位呢？"

李谦一拐子就撞在了他的胸口上，压低嗓子警告他："你少在这里胡言乱语。这种话你当着我面说一次就够了，我不想听见第二次，不然听见一次打一次，打到你改了为止。"

钟天逸捂着胸口嘟囔着"重色轻友"，见姜律也望了过来，怕给李谦添麻烦，不好再闹，站直了身子又忍不住问带曹宣上来的卫属："你说曹大人当时跟你说是来传旨的，你难道就没有检查检查那圣旨到底是真是假？"

卫属睁大了眼睛，半响才夸张地吸了一口气，神色奇怪地道："圣旨还分真的假的不成？那可是皇上的金口玉言！"

钟天逸只要一想到李谦会娶个身份地位那么显赫的女人，以后不仅李谦，就是李谦的朋友见了她也要毕恭毕敬的，心里就觉得不舒服，非要挑点刺才痛快："当然啦！浙江那边不是前些日子出了个案子嘛，说有人冒充浙江学政到处收受贿赂，还承诺在他划定的句子里面可以找到来年科举的题目，很多人上了当，最后发现受骗了，还怕人笑话不敢跟别人说……"他说着，若有所指地看了李谦一眼。

卫属想起当时的情景，顿时有些不自在起来。

李谦素来心细，见状心中一紧，道："怎么了？你没有看见圣旨吗？"

"看是看见了。"卫属不好意思地道，"可我之前从来没有见过，也不知道是真是假。放在一个红色的雕龙匣子里，外面是明黄色的，绣了五爪的金龙，卷轴是黑漆木的……"他细细地回忆。

李谦松了口气，笑道："那就是圣旨。"

卫属压在心上的大石头被搬走了，又来了兴趣，对钟天逸道："钟公子，你看，我没有认错。那里面还装着两道圣旨呢！肯定是一道留给我们家大爷供在祠堂里的，一道由皇宫里留着，用来备查的……"

"你说什么？"李谦愕然道，"有两道圣旨？"

"是啊！"卫属虽然觉得李谦的表情有些奇怪，但还没有意识到自己所说的话在李谦的心里激起了多大的漪涟，"我当时还问承恩公来着，怎么会有两幅卷轴，承恩公就是这样回答我的。"

李谦和钟天逸交换了一个眼神，两个人都从对方的目光中看到了惊骇。宫里怎么可能同时颁下两道圣旨，这又不是赏赐立了不世之功的庶子，除了封赏嫡母还同时下道圣旨封赏庶母。

"宗权，我还是去看一眼好了。"钟天逸收起刚才的嬉皮笑脸，面色肃穆地说道，"我看这件事不简单！"

李谦望着走到赵啸身边和赵啸说着什么的姜律和王瓒，一把抓住了钟天逸的手臂："等等，你等等。让我好好想想这件事，你先别急着潜入内院，这件事肯定有什么隐情。"

他的脑子飞快地转了起来。曹宣曾说，他是受太皇太后所托过来的，而太皇太后最疼爱姜宪，肯定不会做对姜宪不利的事；再就是曹宣，他刚才就在想，是不是自己和姜家的关系已经暴露了，所以曹太后要对他出手，但曹宣并没有立刻宣旨，而是非要见姜宪。他就知道，这圣旨肯定有问题。他能感觉到，姜宪虽然有时候不待见他，可关键时刻，她从来都不曾丢下他不管，更不要说害他。

这也是为什么李谦同意曹宣去见姜宪的原因，可现在，曹宣久久没有出来，他开始有些忐忑不安，要不，就让钟天逸潜进去看看？他正寻思着这件事，刘冬月走了出来。院子里众人的视线都落在了刘冬月的身上。

刘冬月还不曾被人如此注视过，顿时心里有些发慌，但他毕竟是个聪明人，很快就镇定下来，轻轻地咳了一声，道："恩亲伯世子爷，郡主请您进去！"

众人愕然地望着王瓒。

王瓒比他们还惊讶，他张大了嘴，半晌才指着自己道："郡主让我进去？"

刘冬月恭声应"是"："郡主请您进去说话。"

"哦。"王瓒一头雾水，甚至没有和姜律打个招呼，就这样梦游般地走了进去。

李谦、姜律、赵啸面无表情地站在那里，他们带来的人则忍不住低声议论起来。一边是诡异的沉默，一边是嗡嗡的窃语，院子里的气氛非常古怪。但不管是李谦还是姜律、赵啸，此时想破了脑袋都想不明白内院到底发生了什么事，只好一个个眉眼阴沉地继续等着。

大约过了一炷香的工夫，刘冬月吃力地搀着神色恍惚、摇摇晃晃的王瓒走了出来。

众人都吓了一大跳，姜律更是三步并作两步急忙上前，一面帮着刘冬月搀扶王瓒，一面神色焦虑地问刘冬月："出了什么事？"随后没等刘冬月回答又轻轻地拍了拍王瓒那苍白的面孔，关切地问，"阿瓒！阿瓒！你怎么样，哪里不舒服？"

王瓒像丢了魂似的眨眨眼睛，这才望向姜律，眼眶一红，眼泪骤然就要落下来："阿律哥，我……我……"他嘴角翕翕，"我"了半天也没有说出一句完整的话来。

姜律很是着急，望向刘冬月。刘冬月脑袋一缩，忙道："奴婢真的不知道出了什么事！等郡主叫奴婢进去的时候恩亲伯世子爷就这样了。”

刘冬月实际上没敢说真话，自己进去的时候，恩亲伯世子爷正呆呆地坐在厅堂的太师椅上，郡主和他说话他也不理，还是承恩公朝着恩亲伯世子爷打了几拳，恩亲伯世子爷这才清醒过来，被自己扶着出了穿堂。

刘冬月弯着腰，恨不得变成空气，这样就谁都看不到他了。

姜律在刘冬月这里问不出什么来，就更担心了，他喊了声“阿瓒”，想着怎样能让其振作起来。可没等他说话，王瓒陡然像梦醒了似的，神色自若地和赵啸打了个招呼，道：“靖海侯世子爷，我有话单独和你说。”

赵啸眼睛一亮。李谦的眉头却紧紧地锁起，王瓒见过姜宪之后就急着要见赵啸，难道王瓒是来帮姜宪传话的？可什么事能让王瓒像失了魂似的？

李谦紧紧地盯着赵啸的背影，赵啸看也没看李谦，随王瓒走到院子的角落里。

两个人低声窃语。

李谦的手紧紧地攥成了拳。姜律打量着李谦，毫不客气地嗤笑了一声。李谦没有理睬。姜律看着气恼，想刺李谦几句，眼角的余光却见赵啸慢慢转过身来。他两眼通红，咬牙切齿地盯着李谦，那模样，恨不得吃了李谦似的。

姜律大惊，不知道这又是唱的哪一出，忙道：“阿啸，出了什么事？”

赵啸看也没看姜律一眼，眼睛里喷火，陡然弯腰用力撕下袍角朝李谦丢过去，声音嘶哑而阴沉：“李谦，我和你从此割袍断义，不共戴天！”说完，径直往山下去。

姜律骇然，急忙问王瓒：“这是怎么了？”

王瓒却侧过脸去，避开姜律的目光，喃喃地回了一句：“嘉南让我护送赵啸回京。阿律哥，我先走了，有什么事，我们回京再说。”接着高声对随他们而来的侍卫道，“李伟，你们随我护送靖海侯世子爷回京；余下的，留下来听候镇国公世子爷指挥。”然后逃也似的转身大步追着赵啸而去。

姜律追过去，可追了几步他想到姜宪还在这儿，只好停下脚步，跺着脚吩咐李伟：“照顾好世子爷！”

李伟等人应声下山。李谦的人却面面相觑，不知道发生了什么事。

钟天逸看戏不怕台高，用大家都能听到的声音道："不会是起内讧了吧？这可怎么好？人还没有站稳，人心却散了。"

一时间院子里静悄悄的，只听得见钟天逸的声音，直到曹宣的身影猝不及防地出现在穿堂的台阶上，居高临下地喊着李谦的名字："听旨！"

李谦诧异地望着曹宣，曹宣冷眼望着他，重复着刚才的话："李谦，听旨！"

李谦挑了挑眉，他从小就在那些土匪身边长大，这样的人就别指望他对皇权有多敬畏。他只不过是想到刚才发生的事情，心里不免生出个盼头罢了。他让人准备好香烛，撩袍就跪在了香案前，心里却想着，这圣旨要是正中他下怀也就罢了，要是不中他的意，那就只能对不起曹宣，让曹宣白跑一趟了。

曹宣哪里想得到李谦的心思，开始宣读圣旨："奉天承运，皇帝诏曰，三色为裔，鸿禧云集。嘉南郡主，大长公主永安长女，敏慧聪雅，淑慎娴静，旦夕承欢太皇太后膝下，太皇太后疼爱甚矣。朕承太皇太后慈谕，于诸臣工中择佳婿与郡主成婚。闻山西总兵李长青长子李谦人品贵重，文武双全……"

圣旨还没有读完，李谦已抑制不住心中狂涛骇浪般的惊喜抬起头来。

这是道赐婚的圣旨！

李谦想过姜家会被迫把姜宪嫁给自己，想过姜宪不忍再看自己的狼狈主动跟着他回山西，想过自己余生都可能因为姜宪的事情对姜家低头，可他做梦也没有想到，太皇太后竟然赐婚给他，让他和姜宪结为夫妻！他是个不惧鬼神不敬佛的人，可在这一刻，他不由得在心里向天上的神佛诚心道谢，谢谢他们在这个时候站在了自己这边，成全了他的一片痴心。

曹宣一面读着圣旨，一面在心里感慨。李谦也应该很喜欢姜宪吧？不然他不会这样激动。可这种喜欢又能有多久呢？李谦不甘于人下，两家注定会在朝堂上一争高低，年轻热血时做的决定又能维持多久呢？

他宣读完圣旨的时候声音不由得柔和了几分："李谦，起来接旨吧。"

"多谢！多谢！"李谦抬起头来，眼睛红红的，喃喃地向他道着谢，恭敬地接过圣旨，甚至忘了谢恩。

曹宣微笑，也没有去提醒他。倒是钟天逸等人，都忍不住露出欢喜的笑容，想跳起来欢呼时，云林却急忙做了个阻止的手势，众人这才发现姜律的脸色黑如锅底。

李谦犹未察觉，还在那里心情激动地对曹宣道:“今天真是太谢谢您了，礼不可废，等会儿一定要和我喝几盅。”

曹宣笑着点头。李谦又回头去找姜律，想请他也一道去喝几盅——在他心里，姜律已经是他的大舅子了。

姜律的脸色顿时更难看了，他看也没看李谦，冷着脸对曹宣道了一声“我去看看嘉南”，抬脚就朝内院走去。

李谦哪里还敢让弓弩手对着姜律，忙做了一个手势，那些弓弩手立刻像潮水般退去。

姜律气呼呼地进了内院，见姜宪正站在院子里的葡萄架下等他。

此时正是四月，虽然今年的倒春寒时间长，可寒气一去，气候很快就温和起来，枯褐色的老藤上缀满了嫩嫩的绿芽，明媚的阳光透过葡萄架洒在姜宪的身上。她的脸洁白如玉，目光沉静安宁，仿佛在春光里静悄悄盛开在枝头的白玉兰。

姜律的火气一下子就飞到了天边，他脚步徐缓地走了过去，叹道:“保宁，那小子有什么好？”

姜律在曹宣出来宣读圣旨的时候就已明白，这是姜宪自己的选择，不然曹宣就不会执意要在宣旨之前先见姜宪了，王瓒也不会去送赵啸回京，赵啸就不会和跟自己没什么交情的李谦说出割袍断义的话来。可他的妹妹怎么会选李谦做夫婿？就是赵啸也不过是因为和她适龄而勉强中选，李谦拿什么来和赵啸比？

姜律那别扭的神色，就像被夺了玩具的孩童。姜宪忍俊不禁，指着葡萄架下铺着厚厚坐垫的石凳请他坐下，又亲自给姜律斟了杯茶，这才慢慢道:“我也不知道他有什么好。”

这是句真心话。如果她知道李谦到底有什么好，她就可以照着李谦的好找个夫婿了。那她也就可以在自己的夫婿面前和在李谦面前一样，不管做什么事心底都会有层淡淡的喜悦，纵然有口角也不会真的生气，最重要的是，她不必担心有一天夫婿会为了家族放弃她。她低头喝了口茶，眼里尽是茫然无措，哪里有一点新嫁娘的欢天喜地。

姜律看得心中生痛，不禁握住了姜宪的手，道："我们姜家的男人在外面拼杀是为了什么？若是连一个女子都保护不了，那还不如解甲归田，做个平头百姓。只要你说一句不想，那圣旨就是废话，哥哥这就带你走！"

"大哥，"她望着姜律，含笑的眼眸明亮而柔和，璀璨如星子，"你打李谦的时候他要是敢还手，我就让他跪算盘珠子。"

姜律压根不信，若不是极满意，她怎么会选了李谦做夫婿。到时候他真和李谦打起来，这小丫头还不知道怎么护着李谦呢！单看她跟着李谦一声不响地跑到山西就知道了。

想到这里，他不由得上下打量着她："那个李谦，有没有欺负你？"

姜宪毕竟不是真正没有及笄的小姑娘，闻言闹了个红脸，瞪着姜律道"他敢"，那气势，十足一只母老虎。

姜律满意地点了点头，低声吩咐她："你不用怕他。他要是敢对你不敬，你只管和他闹。你和他可是御赐的婚姻，他不敢休你。闹狠了，就写信给我，我接你回京在公主府住着。京城是我们姜家的地盘，他就是条龙，来了也得给我盘着装蛇，别说是私闯公主府了，就是私闯镇国公府，到时候我也有办法让他吃不了兜着走。然后我再给你养帮戏子，建几个风景各异的院子，你就在京里听戏游玩打发日子。就是生下孩子也不怕，他们李家不认我们姜家认，就养在我名下。反正姜家人丁单薄，到时候说不定还能出个大将军，我们姜家也算是后继有人了……"

这让亲自来请姜律一同过去饮酒的李谦听得面如冰霜。

"小国公爷！"李谦大声喊着，打断了姜律的话，"我已经安排了一桌素宴，承恩公正等着您一起过去共饮一杯！"他说着，眼神却抑制不住地往姜宪瞅去。可能是因为大笑了的缘故，她的脸红扑扑的，眼睛也亮晶晶的，一改往日的苍白阴郁，让他看着心里就觉得温暖，恨不得上前抱住她在院子里转几个圈，大声地跟她说一句"从此以后我们就可以再也不分开"。

可惜姜宪并没有看李谦一眼。李谦没来的时候她还和姜律说说笑笑的，李谦进来后她反而眼观鼻、鼻观心地坐在那里不动了。

姜律更是看着他就烦，冷声道："谢恩是你的事吧？你拉上我做什么？"说着，吩咐姜宪，"你赶快收拾东西，等会儿就和我一起回京。"说完，像想起什么似的上下打量了一眼姜宪的衣着，嫌弃道，"我看你也别收拾了，要什么我们路上买就是了，反正也不急着回京。”

李谦一听急起来，这怎么行！这次和姜家打交道才知道，姜家那看似低调臣服的面孔之下实际上有多嚣张，连皇上的行踪都敢查，连西山大营的侍卫都敢调，更不要说那道圣旨了——曹宣敢秘而不宣，姜家就敢接而不遵。万一姜宪随着姜律回了京，姜家不承认这道圣旨怎么办？京城可不是药林寺，镇国公、太皇太后、恩亲伯、简王……这些人随便拎一个出来都够他头痛的，何况打也打不得，骂也骂不得，他自认自己还没那个本事一下子应付这么多人。至于圣旨，得有人承认这才是道圣旨，若是不承认，那也就是一块破布，他光留着那道圣旨有屁用啊！但当着姜宪和姜律，这样的话却不能说。姜律可是姜宪的嫡亲堂兄，就凭这一点，谁都不能拦着他带姜宪走。

“小国公爷还是用了晚膳，在这里歇一晚再走吧？”李谦笑着，一脸阳光灿烂，“这天色不早了，药林寺的路又不好走，小国公爷身边的随从都是军中精锐倒也不怕，只是郡主身娇体弱，别再有什么闪失。不如等我明天一早安排几个服侍郡主的妇人，打点好了行李，小国公爷再和郡主一起回京也不迟。”

姜律想想也有道理：“那你准备一下。”依旧没给李谦一个好脸色。

之后姜律径直吩咐姜宪：“我们明天就启程。爹和娘一直为你担心……”说到这里，他想到自己只顾着和李谦生气，还没有给父亲报个平安，语气微顿。

李谦是多聪明的人啊，立刻接了话茬道：“小国公爷要是想给京里带个信，我这里养着几只专供军中使用的信鸽，等会儿我领着您的随从去找养鸽人就是了。”

姜律在心里冷哼，面色总算是有所缓和。

李谦立刻顺着姜律的意思喊了冰河进来，吩咐道：“你去拿文房四宝进来，伺候国公爷笔墨。”

冰河小心翼翼地应诺，退了下去。

李谦的目光再次落到了姜宪的身上。她低着头，默默地坐在那里，满头的青丝乌黑亮泽，白皙纤细的手指绕着腰间碧绿的丝绦，静谧得仿佛一幅仕女画。

李谦看着就觉得心里甜滋滋的，想着要是能和姜宪说句话就好了；不能说的话，哪怕看看她的脸，知道她这会儿是高兴还是生气也好啊！姜律见李谦一双眼睛就像黏在姜宪身上似的，哪里还不知道李谦的心思？可他偏不让李谦如愿，看李谦能怎样！

“嘉南！”姜律沉声道，“如今还不是盛夏时节，到了晚上气温就会凉下来，何况这是在山里，你赶紧回屋。刘冬月呢？怎么一点眼力见都没有，这个时候了，也不过来服侍郡主用膳！郡主身子骨本来就不好，晚膳后是一定要走几圈消消食的；再晚些，就到了她该歇息的时候了。难怪你在慈宁宫只能跟在刘小满身后打转，这点小事都做不好。还不快扶着郡主回屋去！”最后几句，是对着一路小跑过来的刘冬月说的。

刘冬月都要哭了，这话听着是在说他，实则在说李大人。如果是从前也就算了，现在李大人已经是郡主的未婚夫婿了，大公子这样说李大人，要是李大人心中不快，背后给郡主脸色看怎么办？郡主又是个受不得气的，两个人岂不是要吵起来？神仙打架，遭殃的可都是小鬼啊！他忙朝着李谦投去哀求的目光，只盼着能减少点李谦的怒气。

李谦压根就没放在心上，受大舅子这点气算什么？权当替姜宪报答养育之恩了！他继续用热脸去贴姜律的冷脸，道：“这是我的疏忽，我这就让人给郡主传膳。”又对刘冬月道，“若是郡主有什么需要，还像从前那样，你直接去找云林就行了。”

刘冬月感激地应“是”，垂手恭立在姜宪身边，并不敢擅做主张请姜宪回屋去。

姜宪见姜律这样闹了一场，心情总算是好了一点，轻声嘱咐了姜律几句“少饮些酒”“这几天赶路太辛苦了，今晚好生歇息”，便看也没看李谦一眼，起身进了厅堂。

李谦就这么眼巴巴地看着姜宪渐行渐远，还要打起精神来招呼姜律：“小国公爷，因是在庙里，只能委屈您尝尝药林寺的素宴了。还好他们庙里酿着种果酒，据说是加了秋天的桂花秘藏的，托您的福，我们今天也跟着试试这果酒的味道如何……”

姜律看着李谦那有些勉强的笑脸，心情瞬间就好了起来。他撩了撩衣角，率先走出了内院。

李谦看了眼悄无动静的正房，只得跟上前去。

姜宪在窗棂后面看着姜律和李谦离去，乐不可支地倒在了罗汉床上。自己的大哥刚刚败在他手下，心里正有气，他也不知道收敛一点，一双眼睛就知道直勾勾地朝着她看，炽热的视线烧得她心里都发起慌来。

想到从今以后她就要和李谦过一辈子了，姜宪有片刻的恍惚。姜宪虽然做了选择，心里却依旧没底。

刘冬月只当是姜宪为自己的婚事高兴，有些得意忘形，担心这个模样的姜宪落在了他的眼底，等她回过神来会心生芥蒂，因而在她大笑的时候就已轻手轻脚地退了出去。屋里没有了动静以后，他才探了个头进去，见姜宪闭着眼睛躺在罗汉床上，像睡着了似的，不由得上前轻轻地喊了几声“郡主”，等姜宪睁开了眼睛，他才悄声道：“您是先睡会儿再摆膳，还是用了晚膳再睡？”

“先摆晚膳吧。”姜宪寻思着明天就要随姜律回京城去了，李谦今天晚上肯定会悄悄地来见她，她也有些话要叮嘱李谦，可姜律肯定不会那么早放李谦回来，势必会灌李谦酒的。虽说姜律的酒量不如李谦，但李谦要来，肯定也会很晚，她不如早点用了膳，睡一觉再等李谦过来。

刘冬月应声而去，不一会儿就端了桌席面上来，和昨天一样，是全素宴。味道只能说是差强人意，好在姜宪觉得自己也不是个不能吃苦的，倒也没有把自己饿着。

用了膳，在屋里溜达几圈，姜宪草草地洗漱一番，就上床躺下了。许是今天发生了很多事，她翻来覆去怎么也睡不着。好不容易有点睡意，外面突然响起一阵“抓贼”的喊声。她愕然坐起身来，问在外屋当值的刘冬月：“怎么了？你去看看。”

他们在寺里住了两天都没有事，偏偏在姜律的侍卫和李谦的护卫都在院子外面守着的时候，居然闹起贼来。

刘冬月也迷迷糊糊的，却一步也不敢离开姜宪，道：“不是有大公子和李大人吗？这万一要是调虎离山之计可怎么办？”

姜宪想到离开的赵啸，心里也有点发毛，让刘冬月去检查窗棂都关好了没有。两个人就守在屋里，等李谦或是姜律的人过来护卫他们。刘冬月重新检查了一遍门窗，见一切安好，悬着的心这才落了下来，拿了根齐眉棍守在了姜宪的床前。

姜宪看了好笑，道："你会用吗？"

刘冬月笑道："云林说我若是想学，他可以教我。"

姜宪觉得这样也好，既然决定了嫁给李谦，她就会全力以赴。嫁到了李家，身边的人能和李家的人和睦相处，才能让她更快地站稳脚跟。不过，她知道云林有将帅之才。李谦这个时候不知道有没有发现云林的才能，一旦发现，是不可能把他留在内宅的。她想了想，小声对刘冬月道："云林这个人不简单，你是玩不过他的，以后在他面前要老老实实的，待他也要以诚为本；倒是冰河这个人你要多接触接触，李家有些什么人，都是些什么性子，彼此之间的关系如何……你从小在宫里长大，李家再复杂，也复杂不过宫里，这些事想必我不教你你也会，我就不多说了。"

刘冬月连连点头，喜出望外。郡主能交代他这些事，就是要重用他的意思。

刘冬月就和姜宪说起这几天的发现来："郡主您看人可真准。那云林的确让我有点摸不着性子，我还准备这几天和他好好套套话，听您这么一说，还好我没有自作主张……"

两个人正说得起劲，门外响起杂乱的脚步声。两个人面面相觑，刘冬月不由得握紧了手中的齐眉棍。

姜律的声音却突然出现在门外："嘉南，药林寺闹贼了，你这边没事吧？快开门让我进去看看。"

这种事不是应该很紧张吗？怎么她大哥的语气里却隐隐透着几分幸灾乐祸的得意呢？姜宪的脑子转得很快，难道大哥怀疑那个贼是李谦，而且这贼如今躲在她的内室不成？

姜宪觉得头痛，她好好一个大哥，怎么遇到李谦之后变得和李谦一样不正常了？姜宪真心懒得陪着他们耍花枪，吩咐刘冬月："你让我大哥进来，随便他怎么搜。"

刘冬月忙去开了门。

姜律满身酒气地走了进来，在屋里寻了一圈，除了姜宪和刘冬月，再没有第三个活物。他不由得皱眉，喃喃道："这不可能啊……我明明看见了……"

姜宪面无表情地看着他，他讪笑。恰好福升在外面喊了声“世子爷”，姜律疾步出了内室。

姜宪朝刘冬月使了个眼色。刘冬月立刻跟了过去，不一会儿进来悄声地告诉她：“福升说在禅寺东面发现了贼，问大公子追不追。”姜宪落脚的地方在禅寺的南边，也就是说，在别处又发现了贼人的踪影。

姜宪点头。

姜律悻悻地走了进来，道：“保宁，你好生歇着，我到别处去看看！”

姜宪冷冷地颔首，姜律很快带着人离开了内院。

刘冬月刚松了口气，就听到有人敲他们的窗棂。

刘冬月吓了一大跳，跑到窗棂前压低了嗓子警惕地问着“是谁”。

“李谦！”外面的人低声笑道，“快开窗棂。我怕我那金蝉脱壳之计瞒不过你们家的小国公爷，给我来个回马枪。”

刘冬月听了急忙去开窗棂。

穿着夜行衣的李谦跳了进来，朝着姜宪抱怨：“我发誓，我对姜律真是再恭敬不过了。他让我喝两杯，我不敢喝一杯；他说月亮是圆的，我就说像银盘……就这样，他还给我设陷阱，半夜带了人抓贼，把我赶得像燕子飞似的。这样下去可不行！保宁，你得帮帮我。你大哥到底喜欢什么，这大舅子不安抚好了，我以后只怕是没有一天好日子过……”

他絮叨了半天，也没有个回应，不禁朝姜宪望去，就见姜宪正一言不发地盯着他。李谦干笑，坐在姜宪身边，道：“我不是嫌弃你大哥，我这不是怕他对我的印象不好吗？万一他回到京城给我这么一宣扬，你伯父伯母，还有你外祖母就更看不上我了。”

姜宪不知道这两个平时也算沉稳持重的人怎么突然间就变成了小孩子，她冷着脸道：“好玩吗？和我大哥捉迷藏，好玩吗？”

李谦直嚷冤枉：“我真是有事来找你，可小国公爷却觉得我是要和你私会。”

姜宪沉默了几息，正色道：“那你来找我有什么事？”

刘冬月忙去给李谦倒了杯茶，后者目光灼灼地望着姜宪道：“保宁，你能不能不回京城？”

姜宪一愣。

李谦神色微肃，道：“保宁，我虽然没有机会问曹宣这件事，但曹宣赶过来时说的那些话我都还记得。他说他是受了太皇太后之托来宣旨，可见我们的婚事是由太皇太后做主的。你也知道，这些年朝廷式微，圣旨到辽东就不大行得通，不然曹太后也不会点辽王进京给她祝寿，想趁机敲打他一番了。我怕你回京之后皇上发起疯来，矢口不提赐婚的事……这都是小事，大不了我拿着圣旨闹一场。我最怕的是，皇上对你动了歪心思……保宁，”他说着，拉住了姜宪的衣袖，声音也低了下去，“我知道你心里最惦记的是太皇太后，我这样贸然把你带出来，你离开的时候甚至没有机会跟她老人家说一声，如今要出阁了，的确应该跟从小把你养大的太皇太后和平时照顾你的太皇太妃辞别。我知道我的要求有些过分，但我是真的担心，你能仔细地考虑一下我的提议吗？”

姜宪讶然，她以为，至少要等到太皇太后殡天，给太皇太后守孝之后再嫁。是以姜宪没有多想就拒绝了：“皇上马上要立后了，他哪还有时间管我？你想得太多了，而且太皇太后年事已高，我舍不得这个时候离开她老人家。这件事你不必再说，我已打定主意和大哥明天就回京，我们的婚事，等我及笄之后再商量婚期。”

她语气决然，李谦知道要是再说这件事，只会惹得姜宪不高兴，索性也不再提，说起了这次的赐婚：“你说太皇太后怎么会突然就给我们赐婚呢？我还以为她老人家恨死我了，会直接下道懿旨把我给赐死。”

姜宪看了李谦一眼，并不想在这件事上多说什么。想着他不再提让她留下来的事，她也没有过多的纠结。在她的印象里，李谦虽然常常说些气她的话、做些让她不快的事，可若是她拿定了主意，他通常也不会非和她唱对台戏，不然她早就容不下他了。已经过去的事，姜宪也不想和李谦多说，便转移了话题：“我刚才想到一件事。你这样欢天喜地地接旨，曹宣就算是傻瓜也知道李家和姜家有来往，你想好怎么向曹宣解释没有？”

可李谦双目闪烁地问她：“你怎么知道我接旨的时候欢天喜地的？”

当然是刘冬月告诉她的。姜宪抿着嘴，没有说话。刘冬月对她说，李谦接旨的时候一个劲地对着曹宣说“多谢”，还说什么以后要每年都来药林寺还愿，要给药林寺的菩萨们重塑金身……连最基本的给皇上谢恩都忘了。曹宣也不知道是有意还是无意，居然也没有提醒李谦，就这样把圣旨往李谦手里一放，就随着云林和钟天逸去另一个接待香客的院子里歇息了。

李谦看见姜宪这副样子，眉宇间满是掩也掩不住的欢喜，自顾自地望着姜宪道："你放心好了，我以后会和你一起孝敬太皇太后、镇国公和镇国公夫人的。我真是太感激太皇太后了，她老人家不愧是这天底下最尊贵的人，事事都洞明……你说，我去京城的时候，送点什么东西给她老人家好？宫里有忌讳，我没敢打听她老人家喜欢什么……"他傻傻地笑着，仍旧不敢相信他们被赐婚了，始终重复着这个话题，"你说，她老人家怎么会突然想到给我们赐婚？不会是京里发生了什么事吧？还有曹宣，他怎么会来凑这个热闹……"

姜宪懒得听他像个傻瓜般不停地絮叨，提醒他道："你想好怎么和曹宣说了没有？"

"没有！"李谦很无赖地道，"我看他上眼皮和下眼皮打架，刚才喝酒喝到一半的时候竟然睡着了，只好让人架着他回屋里休息。阿律哥又一直灌我酒，而且他不仅亲自上阵，还让他带过来的侍卫灌我酒，我要是不喝，他就说我不给他面子，我让身边随从代喝都不行。要不是我聪明，装醉倒在了酒桌子下面，这会儿还在被他灌酒呢，根本就没空去想曹宣的事。不过，我既然拿了曹太后的银子，自然要保她平安的。我觉得这和镇国公府所求并不冲突，就算是哪天镇国公改变了主意，我也会把帮曹太后训练出来的人交给曹宣的，到时候是敌是友，就全凭本事了。"

姜宪不知道该说什么，这混蛋一涉及这种事就特别有主意。明知他这样做是对的，姜宪心里却没办法舒坦，她踢了踢他坐着的小杌子，道："时候不早了，你是不是要回去了？曹宣那里怎么交代，你也要和你的幕僚提前商量个说法才是。"

李谦觍着脸笑道："你再和我说说话呗！要说出主意，还有谁的主意比你的更好？"

姜宪气得不得了："敢情我还是个谋士？你少在这里给我胡搅蛮缠。你再不回去，就不怕我哥杀个回马枪？"

李谦嘿嘿地笑，眼神里颇有些小得意，道："我使了个金蝉脱壳，阿律哥追的是钟天逸。两军对垒钟天逸肯定不如阿律哥，可要论这单打独斗、千里追踪，阿律哥还真不如钟天逸。他们没有一个时辰不可能分出胜负来。"

谁知他的话音还未落，姜宪就听见窗棂那里传来冰河紧张而急促的声音:“大爷，小国公爷过来了！”

李谦一愣，随即跳起来就要走:“他怎么这么快就折回来了？钟天逸这混蛋，他不是说他的轻功在江湖上排名前三吗？”又回头交代姜宪，“保宁，我等会儿再来看你，我想对你说的话还没有说完呢！”

姜宪瞪了他一眼:“有什么话明天再说，你们这样你来我往的，还让不让人睡觉了！”

“好，好，好。”李谦百依百顺，“那我明天再找你说话。”说完，推开窗就跳了出去，很快就消失在夜色中。

姜律领着几个人跑了进来，看见内室开着的窗棂气得脸色铁青，质问姜宪:“是不是李谦那痞子来过了？”

姜宪懒洋洋地打了个哈欠，道:“你们有什么恩怨是你们自己的事，别拖我下水。我要去睡了，有什么事明天再说。你也别往我这里跑了，这眼瞅着就要天亮了，你还休息不休息了？不是准备明天回京城的吗？你这个样子行吗？”

姜律气极，道:“我这是为了谁？”

姜宪只好妥协，笑道:“我知道哥哥是为了我，可今天大家真的很累了，不如快些歇了，明天有恩报恩，有仇报仇好不好？”

“女生外向，”姜律犹不解恨，“没想到连你也不能免俗。”

姜宪赔着小心，好不容易把姜律给哄走了，自己已是筋疲力尽，倒在床上就睡着了，什么担心害怕统统都不知道去了哪里。一晚上连个身也没有翻，早上起来的时候手臂都麻了，看见有着双秋水般明眸的七姑时，她半晌才记起来。

七姑还带着两个十七八岁的丫鬟，一个是她之前见过的香儿，另一个叫坠儿。七姑领着两人笑盈盈地给她行礼，恭敬地称她“郡主”，并道:“大爷的信早几天就送到了太原，奴婢们因是随车走的，路上耽搁了些行程，今天才到。郡主这些日子受委屈了。”然后又指着香儿道，“这小丫鬟您早就认识了，勉强也算得上伶俐，这几天就由她跟着刘公公学着怎样服侍您，您看可好？”

姜宪毕竟是个没有出阁的小姑娘，身边服侍的也多是宫女，体己的事还真有些不习惯使唤刘冬月。她闻言不由得松了口气，觉得这样刘冬月也可以轻松些，遂点了点头，叫刘冬月进来，把人交给他。

七姑随后指着坠儿，笑道：“她梳得一手好头，还能认几个字，郡主若是没事，可以让她帮您读读词话，抄抄经书。”

姜宪身边服侍的人，祖上三代都得查得清清楚楚，她还不太习惯让陌生人近身服侍。她笑着把人收下了，道：“不过是身边没有人手，暂时借过来帮几天忙。读词话抄经书就免了，有人帮我把这头发梳整齐我就要念一声‘阿弥陀佛’了。”

三个人都抿了嘴笑，善意十足，气氛温馨而美好。

七姑去打了水进来，坠儿在她的吩咐下给姜宪梳了个简单的纂儿，姜宪觉得脑袋都轻了几斤。香儿拿了个首饰盒进来让姜宪挑要戴的首饰。里面有祖母绿满池娇的分心，赤金填玉的簪子，衔着红宝石的凤钗，莲子米大小的南珠发箍，嵌百宝的梳篦，堆纱做成的绢花，镶点翠的大花……不管是珠光宝气的金银饰品还是精致别样的绢绒绸花，里面都有。

“这是哪里来的？真是好手艺！”姜宪笑着，从中拿出了朵粉色的牡丹花。那花有酒盅大小，粉柔娇美，连花瓣的深浅都染得栩栩如生，乍一看，分明就是朵刚刚盛开的赵粉。宫里的东西越做越规矩，也就越来越没有趣味。这样有灵气的东西，宫里是做不出来的。

“是江南过来的？”她猜。

“郡主真是好眼力！”七姑笑道，“这是钱塘绢花李家的东西，在太原也有分店，只是品种不多。这朵牡丹还算精巧，奴婢就挑了来。”

姜宪想到七姑跳进郑大人胡同时那矫健的身手，不禁笑道：“没想到七姑还会挑绢花！”

七姑意有所指地笑道：“我这也是在慢慢地学，若是有失礼之处，还请郡主不吝指教。”

“这你可问错人了。”姜宪笑着，把绢花放进了首饰匣子里，又把那莲子米大小的南珠发箍拿出来试着戴了戴，“我也不太懂这些，原来都是身边的两个宫女操心。”

“以后若是遇到了，奴婢一定请教两位姐姐。”七姑恭谦地笑着。

姜宪把自己感兴趣的首饰拿出来都试着戴了戴，又全都放回了匣子，最后站了起来，准备去用早膳。

七姑一句话也没有说，笑着陪姜宪去了旁边的花厅。各式小菜、点心、粥，摆了一桌。

姜宪笑道："这也太多了！"每样只留了一筷子，其他都赏了人。

香儿刚来，还不敢上前，就在刘冬月身边打下手，帮着递个帕子、拿下布菜的筷子，跟着刘冬月学怎样服侍姜宪用膳。

这时，姜律闯了进来。许是因为宿醉，他显得有些憔悴，看了桌上的早膳一眼，恹恹地道："早上就吃这个吗？有没有打卤面？给我来一碗。"

姜宪顾着姜律的面子，好脾气地吩咐香儿去厨房让灶上的人给做碗打卤面过来。

姜律目露满意之色，端过刘冬月奉的茶喝了一口，道："怎么，李谦没有过来吗？"

姜宪气结，道："他没有过来。你是来找他的吗？他应该住在隔壁的院子里吧？你可以去那里找他！"

"我找他干什么？"姜律不以为然地道，"我是怕他跑到你这里来叽叽歪歪的。"他说着，掩着嘴打了个大大的哈欠。

姜宪见他眼底泛青，心疼道："阿律哥，用了早膳就回屋再睡会儿吧，我们明天启程也耽搁不了多少时间。"

姜律摇了摇头："还是早点回京的好。"李家兵强马壮，他在这里，自己有些不放心。

姜宪在这方面颇为随意，觉得既然姜律说没问题，那肯定是能够克服，不再说什么，低了头喝粥。

很快，姜律的打卤面就摆上了桌。他在吃之前问："知道李谦去了哪里吗？"

昨天晚上他们一个睡东厢房，一个睡西厢房。姜律一早起来就没看见李谦，找了一圈也没有找到人。

李谦避开姜律，此时正在隔壁的院子和曹宣一起用早膳。

和姜宪那边的早餐不同，这边是玫瑰腐乳、橄榄咸菜、腌黄瓜、凉拌野苋、金银馒头、白粥……东西虽不多，却全是曹宣喜欢的。

李谦用公筷夹了半块玫瑰腐乳放到曹宣面前的泥金小碟里，笑道：“这是我让人从南宁带过来的。据说那边的水好，所以做出来的腐乳味道特别鲜嫩。我从小在山西长大，喜欢面食；后来去了福建，只喜欢上了一样吃食，那就是肉松，而且特别喜欢用它来拌白粥吃。这腐乳好吃不好吃，我还真吃不出来，只有让您来点评了。”

曹宣睡了一觉，觉得整个人都活了过来，原本因为精力不济而呆滞的脑子也开始慢慢地活络起来。他用筷子挑了一小块腐乳慢慢地往金银馒头上涂着，笑道：“宗权你太客气了，点评说不上，只能说是从小就喜欢吃，吃得多了，渐渐就开始有些挑剔起来。”

“能挑剔，至少知道好歹。”李谦不动声色地捧着曹宣，笑道，“像我这种，就算是想挑剔也说不出个一二三来。”

两个人你一句我一句，互相恭维了半晌，李谦的话锋一转，这才道：“国公爷，我虏了嘉南郡主，让您和太后娘娘很为难吧？”他态度真诚，说着给曹宣倒了杯茶，“国公爷，我以茶代酒，谢谢您能来给我们宣旨——昨天阿律哥在，有些话我不好多说，还请您见谅。”

话中并没有否认他想娶嘉南的心思。曹宣心中一沉，李谦这是有恃无恐吗？他想到被姜宪烧成了灰烬的那道圣旨。嘉南宁愿让赵啸颜面扫地，也不愿意让李谦受委屈，李谦的确有这个有恃无恐的本钱。

曹宣笑着端了茶盅，和李谦打着太极：“哪里！你能和嘉南喜结连理，我也很高兴。我和嘉南是从小一块长大的，我的未婚妻清蕙就像嘉南的姐姐，若是真论起来，我们现在也算是连襟了。”

李谦闻言笑得见牙不见眼，连称“不敢”，十分感慨地道：“说起来，这件事我还得感谢太后娘娘。要是家父不奉诏进宫，我自然不可能去拜见太皇太后，也不可能认识嘉南郡主，就更没有我李谦的今天了。何况家父离京之时，太后娘娘不仅诸多嘱咐，还赠了李家金银。不管是我父亲还是我，都没齿难忘。我成亲的时候，国公爷您一定要来喝杯喜酒。”

曹宣有些意外。尽管李家的身份暴露了，他以为李谦或是在他面前狡辩，或矢口不提，没想到李谦却和他说起之前曹家对李家的好来。这算什么？曹宣笑着没有作声。

李谦笑着继续道：“曹家对我们李家有知遇之恩，对家父有提携之恩。

家父既然受太后娘娘之托到了山西任职，定不会有负太后娘娘的期望。还请承恩公放心，请太后娘娘放心。”

曹宣笑道：“宗权言重了。你我之前既是同僚也是好友，你到山西任职了就不准备和我来往了不成？”

李谦强忍着才没有露出异样的神色。他从前看曹宣，以为不过是个模样精致的纨绔子弟，没想到对方居然是个聪明人，而且还洞察世事。李谦的确是姜家安在曹家身边的棋子，但这个时候，说这些还有什么用？所以曹宣干脆不提，至于以后，是敌是友，谁说得清？除非李家想成为姜家的附属，不然就离不开曹太后对朝政的影响；只要曹太后想对抗皇上，就离不开李家的武力支持。两家既然谁也离不开谁，最好的办法那就是结盟了。这一次，不是李家投靠曹家，而是曹家有求于李家。

李谦和曹宣互看了对方一眼，倒有几分一笑泯恩仇的快意。

李谦笑道：“我到了京城，也只交了您这一个好朋友。您来山西，我高兴还来不及，怎么会不和您来往呢！我丑话说在前头，我从小跟着我父亲天南地北地跑，就是个厚脸皮，可没有您这么好说话。我下次去京城的时候，您必须得在琼花楼宴请我才行，不然您再来山西，就只有一碗刀削面了。”

曹宣点头，哈哈大笑，端起茶盅来，和李谦轻轻碰了碰。

李谦笑着转移了话题，问起了赐婚的事：“太皇太后她老人家是怎么知道这件事的？如今身体可还好？见到您的时候，可把我吓了一大跳！”

曹宣微笑，酌情和李谦说起了姜宪失踪之后的事，最后道：“姑母的意思是，事到如今，不管是嘉南主动跟着你来山西，还是你劫持了嘉南，最好的办法就是赐婚，不然没办法向姜家和太皇太后交代。然后又怕她的懿旨姜家不放在眼里，就让我去求了太皇太后，想办法把懿旨换成了圣旨。”

李谦多聪明的人，脑子多转了一圈就明白了其中的门道，不由得暗暗撇嘴：“既然如此，皇上怎么也没有多派两个人跟着您啊！我听派去服侍您的小厮说，您几天几夜都没有合眼了！还好平安到达了，这要是路上万一遇到个什么事，只怕连个帮衬的人也没有。”

曹宣想想京城的乱摊子，就觉得头痛，是以明知他在打听赵翌的反应，也没有瞒着他，把这圣旨是怎样得来的告诉了李谦。

李谦顿时有些蒙，原来这圣旨是假的啊！但他随后又暗暗庆幸，还好

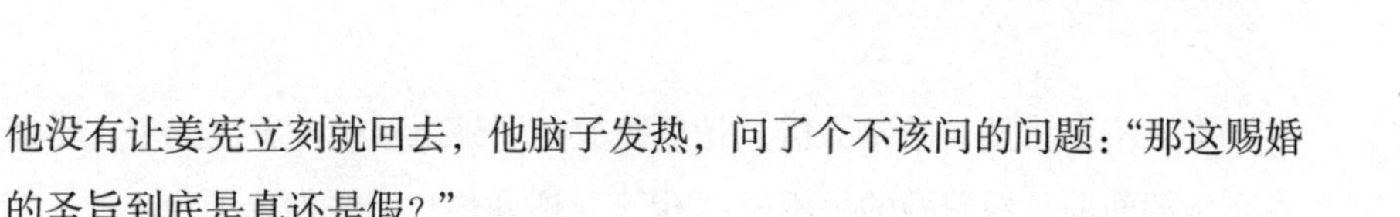

他没有让姜宪立刻就回去，他脑子发热，问了个不该问的问题：“那这赐婚的圣旨到底是真还是假？”

曹宣意有所指地道：“圣旨既然到了你的手里那就是你的了，皇上不可能不顾颜面把这道圣旨收回去。”

李谦长吁了口气，却猛然间想到卫属的话：那里面装着两道圣旨……可他们只看到了一道，而且曹宣去见了姜宪之后才正式宣旨，在这之前，还让王瓒把赵啸带走了。李谦面色如常，手心里却全是汗。卫属不会骗他，用于装圣旨的红色雕龙匣子里应该放着两道圣旨。曹宣宣读了一道，那还有一道圣旨呢？

李谦深深地吸了一口气，不断告诉自己要沉住气，好不容易和曹宣用完了早膳，便直奔姜宪那里。

姜律知道李谦不在姜宪这里就放心了，被姜宪三言两语说得眼睛都有些睁不开了，最后决定留在药林寺休整一天，明天一早再出发回京城。

李谦过来的时候，姜律已经回房补觉去了。

姜宪正在和七姑聊天，见李谦过来，七姑忙带着香儿和坠儿去了西边的厢房。姜宪随手指了指身边的太师椅示意他自己找个地方坐，还问他用过早膳了没有。

李谦没有像之前那样嬉皮笑脸地和她打哈哈，而是表情微妙，双目紧紧盯着她站在那里没有动。

姜宪看着只觉得脑仁疼，无力道：“你这又是怎么了？”

李谦没有作声，只是目不转睛地望着她，目光里有委屈，有感激，有痴迷，有心痛……复杂得让姜宪都有些不自在了。她只好轻咳了一声：“你昨天晚上不是说有话对我说吗？你想对我说什么？”

李谦像被惊醒了似的，突然三步并作两步上前，一下子抓住了姜宪的胳膊，把姜宪举了起来。

“哎哟！”虽然不痛，可悬在半空中会让人没有安全感，她不由得惊叫，想抓住点什么，胳膊却被李谦禁锢着动弹不得。

“保宁！保宁！”李谦把她举着在屋里转了两个圈，转得姜宪头昏眼花，直嚷“你快把我放下来”。

李谦不以为然，哈哈大笑，把姜宪放在了她之前坐的罗汉床上，单膝跪在她的面前，握着她的手不放："保宁，谢谢你！谢谢你选了我。我一定不会辜负你的，我会一辈子都对你很好很好的！"

姜宪眼眸中闪过困惑之色。

李谦的笑意微敛，表情变得温柔起来："保宁，另一道圣旨在哪里？"

姜宪一愣，李谦这么快就知道了吗？她以为她能瞒得过他。

李谦的目光渐渐灼热，声音却如三月轻拂过花树的晓风："那道圣旨，是不是赐李家满门抄斩或是赐死我的？"

"不是！"姜宪回答，发现自己的声音绷得有点紧。她既然做了选择，有些无谓的事情便不想再提。

"只有一道圣旨。"她道，"只是当时他们不知道我们之间的情况，所以特意托了曹宣过来宣旨，也是想先看看情况再做决定。"

"好，"李谦柔声道，大拇指摩挲着她的手背，轻柔中透着爱怜，目光灼灼地笑道，"只有一道圣旨，我知道了！"

姜宪皱眉："你又胡思乱想些什么？"

"我没有胡思乱想。"李谦笑着打断了姜宪的话，轻声道，"我只要知道这份圣旨也是你的意思就足够了。"李谦站起来，坐在姜宪下首的小杌子上，笑得灿烂如夏日，"我知道我遇到了此生……不，三生三世都不能辜负的人就足够了！"

"你……"姜宪有些茫然，她真的这么重要吗？那以前他怎么会那样对她？这念头在她的脑海里一闪而过，但立刻被她压在了心底。她既然选择了李谦，就得和他好好过下去，再去纠结之前的事只会让她越来越浮躁，就算是和李谦在一起了，也未必能有个善果。

姜宪不由得哂笑，问起了曹宣："你去见过他没有？有些话还是应该当面和他说清楚，而且越早越好。不管怎么样，在别人眼里，你总归是曹家的人，受了曹太后的提携之恩……"

"我知道，"李谦依旧全神贯注地注视着姜宪，好像要把她每一个表情都看清楚似的，"我今天早上就是和他一块儿用的早膳。不过，听你这么一说，我还得去向他道个谢才行。这次我们的事，若是没有他从中周旋，肯定会很麻烦。为这个，我会一辈子都感激他的，可我也只能感激感激他，却不能和他说什么。我和他，代表着两家，现在看来一个无关紧要的承诺，有一天就有可能成为决定生死的关键。他以后遇到了困难，我义不容辞，却也只能帮他，而不能帮曹家。”

“我知道，”姜宪叹气，“我相信曹宣也知道。”

李谦颔首，屋里的气氛有些凝重。可李谦从来不是个喜欢悲春悯秋的人，很快凝重的气氛就被他打破了：“我知道他马上要和北定侯的大小姐成亲了，”他笑嘻嘻地和姜宪商量，“你说我们要不要送他一个田庄什么的，万一他和北定侯的大小姐吵架了，也好有个去处啊！”

第六章
改道大同

曹宣还没有和白愫成亲，李谦就想着两人吵了架该怎么回避！姜宪想到李谦曾经劝白愫和晋安侯和离的那道折子，半晌都没有作声。

李谦早就习惯了自己说十句姜宪搭一句，自顾自地在那里笑道："我觉得这个主意不错。我和你的婚事一传出去，肯定说什么的都有，正好送一座田庄给曹宣，既可以让别人知道李家对曹家的重视，还可以告诉别人我对曹宣的感激，是一举两得的好事……"

他越说越觉得好，让人去请了云林过来，准备让云林去找王怀寅："他这些日子不是闲得发慌，整天在我们面前絮叨着要对孙家'动之以情，晓之以理'嘛，这件事就让他去办。"

云林笑着应"是"，退了下去。

李谦也不避着姜宪，把这其中的关系告诉了她："伏玉先生是我爹的军师，这个叫王怀寅的是伏玉先生的弟子。我爹让他跟着我，原本是想让他辅佐我的，可这个人嘴太碎了，我这边有个什么事他都跟伏玉先生说。那伏玉先生也不知怎的，总是看我不顺眼，这也要管那也要管，我有点烦他，也就不怎么喜欢王怀寅跟在我身边。正巧我在福建的时候遇到个叫谢元希的秀才，他颇有些经世之才，办事也很稳妥，我现在有什么事就悄悄地交给谢元希去办。对外只说是我的门客，帮我写写东西，管管庶务什么的。”

“前些日子我回山西招集我爹留下来的那些旧部，有个叫孙世鼎的，原是个占山为王的土匪，后来归顺了我爹，和我爹结拜做了兄弟。我爹去福建的时候不仅交了一部分人手给他，还留了些棺材本让他帮着保管。他倒好，搭上了前山西布政使丁留，给他的儿子孙济延在提刑寺捐了个副千户的职，就以为自己是官绅之家，洗清了身家，对我爹向他要钱要人之事一直推诿，装听不懂，还劝我爹要惜福，安分守己，报答朝廷的知遇之恩……我觉得他有点得意忘形了，王怀寅却觉得他是我爹那些旧部里最厉害的一个，我们家正是用人之际，不宜得罪他。我不大赞成王怀寅的想法，可我爹却被他说动了。我决定趁着这个机会把他打发到京城去给曹宣准备贺礼，免得他天天在我耳朵旁边嗡嗡乱叫。”李谦不是个能忍气吞声的人，偏偏王怀寅总让他退让，两个人自然说不到一块儿去了。

至于丁留这个人，姜宪还记得。他是帝师熊正佩的弟子、姜律未来的岳父辅成的同乡。她死之前，丁留任工部侍郎，是内阁大学士的备选官员之一。为人圆滑世故，在朝中的人缘非常好，自赵翌死后闭门读书，从不参与到庙堂之事的熊正佩为了让丁留入阁拜相，曾经亲自带着重礼拜访姜律。

“他走的是丁留的路子啊！”姜宪提点李谦道，“丁留这个人的官运还不错，他最少还要在山西待上三年，你要是想动孙家，最好跟他打个招呼。”

她不做皇后了，赵翌也就不会早逝，很多事也就变了。作为帝师的熊正佩纵然不入阁也能落个翰林院供奉，成为士林之尊。“前世”她和熊正佩没有什么交情，可从熊正佩的行事手段来看，他并不是个不通庶务之人。这样的人，现阶段的李谦能少得罪一个是一个。官场就是人情场，他们这么想，丁留、熊正佩也会这么想。等她和李谦的婚事传开了，丁留就更不会为了一个孙家得罪李谦了，这也算是李谦娶了她之后的好处之一吧。

姜宪思忖着，李谦已听懂她的未尽之意，笑道：“我办事你还不放心？孙家要是再这样，我到时候就去拜访那位丁大人。你不是说那位丁大人最少还要在山西待上三年嘛，说不定趁着这个机会我会和丁大人成为知己，也好给我姐夫捐个提刑司副千户干干呢。”

“姐夫？”姜宪目瞪口呆。

李谦忙笑道："是堂的，堂的……我大伯母无出，后来就收养了一个女儿，因是小雪出生的，就取了个名叫小雪。后来我大伯母去世，大伯续弦，生了我大堂兄李麟。我这堂姐性子不错，到时候引见你们认识，你们肯定能玩到一起去。"

"你大堂姐不是嫁人了吗？"姜宪不以为然地道，"我们恐怕玩不到一块儿去吧？"

李谦嘿嘿笑道："她和白大小姐的性子差不多，你们十之八九合得来。"

姜宪觉得说这些都太早了，可李谦也是一片好心，自己若是断然拒绝，肯定会惹李谦不快。现在过日子就已经够艰难了，何必为了这些小事惹得彼此不高兴呢，就没再多说。

李谦旧事重提："保宁，你和我回太原吧！万一皇上把你拘在了宫里，我可怎么办啊，伯父总不能因为这件事就忤逆皇上吧？你在京城，太不安全了。"

姜宪似笑非笑地望着李谦，道："你是怕我一去不返，姜家不承认这门亲事吧？"

李谦正色道："没有的事。我是真觉得你回京城不太妥当，那圣旨可是太皇太后找了曹宣送过来的。你要是觉得我这要求太过分，不如飞鸽传书给镇国公或是房夫人，请他们进宫去问问太皇太后的意思。若是太皇太后觉得无碍，我定亲自送你回京。"说完，就要发誓。

"行了，行了！"姜宪笑着打断了李谦的话，道，"你若是真的相信，为何还要发誓？"

"我这不是怕你不相信吗？"李谦喃喃道，耳朵都红了。

姜宪微微一愣。她想起以前李谦最开始几次进宫给她问安的时候，说着说着，他的耳朵就红了，她以为是地龙烧得太热，还让宫女半卷了门帘……后来他们的关系越来越紧张，她也就懒得理会这些了。如今又看到他红了耳朵，不由得感触良多，直到李谦让她拿个信物给他，她才回过神来。

"你在想什么呢？"李谦好奇地问她。

"没想什么。"姜宪觉得这件事一时也说不清楚，笑道，"你要我的信物做什么？我走得匆忙，什么东西也没有带，你觉得用什么做信物好？"

"我这不是想写封信去问问直接带你去太原行不行嘛，"李谦笑道，"你不给我个信物，万一镇国公以为这是谁在和他开玩笑，把信直接扔了怎么办？”

姜宪还真没有什么适合的东西，摊了手道：“那你随便找，看什么东西适合拿走就行了。”

姜宪平时就不怎么喜欢戴饰品，离开京城的时候是在外寄宿，就更不可能带什么贴身的东西了。李谦找了一圈，还真没找到什么东西能做姜宪的信物，不由得嘟囔：“你肯定是故意的。”

她抿了嘴笑，道：“要不，我写个便笺？太皇太后看了自然就信了。”

“好啊！”自上次在宫中听姜宪说她的字写得不好，李谦就一直很想知道姜宪的字到底写得怎样。他兴致勃勃地亲自捧了笔墨纸砚过来，帮姜宪磨墨。

姜宪习字的时候还不足三岁，手腕无力。师傅教她写字，她总是拿不好笔，经常发脾气，觉得怎么舒服就怎么拿，师傅不敢纠正她。渐渐长大，有些习惯改不过来了，字也就怎么都写不好了。后来她做了太后，需要在奏章上批阅，那些内阁大臣们常挂在嘴边的就是“人如其字”，对她垂帘听政有些不服气。如今她下了很大的功夫练字，能写一手很漂亮的馆阁体。

李谦看了颇为失望的样子，道：“你又骗我！”

“我什么时候骗你了？”姜宪像没有看见似的，不动声色地把狼毫笔搁在了笔架上，接过香儿递过来的温帕子一面擦着手，一面道，“这种字体，只要是读书人就都会写吧，有什么稀奇的。倒是你，我听说你练得一手好狂草，不如写几个字我瞧瞧。”

李谦尴尬得不行，忙道：“我那是胡乱练的，做不得数，做不得数。”

李谦有些泄气。他找了些卫夫人的簪花小楷字帖，本来是准备有空的时候陪着姜宪一起练字的。

姜宪见他怏怏的，就有些不自在，在她的印象里，李谦在她面前的时候话总是特别多，像这样沉默的时候非常少。

看来自己以后说话还是要小心点。姜宪思索着，又不知道做些什么能让李谦重新高兴起来，只好道：“你不是说要往京城里送信吗？我看时候不早了，你还是快去送信吧，免得又耽搁了一天。”

李谦听着立刻就打起了精神，忙道：“你不说我还忘了这件事。还有曹宣那里，得再去一趟才好。”

姜宪点头，送走李谦，立刻躺在罗汉床上，长长地吁了口气。圣旨的来历，她比李谦更清楚。赵翌会不会发起疯来不管不顾地做些失态的事，还真是说不好。李谦这么说虽然有私心，可也有几分道理。她吩咐香儿去叫刘冬月进来，让他去请姜律过来说话，并道：“如果大公子还歇着，你留个口信就行了。他这些日子辛苦了，让他睡到自然醒。”

刘冬月笑着应声而去。

就这样随李谦去太原肯定是不行的，可这样回京城也不行……到底怎么办？姜宪还得仔细地斟酌斟酌。

紫禁城里，太皇太后连着三天召见镇国公夫人房氏，不免引起了赵翌的注意。到了第四天，他赶在午膳之前去了慈宁宫。

慈宁宫里的迎春花开得正热闹。赵翌停下脚步看了一会儿，这些花都是姜宪从外面看见了之后带回宫来种的，是那种丢在哪里都能蓬勃生长的低贱草木。可奇怪的是，姜宪那样冷清的一个人，却偏偏喜欢这样的花草。

赵翌捏着一枝迎春花进了慈宁宫。

太皇太后身体不适，他等了一会儿，孟芳苓才领着他去了西暖阁。老人家穿了件秋香色素面杭绸褙子歪在临窗大炕的迎枕上，戴着额帕，面色憔悴。

赵翌见了少不得要问几句“怎么病了”“看过太医没有”“都开了些什么药方”“您现在感觉怎样”的话。

太皇太后敷衍地应了几声，由旁边服侍的孟芳苓答着话。

赵翌心不在焉地听着，没有看见姜宪，不免有些奇怪——这个时候，她通常都是尽心尽力地在旁边服侍的，今天怎么不见人影？他的目光在那些宫女身上搜寻。

太皇太后突然叫了声“皇上”。

赵翌心中一凛，忙收回了目光。就听见太皇太后道：“前些日子听说有大臣上书，请皇上早立皇后，皇上是怎么想的？礼部那边可有什么章程？”

赵翌皱眉，诧异太皇太后深居内宫居然还知道这件事。难道如今太皇太后也开始不安分，想管他的事了不成？

没等赵翌开口说话，太皇太后已吩咐孟芳苓：“你把前几天房夫人送给我的那个楠木匣子给我拿过来。”

孟芳苓恭顺地应声退下。

赵翌不解地望着太皇太后。太皇太后却闭了眼睛，一副不想和他说话的样子。赵翌满头雾水，没有像从前那样讨好太皇太后般地拉着她的衣袖撒着娇，而是安静地坐在那里，等着瞧太皇太后到底要干什么。

太皇太后再次感到失望，在心里暗暗叹了口气。

寂静中，孟芳苓很快就捧着个楠木匣子走了进来。

太皇太后示意孟芳苓把匣子放在赵翌的手边，遣了屋里服侍的，对赵翌道：“你自己打开看看吧。”

赵翌好奇地打开匣子，里面是道懿旨。他心中一惊，急忙打开懿旨，刚刚瞥了一眼就跳起来。

“这到底是怎么一回事？”赵翌脸色铁青地质问太皇太后，“母后怎么会想到把保宁赐给那个不知道从什么鬼地方冒出来的土匪李谦为妻？”

太皇太后闻言冷笑道：“这件事你应该去问问你那位母后！”

赵翌愕然，把那懿旨仔细地看了一遍，不由得咬牙切齿，把懿旨胡乱揉着扔在地上。

太皇太后见了，掏出帕子就擦起眼角来：“皇上，就算是哀家求你了，你就快点成亲吧！你这一天不成亲，保宁就一天不得安宁。你和保宁都是我看着长大的，从小你们就喜欢一块儿玩。你们一个是我的外孙女，一个是我的孙子，手心手背都是肉，我看着只有喜欢。可你母后不喜欢，我有什么法子？虽说皇后母仪天下，但平日里还不是和普通妇人一样要居家过日子，孝顺婆婆，服侍丈夫，养育子女？这得不到婆婆喜欢的女子，自古以来，有几个有好下场的？”

“你既是皇上，又是保宁的表哥，我还指望着等我百年之后，你能像从前一样照顾保宁，你又何苦让保宁为难呢？听哀家一句劝，你快点立了皇后，保宁也能安安心心地找个人家嫁了。你这样和太后娘娘置气，太后娘娘不能把你怎么样，可她收拾保宁却是轻而易举的事。你不立皇后，凤印在太后手里，这种事就不能幸免。”

太皇太后的一番话像刀似的刺在了赵翌的胸口。

他脸色铁青地在屋里来回走着，突然停下脚步阴森森地道："保宁呢？她在哪里？她现在怎么样了？"

"我让太皇太妃陪着她。"太皇太后说这话的时候脸色非常难看，"我没敢让她知道。她那脾气别人不知道你还不知道？若是犟了起来，那可是天王老子也不管的。我怕她一气之下去找你母后，反而坏了大事。你母后可是摄过政的太后，主意多着呢！"

赵翌深深地吸了口气，想起一件事来。李长青是太后的人，李谦是李长青的长子，把保宁嫁给李谦，太后这是想和姜家结盟吗？他不由得心生惊惶，对太皇太后道："这道懿旨怎么会在您这里？房夫人这几天频频进宫可是为了这件事？镇国公是怎么说的？"

太皇太后无精打采地道："是房夫人带进宫的。她和镇国公都吓了一大跳，不知道这是怎么一回事，所以进宫来问我。我也傻了眼，还以为是皇上的意思，派人去万寿山问，这才知道原来皇上也不知情。"又道，"大家都知道姜家接了道懿旨，但内容还没有走漏。这件事到底该怎么办，还得请皇上帮哀家拿个主意才是。"

赵翌一听也蒙了，母后并不是个出尔反尔之人，怎么会突然觉得保宁嫁给赵啸不妥当呢？

多年生活在母亲积威之下的赵翌，这个时候不是想着怎样去分析判断，而是决定立刻去见曹太后。他草草地应付太皇太后几句就走了。

太皇太妃从屏风后走了出来，一脸担忧地道："万一太后把我们给揭穿了怎么办？"

太皇太后的目光落在了被扔在地上的懿旨上，淡淡地道："我们不是有这份懿旨在手吗？这又不是我们假冒的。"

"可……"保宁不在宫里，这就是最大的把柄！曹太后拿着这个把柄，以她从不吃亏的个性，怎么会肯背这个黑锅？

"她不敢说。"太皇太后想到姜镇元托房氏带给她的话，神色更加笃定了，"这件事要是追究起来，李家的责任更大。她现在，能依靠的只有李家了，为了保住李家，她就得和我们站在一条船上。"

太皇太妃点头："难道保宁真的要嫁给那个李谦不成？"

"等见到保宁再说吧，"良久，太皇太后才道，"还不知道她会怎样选

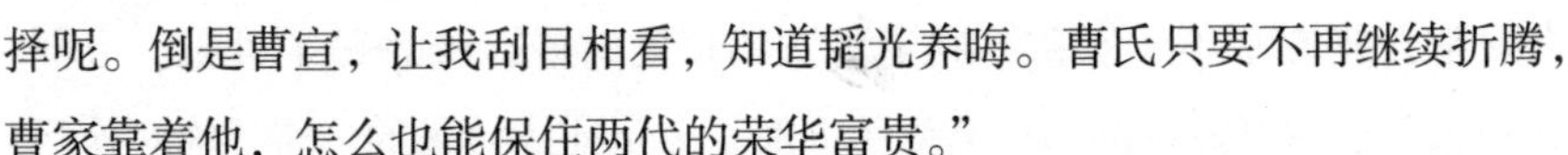

择呢。倒是曹宣，让我刮目相看，知道韬光养晦。曹氏只要不再继续折腾，曹家靠着他，怎么也能保住两代的荣华富贵。”

太皇太妃素来佩服太皇太后的眼光，笑着应“是”。

太皇太后接着道：“让掌珠进宫来陪我们住几天吧！保宁不在，我这心里空荡荡的。如果保宁真的要嫁给那个李谦，得把那孩子叫进来给我看看，我忘记他长什么样子了，只记得笑得很好看。再就是给他安排个什么职务好？这么一说，我倒觉得保宁嫁给李谦也没什么不好，至少不像赵啸似的，非得回福建继承家业，以后可以一直留在京里……”

太皇太后和太皇太妃在这里商量着万一姜宪真的嫁给了李谦，怎么把李谦留在京城，赵翌则回到乾清宫召见汪几道：“你说，太后这么做到底有什么用意？我是应该顺太后的意思找个人去给镇国公道贺，还是去万寿山见见太后，劝她别管这件事？”

汪几道捋了捋这小半年蓄起来的胡须，觉得这道懿旨来得真是妙。如果那李谦真的娶了嘉南郡主，姜家就算没和曹家坐在同一条船上，皇上也不可能毫无芥蒂地用姜镇元了。而曹太后的用意也不过是想拉拢李家，给李家一个门第高贵的媳妇，让李家对曹家更忠心、更臣服罢了。只要他们操作得当，完全可以让曹太后的算盘落空。

他顿时做出一副沉吟的模样，徐徐道：“皇上，照我说，嘉南郡主下嫁到李家总比嫁到靖海侯府去要好。先帝对靖海侯府向来照顾有加，还将组建福建水军之事交给了他们。谁知道他们却不念君恩，每每朝廷有事，推脱的时候多，解围的时候少。嘉南郡主得太皇太后的宠爱、皇上的圣眷，若是嫁入靖海侯府，岂不是会让靖海侯更加显赫，难以管束？”

“而李家乃草莽出身，如那浮萍，依太后娘娘而存。太后还政于皇上之后，臣工的迁擢也好，将士的封赏也罢，都在皇上一念之间。与其让嘉南郡主嫁去靖海侯府给靖海侯锦上添花，不如就依了太后娘娘的意思，还可以趁机换个人去蓟州。”蓟州一直由姜家掌管，汪几道的意思是可以趁机把蓟州的兵权拿在手里。

赵翌眼睛一亮，道：“换个人去蓟州，那还不如换个人去大同或是宣府！”

“我前几天问过钦天监了，”汪几道温婉地道，“他们说今年的气候非常反常，北方来不及春耕，到了青黄不接的时候，唯恐鞑子进犯。大同、宣府、太原都卫畿京都，几位总兵也都是多年征战沙场的老将，临时换将，乃是兵家大忌。皇上想换人，不如等些日子，等来年风调雨顺再换人也不迟。”

这和风细语般的言辞让赵翌心中非常舒服，懒洋洋地点头：“汪阁老事事都考虑得详细周全，很是辛苦，去内务府领一套文房四宝好了。”

内务府的内库是皇上的私库，汪几道忙跪下来谢恩。

赵翌决定不去万寿山找曹太后理论了，反正去了不是被曹太后鄙视一番就是被教训一顿。

他越想越觉得这门亲事好，决定第二天就把这个消息告诉姜宪，顺带着劝劝太皇太后。赵翌大声喊着“小豆子”。杜胜小跑进来。

他吩咐杜胜：“去内务府看看有什么适合送给嘉南郡主的东西。”

杜胜笑着应诺，叫了宫女内侍进来服侍赵翌换好衣服，往内务府去。

路上，经过武英殿的时候，有几个宫女不知道捧着什么东西和他们迎面碰上。几个宫女连忙回避，规规矩矩地贴墙站着，低眉顺目地等着赵翌的肩舆过去。

赵翌眼角的余光漫不经心地掠过，见有宫女戴着蓝查文金分心，头顶插挑心，低着头，露出一段欺霜赛雪般白嫩的脖子来。赵翌心中一动。宫中只有过了二十岁，颇有些资历的女子才会这样打扮，他不由得回头望去。

那女子正好抬头，花信年华，盈盈秋水般的明眸，皎皎满月般的面孔，还有那宫人的裙袄也不能掩盖的好身段。

赵翌低声问杜胜：“那女子是谁？”

杜胜眼观鼻、鼻观心，悄声道：“奴婢这就去打听。”

赵翌放下心来，突然觉得去内务府也不是那么急了，反正保宁知道以后会生气，他避着风头躲些日子也好，再见面的时候，她的气就消了。说起来，保宁这点最好了，从不揪着以前的事一而再再而三地说。所以他不能立个强势的皇后，到时候才没有人敢管他，也没有人敢管保宁了。

远在药林寺的姜律却气得直跳脚，道：“是不是我不在的时候，李谦又溜进来跟你说了些什么？一会儿不见，你就改变主意了。就算是上赶着想嫁给李谦，皇上已经给你们赐了婚，你还怕他跑了不成？你就算是不管不顾了，也给你哥哥几分脸面，我在的时候你能不能别理他，别听他的话啊！”

“阿律哥，”姜宪哭笑不得，“你能不能听我把话说完啊！”

姜律气呼呼地坐在她身边的太师椅上，忍着怒意道：“你说，你说。”

姜宪忙示意刘冬月给姜律重新上了杯茶，这才温声道：“阿律哥可知道那圣旨是怎么来的？”

姜律轻哼了一声：“你们不告诉我，我也能猜到几分。多半是曹太后看情势不妙，怕惹火上身，让曹宣怂恿太皇太后给你想办法弄了道圣旨……”所以他才非常气愤，明明是个陷阱，他们却算准了姜宪心软，不得不跳下去。

姜宪知道姜律对政局很敏感，也很聪明，她就是不说，也瞒不过他。她把太皇太后怎么用懿旨换了圣旨的事告诉了姜律。

姜律立刻就明白了其中关键。他面色一沉，正色道：“你是怕皇上整出什么幺蛾子来吗？”

姜宪的确担心。她觉得赵翌是喜欢方氏的，不然也不会纵容方氏卖官鬻爵，还骗自己说赵玺是萧淑妃所生，把她的尊严和颜面踩在脚底下，完全不念两个人之间的情分。可如今，方氏被曹太后软禁在万寿山，生死未知，赵玺被记在了宋娴仪的名下，前程不明，他却像个没事人似的，不仅没有气愤地为方氏出头，反而把方氏和赵玺丢给了曹太后拿捏。

姜宪想到这些就直皱眉，对姜律道：“我听李谦说，你已飞鸽传书给伯父。要不，我们慢慢地往京都去，等接到伯父的回信再做打算？”

姜律思索了半晌，突然站起来，斩钉截铁地道：“不，这样太麻烦了，我们去大同！”

姜宪听着眼睛一亮。大同是姜家的地盘，姜律之前还在大同总兵府做过游击将军和总兵。万一她的行踪暴露，也可以宣称她是随姜律出来游玩的。

“那就这么决定了。”姜宪笑盈盈地吩咐刘冬月帮她收拾行李，“我们是连夜兼程还是明天一早再动身？”

此时已是酉初，只怕还没有下山天就黑了下来。

“明天一早走！”姜律道，“曹宣那边还要去打个招呼。”

兄妹两人分头行事。

因七姑她们都是李谦的人，姜宪收拾行李的时候秉着“事无不可对人言”的坦荡让三人帮忙，所以李谦很快就得到了消息。等他喘着气赶过来的时候，姜宪已经全都收拾好了。

“保宁，你不能走！”他在厅堂里打着转，急得眼睛都红了，“你觉得我护不住你吗？”

“别孩子气！”姜宪低声呵斥他，“我怎么能就这样跟着你去太原？我出阁的时候不可能不辞别太皇太后。”说来说去，还是要回京。

李谦不让她走：“要不你就待在药林寺，这里易守难攻，是个极好的地方。”

“我又不是要打仗。”姜宪失笑，打趣道，“你不过是怕姜家不认这门亲事罢了。要不，我让姜律给你写个便笺，就说我只是暂时和他回家，以后你以圣旨为凭，去我家提亲？”

不过是句玩笑话，李谦听了却两眼放光，连声称“好”，赖着姜宪非要她给他写这么一个便笺不可：“你写了便笺给我，我同你们一起去大同。”

姜宪笑道：“我写有什么用？得我大哥写，不然世人说我们是私相授受，根本不会承认。”

“你就是想让我到姜律面前吃瘪！”

“没有，没有，”姜宪笑眯眯地道，“是我写了没有用。”

李谦像要说什么秘密似的靠了过来，小声对姜宪道：“你放心，我迟早会搞定姜律的！”

只是他的话音未落，外面就传来姜律阴恻恻的声音，道：“李谦，你挨我妹妹那么近做什么？”

李谦笑着朝姜宪眨眨眼睛，坐直了身子，道：“小国公爷可休息好了？听说您昨天晚上捉了半夜的贼，不知道捉到了没有？今天晚上要不要我帮忙？”

姜律气结，冷笑道：“李将军，男女授受不亲，还请你回自己屋里待着去。嘉南还没有嫁给你呢，她就是嫁给你了，因着她的郡主身份，有些事你照样做不得主，你得现在就开始习惯才成！”

见李谦不以为意，姜律脸色铁青，将李谦赶了出去，嘭的一声把他关在了门外。

七姑等人都装没有看见。

姜宪笑道："你明知他的脾气不好，何必激怒他？"

"他想娶我妹妹还想不受委屈？"姜律指了旁边的绣墩，示意姜宪坐下来说话，"你也是的，人还没有嫁过去心就偏得没谱了。既是你选定的人，我和爹怎么也要给他几分面子，你放心好了。如今不过是让他提早习惯，免得他以为你很容易就能娶到手。"

"不会的，"姜宪汗颜，"他的人品我还是信得过的。"

他们定好了第二天一大早启程。

这天晚上，姜律没来找姜宪，李谦也没有出现。翌日醒来的时候，打了水服侍姜宪梳洗的七姑告诉她："大爷天刚刚亮就来了，让我们别叫醒您。"

姜宪让香儿给李谦沏杯茶，自己梳洗更衣之后去见了李谦。

天色还早，山间起了岚，薄薄的一层，像绡纱，非常漂亮。李谦坐在葡萄架下面的石凳上等她。

姜宪见他发间有露珠，笑道："山里空气好，可也潮湿，你要多加件衣服才是。"

李谦点头，笑吟吟地望着她，也不说话，好像就这样看着她就好。

姜宪从不曾被人这样大胆地盯着看，不由得面红耳赤，轻轻地咳了一声，掩饰着自己的窘迫："你用过早膳了没有？要不要吃点？"

"好啊！"李谦答着，目光却不曾从姜宪脸上挪开。

香儿和坠儿提着食盒过来，嘴角噙笑。姜宪觉得她们肯定是在笑自己和李谦，气恼地瞪了李谦一眼，转身回了屋。

门帘的横木打在门框上哐当作响，身后却没有传来李谦的脚步声。姜宪又急又气，脚步微顿，扭头朝后望去，却差一点就撞在李谦的身上。

"你怎么走路像猫似的，一点声响也没有！"她不悦地抱怨着，心里却突然泛起一阵甜来。

李谦看她似怒似嗔的面孔，心里就像被羽毛撩了一下似的，痒痒的，一时间居然不知道说什么好，只知道望着她嘻嘻地笑。

姜宪看着李谦的反应不由得抿了嘴笑，请李谦在中堂的太师椅上坐下。

见七姑和香儿、坠儿摆了两副碗筷，李谦道："我不能和你一起用早膳了！”

姜宪瞪大了眼睛。

李谦笑道：“原本准备来看看你就走的，结果发现你刚才不太高兴，我就跟了进来。你为什么不高兴？”

姜宪被茶水呛了一下。

李谦忙站起来给她拍背，力道太大，姜宪咳得更厉害了。

李谦尴尬极了：“我常年跟着我爹在军营里待着，手上有些没有轻重。”

姜宪点头，挡住了他的胳膊，说道：“我没事！”拿出帕子来擦了擦手。

李谦就说起去大同的事来：“我这次带过来的全是我的随从，跟着阿律哥过来的很多是西山大营的。他们祖上都小有基业，又难得有机会出京，阿律哥在的时候还好，若是不在，那些人只怕不会讲什么规矩。你这次随着阿律哥去大同，身边有刘冬月服侍，我没有什么不放心的。只是刘冬月毕竟是内侍，年纪又轻，誓死护主的心有，却没有护卫之力。七姑你是知道的，有武技傍身；香儿和坠儿虽说是婢女，实际上是七姑的两个师侄，在女子中，身手算得上是很不错的，你去大同的时候就带着她们几个。平时别露面，有什么事只管吩咐她们几个去办。”

姜宪吓了一大跳，道：“你……你准备回太原吗？”

“我当然会随着你一块儿去了，”李谦笑着，露出白白的牙齿，“不过，我想阿律哥肯定不会愿意与我同行，我在你们后面跟着。”

姜宪松了口气。

香儿和坠儿提了食盒进来摆早膳。

李谦趁机告辞：“我昨天已经把东西都收拾好了，今天还要去向药林寺的住持辞行。估计等你用过早膳阿律哥就会启程，那时候我再去向住持辞行怕就有点晚了。”

姜宪莞尔，让刘冬月送李谦出门。

正如李谦所料，她正在用早膳，姜律的随从福升就找刘冬月，问她的东西都收拾得怎样了，说姜律决定等姜宪用完早膳就下山，并道：“承恩公会回京城。”

曹宣的任务已经完成，他急着回京城，把事情的经过禀告曹太后。

刘冬月心里不免有些佩服李谦，面上却不显，恭敬地答着“都准备好了，就等大公子一句话了”。打发了福升，又跑去厅堂禀告姜宪，重新检查要带走的东西。等到姜律派来接姜宪的轿子停在穿堂门口时，他才揣了几个素馅的包子急急地出了门。

众人簇拥着姜宪的马车往大同赶路。姜宪悄悄撩了马车的帘子往后看，驿道上人来人往，唯独不见李谦的踪影。

行了一日后，因前一晚姜宪在客栈里没有歇好，眼睛有些肿，姜律就吩咐宿在驿站，请了大夫过来给姜宪问诊。那大夫把了半天的脉也没有说出个所以然来，倒把姜律吓得脸色发白。

姜宪自己没有什么感觉，忙安慰姜律：“或许是水土不服。”

姜律愁得不得了，背着众人问刘冬月：“这一路上都是你在服侍郡主，郡主之前可曾这样？”

“不曾。”刘冬月恭声道，“之前的吃食都是李将军张罗的，给郡主做饭用的水和喝的茶都是玉泉山上的水。”

姜律微愣，半晌都没有作声。

半夜，李谦过来敲门，问姜律怎么宿在驿站，毕竟驿站素来没有客栈舒适。

姜律一反从前的冷嘲热讽，道：“保宁的眼睛有些肿，我要给她请大夫，住在驿站方便一些。”驿站原是朝廷为南来北往有公务在身的官员提供的歇息之处，纵然有白身住进来，那也是官员的家眷，那些出诊的大夫会更慎重三分。

李谦一听就急了起来，道：“肿得怎样？知道是什么原因吗？那大夫怎么说？”

“狗屁大夫！”姜律忍不住骂道，“什么也看不出来。要不是当着保宁的面，我不抽他三十鞭才怪！”

“现在发脾气也没有用。”李谦忙道，“保宁素来心软，看着你这样就是不舒服也会强忍着。你就当什么也没有发生，好生去和她说。这里离五台山不远，要是没记错，五台山有药僧，我这就上山去求药。你盯着灶上的人，凡是给保宁用的水都从井里打上来后，用细绢滤个四五遍再给她用。我会尽快赶回来的。”说着，也不等姜律答应，就匆匆往外走。不过几息的工夫，外面就响起了马蹄声。

姜律面色不虞地嘀咕道：“怎么是这么个急性子！我还带了两匹滇马，跑山路最好，原本想借给你的，你倒好，一溜烟地跑了。”

福升低着头，不敢说话。

姜律想了想，回了屋，却睡不着。他望着从窗棂洒进来的皎白月光，轻声问福升：“我记得你有个姐姐。你姐姐出阁的时候，你都送了些什么东西给她添箱？”

福升憨笑道：“我姐姐怎么能和郡主相提并论——我姐姐只要有银子就成了，郡主可不稀罕银子压箱，您怎么也得寻些孤本或是古画之类的送给郡主吧？”

姜律突然觉得福升怎么这么不会说话呢！他拉了被子翻身对着福升，不悦地喊了声“快点睡觉，明天还要早起赶路”。

福升呵呵地笑，吹灯睡觉。屋子里很快安静了下来。

第二天早上起来，姜律没有急着赶路，而是问起了李谦：“他回来了没有？”

福升叫了小厮去问，小厮回来说李谦还没回来。

姜律就觉得有些烦躁，抱怨道：“这路上要什么没什么的，多待一天都让人觉得受不了。不早点赶去大同还在这路上耽误，去五台山请什么药僧……算了，我们也别等了，用过午膳就启程，留个人在这里告诉他一声就行了。”

既然决定不等了，为何还要午膳之后启程？福升在心里嘀咕着，神色间却没有露出丝毫异样，恭敬地应是，退了下去。

姜律去探望姜宪。

姜宪的眼睛还没有消肿，但比昨天有明显的好转。她正坐在镜台前打量着自己的眼睛，见姜律皱着眉进来，转过身来问姜律：“出了什么事吗？”

姜律还没有回答，刘冬月突然急匆匆地走了进来，道：“大公子、郡主，大同总兵偕夫人前来拜访！”

“大同总兵？”姜宪愕然，“齐胜！”

刘冬月点头，还欲说什么，姜律已朝着姜宪轻声呵斥道：“什么齐胜，要称齐世叔，他是爹的结拜兄弟。”

姜宪想到“齐世叔”那魁梧得像堆肉山的体形，忍不住扑哧笑出声来。

姜律神色一正，严肃道：“保宁，齐世叔曾经救过爹的命，你见到他要客气些，知道了吗？”

“知道了。”姜宪乖乖应答。就算齐胜不是她伯父的救命恩人，以他的才能和品行，也应该受到她的尊敬。

她见到齐胜的时候恭恭敬敬地给齐胜行了礼，称他为“世叔”。像屠夫般粗壮的汉子脸都红了，喃喃地说了几句类似“不敢”的话，忙把她打发到了自己的夫人江氏那里。

江氏和齐胜在外形上颇为登对，都是高高壮壮的大个子，皮肤微黑，性情爽朗明快。江氏看见姜宪就热情地拉了她的手，一面上下打量，一面啧啧地对随行而来的两个看上去刚刚及笄的少女笑道：“你们看看，这才是大家闺秀，你们可要跟着郡主多学学。”

两个女孩子是对双胞胎，是齐胜的女儿。姜宪还记得她们一个叫齐单，一个叫齐双，长得浓眉大眼，不过比姜宪大一岁，却比姜宪要高一个头。

齐单和齐双在姜宪面前很活泼，两个人对母亲的话不以为然，笑嘻嘻地给她请安，双目落在她头上的发簪、腰间的荷包上，露出羡慕之色。

姜宪赧然，也有些不明白。齐胜虽然出身寒微，后来遇到在军里历练的姜镇元才有了今天，可以他今时今日的地位，女儿不应该缺少这些东西才是。

仿佛看出了姜宪的心思，齐夫人笑道：“郡主见谅！我的这两个闺女，从小跟着我在老家长大。他爹一年四季不在家，我一个妇道人家，既要服侍公婆还要种田养家，结果把她们当成了男孩子养。后来来了大同，来来去去的也都是那些兵痞子，让她们穿一回裙子就像要了她们的命似的，她们就特别羡慕那些会打扮的小姑娘。”说完，又叹息道，“也不知道谁家的神龛打得结实，能供得住这样的媳妇。”

姜宪看着两个人身着浅绿色素面褙子抿了嘴笑，安慰齐夫人：“我外祖母常说，有一根草就有一滴露水。许是两位小姐的缘分还没有到。”

齐夫人显然也明白这不过是姜宪的场面话，不以为意地点了点头：“没想到她老人家还知道这样的土话，我还以为宫里的贵人说话都要像戏文里似的文绉绉的。”

“居家过日子，谁不是个平常人。”姜宪和齐夫人寒暄着，气氛虽不热烈倒也温馨。

姜宪被告知，齐胜是接到了她大伯父的书信，信中让其派人将她和姜律接到大同小住，他们这才知道姜律和她在药林寺。江氏道：“老齐一听就急了，说小国公爷既然来了山西，他怎么能让属下去接人呢，又知道郡主和小国公爷同行，就把我们娘仨带来了，就是怕郡主路上连个说话的人都没有。”

伯父居然和大哥想到一块去了，还让姜律带着她去大同。难道京里的形势很不好吗？姜宪两弯柳眉几不可见地蹙了蹙。

慈宁宫里，太皇太后在举着眼镜看孟芳苓给她抄录的世家谱。

“晋安侯家的大小姐勉强算得上合适。”孟芳苓怕太皇太后伤了眼睛，沏了决明子枸杞菊花茶，“就怕太后早有打算，觉得晋安侯家人丁兴旺，晋安侯长袖善舞，蔡家大小姐做了皇后，肯定不会事事都听自己的。”

太皇太后没有作声，把眼镜放在炕几上，问孟芳苓：“皇上没有去见曹氏吗？”

“没有，”孟芳苓说这话的时候不禁流露出几分感慨，道，“皇上回到乾清宫之后就立刻召见汪阁老，之后又叫了礼部的人来议事。”

太皇太后沉吟道：“只要皇上愿意立后，那就都好说，反正到时候和皇上打擂台的是曹氏。”

小宫女走了进来，恭声禀道：“太皇太后，恩亲伯世子求见。”

“阿瓒！”太皇太后喜出望外，“阿瓒回来了！快，快让他进来。”太皇太后忙下炕趿鞋。

孟芳苓也很高兴，脸上有掩饰不住的喜悦。她一面蹲下身来给太皇太后穿鞋，一面欢喜地道：“那郡主肯定有消息了！”

太皇太后连声道“那是”，由孟芳苓扶着去了偏殿。

太皇太后看着瘦骨嶙峋、精神萎靡的王瓒，心疼得不得了，没等王瓒跪下去给她行大礼就一把拽住了王瓒，眼眶微红地直问：“你这孩子，不过是跟着阿律出了一趟门，怎么就变成了这个样子？是不是身边的人没有好好照顾你？”

“没有，没有。”王瓒忙道，他还记得他五岁的时候进宫给太皇太后请安，结果在院子里摔了一跤，身边服侍的人就都被太皇太后打了板子，“我这次走得急，身边的随从小厮一个都没有带。”

“以后可不能这样了！”太皇太后嗔怒后，忙吩咐给王瓒沏杯参茶进来，拉了王瓒到临窗大炕上坐着说话，“你可看见保宁了？她有没有受委屈？那个李谦现在怎样了？你是一个人回来的还是和阿律一起回来的？保宁现在在哪里？”

王瓒听着，顿时生出几分委屈来。保宁为什么要嫁给那个李谦？说什么喜欢李谦，他压根就不相信。保宁整天待在屋子里根本不喜欢走动，李谦去年过了重阳节才进的京，后来出了曹太后的事，又被调去了万寿山，两个人根本就没有什么交集。定是那曹太后知道李谦劫持了保宁，所以一口咬定保宁是自愿跟着李谦去的山西，而保宁素来心软，为了保住李谦的性命，只好认了这门亲事……

太皇太后肯定是被曹宣给哄骗了！王瓒不由得问道：“太皇太后，您怎么给保宁下了那样一道圣旨？派我们接她回京不就成了吗？为何非要她嫁给李谦？”

太皇太后愕然，立刻明白了姜宪根本没有让王瓒知道还有一道赐死李谦的圣旨。

只是她还没有开口，王瓒就继续道：“保宁怕那圣旨一出，赵啸的面子上过不去，悄悄叫了我去，让我先陪着赵啸回京，等我们离开了再宣读圣旨。如今阿律哥陪着保宁在回京城的路上，我和赵啸先回来了。”他想到赵啸这一路上的沮丧、悲愤、失意，以及自己的感同身受，又道，“您怎么能相信曹太后的话！她……她就是唯恐天下不乱。保宁要是不接圣旨，那李家只有一个‘死’字。”

太皇太后听着，也品出点味道来。

王瓒走后，她沉默良久，问孟芳苓：“我是不是做错了？”

孟芳苓不解。

太皇太后道：“我还记得保宁小的时候，身体不好，田太医就常让她禁食。她明明饿得不行，却一声不吭，从不曾向我们要过吃的。”她说着，忍不住落下泪来，“我把她养在宫里，却没有把她养好。她喜欢那个李谦，我要她嫁给赵啸，她还是一声不吭地准备嫁过去。这些年来，这孩子在我身边到底有没有过过几天舒坦的日子啊？”

“您快别这么说，”孟芳苓听着也跟着心里一酸，忙拿出帕子递给太皇太后擦眼泪，“郡主从小就听话可人，谁看见了都喜欢。郡主如果在这里，看见您这么伤心，肯定会难过的！”

太皇太后点头，用帕子擦了擦眼角，哽咽道：“她连阿瓒都瞒着，可见是真喜欢那个叫李谦的。可惜那天李谦进宫来给我请安的时候我没有好好地瞧瞧他，还好没有把掌珠嫁给他，不然保宁得多伤心难过啊。”说到这里，她想起了进宫来陪她的白愫，道，“你去把掌珠叫过来，有些话我要问她。”

孟芳苓应声而去后，太皇太后又落起泪来。

相比慈宁宫的悲伤，姜宪落脚的驿站可谓是热闹非凡。

姜律吩咐驿站的驿丞请了本地最好的大厨过来，在驿站摆了酒筵招待齐胜。他在大同做游击将军的时候虽说只是去历练，却没有什么架子，人看上去斯文有礼而又豪爽大方。大同总兵府从负责文案的主簿到灶上的伙头，就没有一个不喜欢他的，更不要说跟着齐胜一道过来的这些心腹。众人像在总兵府似的，一人端了一海碗酒，菜还没有上桌，就已经开始划拳。

姜宪听到外面的动静不免有些担心，对齐夫人道：“这一大早的就开始喝酒，能行吗？”

“他们这些粗人就是这样的。”齐夫人见怪不怪地笑道，“不过，有老爷在场，他们不敢猛灌小国公爷酒。小国公爷也不是那没有分寸的人，郡主放心好了。”

姜宪还是控制不住地跑去观望，见姜律左右逢源，灌别人的时候多，自己被灌的时候少，这才回屋重新坐下。

齐单说道：“小国公爷厉害着呢，我从来没有见过比他更聪明的人了！”说话间，眼睛流光溢彩。

齐双也笑着问她：“郡主，小国公爷定亲了吗？不知道国公爷要给他找门怎样的亲事？”言辞之间十分大胆，可她睁着一双圆溜溜的大眼睛，目光清澈澄净，像个好奇的孩子，又让人生不出一丝的反感。倒是齐夫人，老脸一红，大喝了一声："齐双！你一个姑娘家，关心这些做什么？还不好好地给我坐好了，喝你的茶！"

姜宪喜欢两姐妹的直爽，有什么问什么，而不是把别人都当成傻瓜，在背后捣鬼。她笑着对齐夫人道："两位小姐把我当成姐妹才和我说这些话的，您不必动怒。"随后和颜悦色地对齐双道，"我大哥还没有定亲。至于要订门怎样的亲事，我也不知道。不过，你们要是关心，等我大哥定亲的时候，我一定告诉你们，带你们去见见我那新嫂嫂。"

两姐妹都有点失落，但并未愁眉苦脸，而是一个道："小国公爷这么好的人，应该找个像金媛那么漂亮的小姐才行。"另一个则不服气地道："小国公爷又不是那种看见漂亮小姐就走不动的人，要娶，也要娶个像邵大奶奶那样能干的才行。"

齐夫人尴尬得不得了，大声喝着："齐单、齐双，你们给我闭嘴！"

姜宪却觉得这两姐妹十分有趣，咯咯直笑，问齐氏姐妹："金媛是谁？"

齐氏姐妹抢着答话："是太原总兵府金大人家的大小姐。"

"她长得非常漂亮，大家都是说她是山西第一美人。"

"她有个哥哥叫金宵，和她一母同胞，也很漂亮，很多人都想嫁给金宵。"

看样子金宵去京城的事并没有传出来，姜宪莞尔。

"谁说的？我就觉得他没有小国公爷漂亮。"

"小国公爷那不叫漂亮，那叫英俊。"

"反正我觉得小国公爷比金宵好看！小国公爷能一箭射下双雕，金宵能吗？金宵就是个绣花枕头，仗着他爹是总兵，和榆林邵家换手挠痒，他去了榆林总兵府做游击将军，邵家二少爷邵洋在太原总兵府做把总。"

李谦要是在这里就好了，应该让他听听齐氏姐妹是怎么评价她大哥的。有她大哥姜律在，别说是李谦了，就是金宵那样的美男子也得靠边站。姜宪笑得更欢快了。

齐氏姐妹像受了鼓舞一般，越发口无遮拦："那邵洋是次子，虽说不能继承家业，却最得邵大人的喜欢。刚来的时候，还准备让他做太原总兵府的守备，结果他连账都看不懂，又专门聘了个钱谷师爷帮他。他还三天打鱼两天晒网，连军饷都敢拖延着不发，金大人没有办法，就让他去做了个把总。"

“反正他就是扶不上墙，整天就知道眠花宿柳，整个太原城谁不知道邵二公子的大名。”

连“眠花宿柳”这样的词都说出口了，姜宪眉眼弯弯地望着齐氏姐妹。

齐夫人咬牙切齿，再也顾不得什么，上前就捂了齐双的嘴，满脸窘迫地给姜宪赔不是：“两个丫头野惯了，郡主千万不要和她们一般见识。”

姜宪忙道：“没有，没有。两位姐姐说话都很有趣，我很爱听。”转头吩咐刘冬月，“不是说大哥请来的厨子做了新点心吗？怎么还没有端上来？香儿和坠儿呢？齐夫人的茶水都快凉了，也不知道给夫人续杯茶。”

几句打岔的话，给齐单和齐双解了围。两人冲着姜宪直笑，齐夫人却恨不得把她们支走。

姜宪笑道：“夫人不必和我见外。我常年陪伴太皇太后，身边都是稳重的宫女和女官，很少见像齐家姐姐这么活泼的人，您就让她们两姐妹陪我说说话吧。”

齐夫人怎好拒绝她，颇有些破罐子破摔的无奈，瞪了两姐妹一眼，笑道：“难得郡主喜欢她们，我替她俩谢谢郡主了。”

“齐家和姜家是通家之好。”姜宪道，“夫人这么说，就太见外了。”随后又问起齐家的事来，“老夫人身体可还好？前些日子听我大伯母说老夫人每餐还能吃两大海碗饭。”

齐夫人笑道：“我婆婆身子骨很硬朗……”

两个人拉着家常，很快就到了用午膳的时候。

姜律把一班从前的同僚喝趴下了，还坐在桌边的只剩姜律和齐胜带来的一个副将。可两个人喝得舌头都大了，谁也听不清楚这两个人在说些什么。

下午肯定是走不了了，福升进来请示姜宪。

齐夫人一听就急了，对姜宪道：“老齐不能喝酒的，来之前大夫都叮嘱过，他也答应少喝点的，结果他还是管不住自己，遇到小国公爷就喝得酩酊大醉的。”

姜宪忙道：“快去请个大夫来瞧瞧！”

福升应声而去。

姜宪很喜欢这对恩爱的夫妻，见齐夫人如坐针毡，就催齐夫人去照顾

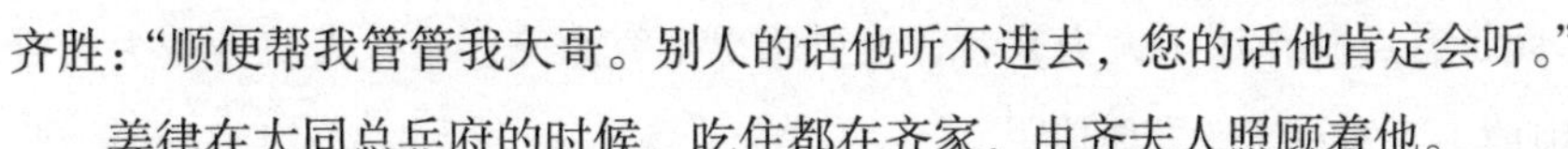

齐胜："顺便帮我管管我大哥。别人的话他听不进去，您的话他肯定会听。"

姜律在大同总兵府的时候，吃住都在齐家，由齐夫人照顾着他。

齐夫人想了想，最终还是放心不下齐胜，不好意思地向姜宪告辞了，反复地叮嘱了齐氏姐妹几句“不可乱来”，便去了前面的厅堂。

齐氏姐妹见母亲走了，齐齐松了口气，对姜宪道："我爹只听我娘的话，有我娘在，小国公爷和我爹都不会再喝酒了。"

姜宪抿了嘴笑。

齐单就问姜宪："郡主要在大同待多久？最近有人从大宛贩了几匹好马过来，我爹答应给我们两个姐妹一人买一匹。郡主要是得了闲，不如和我们一起去看看吧，很有意思的。"

姜宪见她们姐妹都是腰细腿长，结实苗条的样子，猜这两姐妹的骑术应该很好，遂笑道："我还不能答应你们，只能到时候再说。"

齐双点头，笑道："你是要看小国公爷会在大同待多长时间吗？"

姜宪点头。

齐双目光顿时一亮："要不要我帮你去问问小国公爷？"

姜宪大笑，道："你若是想去问，就去问吧，我没关系的。"心里却想着不如为这两姐妹说门亲事。

姜宪很愉快地做了决定，用过午膳，在偏厅喝茶的时候就问起了两姐妹的爱好。

姐妹俩叽叽喳喳的，很是外向，说起自己的事来坦坦荡荡。可当姜宪委婉地问起她们想嫁个怎样的夫婿时，两个人都不约而同地说想嫁个像姜律那样的。还好姐妹俩都不是那种心细如发的人，说过也就过了，转眼议论起五月二十二日金媛的生辰宴来："到时候郡主也和我们一起去吧，据说会请很有名的戏班子来唱戏。"

姜宪虽说喜欢听戏，却不太喜欢凑热闹，含糊地把这件事给揭了过去。

这时，刘冬月跑进来告诉她李谦回来了，还带了一个和尚和两个小沙弥。

齐氏姐妹面面相觑，惊道："郡主有什么地方不妥，要请和尚来念经？"

“那倒不是。”这两个姐妹说话可真直率，姜宪笑着指了指自己的眼睛，

“就是有点肿，请了大夫来看，也看不出个究竟来，李大人就帮着去五台山请了药僧过来给我瞧瞧。”

“那应该是塔院寺的师傅。”齐双惊呼道，“只有他们寺里有药僧，看病可厉害了！”

“可塔院寺的药僧不是不出诊的吗？”齐单困惑道，“你猜错了吧？”

“塔院寺的药僧又不是谁的诊都不出。”齐双道，“上次赵西村走水，烧死了好多人，塔院寺的药僧不就去赵西村出诊了吗？”

“可上次金大人小舅子的小妾病了，塔院寺的药僧就没有出诊，最后还是把人给抬到了塔院寺。为这件事，邵洋还说哪天他要是有了空闲，要去砸了塔院寺的杏林院呢！”

“人家那是只愿意救治穷困之人。”

姐妹俩说着话，姜宪却垂着眼帘，摩挲着手边的茶盅没有说话。她肯定不属于穷困之人，如果来的真是塔院寺的人，李谦恐怕费了不少劲吧？

姜宪没有回避，倒是齐单和齐双两人躲在了屏风后面。来的果然是塔院寺的药僧，三十来岁的年纪，清瘦文静，自称法号“鸿一”，两个小沙弥是他的徒弟。陪着他进来的李谦风尘仆仆的，显得有些憔悴。

姜宪朝着刘冬月使了个眼色。刘冬月立刻端了张绣墩放在了李谦的身边，善解人意地问李谦：“大人一路辛苦了，应该还没有用午膳吧？灶上炖了老母鸡人参汤，我先给大人端一碗过来暖暖胃，等会儿再给您摆膳。”

“不用了。”李谦示意先看病，“鸿一师傅也没有用午膳，到时候我陪鸿一师傅一起用膳。”

刘冬月忙道：“那我下去让人准备素斋。”

李谦点点头。刘冬月退了下去，叫七姑进来服侍。七姑在姜宪的手腕上搭了块素色的杭绸帕子，由鸿一师傅给姜宪把脉。

鸿一神色严肃认真，半晌才放了手，斟酌地对姜宪道：“小姐虽说月里不足，自幼身子骨很弱，可这么多年用灵丹妙药保着，如今倒比一般人还强些。至于眼睛有些水肿，应该是前些日子多思多虑，心神不宁引起的。小姐只要放宽心，休养些日子就好了，不用吃什么药。”

李谦听了直皱眉：“多思多虑通常容易耗损心气，安神补气的方子也不用开吗？”

鸿一闻言微微笑了笑:“李大人，我之前就跟你说过，这都是些小症状，普通的大夫就能看。是你说服了住持师兄，住持师兄这才命我下山为这位小姐看诊的。李家也算是我们塔院寺的恩人，我总不能无中生有地为这位小姐开方子吧？”

李谦很是不悦，还欲说什么，姜宪忙道:“多谢鸿一师傅了。是药三分毒，既然你说不用开药，想必我不用药就能好。师傅远道而来，家中仆妇已备了素斋，还请师傅赏脸，用了斋饭再回禅寺。”

李谦气不过，也不陪鸿一师徒吃饭了，让香儿和坠儿带着三人去用膳，自己却留了下来，道:“这和尚说话也忒无礼了些。”

姜宪笑着打断了他的话:“人家说不定说的是实话呢，之前的大夫不也说我不用吃什么药吗？好了，好了，你也别置气了。”她说着，想到屏风后面的齐氏姐妹，起身走到李谦的身边，低声道，“看你这样子，昨天一夜没睡吧？快去洗把脸，吃点东西，到床上去睡一觉。大同的总兵齐胜过来了，你知道吗？”

“知道！”李谦目光灼灼地望着姜宪，她这样温声地跟他说话，让他有种回到家里见到妻子的感觉，“我直接就过来了，还没来得及去和他们打招呼。”

“他这个人行军布阵很有一套，又是我大伯父的救命恩人。”姜宪叮嘱他，“你等会儿收拾利索了，记得去给他请个安，陪他喝几盅酒。”

李谦笑着应“好”，看她的目光熠熠生辉。

姜宪心生异样，总觉得李谦和平时不太一样，可具体哪里不一样，又说不出来。她只好继续道:“你也别立刻就去，先回去休息一会儿，养好精神。他们这个时候都喝醉了，你去了也未必见得到人。齐胜酒量大，你去之前先吃点东西垫垫肚子，不然很容易醉。有什么话我们之后再说。”她很想知道李谦是怎样说服塔院寺住持派了鸿一师徒来给她看病的。

“我知道了。”李谦咧了嘴笑,“都听你的,先梳洗一番,然后休息一会儿,吃点东西垫了肚子，再去拜见齐大人……”

姜宪顿时有些恼羞成怒，把李谦赶了出去。

李谦不以为忤，笑眯眯地走了。

齐单和齐双从屏风后面出来，交换了一个眼神，面露促狭之色。一个问姜宪："刚才那个是李大人吗？好年轻啊！他在哪里任职，禁卫军吗？"禁卫军护卫皇城，普通的侍卫都比外面的武官品阶高。

另一个道："李大人是奉了小国公爷之命去塔院寺的吗？这里离塔院寺有点远，李大人一定是个骑马的好手吧？"

姜宪哭笑不得，第一次遇到这么大方的女孩子，她突然间觉得嫁到山西来也没有什么不好的。

第七章
陪嫁与聘礼

李谦直到晚膳时分才见到齐胜和姜律。

“小伙子很精神嘛！”齐胜看着肩宽腿长、神采飞扬的李谦，满脸的赞赏，问姜律，“这是谁家的孩子？”

姜律撇了撇嘴，低声道：“山西总兵李大人的长子，”顿了顿，又道，“嘉南的未婚夫。”声音虽然小，语气虽然轻怠，可到底承认他是姜家的女婿了。

李谦笑容灿烂。

齐胜大吃一惊：“不是说……”他硬生生地把“嘉南郡主即将和靖海侯世子定亲吗”这后半截话给憋了回去，又想到姜宪莫名其妙地跟着姜律出现在大同，知道这其中定是出了变故，而此时不是问这些的时候，遂立刻转变了话题，亲昵地问李谦，“你什么时候过来的？用过晚膳了没有？要不要一起吃点？”

李谦自然恭敬地答“好”。

姜律也不理他，径直跟在齐胜的身后去了用饭的地方。

果如姜宪所料，齐胜一上桌就开始灌李谦酒。李谦也不推脱，敞开了喝，几杯下去，就赢得了齐胜等人的好感。从李公子到李大人再到李世侄，等到酒喝得差不多了，齐胜已拍着胸脯承诺：“以后有什么事只管来找我。我就算是做不成，也会帮着你去找李瑶的。”李瑶现任武英殿大学士兼兵部尚书。

姜律听得直摇头。李谦则忙站起身来道谢，又敬了齐胜一杯。

等到酒筵散时，已过了子时。

第二天齐胜等人好不容易才爬起来，启程往大同去。

慈宁宫这边，下了早朝的赵翌正陪着太皇太后说话:“我去问过母后了。母后说，她这也是为了嘉南好。那赵啸是靖海侯世子，又是宗室之后，就算是封了郡王，也不可能把他留在京城。福建山高水远的，封疆大吏尚且三年才进京述职一回，何况是远嫁到那里的嘉南？她在那里受了什么委屈，过得好不好，若是靖海侯府有心，我们一句真话也别想听到。您可还记得先帝的三女同安公主？她还是在京城，吊死了三天，宗人府才得到消息。嘉南还不如嫁给那个李谦呢，虽说地位不显，可这世上又有谁比得上嘉南的身份显赫？”赵翌说着，起身到太皇太后身边握了她的手，道，“我正是为了这件事来和您商量的。”

他的态度诚恳又认真，看在别人眼里说不定会感动万分。可太皇太后却知道，他根本就没有去见曹太后，而且这些日子的所作所为颇为凉薄无情，她不由得心生警惕，肃然道:“皇上有什么事和我商量？我久居内宫，且年事已高，也不知道能不能给皇上拿个主意。”

“说起来也是件好事。”赵翌的神色越发谦逊，眼底却闪过些许得意，这让太皇太后更加紧张，“嘉南就像我妹妹，我实在舍不得她远嫁。我想封嘉南做公主，在京城给她建座公主府，这样她就能留在京城了，想什么时候进宫就什么时候进宫，皇祖母也可以像从前那样隔三差五地请嘉南到宫里来小住。”

“真的？”太皇太后一听,情不自禁地反握住了赵翌的手,惊喜地道,“皇上真的愿意封嘉南为公主？”

“当然！”赵翌很肯定地笑道，“嘉南是我妹妹，我不照顾她照顾谁？而且她封了公主之后，除了亲王俸禄还可以再享受一份公主俸禄。”

“我替嘉南感谢皇上了！”太皇太后对这个安排非常满意，留了赵翌在慈宁宫用午膳。

午膳之后，更是亲自把赵翌送到了慈宁宫大门口，回来后激动得午觉都睡不着，把太皇太妃和白愫叫了过来，拉着她们说这件事："皇上说还要和宗人府、礼部商量。礼部就算是驳了皇上的意思，皇上只要坚持，那也是迟早的事。就是宗人府这边，恐怕不太好说话。你说，我要不要请简王妃进宫来叙叙旧？再就是嘉南的封号，要不要改一改？我和芳苓翻了翻书，你觉得嘉善怎么样？要不江都？太康？"

太皇太妃忙不迭地恭喜太皇太后，道："我觉得叫什么都好，只要是公主就成！"

"我觉得嘉善好些，"太皇太后喜滋滋地道，"既有她现在封号里的一个字，又有吉祥的意思。保佑我们保宁一生顺遂，平安健康！"

"我倒觉得太康也好！"

两个人兴高采烈地讨论着姜宪的封号，白愫却在一旁沉默不语。

太皇太后很快发现了白愫的异样，不由得道："掌珠，你看上去不是很高兴，是不是你觉得这件事有不妥当的地方？"

白愫想了想，直言道："若是嘉南封了公主，她就可以在京城建府了，我当然替她高兴。可这样一来，李谦就是驸马了。按律，驸马是不能入仕的，我只怕……"到时候姜宪就如同被折断了翅膀的小鸟，被困在京城，只能在赵翌的手中扑棱了。

太皇太后闻言笑容慢慢褪了下去。

白愫忙道："太皇太后，这只是我一家之言，也许是我想多了。您和太皇太妃见多识广，定比我看得更远，更有主张。"

"不，"太皇太后神色肃然地道，"你提醒了我！"她说着，叹了口气，情绪也低落起来，"掌珠，你提醒了我。富贵荣华迷人眼，是我一叶障目，忘了这句话。皇上一直不甘心嘉南嫁给别人，就连赵啸，他还刺了一剑，更何况是李谦。嘉南封了公主，固然能留在京城；可作为驸马的李谦，若没有教养嬷嬷的传召，是不得入府亲近公主的……"教养嬷嬷都是宫中派到公主府的，只要赵翌操作得当，李谦可能几年都见不到姜宪一面。

太皇太后要的是姜宪夫妻二人和美恩爱，而不是什么封号俸禄。慈宁宫东暖阁里的气氛变得安静而凝重。

姜宪这个时候已经到了大同。大同曾经是皇都，自建国以来又是九边重镇，朝廷在此设有马市，又有大同总兵府驻守于此，繁华热闹不在话下。

姜宪撩了马车的帘子朝外望。除了林立的招牌商幌之外，还有很多穿着喜鹊袍的大姑娘小媳妇在路边的小摊上流连忘返，一看就知道民风比京城要开化得多。她还看到很多卖羊肉的食肆。

齐单告诉她："我们这里有很多过来贩卖货物的鞑子，羊肉就渐渐盛行起来。最有名的是鼓楼西街的第一楼和小南街的钰光源，再就是大北街的济南村、九楼巷的凤临阁，但这两家一家是鲁菜做得好，一家是京菜做得好。郡主若是感兴趣，我们今天的晚膳就可以叫一桌。"

姜宪还真感兴趣，她想吃羊肉，又怕自己消化不了，犹豫半天，还没有决定下到底吃什么，马车却已经停在了大同总兵府后院的侧门。

齐夫人抱歉地道："郡主，小国公爷说要轻车简从，只好委屈郡主了。"大同总兵府是军事要塞，除非是接圣驾、圣旨或是新任大同总兵履新、五军都督府的都督们莅临，不然就只能走侧门。

姜宪笑道："我不过是跟着大哥过来玩，自然是越低调越好。夫人多虑了。"

齐夫人不再多说，含笑望着她，先下了马车。刚刚见到姜宪时，她见姜宪待人待事十分冷淡，人又像个琉璃做的，眼睛肿了都要劳师动众地到五台山去请药僧，有点担心自己无意间会得罪姜宪。可这几天接触下来，她发现姜宪是外冷内热，不仅落落大方，而且十分宽和有礼，身边的人做错了事，从不大声呵斥或是责罚，比她见过的很多大家闺秀都要有修养，对喜欢的东西就直说喜欢，不喜欢的直说不喜欢，结交起来简单又不失真诚。

姜宪由刘冬月扶着下了马车，入目是一片刚刚翻了土的菜园子，有几垄还冒出了些许秧苗。

齐夫人忙道："这是我婆婆种的。"

姜宪这才想起来，齐夫人是在齐胜的父亲去世之后才跟着婆婆来投奔齐胜的，而齐胜的母亲只是乡间的一个农妇。

"老夫人都种了些什么？"她好奇地问，"我听说菜园子里种的菜都是夏天结果，那你们夏天是不是就吃这菜园子种出来的菜？"

齐家是在齐胜救了姜镇元之后才发迹的，齐家虽然添了些产业，可生

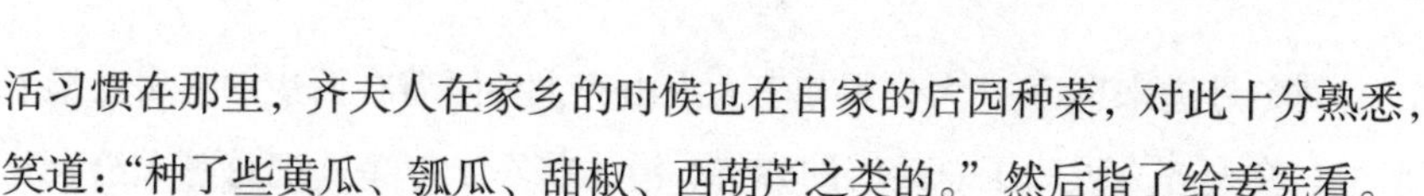

活习惯在那里，齐夫人在家乡的时候也在自家的后园种菜，对此十分熟悉，笑道：“种了些黄瓜、瓠瓜、甜椒、西葫芦之类的。”然后指了给姜宪看。

在姜宪看来全是一片土，也分不清什么是什么。她胡乱地点了点头，提出和齐夫人去拜见齐老夫人。

齐夫人忙称“不敢”：“哪有让郡主去拜见淑人的道理。”齐老夫人是三品淑人，齐夫人是七品孺人，不过是为了尊敬、讨喜，都称夫人罢了。

姜宪笑道：“夫人若是把我当郡主看待，那我就回客房，等着老夫人来拜见我。若是把我当通家之好的侄女看待，就领着我去给老夫人问个安。”

齐夫人犹豫片刻后，豪爽地笑着应了一声“好”，带着姜宪去了老夫人住的东跨院。

老夫人今年五十有四，却满头青丝，身板硬朗，笑容爽直。她也不管什么郡主不郡主的，拉着姜宪的手就喊“大闺女”：“这细皮嫩肉的，怎么就跟着你哥哥到大同来了？这一路上可遭罪了吧？快进我屋里去歇会儿，我让人给你冲糖水喝。”

齐夫人笑着拦住了老夫人：“娘，郡主这才刚刚到我们这里，我先领着她回去净个脸换件衣服歇息一会儿，掌灯时分再过来和您一道用晚膳。”

老夫人闻言立刻道：“那就快回屋先歇了，闲着的时候再让大丫和二丫陪你过来玩。”

齐单和齐双听了齐齐黑脸，道：“祖母，都跟您说多少回了，我们不叫大丫和二丫，叫阿单和阿双！”

老夫人根本不理两个丫头，催着姜宪快去歇息。

客房收拾得干干净净，一溜的黑漆家具，挂在万字不断头落地罩旁的鹦哥绿帷帐崭新崭新的，还留着熨烫过的痕迹，茶儿上甜白瓷梅瓶里斜飞出来的两朵腊梅，暗香浮动，让人看了不由得心中微动，暗暗赞叹布置这屋子的人用心良苦。

“多谢夫人！”姜宪诚心向齐夫人道谢。

齐夫人客气一番，把安排在这里的管事媳妇叫进来给姜宪磕过头后，带着两个女儿走了。

姜宪终于痛痛快快地洗了个头，换上了平常穿的白绫亵衣，舒舒服服地靠在贵妃椅上由着小丫鬟帮着绞干头发。

刘冬月进来禀道："大公子和李大人由齐大人陪着在西边的客房安顿下来了。晚上齐大人叫了总兵府的参将、游击将军、守备、把总等人给大公子和李大人接风，明天则请李大人去看大同总兵府的操练。"

让李谦这样慢慢地融入大同总兵府也好。榆林那边虽然也有马市，却是黑市，不像大同和宣府的马市，是朝廷开的。李谦想壮大兵马，除了榆林那边的马市，大同和宣府这边的马市也应该多接触些。

姜宪和齐家的内眷一起用了晚膳之后，就回屋歇息了。第二天起来的时候李谦和姜律已随着齐胜去了校场。

李谦的小厮冰河进来给姜宪请安，说昨天晚上酒筵打了三更鼓才散，内院已经上锁，今天一大早李谦又被齐胜叫走了："大爷让小的来问问郡主昨天晚上睡得可好？有没有不习惯的地方？有没有需要添置的东西？齐大人说明天会带大爷去马市看看，估计这几天都不得闲。若是郡主有什么事，让冬月哥哥吩咐小的就是。"

李谦总是喜欢管她这些无关紧要的小事，姜宪倒没有多想，把冰河交给了刘冬月："齐夫人很热心周到，我这里没有什么不好的。李谦既然让你跟着刘冬月，你就跟着好了。你也有个人使唤。"最后一句，是对刘冬月说的。

冰河听着都快要流眼泪了。想他聪明机灵，小心翼翼，从不曾出过错，在李家好歹也算是在仆妇中横着走的人，如今却被大爷丢给了郡主的小厮使唤……等大爷和郡主成了亲，哪里还有他的出头之日啊！

刘冬月笑着把人给领了下去。他是宦官，姜宪还不够资格用他，朝廷又不允许百姓私阉，李谦和姜宪为了保住刘冬月的性命，也为了避免一些好奇的眼光和麻烦，对外都不约而同地说刘冬月是姜宪身边的一个小厮而已。齐夫人等人称呼刘冬月为"冬月"，像冰河这样的，就会尊称他一声"冬月哥哥"。

一路上都有仆妇给刘冬月打招呼。刘冬月含笑点头，对目前的生活很满意。

姜宪则由齐单和齐双陪着，三个人说说笑笑，讲着山西官场上的笑话，让姜宪对山西官员有了全新的了解。

这样过了五六天，李谦和姜律的应酬终于少了，李谦来看姜宪。

"要不要出去走走？"他打量着姜宪道，"这里的集市上有很多卖鞑子

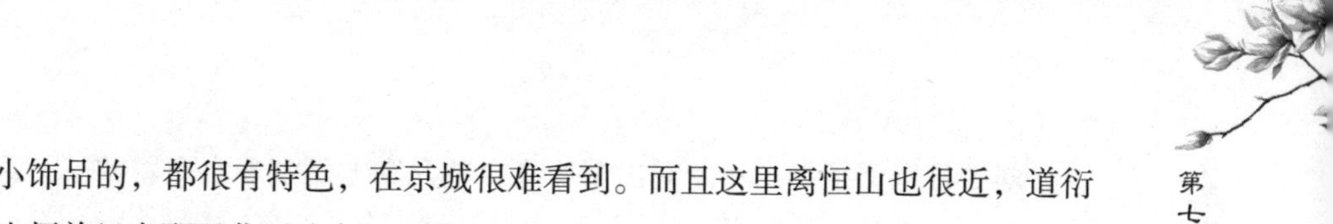

小饰品的，都很有特色，在京城很难看到。而且这里离恒山也很近，道衍法师曾经在那里住过十年……”

姜宪见他说话心不在焉，眼神只顾着往她脸上黏，不由得心中动气：“你看我干什么？”

谁知道李谦却认真地道：“我看你眼睛消肿了没有。看来那个鸿一和尚还有些道行，你的眼睛已经消肿。也说明你这几天休息得还不错，冰河说你一切安好，倒也不是敷衍我。”

李谦又温声问她：“你这几天都没有出门，和齐家的两位小姐颇为投缘吗？”

“还好。”姜宪下意识地不想在李谦面前多谈论齐氏两姐妹，含含糊糊地应了，就转移了话题，“听说齐大人这几天领着你在大同转了一圈，有什么收获吗？”

“认识了大同官场上的一些人。”李谦淡淡地说，但说到齐胜治兵的时候，眼睛就亮了起来，“他在大同镇守了十五年，改良了斩马刀，还在军中推广一种刀法，专攻敌军下路，战时亦可攻马蹄，对付鞑子的骑兵很好用。我跟云林提过两次，让他想办法将这种刀法学会了好在我爹的治下推广……”

姜宪目不转睛地望着李谦。每到这个时候，李谦就格外自信。她有时候觉得自己在政事上的妥协，与李谦在谈论天下大事时流露出来的那种向往和自信有很大的关系。

两个人一个说，一个听，气氛非常好。以至于香儿在门口站了好一会儿，才轻手轻脚地走了进去，低声地禀道：“郡主、大爷，齐夫人身边的嬷嬷过来说，镇国公夫人和清蕙乡君来了大同，让我们服侍您更衣。两位贵人最多还有两刻钟就要进府了。”

“你说什么？”姜宪愕然，“镇国公夫人和清蕙乡君来了大同？”

“是！”香儿不知道姜宪为何惊讶，忙道，“齐夫人身边的嬷嬷说，齐大人和小国公爷刚刚才得的信，齐大人、小国公爷、齐夫人已经去了城门口迎接，齐家两位小姐正在屋里梳妆打扮。”

“她们怎么来了？”姜宪喃喃道，心里隐约觉得京城里出了事，忙高声喊着刘冬月，让他赶去城门口。

刘冬月也慌了神，小跑着出了厅堂。坠儿和七姑端着水拿着帕子、香胰等走了进来。

李谦安慰姜宪：“别急！不管出了什么事总有解决的办法。”

姜宪点头，看着李谦那张镇定的面孔，心中微安。

李谦这才回避，出了厅堂就叫了卫属过来：“京城那边出了什么事？怎么房夫人和清蕙乡君突然到了大同？之前你们一点消息也没有吗？”

卫属显得有些狼狈，道：“之前得到消息，说是镇国公府的管事和两个账房先生出了府，往西边来。我们还以为他们是来大同打理镇国公府在大同的那些产业，所以没有放在心上，谁知道居然是房夫人和清蕙乡君。”

也就是说，她们是悄悄出城的。

有什么事能让她们悄悄出城呢？李谦开始有些担心。可担心也没有用，他们没提前得到消息，就只能等消息了。他重新换了件衣裳，陪着姜宪一起去城门口。

半路上，他们遇到了房夫人的马车。房夫人好像带了很多东西过来，李谦粗粗看了看，有不下二十辆马车，像搬家似的。李谦的心怦怦乱跳。

房夫人挑了帘子让姜宪坐着她的马车一块儿去总兵府，目光却在李谦的身上打了个转。

李谦知道这是姜家的人在相看他，腰身挺得直直的，骑马的姿态潇洒而又飒爽，让房夫人不由得露出浅笑。

姜宪抱住房夫人的胳膊，娇嗔道：“您怎么突然来了大同？之前也不派人来说一声。太皇太后她老人家可好？伯父可好？”

“大家都挺好的！”房夫人看着姜宪那嫩得能掐出水的面颊，笑道，“我看你这一路奔波的，倒比在宫里的时候还要精神。”

是笑她被李谦给哄跑了吗？姜宪汗颜，嘴上却不饶人，嬉笑道：“在外面跑，摔皮实了！”

“真的？”房夫人语含揄揶。

姜宪心虚，不敢和房夫人继续调侃，望着一直沉默不语的白愫笑道：“你怎么跟着我大伯母一起过来了？”白愫可是待嫁的姑娘！

白愫含笑道：“我是陪夫人一起过来的。”语气里却没有见到姜宪的欢喜。

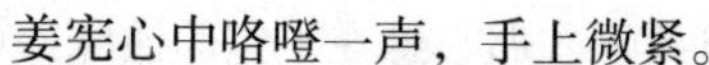

姜宪心中咯噔一声，手上微紧。

房夫人立刻就觉察到了她的异样，忙安抚般地拍了拍她的肩膀，低声笑道："没事！京城里真的没有什么事，我是受太皇太后和你伯父之托来探望你。"

姜宪想仔细问问，但马车外不时传来喧嚣，并不是个说话的好时机，只好先问了问房夫人路上的行程。

房夫人温柔地答复她："是你伯父的护卫护送我们过来的，一路上都挺顺利的。你这些日子可还好？那个李谦，我看着人不错，你们是怎么认识的？"

姜宪知道这是她伯母代表太皇太后和她大伯父问她事情的经过。她不想让家里的人担心，也不想让他们误会李谦，只好含含糊糊地道："之前他在禁卫军当侍卫，见过几次面，觉得他性格开朗大方，待人又细心体贴，是个好相处的，可也只是如此而已……后来外祖母她老人家选中了赵啸，我无所谓，他却觉得有些受不了，等我下定决心的时候，两家已经交换了庚帖，无奈之下才想的这个办法……"她说着，想到太皇太后和她伯父为她所做的一切，不由得感激和愧疚交织，声音又低了几分，"伯母，对不起，是我不好，太任性了。"

"瞎说些什么呢！"房夫人闻言忙搂紧她，低声地道，"你要是就这样懵懵懂懂地嫁给赵啸，我们才是真的伤心呢！你是不知道啊，曹宣进宫之后，太皇太后才知道你不见了，曹宣前脚拿着圣旨走了，太皇太后后脚就把你伯父叫过去狠狠训斥了一番。我怕你伯父心里不舒服，还准备了好酒好菜想陪着你伯父喝一口的，结果你伯父却对我说，我们这些做长辈的小心翼翼、委曲求全是为了什么，不就是为了让你们这些做晚辈的能够舒心畅快地活着，过自己想过的日子吗？至于那些外人看重的名声、地位、钱财，咱们家早就不屑于用你们来换了，不然当年你祖父和祖母就不会同意你爹尚公主了。"

姜宪的眼泪忍不住落了下来，白愫笑着递了块帕子过来。姜宪微微一愣，悄声地说着"谢谢"。

白愫抿了嘴笑，乌黑的眼眸里如繁星点点："谁让你害我伤心的，我也要让你尝尝伤心的滋味！"

原来刚才是做戏给自己看！姜宪想到刚才那心悬在半空的滋味，破涕为笑道："看我怎么收拾你！"

"那你准备怎么收拾我啊？"白愫促狭地笑道，"我等着！"

姜宪冷哼一声，道："等到姐夫来迎你过门的时候，我就拦在门口非要九百九十九个红包不可，不然就不让他进门，让花轿不能在吉时之前出门！"

"你也太狠了吧！"白愫说着，笑意盈盈。

可在熟悉她的姜宪眼里，这笑意却始终不那么欢快，看来大伯母还是有事瞒着她！姜宪咬了咬唇，正想着这话要怎么问，马车已到了大同总兵府的后院侧门。齐夫人亲自帮房夫人撩了帘子。

姜宪把话压在心底，下了马车，扶着房夫人去了位于她隔壁的客房，白愫则被安置在姜宪客房的东厢房。

姜律和李谦过来给房夫人问安，房夫人笑眯眯地送李谦一套文房四宝作见面礼。

李谦顿时有些惴惴不安。姜家是百年世家，送这样的见面礼给姑爷未免显得有些怠慢了，他怀疑太皇太后或是姜镇元并不满意这门亲事，毕竟房夫人从京城赶过来，很可能代表着太皇太后和姜镇元的态度。但房夫人的态度很亲切，笑道："走得急，也没有给你准备什么好东西，委屈你了。等以后再给你补上。"

李谦谦逊道："夫人哪里的话。万般皆下品，唯有读书高。这文房四宝看上去简单，却是最好不过的见面礼了。我很喜欢，夫人费心了。"

房夫人暗暗点头，端起茶来喝了一口，颇有些送客的意思。

李谦极有眼色地告辞了。

姜律立刻一屁股坐到房夫人的身边，没个正形地靠在大迎枕上，道："这几天可累死我了。每天都被齐世叔拉着去喝酒，我现在闻着酒味都要吐了。"

房夫人听了直笑，爱怜地摸了摸儿子的头："我瞧着你比从前瘦了很多，我来了，你妹妹的事就交给我好了。你好好歇歇，把掉了的肉都养回来。"

姜律笑着点头，问房夫人："您怎么突然过来了？"

"是你父亲让我过来的。"房夫人交代了一句，就转移了话题，"账房的胡先生也跟着我一道过来了，你父亲让我见到你，就催你去见见胡先生。"

姜家在大同和宣府等地经营了几代，自然有很多不足为外人道的事，特别是姜家的敛财之道，向来只有姜家的家主才知道。姜律闻言还以为母亲是为了混淆外人的视线才来的，遂没有多问，和母亲说了几句体己话，就起身告辞，同时想办法在不让别人察觉的情况下和账房的胡先生碰了头。

齐夫人则带了齐单和齐双来拜见房夫人。女人家见面，自有一番契阔。等齐胜过来给房夫人问了安之后，齐夫人在花厅设宴给房夫人洗尘，还请了两个女先生进府说书。

一顿饭吃到二更才散。

姜宪送房夫人回屋。一进门，房夫人遣走了身边服侍的，拉着姜宪的手轻声道："保宁，这次太皇太后和你伯父让我跟白愫来大同，是让我们给你送嫁的。"

"送嫁？"姜宪瞬间脑子里空荡荡的，根本没有听懂房夫人的意思。

房夫人看着姜宪轻轻叹了口气："保宁，皇上要册封你为公主，在京城为你建公主府，却矢口不提立后的事。太皇太后觉得不妥当，和你伯父商量之后，决定趁着皇上的封诰还没有下来，让你和李谦先成亲，留在山西。"

"您……您说什么？"姜宪简直要怀疑自己听错了，一下子跳了起来，"让我留在山西，和李谦成亲？"

"是啊！"房夫人看着震惊的姜宪，在心里暗暗地叹了口气，拉着姜宪重新坐下，顺手帮她捋了捋垂落的青丝，温声道，"你还这么小，什么都不懂，我们怎么舍得让你出嫁？可太皇太后的话也有道理，皇上想封你为公主，表面上看着是为你好，可往深里一想，若是你被留在了京里，李谦却被皇上一纸圣旨打发到西北，到时候我们可就连哭的地方都没有了！而且，太皇太后觉得你若是留在京城，总是进宫也不好。"

宫闱是天底下最乱的地方。武宗皇帝那会儿，就和自己的堂妹闹出过事来。只因姜宪还是个没有出阁的小姑娘，这话房夫人不好直说，而是委婉地道："这夫妻总是要在一块儿过日子感情才能越来越好，子嗣才能旺盛。太皇太后说了，她老人家此生没有他求，只盼着你嫁了人，同夫婿和和美美的就好。"

姜宪那天走得那样匆忙，压根就没有想到自己会一去不返，她还没有好好地和太皇太后道别。明年的秋天，太皇太后有可能会驾鹤西去，她那个时候如果不能在老人家身边侍疾，岂不是就再也看不到疼她爱她的外祖母了？

“不行！不行！”姜宪眼泪都快要落下来了，“我怎么也要回趟京城，跟太皇太后道别……”

“傻孩子！”房夫人听着朝她低喝了一声，“你伯父这些日子以来总是夸你聪明，你怎么在关键的时候糊涂了！你若是郡主，李谦还能带兵打仗，在庙堂之上还能一谋高低，可他一旦成了驸马，那就与仕途无缘了！你想想看，是一个公主的虚荣重要，还是有个能保护你的夫婿更重要？皇上此举，也有想斩了曹太后左膀右臂的意思。等到消息传出来，曹太后肯定会反对。你若是回了京，说不定公主的品衔你没有得到，这门亲事也会被无期限地拖延。”说到这里，她眼眶微红，“我和你伯父都以为你纵然不做皇后，也会嫁个世家子弟，所以这中馈之事一件也没有教给你。我一听说你伯父已经和太皇太后商量好了让你在大同出嫁，我这心里就跟针扎似的。李家没有根基，那些仆妇恐怕连怎么服侍人喝水都不知道，你也是一副懵懵懂懂的小孩儿样，嫁过去了可怎么办啊？”

姜宪想起了百结和情客，她知道在她没有消息的时候大家都不会为难她们，可现在她要出宫了，百结和情客是宫女，没有恩典，她们根本不可能出宫，更不要说服侍她了。姜宪问起了两人的情况。

房夫人压根就不知道：“大家都只急着找你，谁也不知道她们被关在哪里了。既然你问起来，我这就让人去打听打听。不过，你若是还想用她们，我就跟你伯父说一声，趁着这个机会就报个病故什么的，把她们悄悄送到你身边来。”她越说越觉得这件事好，“我这就写封信，让你齐世叔想办法用兵部的八百里加急送到京城去。我这次来带了二十几车东西，都是给你的陪嫁。因怕在路上引人觊觎，还有些东西没敢带过来，一部分放在你伯父给你准备的田庄里，一部分放在你那个小汤山的温泉庄子里；还有太皇太后赏的那些，则会由孟芳苓帮着送过来，现在正好让孟芳苓帮你把人一并带过来。”

姜宪已经有点傻眼，道：“孟姑姑也过来？”

“当然！”房夫人笑道，“不然太皇太后怎么能放心呢，她老人家差点就把太皇太妃给差来了。”

姜宪默然。

房夫人接着说道：“好了，你也别担心了，你想到的你大伯父和太皇太后都想到了，你没有想到的，你大伯父和太皇太后也想到了，你就安安心心地等着做新娘子好了。等孟芳苓过来的时候，还会带来钦天监算出来的几个吉日，到时候我们在这其中挑一个你觉得好的就行了……”

姜宪之后都不知道自己是怎么回到内室的，只记得白愫穿着件碧绿色绣着银杏叶的褙子坐在灯下一面做着女红，一面等着她回来。

“你已经知道我伯母的来意了！”姜宪坐在了她对面的太师椅上，问白愫。

白愫点了点头，看着姜宪的目光充满了担忧，低声道：“我还以为我会在你之前出嫁……我比你大十天呢！”她有些伤感。

“哎呀！”姜宪不想让白愫伤心，笑着打趣道，“你比我大，却比我晚出阁，你是不是得暗示一下曹宣，让他快点挑个日子，你也好早点嫁了？”

“你现在怎么像个小孩子似的，总没有个正形。”白愫羞得满脸通红，刚刚涌在心头的那一点点怅然立刻烟消云散，忍不住去捏姜宪的面颊。

姜宪扭身，笑着站起跑到了一旁。

白愫忍俊不禁：“你还想我去追你不成？”

姐妹俩嘻嘻哈哈地闹了半天，听着三更鼓响，这才惊觉时候不早了，并肩在一张床上歇下。或许是连日赶路太累，白愫倒头就睡着了，姜宪则闭着眼睛怎么也睡不着。

自己就这样嫁给了李谦不成？

姜宪想到之前在上书房，他规规矩矩地站在那里给她说着西北民事。百结病了，不在她面前服侍，情客在帮着审核后宫端午节的赏赐，孟芳苓奉命去司礼监拿前些日子他呈上来的折子，除了李谦，偌大的偏殿上只有两个在罩地笼旁边服侍的小内侍。

他突然停住话题，目光灼灼地望着她笑道：“太后若是感兴趣，不如跟着我去西北如何？”见她一愣，他陡然大步上前走到了她面前，眉目沉静，眼神深邃执着，声音低沉如胡琴般在她耳边低语，“你不如跟我走了算了。”

姜宪当时勃然大怒地瞪着李谦，既难受李谦对她的轻佻，更沮丧自己在李谦心目中的地位。可她为了维持太后的尊严，最终还是像没有听到一般，端起茶盅来喝着茶，继续细细地问着西北的民事。

后来李谦得胜，姜宪也就渐渐把这件事尘封在了心底。不知道为什么，她今天夜里又突然地想了起来。那时候，他到底为什么会对自己说那样的话？以李谦的聪明，应该知道就算她愿意诈死出宫，也要他愿意放弃逐鹿天下的野心才行。或许在他的心里，自己说到底只是个他闲暇时逗趣的小玩意吧？

姜宪自怜自艾地想着，情绪低落极了，眼泪从紧闭的双眼里止不住地往下落。结果第二天早上醒来，眼睛肿得像核桃。白愫急得不得了，忙吩咐柳叶去请大夫。

姜宪拉住了白愫，低声道："我只是昨天晚上心情不好，用煮熟了的鸡蛋滚一滚就好了。"

宫里其他的东西没有，这治哭肿、治打伤的小诀窍却很多。白愫想了想，依着姜宪让柳叶煮几个鸡蛋过来，姜宪快快地向她道了谢。白愫遣了屋里服侍的，低声问道："昨天太晚，我没有问你。你跟我说实话，你是真的想嫁给李谦吗？你可曾想过你嫁给李谦之后，就有可能再也回不了京城，再也见不到太皇太后、镇国公、房夫人和姜世子了？"

姜宪肃然地望着白愫，道："你跟我说实话，京里的形势对我而言是不是已经非常糟糕了？"

白愫思索片刻，点点头，压低了嗓音道："太皇太后为这件事，还曾专门派人去了趟万寿山。我们来的时候，太后把皇上叫去了万寿山，据说要和皇上商量立后之事，但谁是最合适的皇后人选，我们还不知道。"

"不是你我就行了。"姜宪笑道，"我们两家也没有其他适龄的姐妹。"

白愫笑着颔首，表情也放松了几分。

这时，香儿进来禀道："李大人过来了。"

白愫抿着嘴瞅着姜宪直笑。姜宪被她笑得恼羞成怒，又想到自己的眼睛肿着，被李谦看见了还不知道又做出什么事来，白白让白愫看笑话，不由得嗔道："这大清早的，他到我这里做什么？让他有事找大公子去！再不济，去请教我大伯母或是齐夫人也成，总往我这里跑什么！"

香儿不敢多作停留，忙跑出去回信。

李谦想了想，问香儿："你去的时候是不是清蕙乡君也在？"

香儿连连点头。

李谦对陪他过来的谢元希道："那我们先回去好了！"见谢元希欲言又止，李谦笑道，"嘉南面子薄，我这样来找她，她定是被清蕙乡君打趣了。"

谢元希莞尔："没想到嘉南郡主还是个小孩子脾气。"

"她本来就小。"李谦道，语气纵容又宠溺。

谢元希不禁笑了起来。

李谦不以为忤，飘飘然地道："我真没有想到，嘉南就这样嫁给我了，我还以为我最少也要在这件事上折腾个四五年才算完。姜家不愧是立足百年不倒的门阀，审时度势，强硬果断，我们李家和姜家相比，差得太远了。"

谢元希笑道："你也不要妄自菲薄。李家能打胜仗，能在山西如入无人之境，就足以让那些世家侧目了。不然赐婚的消息传出去，金家、邵家怎么会派出族中举足轻重的人物去山西给大人道喜？"

李谦笑道："我倒没有妄自菲薄，只是觉得姜家的长处我们要学来才是。"然后说起了自己的婚事，"你专程从太原赶过来，知道家里准备得怎么样了吗？"

"别说大人了，就是伏玉先生也高兴坏了，不住地说大爷长大了，知道光宗耀祖了。"谢元希想到李长青的样子，笑得有些失态，道，"我听大人身边的随从纳福说，大人把赐婚的圣旨供在了佛堂里，每天晚上睡觉之前都要打开看看。还派了何大爷去汾阳督工，务必要在这个月之内把汾阳的老宅子修缮好。等你和郡主成了亲，大人要亲自领着你们回汾阳祭祖，到时候还要把赐婚的圣旨供到汾阳老家的祠堂里。为这件事，大人还专程请了个从宫里出来的老嬷嬷，让那老嬷嬷教家里仆妇学规矩。"他顿了顿，又道，"听说何夫人也要跟着一起学规矩。大人还打算把你在总兵府后面的宅子重新修缮一番，重金买下隔壁宅子，搬去和你一起住。说他怎么也是郡主的公公，若不住在一起，以后你和郡主有了孩子，只怕连他这个当祖父的都不认识，更谈何祖孙感情。"

他爹想得也太多了吧？彪悍如李谦，也不由得直冒汗。他爹不是怕孙子不认识他，是想过过当郡主公公的瘾吧？太了解父亲的李谦索性转移了话题，对谢元希道："我这次叫你过来，是让你帮我准备一下聘礼，我怕李管家一个人忙不过来。”

李长青接到赐婚的消息之后，立刻就派了家中的大管事李泰过来听候李谦的差遣，山西总兵府那边，则由他亲自打点李谦成亲的事宜。李泰和谢元希是前后脚到的大同，前者如今在大同总兵府不远的西街高升客栈住着，带了两万两银子的银票过来，等着李谦过去拿主意。谢元希不由得嘴角微翘。李总管是出了名的长袖善舞，李谦不是怕他忙不过来，而是怕李总管眼界不够，出了什么纰漏吧。

谢元希觉得李谦有些患得患失了，提醒道：“我觉得你与其让我去帮李总管，还不如请小国公爷给你派个人来协助李总管。”

李谦恍然大悟，这次的迎娶既是李家的事，又何尝不是姜家的事？李家怕失礼，姜家也怕丢脸。他立刻拉了谢元希就走：“我们这就去找小国公爷。”

姜律心里正窝着团火，便宜了李谦那小子不说，现在父亲和太皇太后还要让保宁在大同出嫁，立刻就和李谦成亲。就是庶女，就是拖油瓶，也没有这样草草就嫁了的道理。

他把胡先生让他看的账本啪一下丢在大书案上，道：“爹说要把这些产业都给嘉南做陪嫁，你有没有听错？”

胡先生愕然。在他心里，姜律并不是小气的人，何况这也不过是姜家众多产业中的一小部分，如果二爷姜镇英活着，最少也要分这么多，国公爷不过是把二爷应得的一份给了嘉南郡主罢了。他想了想，斟酌地道：“大公子，国公爷是这么说的。不仅如此，国公爷还给郡主准备了些体己的银子，这件事夫人也知道。若是大公子不相信，可以去问夫人。”

“我不是问你这些。”姜律恶声恶气地道，“我是说，既然爹已经把这部分产业给了嘉南做陪嫁，你应该拿给嘉南看才是，给我干什么？你又不是不知道，我最不耐烦看这些的。”

胡先生忙道：“大公子，国公爷的意思，是让您抄录一份留做存底。国公爷给郡主的这份陪嫁到时候是会说明的，如果郡主没有子嗣，等到郡主百年，这份陪嫁是要重新退还给姜家的。”

姜律听着更烦心了，道：“给了就给了，还退什么退？我们姜家少了这份产业就没饭吃不成？就算嘉南没有孩子，以后谁讨了她欢喜，就分给谁好了，何必退回来？让嘉南想打个赏还囊中羞涩，白白让人笑话。”

“不是。”胡先生只好道，“国公爷给郡主的这份陪嫁，很多都是姜家在九边的产业，对李家很有用。我想，国公爷的意思，是让郡主能拿这份产业拿捏一下李家的人。”说着，他翻开其中一本账册指给姜律看，“这是个南北货栈，在大同的得胜堡，既做皮毛生意，也贩盐、买卖马匹。姜家还有间和这一模一样的货栈，因为在宣府的张家口堡，国公爷就留给了您。按照国公爷的意思，大同上上下下都是姜家的人，有齐大人他们在，李家就算是想在郡主的陪嫁上做手脚，也要看姜家答应不答应。可宣府不同，之前因为碍着曹太后，又为了堵人口实，所以才同意马向远做宣府总兵，加上有个刚直不阿的杨文英，两个人都是允文允武之辈，就算是有鞑子进犯，宣府也不会有什么大的变故，这是国之根本。可马向远那个人，有些刚愎自用不说，还颇为小肚鸡肠，得理不饶人，并不是个好相与的。姜家这些产业瞒得住京城里的人，却很难瞒得住像马向远这样的土皇帝。所以国公爷就把宣府的那些产业留给了您。”

大同得胜堡、新平堡，宣府张家口堡，山西水泉营堡，都有朝廷开的马市，这是一大笔收入。姜家在大同和宣府经营多年，这些产业都由姜家垄断着，后来因为齐胜一直对姜家忠心耿耿，姜家就把新平堡那块的收益给了齐胜。至于宣府的张家口堡，依旧在姜家手里，马向远垂涎很久都没有得手。这产业在姜家手里马向远是不敢动歪脑筋的，但如果在姜宪的手里，马向远看着姜宪是女流之辈，李家又没有什么根基，未必会那么老实。

姜律怏怏地应了一声，道：“我爹还准备让那个马向远一直在宣府总兵府蹲着不成？”

“那也是没办法的事啊！”胡先生叹道，“现在能打仗的人越来越少了，马向远虽然不济，可好歹能带兵打仗，要是换了其他人，还不知道守不守得住宣府呢。”

“不如让我去宣府算了。”姜律想着这些事就觉得糟心，“现在朝廷的那些官员，溜须拍马、互相算计一个比一个厉害，一旦让他们带兵打仗就全都傻眼了，不是把手下的将士推出去送死，就是杀良民冒领军功。我前些日子听人说，杜胜家乡的父母官居然同意杜家给杜胜那厮立生祠！你说他一个阉奴，竟然也生出这样的念头，他就不怕折寿？”

胡先生没有作声。当初曹太后当政的时候，有人为了巴结程德海，也曾给程德海立生祠。不过后来因为曹太后失势，那生祠被拆了而已。如今天下已乱象纷呈，只是像世子爷这样在富贵乡里长大的人还没有更深的感触而已。也难怪国公爷愿意和李家结亲了，不管怎么说，李家当初把朝廷打得落花流水是真，李谦能拐了嘉南郡主跟着他到山西是真。有本事的人，只要有机会，就能鱼跃龙门。

姜律正在气头上，听到小厮说李谦求见，想也没想就来了句“不见”。

胡先生闻言吓了一大跳，忙重重地咳了一声，劝道：“大公子，毕竟是姜家的大姑爷，我们在齐家落脚，您就是再不喜欢，也得给他几分薄面才是。有什么事，你们找个机会说清楚就是了。”

姜律面色微红，觉得自己是有点过分，遂吩咐小厮在厅堂里奉茶。他邀了胡先生一起去见李谦：“既然是我们家的大姑爷，正好趁着这个机会引见你们认识。”

胡先生并不是普通的账房先生，他实际上是镇国公府的账房总管，管着姜家所有的账目。他们家做到他这一辈，已经是第五代了，侍奉过五位镇国公。

是以胡先生欣然应允。

李谦规规矩矩地穿了件宝蓝色五福捧寿团花的杭绸直裰，英俊的面孔上洋溢着灿烂的笑容。

“小国公爷！”他恭敬地向姜律行礼，态度谦和大方，立刻让胡先生心生好感。

姜律点了点头，坐在中堂的太师椅上，随手指了指下首的太师椅，示意让他也坐。

李谦笑着坐在了太师椅上，向姜律引见谢元希：“我的幕僚。”

胡先生注意到他用的是“我的”幕僚，而不是“李家”的幕僚，不由得暗暗点了点头。姜律也将胡先生引见给李谦。李谦态度温和地和胡先生打着招呼，说起了自己的来意。姜律有点意外，他以为凭李谦的骄傲，宁愿自己暗中摸索也不会来求他的，一时间还真想不出一个可以借用给李家帮忙的人。

能伸能屈，大丈夫所为！胡先生对李谦的印象更好了，他问李谦："不知道大姑爷是要打理内宅的人还是招待来客的人？"

能被姜律这样慎重地介绍给自己认识，肯定不是普通的仆从。胡先生立刻成了李谦觉得需要攻克的姜家人，因此对胡先生的提问也很重视。

"如果都有人选，内宅和外宅都需要人帮忙。"他笑道，"如果人手紧，外宅比内宅更需要。"外宅接待的是场面上的人，自然比内宅更重要。

胡先生妥帖地道："我等会儿去问问夫人，看夫人那边有没有合适的人选，到时候再给大姑爷答复。"

李谦忙道了谢，见姜律神色怏怏的，觉得这个时候还是少惹怒他为好，便和姜律、胡先生寒暄了几句，就起身告辞了。

待姜律和胡先生重新回了账房，胡先生忍不住对李谦赞赏有加。

"你犯得着这样为他说好话吗？"姜律忍不住道，"我又没有把他怎样。"

胡先生笑道："他已经是姜家的人了，我夸他不就是在夸姜家吗？多说说好话也没什么。"

之后胡先生去了房夫人那里。

房夫人正在那里整理姜宪的陪嫁，知道李谦要找人帮忙，又听到胡先生赞扬李谦，想着这门亲事可能比他们想象得要好，心中微安，笑道："那就让冬月去帮忙吧，他虽然没有主过事，可熟知律典，是刘公公亲自调教出来的人，而且嘉南也跟我说了，想把刘冬月留在身边使唤。以后外宅的事，少不得要冬月帮着跑腿，不如让他从现在起就开始熟悉。他能不能抓住这次机会，就看他自己的造化了。"

"至于内宅，我看就让余嬷嬷去好了。"房夫人沉吟道，"这女子嫁了人，多半的时候还是待在内宅，与其以后再想办法去收拾，还不如一开始就给个下马威。嘉南嫁过去了，也舒服些。"

两个人商量好了，胡先生亲自把人领去了李谦那里。

知道余嬷嬷是房夫人的体己嬷嬷，李谦很是意外，感谢之余开始不客气地用起了余嬷嬷："父亲在大同总兵府不远的西街买了座宅子，又找牙行买了二十几个丫鬟婆子，到时候就麻烦你帮着教教规矩。"

余嬷嬷恭敬地应了，回了房夫人之后，跟着刘冬月一起住进了李家新买的宅子，开始和李家的总管们一起忙活着下聘的事。

房夫人对此很满意，和姜宪说体己话的时候道："听余嬷嬷说，李家怕你以后嫁到太原没有个说话的人，就买下了西街的那座宅子，你没事的时候可以常到大同这边来串门。"

姜宪觉得这婚事太过奢侈了些，李家是有钱，可钱不能这样花。以后李谦还要扩军，养私军，有的是花钱的地方。

她不由得道："李家下聘的单子拿过来了吗？"

"还没有。"房夫人笑着打趣姜宪，"你放心，你的陪嫁肯定比他们家的聘礼多。"

姜宪有心办个简朴些的婚礼，可看到房夫人一副兴致勃勃的样子，还是把到了嘴边的话咽了下去，如果能让家里的人高兴，花就花吧，以后再想办法赚回来就是了。

李谦还真为聘礼的事在犯愁。照李长青的意思，聘礼抬两千两黄金、五万两白银，其他的按江南豪门聘女的规矩置办。既然是聘礼，那就得装在喜盒里抬过去，当然不能用银票。可这么多银子，把大同所有银楼的库存加起来，也凑不齐，必须联合几家银楼，到太原去调，太原离大同快马加鞭也要七八天的路程。而且，这么多银子的调拨，不可能悄无声息，势必会引来天下的盗贼和劫匪。但聘礼太少，又觉得委屈了姜宪。

谢元希道："要不，我们和姜家商量商量，改成五百两黄金、五千两白银，其他的用银票代替？"

"还是从太原调拨银两吧！"不过犹豫了片刻，李谦立刻拿定了主意，"这点事都做不好，谈何纵横山西！正好我想看看，到底有什么人敢在太岁头上动土，劫我们李家的东西！"他的神色平静而从容，却有着磐石般不可转移的坚韧。

谢元希微微一愣，道："也好。前些日子你去拜访大人的旧部，有人阳奉阴违，有人嗤之以鼻，有人装聋作哑，早就忘记了李家当年的显赫威名，趁着这个机会让那些人长长记性也好。"

就这样，李谦让谢元希把聘礼单子送到了暂住齐家的房夫人手中。

房夫人还没有看清楚礼单就被姜律拿了过去，他的目光刚落在单子上就跳了起来："李谦，你是嫌大同总兵府的院墙太厚实了？这份聘礼送过来，不要说成亲了，我们每天接待那些盗贼就能忙得连喘气的工夫都没有了！不行，换一个！"

房夫人轻轻地拍了姜律一巴掌，满脸歉意地对谢元希道："让谢先生见笑了。我们家这一房只有阿律和嘉南两个孩子，阿律从小就对妹妹照顾有加，如今突然听说妹妹要出嫁了，心里很是舍不得，倒没有什么其他的意思。"她说着，从姜律的手中抽出李谦递过来的下聘单子瞅了一眼。两千两黄金，五万两白银……房夫人看着，不由得眼角微抽，就算是有钱，也不能这样花啊！

可这个时候说这种话，就是打李家的脸——他们姜家再显贵，也不过只是李家的姻亲，李家想怎样花钱，还轮不到姜家指手画脚。

"谢先生回去之后替我谢谢李大人。"房夫人客气地道，"这礼单我们收下了。下聘的日子还要等两天再议，太皇太后她老人家不放心郡主，特意派了身边的女官孟姑姑带着钦天监算的几个吉日吉时过来。我想，还是等孟姑姑过来了之后再定日子，谢先生您看如何？"

"还是太皇太后和夫人考虑得周到。"谢元希恭敬地道，"我这就回去跟李将军说。"

他们正说着话，有小丫鬟跑进来道："夫人，孟姑姑过来了。"

房夫人喜出望外，忙道："快请她进来！快请她进来！"

谢元希忙起身告辞。

房夫人和姜律梳洗一番，出门迎接孟芳苓。孟芳苓戴着帷帽，领着十几个丫鬟打扮的女孩子下了马车。房夫人定睛一看，百结和情客居然都在其中。

"你这是……"她不由得讶然地望着孟芳苓。

孟芳苓上前给房夫人行了礼，低声笑道："是太皇太后的意思。怕郡主嫁到了李家不习惯，把在郡主身边服侍的几个宫女都放了出来，随着郡主去李家服侍她。"

孟芳苓是服侍太皇太后的，就是皇上见了，也要礼让三分，何况是向来谨慎的房夫人。她侧过身去，受了孟芳苓的半礼，然后笑着拉住孟芳苓的手，低声道："我之前还让人带信给太皇太后，想让她老人家把百结和情客送来。”

孟芳苓笑道：“正是因为接到了夫人的信，太皇太后她老人家才会把郡主身边的人都放了出来，还特意问了她们的意思，除了百结和情客，还有几个平日里服侍郡主的也愿意一并前来。不然全是些不懂规矩的，郡主只怕是连杯热茶也难得喝到。”

房夫人想到这些日子服侍姜宪的七姑，笑道：“姑爷也算是个有本事的，派来的人虽说不是十分懂规矩，但胜在愿意跟着学，学得也快。”

孟芳苓和姜律见过礼之后，两个人一面说，一面去了姜宪那里。

姜宪正在屋檐下逗鸟，看见孟芳苓后笑着小跑了过去：“姑姑，你可算来了。太皇太后和太皇太妃可好？”

“挺好，大家都挺好的！”看到姜宪，孟芳苓脸上就抑制不住地露出欢喜来，她上前几步扶住了姜宪，上下打量着，“郡主的气色比在宫里的时候好。”

姜宪嘿嘿地笑，看见了跟在孟芳苓身后的百结和情客等人：“你们可算是来了！”她长长地舒了口气，“我这些日子总担心着你们。我养在慈宁宫里的那几株兰花可还好？墨菊分了枝、移了盆没有？”

众人齐齐给嘉南行礼，百结笑道：“一切都照着郡主在宫里时叮嘱的办的。几株玉兰花我们天天都给它擦洗叶片，墨菊也已分枝移盆，还有郡主打了一半的络子，我们都一起带了过来。”

“是吗？”姜宪高兴地领着她们进了厅堂。

白愫得了消息也赶了过来。七姑几个进来拜见孟芳苓。孟芳苓谦和亲切地和她们见了礼，赏了见面礼，又让人去把装着姜宪平时惯用的那些物什的箱笼抬进来，吩咐百结等人先把姜宪住的地方布置起来。

百结几个笑盈盈地应“是”，屋子里一片生气勃勃。姜宪素来喜欢这样的热闹，不由得眯了眼睛笑。

孟芳苓却见姜宪的衣服下摆上沾着两粒小黄米，想到刚才的情景，笑道：“郡主什么时候养了两只黄鹂？看那品相好像是黑枕。”

“正是黑枕。”姜宪抿着嘴笑了笑。

白愫忍不住道：“是前两天李大人差人送过来的，说是怕郡主无聊。”

姜宪面色微赧。

孟芳苓和房夫人相视而笑，转移了话题："京里如今正是多事之秋。曹太后想立安陆侯家的邓大小姐为后，皇上却看中了晋安侯家的蔡大小姐。偏生邓家无意让女儿进宫，蔡家却盯着后位不放，慈宁宫一下子变得热闹起来。不是有人受了邓家之托进宫请太皇太后帮着推脱，就是蔡家请了人进宫求太皇太后帮着说情。太皇太后不胜其烦，如今在慈宁宫里称病不出。"

姜宪不禁小小惊呼一声。

孟芳苓忙道："太皇太后没事，只是担心郡主在这边过得好不好，还让我带了封书信给郡主。"说着，她身边服侍的小宫女就捧了个紫檀木的小匣子上来。姜宪告了声罪，迫不及待地当着房夫人和孟芳苓的面就打开了信。太皇太后果如孟芳苓所说，身体挺好，吃得也香，只担心着姜宪在山西过不习惯，又担心着她的身体，让田医正给介绍了个叫常忍冬的名医。

姜宪送走了孟芳苓和房夫人就回屋给太皇太后回信，托齐胜八百里加急送进宫。

那边孟芳苓小憩片刻，见过了齐夫人之后，众人在花厅给她洗尘。饭后，孟芳苓和房夫人、齐夫人小聚，姜宪、白愫和齐氏姐妹则在院子里赏花。

孟芳苓这才有机会说起钦天监定下来的几个日子："五月初六，五月二十四，六月初八，六月十四……都是好日子。再远一点，就九月份了，太皇太后觉得有点远，钦天监就没有算。"

齐夫人道："要不，下聘的日子定在五月初六，成亲的日子定在五月二十四？"孟芳苓在这里待不长，太皇太后既然派了她出宫，就是希望婚礼早点举行。而这两个日子是离现在最近的了。

房夫人也同意，毕竟她们都不能在大同久留。孟芳苓笑道："那我就让人给太皇太后带个信。"

房夫人道了声"辛苦了"，众人又闲聊了几句，就散了。

不一会儿，姜宪就得到了消息。她蜷在被窝里觉得很不真实，再过一个月她就要出嫁了，这种感觉非常奇妙，做梦似的，又不想这梦醒过来。因为她清楚地知道美梦醒来之后有多清冷。姜宪跑去白愫屋里，要和她一块儿睡。白愫笑着让人抱了床被子过来。两个人并头躺着，有一句没一句地说着话。

“你怎么看上了李谦？”

“那你又怎么看上了曹宣？”

“曹宣漂亮啊！”白愫很是干脆地道，“你是知道的。”

姜宪沉默不语。

白愫翻身趴在床上，低低地朝着她喂了一声，道：“你肯定不会无缘无故地和我说这样的话，你是不是有心思？要说给我听吗？”

“嗯。”姜宪睁大了眼睛望着帐角挂着的香囊，轻声道，“我在想，我怎么就看上了李谦？是因为他身边总是热热闹闹的？还是因为我了解他的为人，感觉在他身边非常安全？”

白愫咯咯地笑：“保宁，有时候我觉得你很奇怪——你劝我的时候很会劝，可轮到自己的时候总找不着方向。”

姜宪惊讶地望着白愫。

白愫笑着又翻了个身，和姜宪并肩躺着，望着帐顶上绘的蜻蜓，低声道：“我看上曹宣那会儿也像你一样犹豫，你还劝我来着，说什么嫁给谁都是嫁，还不如嫁个赏心悦目的，就算是哪天浓情转薄，好歹享受了。不管你选李谦是为了什么，只要你所求的东西得到了，就算是桩好姻缘。你说呢？”

姜宪不知道，她怕被李谦放弃。

白愫看着她的样子笑得更厉害了，道：“你啊，旁观者清，当局者迷，你若总是这样钻牛角尖，就是再好的日子也要糟蹋了。”

姜宪总觉得白愫有种过日子的大智慧。

“那我就什么都不想好了！”姜宪微笑，深沉的黑眸第一次闪烁着鎏金般璀璨的光芒，“过好眼前的日子，至于以后的事，以后再说。”

和李谦纠纠缠缠了两辈子，也不过是你退我进地在耍花枪而已。也许……她把李谦勾住了，李谦最后会选择让步？想到这里，姜宪嘻嘻地笑了起来。可是想让李谦为了一个女子舍弃逐鹿江山的雄心壮志，以她的容貌，恐怕还差点。姜宪笑容渐敛，怅然地叹气。

白愫见姜宪一会儿笑一会儿愁的，分明是一副情意深重的模样儿，一直悬着的心终于落了下来。或许就像姜宪自己说的，她之所以看中了李谦，不过是因为这个人能给她带来宫外热闹而又世俗的生活。

她不由得怜惜地帮姜宪掖了掖被角，笑道：“只可惜我出阁的时候你不能来送我。我做梦也没有想到你会在我之前出嫁，以后我们见一面就难了……”

两个人嘀嘀咕咕说着体己话，迷迷糊糊得根本不知道是什么时候睡着的。

孟芳苓第二天起来和房夫人碰头之后，才知道李家的聘礼包括了两千两黄金和五万两白银。她目瞪口呆道：“会不会被人打劫？”

房夫人笑道：“阿律也是这么说。不过，我觉得李谦既然敢抢亲，李家既然敢出两千两黄金和五万两银子做聘礼，这件事就不是我们应该操心的。倒是这两千两黄金和五万两银子到我们这儿，我们是带回京还是就留在大同还得跟国公爷商量才是。”

孟芳苓也不敢做主。

倒是齐夫人听说了之后笑道：“不如就当作是姜家给郡主的压箱钱，由郡主带过去好了。”

“那不行！”房夫人笑道，“既然是给我们家的聘礼，自然是由我们家留着。郡主的嫁妆早就准备好了，没有贪他们五万两银子两千两黄金的道理，犯不着拿这个去充数。”

齐夫人闻言不免好奇，等到孟芳苓把嫁妆单子给房夫人过目的时候，她就留了个心，多看了一眼那合计数目。她不看还好，这一眼望过去，差点昏了过去。厚厚的二十几页陪嫁单子，古玩字画全不在上面，仅为郡主出嫁定制的金银首饰、重新烧制的瓷器锡皿、打造的家具摆设就花了黄金四千两、白银三百八十万两。

房夫人看到这份单子的时候眼角眉梢都没有动一下，还道：“时候太紧，委屈我们嘉南了，等到嘉南的孩子百日的时候，再补上一份大礼才行。”

孟芳苓就更不惊讶了，笑道：“所以太皇太后这次开了私库，拿了些贵重的金银玉器给郡主添箱，到时候抬过去的时候也好看点。”说着，她又递了本厚厚的账册给了房夫人。

齐夫人开始替李谦心塞，那两千两黄金、五万两白银的聘礼送过来的时候固然会大费周折，而郡主这价值超过千万两银子的陪嫁他该怎么弄回太原去，恐怕更不容易吧？

李谦此时的确有些心塞，他知道姜宪的陪嫁肯定不会少，可多成这个样子……李谦望着由两个小厮抬进来的陪嫁名册，也有些额头冒汗。

李家的大总管李泰更是咋舌，随手翻了翻名册，不禁念道："霁蓝地描金缠枝花掐丝珐琅冰鉴一台，这是什么？"

刘冬月怕李谦也不知道，忙抢着答道："是夏天用来贮存果瓜冰块的。"说完，他见李泰还是一副茫然的样子，想了想，又道，"就是一个掐丝珐琅柜子，分内外两层。在外面一层放上冰，里层的吃食就可以十二个时辰都是冰凉的，不会坏。"

李泰还是没有明白，可他已经不好意思再问下去了，胡乱点了点头："哦，原来是个放东西的柜子。"

刘冬月知道对方还是没有明白，可李泰好歹是李家的大总管，怎么也要给对方几分颜面，便不再提这件事，而是笑着转移了话题，对李谦道："大姑爷，镇国公夫人说，在钦天监定下来的几个日子里选了五月初八下定，五月二十四日出阁，您看可以吗？"

李谦只想早日把姜宪娶进门，当然觉得越快越好，自是欣然应允。刘冬月又和李谦确定了双方的媒人后，李谦这才让谢元希送了刘冬月出门。

李泰顿时面露羞愧，道："大爷，今天让您丢脸了。"

李谦不以为然地摆了摆手，笑道："那是个什么东西我也不知道，等郡主进了门，到时候我们一起去看看。"

李泰觉得脸上的热气一下子散去不少。

李谦说起成亲的事宜来："既然房夫人定了日子，你立刻派人去给我爹报个信。再就是迎接的时候，媒人要不要跟过来？如果媒人跟过来，只怕这个时候就要启程了，金大人事务繁忙，不可能在大同久留，到时候该怎么办，还要请我爹亲自去和金大人、李大人商量。全福人我听说定的是李大人的夫人，李夫人那边，也要派人去请了……"

姜家请的媒人是齐胜和大同知府赵熙，李家请的媒人是太原总兵金海涛和太原知府李奎。太原总兵金海涛还调侃地问李长青要不要把祝词事先写好："我可不像李大人是文人，张口就来。"

按礼，迎接的时候两家的媒人都应该到场。可姜宪是从大同发嫁，路上就要走四五天，时间太长，讲究些的会请全福人过来帮着迎亲，媒人在

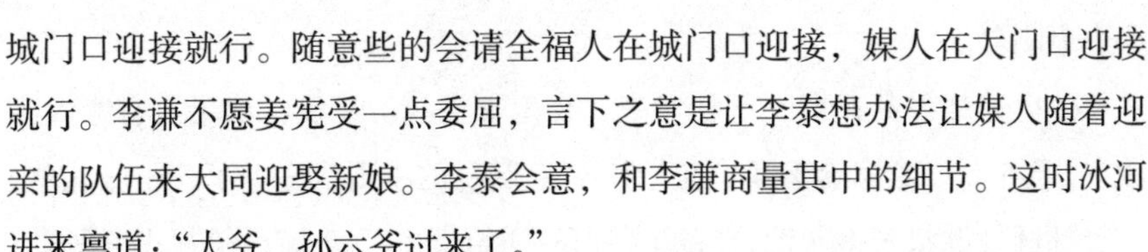

城门口迎接就行。随意些的会请全福人在城门口迎接，媒人在大门口迎接就行。李谦不愿姜宪受一点委屈，言下之意是让李泰想办法让媒人随着迎亲的队伍来大同迎娶新娘。李泰会意，和李谦商量其中的细节。这时冰河进来禀道：“大爷，孙六爷过来了。”

李泰闻言不由得皱眉：“他来干什么？”

当初孙世鼎和李长青结拜的时候排行第六，李家的人都称孙世鼎为六爷。此前李谦去孙家拜访时，孙世鼎矢口不提当初李家放在他那里的物什，李谦知道两家已是道不同不相为谋，亦没有勉强，客客气气地婉拒了孙家的酒席就打道回府了。如今孙世鼎却找上门来……

李谦笑道：“可能是听到了什么消息吧，他现在是典型的商人，无利不起早嘛！”

“那就别见！”李泰道，眉宇间闪过一丝狠戾。

“那倒不必，”李谦不以为然地笑道，“没有孙世鼎，还有陈世鼎、吴世鼎。知道他是个什么人就成了，不必动怒，这样的人不值得。”

冰河闻言语气很是不屑地插嘴道：“他说他在浑源办事，听说大爷要成亲了，特意赶过来恭贺大爷的。”

李泰冷笑。

李谦面色如常地对李泰道：“就是隔壁的邻居过来道声贺，我也要请他喝杯茶。你不用担心，我心里有数。”又吩咐冰河，“请他去花厅里奉茶，不可怠慢了客人。”

李泰不再说什么，躬身行礼，退下去安排人给太原送信；冰河则鼓着腮帮子出了厅堂。李谦随后去花厅见了孙世鼎。

孙世鼎身材魁梧，肥头大耳，一双不大的眼睛犀利锋锐，精明外露。在占山为王之前，他是个卖草席的，如今穿上了绫罗绸缎，看上去也不像个乡绅。他看见李谦笑得像尊弥勒佛：“世侄，恭喜恭喜啊！你可比你爹和世叔强多了，你爹好不容易才娶了你娘，我也好不容易才娶了你婶婶，你却娶了个郡主。厉害！厉害！世叔真是佩服！”

李谦的外祖父是个落第的秀才，孙世鼎的岳父是个地主。

“世叔过奖了！”李谦谦和地笑道，“不过是运气好，得了太后娘娘的青睐，太后娘娘帮着做了这个冰人。”这是李谦对外的说法，就是李长青那边也瞒着。

孙世鼎却没有起疑，照他看来，嘉南郡主身份显赫，如果没有曹太后做主,根本不可能嫁给李谦。他大手一招,随身的小厮忙递上了若干张礼单。

“世侄,世叔来得匆忙,准备了些薄礼送给郡主,”孙家鼎笑得十分殷勤，“还请世侄帮着转交给郡主。等你们成亲的那天，世叔一定带着你济延哥和你婶婶、嫂子、侄儿侄女去喝喜酒。”

娶了姜宪，这些交际场上的变化李谦也预料到了，他笑着对孙世鼎道：“我和郡主成亲之前不能见面，事情繁杂，这礼单倒不好转交。我看您不如直接送到大同总兵府去，如今郡主就在大同总兵府落脚。”

孙世鼎当初给了李谦脸色看，来的时候就做好了做低伏小的准备，因此也不觉得失望或是愤恨，满脸愧疚地道：“世侄，你是不是还记恨着前些日子世叔给了你脸色看？世叔也是迫不得已啊！你是不知道，自你爹走后，那些官衙三五天一来的，不是要好酒好肉地招待，就是说自己今天手气不好输了银子，我的日子渐渐就有些过不下去了。当初你爹留在我手里的那些钱财,也被我花得所剩无几了。世侄啊,不是我不想帮你,而是实在是……实在是囊中羞涩，拿不出那笔银子了……”

第八章

偶遇八卦

一早，齐单和齐双来找姜宪："今天有马市，我爹上次答应给我们姐妹一人买一匹马的，我们想去看看，郡主您想跟我们一起去吗？"

姜宪想到大街上那些连帷帽也没有戴的大姑娘小媳妇们，不禁心动，让人去问白愫想不想去。

白愫犹豫道："能行吗？还是要跟房夫人说一声吧？"

房夫人当然不答应。可看着姜宪眨着双清澈澄净的大眼睛巴巴地望着她，还是心软了，让孟芳苓陪着一起去。

逛了阵马市，马车拐了个弯到了大同最繁华的西街。齐单笑着指着前方道："那里有个'逸仙楼'，是我们本地的茶楼，他们家的砖茶最有名。郡主可曾喝过砖茶？若是没有喝过，不妨试一试。"

"好啊！"姜宪高兴地应允，大家去了逸仙楼喝茶。

逸仙楼也就是个很普通的茶楼，两层，一楼是大厅，用竹帘隔成了若干个小室，二楼是雅间。姜宪吩咐喊茶博士进来点茶。那茶博士也机敏，看姜宪等人穿得平常，可气度却不寻常，一看就是见过世面的，忙殷勤小心地伺候着。

姜宪笑着吩咐百结："赏！"

茶博士摸着绣工精美的钱袋子，知道遇到了贵人，扑通一声就跪下去磕头，嘴里还不住地说着“多谢”。

姜宪笑着挥了挥手，问他：“你叫什么名字？在这茶楼里做了多长时间？”

茶博士恭恭敬敬地道：“回小姐的话，小的叫汤六，在逸仙楼做了大半年了。”

姜宪点头，笑着问他：“你说，我应该点什么茶好？”这话明面上是在问什么茶好，实际上是在问什么茶是真的。

汤六忙笑道：“最好的是黑茶。这可是我们的招牌茶，很多鞑子进城，都会到我们这里尝尝。次一点的碧螺春、毛尖也都挺好的。”

“那就黑茶好了。”姜宪没有多加思索就做了决定。

汤六去拿茶，门扇大开。有人在外面咦了一声：“这不是齐大人家的两位姐姐吗，今天怎么有空到逸仙楼来喝茶？”

雅间里的人都朝外望去。说话的女子十五六岁的样子，穿了件粉色素面杭绸褙子，眉目清丽，乌黑的青丝绾了个纂儿，插着一排茉莉花，亭亭玉立地站在那里，仿若临水的水仙花。不要说在大同了，就是放在京城，也是数一数二的美人，而她能在这个季节插一排茉莉花，可见这女子不仅家境富裕，而且在家中也是备受宠爱的。

齐单和齐双不约而同地站了起来，惊讶地喊了声“尤小姐”。

尤小姐眉目含笑，更显秀美雅致。

“没想到会在这里遇到两位齐小姐。”她说着，目光落在了姜宪的身上，迟疑道，“这位是……”就在齐氏姐妹犹豫着要不要把姜宪引见给她时，尤小姐已走了进来，笑着对姜宪道，“这位妹妹生得好生标致，我在大同还是第一次见到如此出彩的女子。你是齐家的亲戚吗？我是晟生商行尤家的姑娘，妹妹您贵姓？”一副很欣赏姜宪的样子。

姜宪则意兴阑珊，很是厌倦。如果说她最不缺的是什么，那就是巴结和奉承，一看就知道这位尤小姐要干什么。虽说人往高处走并不是什么坏事，可如果有人想把你当傻瓜，踏着你的身份地位、名声荣誉来证明自己，那就让人有点恶心了。

姜宪没打算认识这位尤小姐，表情冷漠地朝着她点了点头，和汤六说起话：“你们这水是哪里来的？装茶叶的罐子是龙泉民窑的瓷器吗？我看这冰裂纹烧得不错！”直接把尤小姐晾在了那里。

齐氏姐妹很是意外。她们这几天一直陪着姜宪，姜宪和她们有说有笑的，就算她们偶尔问了些傻气的问题，姜宪也会很耐心地回答她们；姜宪对身边服侍的人更是宽和，茶热了就凉凉，喜欢吃的吃食就多吃点，不喜欢的就少吃点。她们一直觉得姜宪脾气很好，待人和善，没想到姜宪也有冷若冰霜的时候。想到这里，姐妹俩不由得同时升起个念头：难道嘉南郡主之前一直对她们很和善是因为嘉南郡主愿意和她们结交吗？

屋里的气氛骤然一变。

虽说晟生商行在大同很有名，尤家更是山西数得着的大商贾，可汤六想到刚才姜宪打赏他时的气派和对尤小姐的轻怠，小人物的生活智慧让他立刻就选择站在了姜宪的这一边。他恭敬地笑道：“小姐好眼力！这装茶叶的罐子的确是民窑烧出来的龙泉器，我们老板专程去江南定制的。您看，这上面还烧着我们逸仙楼的款。您要是喜欢，我等会儿跟老板说一声，送一个给您。至于水，是河心水。我们大同缺水，没有什么好泉好井，沏茶都是用的河心水。”

姜宪点头，支肘坐在旁边看着汤六烧水。

尤小姐脸色微变，齐氏姐妹有些不忍。齐单道：“尤小姐，您怎么在逸仙楼？是约了朋友喝茶？还是约了朋友在这里坐一坐？”

尤小姐感觉受了羞辱，顿时眼圈一红，眼眶聚满了泪水，眼看着就要落下来。

齐单和齐双很是窘然无措，求助般地向孟芳苓望去。孟芳苓轻轻咳了一声，正欲说话，突然从尤小姐身后走出个女子。来人和尤小姐年纪差不多大，穿了件蓝绿色织菖蒲纹的杭绸褙子，袖口折了一道褶，露出雪白的表里，衬得一双手葱白般纤长柔嫩，耳朵上坠着莲子米大小的珍珠耳环，发间简简单单地插了两支鎏金填玉佛手簪子，眉目秾艳，姿容昳丽，让旁边站着的尤小姐黯然失色，成了衬托她的绿叶。

姜宪眉头微凝，她觉得这女孩子有些面善，仿佛在哪里见过似的。

齐氏姐妹已惊呼：“金小姐！”

姜宪恍然大悟，原来她就是金宵那个号称山西第一美人的胞妹金媛。

金媛客气地和齐氏姐妹打招呼，笑容和善却又带着几分疏离地望向了姜宪和白愫:“我要是没有猜错,这两位应该是嘉南郡主和清蕙乡君吧?”

想到金宵被李谦哄骗着给他做内应,姜宪就有点想笑,看金媛也多了一分亲切。

“我就是嘉南。”她笑着指了指白愫道,“这位是清蕙乡君。”

白愫笑着朝金媛颔首,态度端庄而又不失亲和。金媛上前给两人行礼,姜宪又向她引见了孟姑姑。金媛没想到姜宪对她和对尤小姐是两个态度,忍下心底的诧异,恭敬地和孟芳苓见了礼。

姜宪问她:“金小姐怎么会在大同?你是和你父兄一起来的吗?今天怎么会到逸仙楼喝茶?”

“我昨天刚来,是来给我外祖母拜寿的,她老人家跟着我舅舅住在大同。没想到会在这里碰到郡主、乡君、孟姑姑和两位齐小姐。”

姜宪还欲和她寒暄两句,尤小姐突然走过来,战战兢兢地拉了拉金媛的衣袖,道:“表姐,我没有想到她就是嘉南郡主……”颇有些让金媛帮她打圆场的意思。

金媛的面色有些不好看。

齐单愕然地道:“表姐?尤小姐和你们家是姻亲吗?”

金媛叹了口气,欲言又止。

尤小姐忙道:“阿媛表姐的舅母,是我的姑母。”

齐家人口简单,齐氏姐妹都目露茫然。姜宪还没有开始识字就先开始背世家族谱,一听就知道她们是什么关系。见齐氏姐妹还在那里一脸茫然,姜宪只好小声提醒齐氏姐妹:“金小姐的舅母姓尤。”

齐氏姐妹这才明白过来。她们想起关于金家的事来。金宵和金媛的生母姓黄,黄氏在金媛半岁的时候就病逝了,他们还有一个庶出兄弟叫金城,生母是黄氏的贴身婢女。之后金海涛又娶了填房吕氏,之后的几个孩子都是吕氏所出。因黄氏病逝多年,娘家没有什么说得上话的人,金家又没有什么不好的流言蜚语传出来,大家渐渐都不大记得黄氏了。说起金海涛的夫人,大家直接会想到吕氏。难怪金媛会和尤小姐在一起。

齐双笑道:“黄老安人的生辰是什么时候?家母知道了少不得也要去凑个热闹,我们做小辈的也应该去给她老人家磕个头才是。”

金媛笑道:“不过是散生日,也就没有惊动大家。”并不愿意多谈这件事的模样。大家也就不好多问。

姜宪说起金宵来："金宵怎么没有陪着你们？"既然是外祖母的生辰，金媛都来了，金宵不可能不来啊！

金媛还没有回答，那尤小姐已抿了嘴笑道："阿宵表哥陪李仪宾去喝酒了，我们刚刚还遇到他们……"

姜宪愕然，没想到此刻金宵和李谦在一起喝酒。

只是尤小姐话还没有说完，就被金媛狠狠地瞪了一眼。尤小姐很是困惑，但还是没有打住话题，而是期期艾艾地继续道："他们一大帮子人，邵公子也在……"

这次金媛一点面子也没有给尤小姐留，冷冷地呵斥道："尤慧娘，你还有完没完？"

尤小姐顿时脸色煞白，泪珠子又开始在眼眶里打着转，咬着唇道："我……我……我也没说什么啊，我们是半路上遇到了李仪宾……"

金媛闻言腾地站了起来，屈膝给姜宪行了个礼，面色铁青地道："郡主，我这表妹小户人家出身，不懂规矩。若是有什么失礼之处，还请您不要放在心上。今天很高兴能遇到郡主，只是时候不早了，家中的长辈还等着我们回去。等过两天您闲下来了，我再去拜访郡主、乡君、齐夫人和孟姑姑，先告辞了！"说着，扯着尤小姐的胳膊就往外走。

姜宪见金媛看尤小姐的眼神像燃着两团火似的，知道这位金小姐只怕是性情刚烈，不是什么温柔绵和之辈。

尤慧娘也很生气。姜宪是郡主，马上就要嫁到山西来了，山西自上而下谁人不想巴结上她！就是金姑父，也曾反复地叮嘱金媛，让金媛无论如何也要和嘉南郡主走近些。结果她们临时在逸仙楼落脚，发现了嘉南郡主的行踪，金媛不仅不找机会和嘉南郡主结交，反而要避开。金媛和吕夫人的关系已经够紧张了，她却还不想办法去讨自己父亲的欢心。她是看着金媛可怜，想帮金媛，这才找了个机会来和嘉南攀谈。金媛不仅不感激她，反而一点面子都不给她，就这样强拉死拽地要把她拖出去。她虽然比不上金媛是官宦人家出身，可也是山西赫赫有名的大商贾之女，念着她和金媛好歹是姻亲，平日里对金媛是忍了又忍，让了又让，可今天，金媛凭什么这么对她啊！

尤小姐顿时按捺不住，冲金媛嚷道："你爹要把你嫁给邵洋，你不愿意，关我什么事啊？你有本事去和阿宵表哥说去，和吕夫人说去，在我面前耍什么威风？要不是我们尤家，你舅舅和你舅母能吃香的喝辣的，能穿金戴银，能对你们兄妹这么好吗？你那个做高官的爹，可是有了新人忘旧人，什么时候提携过一下你外家……"

金媛两眼都要喷出火来，她比尤小姐要高半个头，捂住尤小姐的嘴就往外面拖，一面拖，还一面笑容僵硬地和姜宪等人道歉："不好意思！我这表妹说话有些不经脑子……"

有这样一个随时给你出丑的亲戚，姜宪等人都很同情金媛，连向来不在公众场合先姜宪说话的白愫都忍不住道："尤小姐年纪还小，不免有些意气用事，金小姐不必着急，等过几年，尤小姐经历的事多了也就好了。"

金媛点头，把尤小姐弄走了。

一直没有说话的孟姑姑也不由得叹气，道："真是什么地方都有这样拎不清的啊！"

齐单、齐双姐妹更是连连点头。

姜宪却支肘坐在旁边，一句话也没有说。

白愫不免有些担心，道："你怎么了？"

姜宪听着就慢悠悠地坐直了身子，道："怎么只有我一个人和你们想的不一样啊！"

"什么意思？"齐单问。

众人的目光全都狐疑地落在了姜宪的身上。

姜宪这才不紧不慢地道："我怎么听见金大人要把金媛许配给邵洋呢？"

"是啊，"齐单惊呼，"我怎么把这件事给忘了！之前我也曾经听人说过，我还以为是造谣呢！金小姐那么漂亮，邵洋就是个一无是处的纨绔子弟，金大人怎么舍得把女儿往火炕里推啊？"她望着姜宪，两眼闪闪发亮，"郡主，您说，会不会是吕夫人从中作梗？"

姜宪还没有来得及回答她，白愫却突然道："怎么可能？婚姻是结两家之好。金大人就算是再糊涂，也不可能随随便便就把金小姐嫁了。"

齐双道："那尤小姐刚才怎么说让金小姐去找金宵或是吕夫人？可见吕夫人在金大人心目中的地位了。要知道，金宵可是嫡长子，是金家的继承人呢！”

“金大人要是糊涂，就不可能帮李家做媒人了！”就连孟芳苓也加入了讨论，“可见这件事是金大人的主意，金小姐正是因为知道，所以才没有去找金宵或是吕夫人。”

“但金大人为什么一定要把金小姐嫁给那个邵洋啊？”齐单望着孟芳苓，对和她没有怎么说过话的孟姑姑陡然间变得十分热情起来，“就算是要联姻，也不一定要选邵家啊！边镇这么多的好男人，找个能打仗的，一样可以帮到金家，那个邵洋除了吃喝玩乐还有什么用处？这样的女婿，只会拖金家的后腿啊！”

孟芳苓道：“应该是有什么原因让金家不得不和邵家联姻吧？”

此言一出，大家俱是一愣。

齐单思忖着道：“邵家和金家原本就是姻亲，还有什么原因要再结亲？”

白愫望着孟芳苓道：“姑姑，您是不是看出什么来了？”

就连在旁边沏茶的汤六也小声地道：“金小姐那么漂亮，嫁给邵二爷，真是一朵鲜花插在牛屎上了，太可惜了。”

大家的关系好像一下子都亲近了不少，说话也没有了之前的顾忌。姜宪望着眼前诡异的情景，忍俊不禁。从前曹宣跟她说过一句话：没有在一起骂过上司的同僚不能算好同僚。她们现在一起在背后议论别人的是非，是不是勉强也能算得上是好闺蜜了呢？大家齐齐地望着她，满眼都是困惑。望着众人不解的表情，姜宪笑得越发欢快了。

“没事，没事。”她好不容易才收敛了些笑意，说道，“我觉得孟姑姑的话很有道理。”

“你又糊弄我们，”了解她的白愫佯装不满地道，“我知道你最有主见了。你快说说你是怎么想的，我们都很好奇金小姐会不会真的就嫁给邵洋。”

姜宪窘然地轻咳了一声。想到刚才汤六的嘀咕，突然也有点同情金媛的遭遇。她问齐单：“我听你说邵家和金家原本就是姻亲，你知道是谁和谁结亲吗？”

齐单道：“金宵的祖母和邵江的祖母是嫡亲的两姐妹，之前邵家也曾有女儿嫁给金家的旁支，但那个隔得有点远，我不太清楚。”

“金宵的祖母和邵江的祖母还在吗？”

"还在啊！"齐单讶然地望着姜宪，好像不明白她怎么一下子就变得严肃起来，"去年金家太夫人还做了六十岁大寿呢。"

"金家和邵家，谁家的势大？"姜宪又问。虽然说同样是镇边的将军，齐家就不能和金家比；同样是国公府，安国公府也不能和镇国公府比。

齐单想也没想地道："当然是邵家厉害啊！金家祖上虽然曾经尚过公主，底蕴深厚，可邵家这些年来却青出于蓝而胜于蓝，会打仗的子弟非常多，每次都能把鞑子打得抱头鼠窜。那些鞑子若是扰边，通常都会绕过榆林，围攻大同和宣府。虽然说鞑子总是骚扰大同和宣府，与两地离京城比较近有关，也与这些年大同和宣府的总兵调换频繁有关。像太原和榆林，就被金家和邵家打理得像自家的田地一样精细，别的地方都缺军饷的时候他们不缺，别的地方没粮吃的时候他们也不缺。有时候朝廷征兵，有些人宁愿从大同跑去榆林总兵府或是太原总兵府，也不愿意到大同和宣府来。我爹就跟小国公爷说过，让他转告国公爷，大同和宣府不能这样频繁地换将了，他愿意永世镇守大同。"

姜宪默然。不是姜家不想永世镇守大同和宣府，而是皇上总是不放心姜家的人，不隔几年换个人心里就像不安生似的。那个马向远，就是因为不是姜家的人才会被调到宣府任总兵的。说起来，大同和宣府因姜家而兵强马壮，也因为姜家而动荡不安。

屋子里的人也沉默下来，气氛变得有些凝重。

姜宪笑着打破沉默道："我是在想，会不会有这种可能：邵家的老夫人和金家的老夫人都年事已高，到时人走茶凉，邵家怕以后和金家渐行渐远，金家不会像现在这样和他们同声同气，就想再和金家联姻；而金老夫人怕姐妹的后人基业受损，也是这么想的，所以也想促成两家再次联姻。但邵家只有邵氏两兄弟，邵江又早早成了亲，邵洋成了唯一的人选。金大人可能也知道邵洋不争气，想到他有可能是自己的女婿，就只能好好地调教一番，这才让他在自己麾下做了守备。"

她的话让众人眼睛一亮。

齐单惊喜地道："但金小姐根本不喜欢邵洋那个纨绔，估计是今天在路上和邵洋不期而遇，为了躲邵洋，金小姐和尤小姐这才在逸仙楼落脚，结果却碰到了我们。"

"我也这么觉得。"白愫也变得兴致勃勃起来，道，"你们说，有没有可能邵洋很喜欢金小姐，非她不娶？"

"真有这种可能！"齐双道，"金小姐是山西第一美人，邵洋可是个好色贪杯之辈！有可能就是因为他非要娶金小姐不可，又有两位老夫人在后面推波助澜，吕夫人不愿意得罪婆婆，所以金大人明知邵洋不是佳婿，也没有办法，只好答应让金小姐嫁给邵洋啊！"

白愫的观点得到认同，非常高兴，问齐单："我知道金家有六个儿子，除了金小姐，还有几个女儿？"

"两个！"齐双没等齐单开口，急忙插嘴道，"其中一个十岁，一个两岁。两岁的那个没有见过；十岁的那个和金小姐长得很像，长大以后肯定也是个大美女。"

"这就对了。"孟芳苓笑道，"对金家的人来说，金小姐再好，也不过是三分之一。"

"真是太可怜了！"齐双情绪低落地道，"我从前很羡慕她的，家世好，长得美，还有个那样出色的哥哥。"

齐单则骂着金海涛："还是做官的，却一点也不爱护子女，还比不上那些农庄田头种地的呢！"

"这也是没有办法的啊！"孟芳苓叹道，"各人有各人的缘法。"

"那个吕家也不是什么好人。"汤六打量着姜宪的神情，小声地道，"吕夫人的弟弟，曾经逼死过自己的佃户。"

大家热火朝天地讨论着这件事。

姜宪睁大了眼睛望着眼前的人，觉得自己好像走错了房间似的，果然大家最喜欢的还是说八卦啊！她不由得道："黄老安人过寿，还是散生，金小姐却从太原赶到了大同，还避开了邵二爷。如果我没有猜错，金小姐应该是来向黄老安人求援的。"

孟芳苓闻言不由得暗暗点头，郡主终于长大了，知道遇事要动脑筋，不能人云亦云了。那她嫁到李家去，也应该能过好自己的小日子吧！

齐双却哎呀一声，兴奋地道："郡主，您可真聪明，我们怎么没有想到！我只是觉得她来得有点蹊跷，却没有想到她是有事而来的。"

姜宪微笑。

齐单则道："郡主，这样一来，金小姐就不用嫁给邵洋了吧？"她望着姜宪的目光闪闪发亮，充满了期待。

姜宪一愣，顿时生出几分不忍来，思索着怎么回答她好。看出姜宪有些为难，白愫接过了话茬："这就要看黄老安人愿不愿意为金小姐出面了。"

齐单讶然。

白愫道："你们刚才也看见了。金小姐好歹也是总兵府的大小姐，那尤小姐不过是个商贾出身的女子，却因为自己的姑母是金小姐的舅母，就敢在外人面前拆金小姐的台，可见黄家也未必那么看重金小姐。金小姐此去是福是祸，谁也说不清楚。"

"这样啊！"齐单面色一黯。

齐双看了姐姐一眼，吞吞吐吐地道："那……那我们就不能帮帮金小姐吗？"

"怎么帮？"白愫叹气道，"姻缘是结两姓之好，是宗族大事。不要说是我们了，就是官府，也管不着。"本朝地域辽阔，很多地方官府根本就没有人手也没有精力管辖，只能借助各宗族力量来管束族中子弟。遇到什么事，百姓也习惯了先找宗族解决，宗族解决不了，才会去找官府。宗族和官府，是互帮互惠的关系，官府因此轻易不会插手宗族事务。不要说姜宪现在只是个郡主，就算她是太后，也不可能强行干扰金邵两家的联姻。

齐氏姐妹也明白，不过是不死心罢了。两姐妹想想就觉得气愤不已，道："这世道对女子真是不公平！"

"谁说不是呢！"孟芳苓也很有感触，道，"可这世上的事就是这样的，各有各的缘法，谁也强求不来。"颇有些让金媛认命的意思。

大家不禁又是一番感叹，都盼着黄老安人能出面帮金媛推了这门亲事。

这世上还有多少个像金媛一样的女子呢？姜宪感觉有点糟心。

少顷，姜宪拍案而起。众人骇然，齐齐地望着她，鸦雀无声。

姜宪这才惊觉自己的失态，讪讪地笑道："我只是突然想起了一件事。"

众人都长长地舒了口气。

齐氏姐妹更是拍着胸口道："郡主，您有什么事只管吩咐就是，这样猝不及防地来一下，我们差点被吓死！"

姜宪哈哈笑道："我们去找金宵吧。"

齐氏姐妹满脸茫然，道："找金将军干什么啊？"说着，两个人恍然大悟般地睁大眼睛，道，"郡主是要去找李大人吧？不是说未婚夫妻成亲前是不能见面的吗？而且李大人正在和朋友一起喝酒，我们这样找过去合适吗？"

姜宪怒道："这与李谦有何关系？我们是去找金宵！"

齐氏姐妹连连称是，神色间却丝毫不信。

姜宪气极，道："别人成亲之前还要待在绣楼里大门不出二门不迈呢，我们怎么就坐在逸仙楼里喝茶了？"

白愫解释道："郡主这是想帮金小姐。我们是外人不好插手，可金宵却是金小姐的同胞兄长，又是金家的长子长孙，金小姐的婚事，由他出面最好不过了。"

齐氏姐妹不好意思地嘿嘿笑。

姜宪叫了刘冬月进来，让他打听李谦的消息："……尤小姐说，他就在这附近。"

刘冬月笑着应声而去。

姜宪坐了下来，一面喝茶，一面等。

齐氏姐妹笑嘻嘻地凑了过去，一个喊着"郡主"，一个道"我就知道郡主是个仗义之辈，不会见死不救的"。

白愫忍了笑，轻声向汤六讨教泡黑茶的要领。

续了两次杯，刘冬月折了回来，道："姑爷和一大帮子朋友在济南村吃饭。我趁着小厮传菜的工夫在门缝里看了看，都是年龄和姑爷差不多的年轻人，既没有叫唱曲的，也没有叫杂耍的，只是规规矩矩地喝酒说话。"

李谦有没有喝花酒与自己有何相干？姜宪一口气堵在胸口。

偏偏刘冬月还笑着道："郡主，我在那酒楼转了转，姑爷订的雅间旁边有个小院子，靠雅间的窗棂旁种了一排毛竹。郡主若是有什么话要和姑爷说，那小院倒是个好地方，雅间里的人看不见小院里的动静，小院里的人却能听见雅间里的喧嚣。"

她又不是去和李谦幽会！姜宪气得话都说不出来了。

孟芳苓看着情况不对，连忙解围："冬月考虑得很周全。金家小姐这件事，我们总不能当着众人的面去质问金宵，毕竟那尤小姐也是一面之词。让姑爷把人请到后院去说话，既不会让人听了去，又不会忽视了雅间里喝酒的朋友。你办得很好！”

刘冬月这才惊觉自己说错了话，不过郡主一会儿和李大人有说有笑，一会儿把李大人撇在一旁不管不问，阴晴不定，他实在有些把握不住什么时候该说什么话啊！刘冬月暗暗唏嘘。还好这次孟姑姑给他解了围，下次再有什么事的时候他可得多想几遍才是，这会儿他忙笑着称“是”，道：“是我没有把话说清楚。”

姜宪看他们分明是此地无银三百两，想想就脑子痛，干脆站了起来道：“我们去济南村。”

“好，好，好！”刘冬月殷勤地应着，快步上前帮姜宪推开了雅间的门。

姜宪目不斜视地走了出去。刘冬月又赶上前去护着姜宪下了楼，上了马车，这才擦了擦额头上的汗，坐到车辕上。

济南村离着并不远，不过一炷香的工夫，就到了。

刘冬月早已在这里订了个雅间，小二领着他们进去。刘冬月将东边的窗棂推开了半边，道：“郡主，对面就是姑爷请客的雅间。”

姜宪坐在那里没有动，手中拨弄着小二刚刚捧上的茶水，漫不经心地应了声“知道了”。

刘冬月就关了窗棂，将点好的菜单给姜宪过目：“您看还要不要添减些什么？”

姜宪因为肠胃的原因，基本上是不吃外面的饭菜的，点了也只是给白愫等人吃，她也就不自作主张了，把菜单交给白愫，道：“你做主吧！”

白愫点了点头，和齐氏姐妹、孟芳苓商量着定了菜单。

齐氏姐妹问起常忍冬来：“听说是田医正推荐过来的，他什么时候来？是不是以后就跟着住在了李家？如果有人要看病，能去请他出诊吗？”

“若是你们找他看病当然可以。”姜宪委婉地告诉齐氏姐妹，既然是专程给她请的，主要就是照顾她的身体，相好的亲戚朋友自然可以，其他的人就免谈了，“只是不知道他的医术如何，擅长什么科。”她问孟芳苓，“你可听说过这个人？”

孟芳苓笑道：“这件事田医正是和太皇太后商量过的。常忍冬是金华常家的人。郡主可能没有听说过，他们家在江南一代非常有名。常家祖上和田医正祖上是同门师兄弟，一个留在了江南行医，一个进了御医院。他们两家的医术一脉相传，都擅长小儿科和妇科。”

大家正说着话，七姑走了进来，低声道：“郡主，奴婢遇到了大爷的贴身随从卫属。他知道郡主在这里用餐，去禀了大爷，大爷说，他马上就过来看您。您看，您是在这里说金小姐的事还是去院子里说？”七姑在投靠李谦之前，在江湖靠卖艺为生，世事百态见得多了。她能看出来，姜宪再怎么尊贵也只是个还没有及笄的小姑娘，心里喜欢着李谦，可面皮薄，怕别人看出来了笑话她，所以遇到李谦就犯别扭。她自然要顺着毛摸。

姜宪听着这话就有点不好，道：“我和大爷事无不可对人言，为何要去院子里说话？让他过来说话好了。”

七姑依旧是笑意盈盈，道：“我这就去跟卫属说。”

姜宪的目光落在菜单上，心不在焉地颔首。七姑轻手轻脚地出了雅间。

不一会儿，店小二开始上菜。李谦也赶了过来。他穿了件葛色方胜暗纹直裰，面泛潮红，目光却又清又亮，看得出来他虽然喝了不少酒，但还没有一丝醉意。他进门就笑道：“你怎么有空到济南村来吃饭？点好菜了没有？他们这里有一道三杯鸡做得非常好吃，我上次来吃的时候给你带了一份回去，结果半道上给舅兄截了胡。之后我们定亲下聘，忙得团团转，把这件事搁了下来。”提也没提原本应该待字闺中的姜宪怎么会出现在这里。

“哦，”姜宪意兴阑珊地道，“有机会再来试吧！我今天找你有点事，我们去小院子里说话。”

她感觉有些憋屈。男女有别，李谦进来的时候白愫等人得回避。这雅间不大，在墙角有个装饰用的屏风，白愫等人只能避到屏风后面那小小的角落里。说好她和李谦就在这里说话的，结果还是得去小院。

李谦含笑应允，和姜宪去了后面的小院。

李谦有好些日子没有看见姜宪，他仔细地打量着姜宪，目光炽热得近似于烈日。她穿了件织金玫瑰红比甲，折枝花暗纹翠绿色八幅湘裙，皮肤白净如雪，原本有些尖的小下巴长得圆润可爱，可见他不在的日子里她好吃好喝的，胖了好几斤。不过，她今天的神态有些怏怏的，是这些日子受了什么委屈吗？

小院后面种了一排毛竹，毛竹前有套石桌石凳。

李谦想到姜宪月里不足，吩咐七姑去找了个坐垫过来，给姜宪垫好，这才温声地问："你找我有什么事？"

"金宵还在酒筵上吗？"姜宪不悦地问。

难道保宁知道金宵帮了他，来找金宵算账了？他笑道："他还没走！不过，邵江兄弟也在，还有赵知府的两个儿子和程守备的儿子……"

"你这个人怎么这么讨厌！"姜宪突然打断了李谦的话，她想到自己就是因为他才被齐氏姐妹笑话，发起脾气来，"有什么话就不能好好地说吗？你想让我别找金宵的麻烦你就直说，提邵家兄弟、赵知府的儿子做什么？怕我不给金宵面子丢了你的脸？"

李谦不由得在心里叹气，这样她都能发起脾气来，他要是实话实说，她还不得把他给撕了？不过，他越发肯定姜宪是来找金宵麻烦的。可就算是这样，李谦也不愿意看到姜宪不高兴。他看了看四周，发现他们所处的地方非常僻静，索性一把将姜宪抱在了怀里，像哄孩子似的轻轻拍打着她的背，在她耳边低声道："别生气了，你来找我，别人羡慕都来不及，怎么会丢了我的面子？至于金宵，他难道还有你的面子大不成？"

男子的气息夹杂着酒味暖烘烘地扑面而来，姜宪先是愣住，随后面红耳赤全身僵直，好不容易缓过来，脸上火辣辣地烧着，一把推开李谦，根本没有听到李谦都说了些什么。

"你说话就说话，动手动脚干什么？"姜宪低着头，不敢看李谦，怕看到他戏谑的表情。她眼圈发红，陡然间觉得非常伤心，是不是因为她一直追着他跑，所以他就没有把她看得多重，才会这样随随便便就抱了她。

李谦心里咯噔一声，忙道："你怎么了？"

被这么一问，姜宪顿时觉得自己有些矫情，她极力忍着眼中的湿润，道了声"没什么"，开始说明自己的来意："本来这件事我们都不应该插手，那个邵洋我也没有见过，说不定只是传言。可我觉得，金宵和金小姐既然是一母同胞的兄妹，他们的生母又不在世了，他应该多关心点自己的胞妹才是。他是男子，可以出入外院，读书习武，入仕为官，家里待着不舒服，大可离得远远的。可金小姐却只能被困在内宅，不管是教养还是婚姻这种关系一生幸福的事却都由继母安排，想想就让人觉得不安。"

李谦一直安静地听着她说话，等她说完，他坐在了紧挨着姜宪的石凳

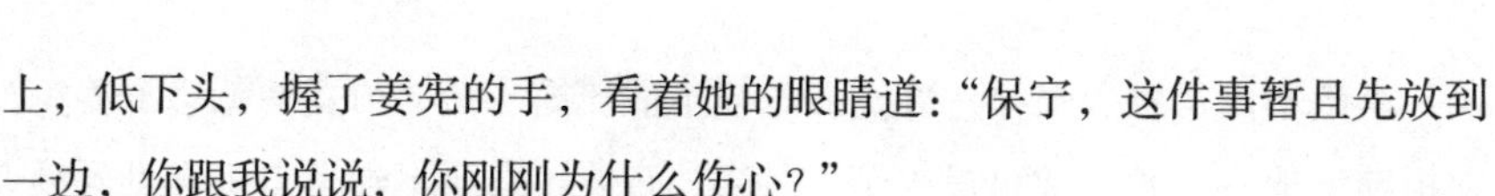

上，低下头，握了姜宪的手，看着她的眼睛道：“保宁，这件事暂且先放到一边，你跟我说说，你刚刚为什么伤心？”

他真诚的目光让姜宪刚刚退热的脸又烧了起来：“没什么！”她不敢看他的眼睛，侧头望着院子里那一排毛竹道，“我就是有时候会闹情绪……但很快就好了！”

李谦定定地看着她，看着她回避着自己的目光，看着她强作轻快地向他解释，他心口就像被撕裂了似的，痛得无以复加。他放在心尖上的人，不是不伤心，是伤心的时候无人疼爱，所以学会自己给自己包扎伤口。

“保宁，”李谦轻叹，再次把她拥入怀中，下颌抵着她的头顶，温声道，“我们是未婚的夫妻，以后是要在一起过一辈子的。我在去京城之前，你不认识我，我不认识你。你在我看不见的地方生活了十三年，我在你不知道的地方生活了十八年，那些日子你发生了什么事我不知道，我发生了什么事你也不知道，就算是现在，你是喜欢吃甜的多一些还是喜欢吃咸的多一些，我都不知道。所以你有什么事觉得不舒服，一定要跟我说出来，我才会知道，我才知道怎么去改；我有什么觉得不舒服的，也会告诉你。好不好？”

姜宪脸烧得厉害，挣扎着要从李谦的怀里跳下来，却被李谦死死抱住，听他继续道：“那我们就从现在开始好不好？你告诉我刚才为什么伤心？”

这无赖，就知道占她便宜！

“你快放我下来，这个样子像什么？”姜宪的声音像被烧干了的水，干涩得厉害。

“我每次看见你的时候就想像现在这样把你抱在怀里。”李谦低声笑道，声音带着几分低醇，落在姜宪的耳朵里，心都酥了，“想像树一样为你撑起一片天，想像伞一样为你遮风挡雨，想让你可以蜷缩在我的怀里，永远都不知道伤心难过是什么。保宁，我想护着你，让你永远都欢声笑语，想干什么就干什么。”

“你这混蛋！”姜宪又急又气，可听了李谦的话，眼泪却不由自主地涌了出来，“说这些做什么？快放我下来！”

李谦有片刻的犹豫，侧头去看姜宪的脸。姜宪不愿意给他看，偏偏又没有地方躲，索性不管不顾地死死搂着他的腰，把脸埋在他的颈边。李谦眼角的余光可以看见姜宪红彤彤的耳朵，是害羞了。

李谦不由得咧了嘴笑，可说话时却不敢流露半分，怕真的惹怒了姜宪，她拒绝见他——她以前可没少干这种事，而他还真找不到半点机会见到她。

“没事，没事。”他轻轻地抚着她的背，柔声道，“你刚才没有反对，我就当你答应了。我们可是说好了，有什么事都要跟对方说的。我知道你肯定觉得我看你一眼就能猜中你的心思，我觉得我也能做到，不过，你得给我一些时间，等我们住在一起了，我开始知道你的生活习惯，知道你喜欢什么讨厌什么的时候，我就能猜中你的心事了。可现在，你得说给我听才是。你告诉我，刚才为什么不高兴了？”

姜宪说不出口。她从前就觉得李谦年纪不大，却比那些三朝元老还老谋深算，他坚持的事，最终都证明了他是对的。现在这个样子，她就觉得自己有点无理取闹。李谦就一直耐心地哄着她，直到她期期艾艾地道：“你一见面就抱我，是不是因为我……我……我是主动嫁给你的？”

原来是为这个！

“胡说！”李谦佯装不悦地轻声呵斥道，“连金宵都知道是我想办法把你掳来，你们家为了顾全你的名声，才不得已把你嫁给我的，要不然阿律哥怎么会见我一回就刁难我一回呢？你难道没有听别人说嘛，说你现在是一朵鲜花插在牛粪上，可惜了！”他说着，语气一转，得意扬扬地道，“不过，更多的是羡慕我，觉得我能当上镇国公府的女婿，简直是祖坟上冒青烟了，连我爹都这么说……”

“去你的！”姜宪破涕为笑，终于从李谦的怀里抬起头来，推了李谦一把，“你就知道哄我。”

李谦松了口气：“那是因为我喜欢哄你啊！”李谦笑着，拿了帕子给她擦眼角的泪，又低声道，“保宁，你以后别乱哭了，你一哭，我心里就发慌。你也别乱猜了，你看你，多好啊，大长公主的女儿，镇国公府的大小姐，享亲王俸禄的郡主，别人一样都求不到，你却样样都占齐了，你还有什么觉得不好的？”

姜宪愣住。是啊，她还有什么觉得不好的？可除了这些，她还有什么？姜宪突然间明白了自己一直以来在面对李谦时不安的原因——她除了这些加诸她身上的光环，还有什么是自己的？李谦却不一样，他出身草根，之后分疆裂土，封王拜侯，辖制西北，都是自己的本事。她有什么好，能入了他的眼！不知不觉中，她喃喃地把心底的困惑说了出来。

李谦想也没想地道:“你可爱啊！”

姜宪困惑地望着李谦。赵翌曾骂过她恶毒，曹宣曾说过她狡猾，朝臣们曾评论她暴戾，外祖母曾夸过她乖巧，大伯父曾赞过她懂事，白愫曾心疼她寂寞，可没有一个人，说过她可爱。

“可爱！”李谦笑，眼底流露出些许的回忆，“你站在高高的台阶上俯视着我，高傲得不可一世。可我眼睛一转，你就和清蕙乡君说起悄悄话来，一面说，还一面偷偷地打量我，等我正视你的时候，你又昂着头，目不斜视地看也不看我。我当时就想逗你再看我一眼。”

“你瞎说！我什么时候偷偷地看你了？”姜宪脸红得像朝霞，低着头，耷拉着肩膀，像个被雨淋傻了的小猫咪。

李谦心痛得不得了，忙道:“我当时就觉得，怎么会有这么可爱的小姑娘，还长得那么漂亮……”

姜宪抬起头来，杏目圆瞪地道:“我什么时候漂亮了？你又信口开河！”

“为什么你总是不相信我呢？”李谦无奈道，望着姜宪那张近在咫尺的面孔，目光仿佛化成了双无形的手，从她吹弹可破的面颊、秀丽高挺的鼻子、长长的睫毛上一一抚过，声音也变得低沉起来，在她的耳边吟语，“保宁，我第一次在慈宁宫见到你的时候就在想，这小姑娘是谁呀，长得可真白，像个雪娃娃似的，这要是被太阳晒着了，不知道会不会化了。所以我有一次专程正午的时候去找你，你不过站在庑廊下被太阳光照了那么一会儿，皮肤就变成了粉红色，像三月里的桃花。你最漂亮的是鼻子，挺秀、笔直，透着股子傲气，就是不说话站在那里娴静地笑，也能感到你骨子里的傲慢。还有你的头发，又黑又直……”

姜宪像被踩了尾巴的小猫般跳了起来，落荒而逃。她认输！李谦要是厚起脸皮来，他称第二，就没有人敢称第一。她应该早就有这样的觉悟才是，怎么还听他胡说八道？脸上的热气熏得姜宪视线模糊，差一点撞在毛竹旁的大红漆柱子上。

李谦喜欢看姜宪这副害羞的样子，可他却一点笑意都不敢表现出来，更不敢去拉她，怕她恼羞成怒。

姜宪跑进了酒楼的庑廊，穿堂阴凉的风扑在她的脸上，才惊觉该办的事还没有办，不由得回头冲着李谦羞恼地喊了一声：“你记得跟金宵说！”

“我知道了！”李谦笑望着她，眼底闪闪发亮，仿佛漫天的星子倒映其中。

姜宪的脸又烫起来，匆匆地进了自己的雅间。

白愫等人都坐在桌边等她，看见她像被太阳晒着了似的满脸通红地跑了进来，不由得关心道：“见到李将军了吗？你这是怎么了？脸怎么这么红？我去叫个大夫给你瞧瞧吧？”

“不用，不用。”姜宪忙道，“我没事，刚才跑过来的，有点急。”然后迅速转移了话题，“我刚才见到李谦了，把事情的经过跟他说了说，让他去处理这件事去了。”她拿起筷子来，一副从此不再管的样子。

齐双忙道：“能行吗？”

“怎么不行！”姜宪有些不悦道，“他做事最稳妥不过了。”只要是答应了她的，李谦就没有食言过，就连他们关系最差的时候也一样。当然，这是指他答应过她的，他不答应她的事，她就是想尽了办法他也不干……这混蛋！姜宪狠狠地戳了戳碗中的青菜，这辈子非得让他什么都答应自己才行！她莫名想到刚才他抱着她时的情景，温暖的气息，低沉的声音，还有他抱着自己时那不容错认的喜悦，都让她的心里鼓鼓的，像有什么东西在胸口发酵似的，生出说不清道不明的欢喜和安心来，于是不知怎的就扑哧笑出声来。

白愫和齐氏姐妹愕然地望着她。

姜宪忙正襟危坐道：“没事，我就是想起一件事来。”

齐氏姐妹面面相觑。

白愫则皱了皱眉：“你吃几个素馒头吧，我刚才让刘冬月去厨房里守着他们做的。等回了府，再让灶上给你做点好吃的。”

姜宪胡乱点头，孟芳苓却抿了嘴笑。看样子，郡主是真心喜欢这个叫李谦的。太皇太后拼命促成了这门亲事，也算是功德圆满了。七姑也把一切看在眼里，笑着去沏了茶进来。

姜宪脑子里一片糨糊，根本回想不起来她是怎么回来的。她只知道百结端了总兵府厨子做的鸡汤小米海参粥叫她用膳的时候，她把粥打翻在地上，差点烫伤百结。

“你这是怎么了？”回屋更衣的白愫听到动静赶了过来，让百结下去歇了，自己坐到姜宪对面的大炕上，一面用勺子搅动着粥，一面道，“自从你见过李大人之后就神情恍惚，是不是他跟你说了些什么？之前当着孟姑姑和两位齐小姐的面，我不好问。现在只有我们两个，你有什么话不能跟我说？”

他夸她漂亮，姜宪在心里想着，嘴上却道：“真没有什么事！我们见了面，我把金小姐的事托付给他了，然后两个人说了几句话，就各自回来了。”

白愫困惑地望着她：“那你怎么这样？”

原本什么事都喜欢和白愫分享的姜宪，现在却不知道为什么，不想把李谦说过的话告诉任何一个人，哪怕这个人是白愫。她哎呀一声，道：“我真没有什么事！你们就是总盯着我，我少喝半碗水你们就觉得我病了，结果每次请了田医正过来都只是把了个平安脉罢了。我真的没什么事！”

肯定是那李谦说了什么，但白愫已经不好再问，转移了话题：“那你就快点把粥喝了，你今天早上出门的时候就吃了几块米糕，不饿吗？”

“不饿。”姜宪嘴上这么说，可一口粥吃下去，食欲却被挑了起来，她连吃了两碗，又吃了四五块枣泥山药糕，直到被白愫止住，才放了碗。

“还说不饿。”白愫嗔笑，接过香儿递过来的热帕子帮姜宪擦手。

正午仲夏的阳光透过竹帘洒进来，斑驳地落在白愫的手上，白皙洁净得如上等的无瑕羊脂玉。一个念头在姜宪的心里翻来覆去，最终她还是没能抑制住。她挽起衣袖把欺霜赛雪的手臂伸到白愫面前：“掌珠，你也把衣袖撸起来，看看我们谁更白。”

白愫用一种“你疯了”的眼神看着姜宪。姜宪面颊微红，不自在地挪了挪身子，但是坚持要和白愫比比谁更白。白愫没有办法，撸了衣袖伸出胳膊和姜宪的胳膊摆在了一起。两个人都很白，可姜宪的胳膊却硬生生地比白愫亮了好几分。

姜宪嘻嘻地笑，心里很满意，李谦这次总算没有骗她。不过，他还说自己的鼻子很挺直……晚上卸妆的时候，她坐在镜台前看了半天也没觉得。早上起来梳洗的时候，她又坐在镜台前打量了半天，然后很嫌弃地对情客道：“这铜镜看得不清楚，你去查查我的嫁妆单子，看看陪嫁里面有没有西洋镜。要是有，就拿过来我看看。”

姜宪从来不关心自己有些什么衣服首饰，陪嫁的单子连翻都没有翻就交给了情客，只让情客重新誊了一份，好在她想要什么东西的时候情客能凭着印象很快地找到。情客做事素来认真，索性把她的嫁妆单子背了，因而姜宪问起来的时候她立刻就能回答。

“有！”情客道，“有八面西洋镜，两面巴掌大小的，放在甲字开头的箱笼里；两面铜盆大小的，放在丙字开头的箱笼里；两面半身大小的，放在丁字开头的箱笼里；两面等身大小的，放在壬字开头的箱笼里。您要哪一面？”

姜宪想了想，道：“拿一面巴掌大小的和一面铜盆大小的。”

情客应声而去，过了好一会儿才拿了西洋镜过来。

姜宪猜自己的陪嫁肯定已经整理好了，情客应该是费了一番工夫开箱笼才拿出来的。她举着那做成靶镜的小西洋镜照了照，看得到眼睛就看不到鼻子，便又让香儿和坠儿举了那面铜盆大小的西洋镜摆在自己面前。镜子里女孩子十几岁的样子，皮肤白净细腻，有着一张标准的鹅蛋脸，鼻子秀丽笔直，嘴唇粉淡丰满，眉如柳叶，修得整整齐齐，一双大大的杏子眼清凌凌，冷冰冰。原来她是这个样子的！姜宪望着镜子里的女孩，神色太冷清，嘴唇太寡淡，眉毛太死板……还真的只有鼻子最漂亮，让她整个人都变得挺立秀丽，有了几分精神。她抿了抿唇，情绪低落地挥手，示意情客把镜子拿走，然后蔫蔫地趴到床上。她已经很久没有仔细照过镜子了，总是怕在镜子里看到不合时宜的表情。可她躲来躲去，还是躲不脱那些过往。她没有白愫那样如同春日般的如花美貌，也没有齐氏姐妹青春洋溢的生动面孔，但李谦还是觉得她漂亮！姜宪心中一动，想起赵翌来，他喜欢的始终都是那些花信年华的女子，特别是那些有过生育的妇人，他还曾躲在命妇经过的路上偷窥。当时她十分痛苦，又不敢告诉太皇太后，还要在太皇太后面前给赵翌打掩护，恨不得立刻死了算了。太皇太妃曾把她搂在怀里劝她，说每个人都有每个人的缘法，只要耐心等候，就能等到自己的缘法。

赵翌嫌弃她丑陋；李谦却觉得她漂亮，愿意哄着她、陪着她。李谦是不是就是自己的缘法呢？猝不及防的，她心中一酸，泪如雨下。

第九章
不破不立

此时，李谦正和金宵一起用早膳。

昨天他们用过午膳之后，应邵江之邀去了邵洋的私宅。邵洋叫了堂会，李谦对这个不感兴趣，被同样不感兴趣的邵江拉去手谈了几局。晚膳继续喝酒，直到亥时才散。

金宵见邵洋那里还有妓院里叫来的窑姐儿，怕酒后误事，不愿意在那里留宿，就随着李谦回了李家位于西街的宅子。晚上喝得太多，他早上起来的时候头痛欲裂，吃什么都没有味道。李谦昨天晚上比他喝得还多，却像没事人似的，一个大肉包子三两下下肚后，又拿了个包子吃。

“我说，”金宵羡慕地道，“你昨天喝的是水吧？”

“昨天拼命灌我酒的不是你吗？”李谦不客气地道，“是酒是水你都分不清楚吗？”

金宵顿时气馁。

李谦放下了手中的碗筷，道：“快吃，我有件事要和你说。”

金宵点头。

食不言寝不语，这是礼仪。两个人赶紧用了早膳，去了旁边的小书房说话。

“我听说你妹妹来了大同，你们兄妹碰过面了没有？”

金宵是以兄弟的身份帮李谦送聘礼来的大同，等过几天，他会作为李谦的兄弟去迎亲，所以他这些日子一直住在李家。他有没有见客，李谦再清楚不过了。

金宵沉默了片刻，道：“你怎么知道我妹妹来了大同？”没有直接回答李谦的话。

李谦盯着他的眼睛：“昨天在济南村的时候，你不是问我怎么见个朋友去了半天才回来吗？我是去见了嘉南郡主。她告诉我，她在逸仙楼喝茶的时候遇到了你妹妹。”

金宵惊讶得下巴都要掉下来了：“嘉南郡主和你在济南村见了面，在此之前，她还去了逸仙楼喝茶？她不是待嫁的新娘子吗？”

“又不需要她自己整理嫁妆，她想出来走走有什么不行的？”李谦不以为然道，把话题又重新拉了回去，“听说你妹妹是来给你们的外祖母拜寿，是什么时候？如果时间上来得及，我也该备一份薄礼过去给她老人家道个贺才是；如果来不及，就只能托家里的管事去给老人家凑个热闹了。”

金宵听了有些烦躁，皱着眉道：“到时候再说吧。我外祖父去世之后，我们兄妹就很少去我舅舅家了。”

一看就知道两家的关系并不融洽。

李谦略一思忖道：“金宵，虽然我们是朋友，可有些事就是朋友也不应该插手。我知道我这样问你有些不应该，但这件事是郡主拜托我的，就算是得罪你，我也得问。郡主听说你父亲有意把你妹妹许配给邵洋，邵洋是什么样子，我不说你也知道。你生母已经去世了，你是兄，是她唯一的依靠，在这件事上，难道你就没有一点想法吗？我所了解的金宵，是那个我一句话就能生死相托的兄弟，你是不是有什么为难的地方？三个臭皮匠，顶个诸葛亮。有什么事是我们兄弟之间不能好好商量的？女子不像男子，男子结发妻子不如意，还可以纳妾，女子要是所嫁非人，这一生就完了。不是有句老话说，男怕入错行，女怕嫁错郎嘛。你仔细想想我的话，你要是一时不想和我说，我等着你，不管你什么时候需要我帮忙，我都义不容辞。”

金宵闻言非常意外，愣愣地望着李谦。说起来，他和李谦与其说是朋友，倒不如说是利益相关之下的交际应酬。两个人看着一团和气，却各有各的目的，他并没有付出真心，李谦也未必没有看透。可现在，李谦却告诉自己，如果有什么需要帮忙的，他义不容辞。

金宵垂下了眼睑，眉宇闪过一丝悲怆。有时候，自家兄弟还不如一个外人。他低声道：“宗权，这件事我不是没有反对过，可我爹已经下定决心，我反对无效，只好装作不知道。”他说着，双手紧握成拳，“你不知道，邵洋从小就喜欢我妹妹，我妹妹却恰恰相反，看着他就觉得讨厌。邵洋小的时候还想着去讨我妹妹的喜欢，后来渐渐长大，对我妹妹就成了执念，我妹妹不想嫁给他，他就非要娶了我妹妹不可。我心里明白得很，也曾经想帮我妹妹另找一门亲事，可我祖母却觉得这门亲事再好不过了，无论如何也不答应。我继母不愿意惹我祖母不高兴，也就随我祖母安排。”他朝着李谦露出个无奈的笑容，继续说道，“除了这些，榆林关外就是草原，关内的盐巴、茶叶、丝绸都从那里出城，关外的马匹都要从那里进城。很早以前，榆林总兵府就对过往的商客不管有没有通关证明都十抽四。而太原虽是繁华之地，可上有巡抚，下有布政司，盯着的人很多，别说是对过往的商客抽成了，就是税赋，也不敢插手。加之鞑子每次进犯，除了大同、宣府、蓟镇，就是太原，反倒是榆林地处偏僻，贫乏荒芜，鞑子就算是花大力气打下了榆林府，也捞不到什么好处。久而久之，他们那里反而兵强马壮的，比大同、宣府等地更难攻克……”

李谦听明白了，邵家这些年来镇守榆林关，因地势偏僻，没有多少管束，就开始纵容走私，以抽重税所得养私兵，实力大增；而金家虽然处于繁华之地，却因为上峰太多没有什么油水可捞，而朝廷这些年来又一直拖延军饷，金家想保持实力，就得想办法捞钱。军中捞钱，不过那几个法子。军备什么的自有兵部的人，轮不到他们，金家唯有走私。而想走私，就得借道榆林关，得求助于邵家，这也是为什么金家会把嫡长女嫁给邵家不成器的次子的原因。

“这都不是问题！”李谦冷冷地道，“主要是你怎么想的？你如果想帮你妹妹，我自有主意。如果你觉得金家离不开邵家，只能求着邵家过日子，我就当你不知道这件事，我出面去跟郡主说。如果郡主打消了念头，我什么也不会做。可如果郡主执意要帮你妹妹一把，我在这里就算是给你打过招呼了，到时候有得罪金家的地方，你就多担待了。”

这话可真打脸啊！尽管知道这是李谦的激将法，金宵却不得不中计。谁愿意在朋友面前承认自己连支应门庭的能力都没有？

金宵想不出什么法子能说服自己的父亲不和邵家联姻，不然他早就高声反对把妹妹嫁给邵洋了。思来想去，他只好向李谦低头："你有什么办法？"

"三个办法。"李谦道，"你父亲不是要和邵家联姻吗？给你妹妹重新安排一门他满意的亲事，你娶个邵家女儿进门；第二个办法是和邵家分道扬镳，你们家想办法另辟财源；第三个办法，双管齐下，先用你的婚事把你妹妹换出来，然后徐徐图谋，再想办法另辟财源，和邵家分庭抗礼。"

金宵泄气般瘫在太师椅上："你说得好听！这三个办法我不是没有想过，可用我的亲事换我妹妹的亲事，邵洋绝不会答应。况且邵家的老祖宗把邵洋宠若珍宝，他有今天，就是邵家的老祖宗给惯的。我当时就跟我爹提过，没能成。至于另辟财源，像我们这样的人家，还能干什么，难道还让我守着个摊子卖烧饼不成？就算我想卖，那赚的钱也得够支撑金家的开销才成。"

李谦很鄙视地看了金宵一眼："你们这些世家子弟，也不知道是怎么长这么大的，一个个全都养废了似的，脑袋里都是糨糊，也就张脸能拿得出手了。"

"李谦！"金宵找剑要和李谦决斗。

"你看我像个傻瓜吗？"李谦毫不留情地讽刺他，"我马上就要成亲了，和你决斗？除非我疯了，这种事，只有你才想得出来。"

金宵被李谦气得没了脾气，摊着手坐在那里："你说怎么办吧，我听你的。"说完又觉得自己在李谦面前太示弱了，接着道，"反正这件事我不管，郡主也会管的。与其到时候让你俩把我们家的事弄得乱七八糟不能收拾，我还不如和你们一道，好歹能在旁边看着。"说到这里，他语气一顿，"也不知道我妹妹走了什么运，遇到了郡主……"他这个做哥哥的还不如一个外人，金宵悲从心起，低下了头。

李谦任由他伤心了片刻，才道："你爹当初让你进京求娶嘉南，是想在京中找个得力的后援吧？"

金宵听了脸色一红，悄悄打量李谦的神色。

李谦忍俊不禁："现在嘉南已经是我妻子了，我难道还去吃这个干醋不成？真要吃醋，我看我会掉到醋缸里爬不出来——以嘉南的身份地位，只有她不想嫁的，没有不想娶她的。赵啸、邓成禄、你，哪一个不是千里挑一的好儿郎。再说了，要不是你，我也不可能这么顺利地娶到嘉南，说起来，你还是我们的媒人。我们帮你妹妹，就当是谢媒礼了。”

一番话说得金宵心里酸酸的，又佩服不已。想当初，他也并不是真心帮李谦，不过是想气气赵啸而已，说起来还是他对不起嘉南，如果换成自己，恐怕没有李谦这么豁达。金宵突然间有些明白自己为什么会和李谦交朋友了，笑着捶了李谦一拳："谢谢你了！"

李谦一笑，从前那些小心思、小纠葛也就在这一笑中烟消云散，无影无踪了："你代替你妹妹和邵家联姻，邵洋不同意。你父亲为了不让你祖母心中不快，会睁只眼闭只眼，反正他只是要和邵家联姻，至于是你娶还是你妹妹嫁，对他都无所谓。所以我们如果给你妹妹找门寻常的亲事，你爹肯定不会因此忤逆你祖母。可如果我们把你妹妹嫁到京城的高门大户里面去呢？"

金宵眼睛一亮，一下子坐直了身子，道："我怎么没有想到？"但很快，他的目光又黯淡下去，苦笑道，"我自己的婚事都没有办法，怎么给我妹妹在京城找个高门大户。"

"这就得请郡主帮忙了。"李谦把这个恩惠甩给姜宪。

金宵朝着李谦竖了个大拇指："还是你厉害，郡主还没有过门，你就敢指使她！"

"少在那里胡说八道。"李谦笑骂道，"这件事是郡主提起来的，不然我怎么会管到你妹妹头上去！"

金宵呵呵地笑，开始觉得李谦靠谱了："你继续说。"

"我们先把这件事解决了。"李谦道，笑容渐敛，目光变得犀利起来，"至于另辟财源，有什么比往关外运送盐巴和茶叶还赚钱的买卖？"

金宵颔首，耐心地听李谦说话。

"邵家敢十抽四，一来是因为他们是榆林总兵府，代表官府；二来是因为他们兵强马壮，没有人能从他们手里讨便宜。"李谦冷冷地道，"如果有人不怕他们的官家身份，又有能力和他们对抗呢？"

"什么意思？"金宵心中咯噔一下，身子朝李谦倾过去。

李谦的眼眸深幽暗沉起来，淡淡地道："我准备悄悄组建一支商队，从榆林关进出，把关内的盐巴和茶叶运到关外去，把关外的马匹和绿松石运到关内来。一来可以弄些银子花花，二来可以趁机练练兵，免得山西总兵府的那些人只会吃喝，想捉个贼都没有可用之人。你觉得如何？"

金宵懂了，李谦这是要虎口夺食，和邵家硬碰硬！他深深地吸了口气，让自己的心情平静下来，干净利落地应了声："干了！"这样的机会不常有，这样的人也不常遇到，而机遇通常是和危险相伴相生的。他没能成为嘉南郡主的夫婿，难道他还没有胆量和李谦干一票吗？

"那我们就这样说定了！"金宵道，"我该干些什么，你直说就是！"

李谦眼底闪过一丝浅浅的笑意。不破不立，一个朝代的时间长了，阶级会固化，草根很难出头，只有打破常规，才可能建立新秩序。

李谦和金宵在书房关了一整天，就连午膳也是冰河端来的。到他们两个人从书房里出来，已是掌灯时分，金宵兴奋得连晚膳都没有吃，就出去了。李谦比他好一点，草草地扒了两碗饭，把谢元希叫进了书房，继续关起门来和谢元希说话，直到天色微微泛白，谢元希才满脸亢奋地从书房里出来。

李谦梳洗了一番，草草地用了早膳，考虑到大同的风沙，为了避免身上弄上尘土，李谦选择坐马车往大同总兵府去。路上，听到有叫卖玉兰花的，他想了想，吩咐车夫停下来，买了一把玉兰花后，拍开了一家银楼的大门，又买了个鹅蛋大小、可以挂在腰间的鎏银缠枝花镂空玲珑球，把玉兰花装进去，才去见姜宪。

姜宪和姜律正陪着房夫人用早膳，听到小丫鬟的通禀，三个人都神色茫然。

"这么早，他来干什么？"房夫人困惑地道，忙吩咐姜律去迎客。

已经下了聘，姜宪和李谦的婚事铁板钉钉，姜律为了姜宪好，对李谦也客气起来。一直对自己横眉竖目的大舅兄突然变得和风细雨，让李谦心中颇为忐忑，他态度恭敬地向姜律道明来意："前两天郡主带信问我金家的事，我帮郡主打听清楚了，过来给郡主回个话。"

姜律闻到李谦身上散发着玉兰花的香气，不知道是焚了香还是从女人身上沾过来的，几不可见地撇了撇嘴："既然嘉南让人带信给你，你也让人带信给嘉南不就完了，何必亲自跑一趟。"既然亲自跑一趟，就把身上收拾利落啊！

姜律板着脸领了李谦往正房去。李谦望着脸上刚刚还晴空万里眨眼工夫就阴云密布的大舅兄，有些哭笑不得，这两兄妹脾气可真相似！他暗暗叹气，谁让他喜欢上了姜宪呢，大舅兄的气当然也得受着了。

正房里，房夫人已重新更衣梳妆，坐在了厅堂的罗汉床上。看见李谦，笑盈盈地站起来："姑爷用过早膳没有？今天早上灶上做了荠菜馄饨，新鲜得很，我让小丫鬟给姑爷盛一碗吧。"

"多谢您！"李谦上前给房夫人行礼，婉言拒绝了房夫人的好意，"刚刚吃饱了过来的。等会儿还要去几位世叔家送请帖，我就不在您这里用早膳了。"之后把来意又向房夫人说了一遍，歉意地道，"我是不是来得早了，您用过早膳没有？要是还没有用早膳，您就别管我了，我回了郡主的话就走。"

房夫人都不知道说什么好了。按理说，没有成亲的未婚夫妻成亲前是不能见面的，可看到李谦这边精神抖擞地忙着婚礼，还要抽出时间来给姜宪办事，姜宪倒好，据说听到李谦来了，哼哼了两声就继续趴在桌子旁边用早膳，也不管李谦有没有人招待。房夫人这拒绝的话就说不出口了。

房夫人朝着余嬷嬷使了个眼色，转过脸来笑道："那我就不和姑爷客气了，还请姑爷到花厅里奉茶，我这就去请郡主。"

李谦恭恭敬敬地道了谢，随着小丫鬟去了花厅。

房夫人回头看见姜律板着个脸站在那里不言不语，像没有看见李谦似的。

"你又怎么了？"房夫人头痛不已，抚额道，"刚才不是好好的吗？你又闹什么脾气？阿含和阿纵什么时候到大同？"

姜律面无表情地道："爹说还有几件珍玩要送给保宁做陪嫁，他们会跟着送陪嫁的队伍一起过来，婚礼之前肯定会到。"

还是没有说明到底哪天到，等于没说。房夫人怒道："你还用不用早膳？不用早膳就回自己屋里待着去，继续用早膳就快点去。"

姜律默默地跟着房夫人进了宴息室。余嬷嬷刚把姜宪从桌上拉下来，正在给她擦嘴擦手。

姜宪不知道自己到底是怎么一回事，像个孩子似的非要李谦哄着才舒服，她有点羞于见到李谦。可李谦已经来了，就坐在花厅，总不能把人晾在那里。她磨磨蹭蹭了好一会儿，才装作若无其事的样子，鼓起勇气去见了李谦。

李谦示意姜宪把身边服侍的都遣了下去，才把事情的经过跟她说了一遍。姜宪听了惊愕地张大了嘴。她知道李谦骨子里桀骜不驯，可她没有想到他这么野，现在还只是个仰仗着父亲的游击将军，就敢和做了三十几年榆林总兵府总兵的邵瑞叫板。

“会不会太早了点？”姜宪也顾不得羞赧了，急忙道，“你还没有在山西站稳脚跟就和邵瑞打擂台，万一事情暴露了给他服个软事小，怕就怕你会落下个飞扬跋扈、不尊前辈的名声，以后想在军中行事会变得很困难。”

李谦笑着凑到了她面前，低声道：“担心我？”

这不是废话嘛！姜宪看他故态复萌，起身就要走。

李谦忙拉了她：“好了，好了，别生气了，我这不是想让你开心开心嘛！你放心好了，我心里有数。这次护送聘礼过来，我遇到了很多事，跟着我办事的人经过了这次的事，不能独当一面的也都能和人动手了，我这才想到用邵家做磨刀石的。如果我能强行让邵家为我所用，天下还有哪里能拦得住我！”他眉宇微扬，无意间流露出睥睨天下的锋利。

姜宪语凝。

李谦就嬉笑着喊了声“保宁”，道：“我有东西要送给你。”

姜宪不解，就见李谦从怀里拿出了那个装着玉兰花的玲珑球，清丽的香气顿时弥漫在花厅里。

“早上出门的时候遇到有人卖玉兰花，我就去旁边的银楼配了这个玲珑球，也不知道你喜欢不喜欢。”他望着姜宪，低声道，眼底有着不容错识的温柔缱绻，“这玉兰花挺好闻的，我有一次在你身上闻到过这味道，猜你可能喜欢这个。”

姜宪的眼泪夺眶欲出，忙低下头，接过那玲珑球挂在腰间，轻轻地说了一句“喜欢”。

自己用心准备的东西讨了心上人的欢心，李谦也很欢喜，温声道：“你以后喜欢什么，就跟我说，我遇到了，就给你带回来。”

姜宪点头，好不容易把泪给憋了回去，想起刚才李谦说的话，道：“你小心点，那个邵瑞在榆林经营了那么长时间，十抽四这样的重税朝廷里听都没有听说过，甚至连金海涛都要笼络他，可见这个人不简单。你这是夺人饭碗，小心他狗急了跳墙，明着不敢对付你，来暗的。”

李谦笑着颔首，目光深情地望着姜宪的眼睛：“我会小心的。我还没有娶你，我还要和你过一辈子，还要护你一辈子，怎么能随随便便就把自己置于危墙之下呢！”

姜宪被他看得面颊发红，不敢看他的眼睛，垂着眼睑道：“你知道就好，别只想着往前冲，还要看看你身后的人。”

李谦会心一笑，握住了姜宪的手。姜宪别过脸去，任他捏着自己的手没有动。

朝阳从窗外照进来，落在窗棂前的冬青树上，越发显得那冬青树郁郁葱葱，枝繁叶茂。两个人就这样拉着手站在那里，什么话也不说，只觉得心情平静而踏实。直到有两个小丫鬟托着红漆海棠花托盘穿过庭院花木朝这边来，李谦才依依不舍地松开了姜宪的手。

小丫鬟在门口禀了一声，端了果盘茶点进来。

两个人坐了下来，开始说金宵、金媛兄妹的事：“你这主意能行吗？我看金宵自视甚高,邵家有适龄的小姐吗？若是长相欠妥,金宵不会抱怨吗？”

“有什么好抱怨的？”李谦不以为然地道，“我提出这个建议的时候金宵说他也曾考虑过，可见邵家是有合适的人选的。至于相貌，你觉得有几个女人的相貌能越得过金宵去？反正也就那样，娶谁不是娶？”

姜宪听了忍不住抱怨：“你自己怎么不随便娶一个，轮到金宵却是站着说话不腰疼了？”

“他能和我比吗？”李谦笑眯眯地望着姜宪，“我敢和我爹叫板，也敢拉支人马自己干，他敢吗？”

姜宪又问起金小姐来：“她知道吗？别我们一厢情愿，人家金小姐早有心上人，那就麻烦了。”

“金宵昨天晚上就兴冲冲地去找他妹妹去了。”李谦说着，笑容慢慢地从脸上退去，正色道，“保宁，我来就是想和你商量这件事的。”

姜宪见他神色肃然，知道他要说的事很重要，叫了情客过来，让她守在花厅外：“我和姑爷有话要说，谁也不能不通禀就闯进来。”

情客睃了李谦一眼，恭敬地道："郡主，奴婢明白。就是夫人和大公子，我们也会拦下的。"退出去的时候，还细心地关上了花厅的门。

姜宪睁大了眼睛，总觉得情客好像误会了些什么。

李谦却是心情愉快，觉得姜宪身边服侍的都挺有眼色，就这一点，李家的那些仆妇就拍马不及。还有房夫人身边的余嬷嬷，也是个老成人，不知道能不能向房夫人讨过来，以后在他和姜宪的屋里做管事嬷嬷。如果不行，就让七姑跟着余嬷嬷多学学，这样的机会太难得。

他走了会儿神，很快就集中了精神，继续着刚才的话："在我看来，不管金小姐愿意不愿意，最好是把她嫁到京城的豪门大户里去。一来可以拆散邵金联盟，二来可以利用金小姐影响金宵，让他始终站在我们这边，甚至在关键的时候，能和金海涛分庭抗礼或是架空金海涛。只有这样，我才能全心全意地对付邵家。"

李谦竟然有这样的想法，姜宪觉得既在意料之外，又在情理之中。与其让金邵两家再次联姻，让榆林和太原之间固若金汤，不如分而化之，先和金宵结盟，再把硬骨头的邵家啃下，让邵家为李家所用。这样李家不仅在山西站住了脚跟，还可以利用榆林关的所得招兵买马，增强自己的实力。

姜宪道："你是什么时候开始布局的？"

"你跟我提金小姐的事的时候，"李谦坦然地道，"我当时就觉得这对我来说是件好事。只是有些事还没有摸清楚，所以找金宵证实了一下。现在看来，我的猜测没有错。金家需要依靠邵家走马，邵家需要依靠金家脱手。邵家只有一个，可能帮邵家销货的却不止金家一家。所以金家这几年和邵家的关系越来越密切，甚至互换子弟在对方的辖区里任职。金家对邵家的依赖强，这样的人家反而好拿捏。所以我准备先和邵家硬碰硬，顺便也可以敲打敲打金家，免得以后李家取而代之的时候，金家在旁边整出什么幺蛾子来。"

不是因为自己拜托了他，所以他才会帮金家的吗？姜宪把玩着手中的玲珑球，觉得自己有点小心眼。可她也没有办法，只要是李谦的事，不管多小，她全都记得，没有办法忘记。姜宪道："我在慈宁宫哪里也不去，你让我给金小姐做媒，还不如找清蕙呢！"

李谦含笑望着她不语。

姜宪反应过来。白愫是她的姐姐，男女授受不亲，李谦就是去找房夫人也不会去找白愫。

她拿起果盘里的香梨就朝李谦扔了过去，笑他："满肚子的坏水！"

李谦却接过香梨，看着她啃了一口，道："好吃！"好像在说她似的。

姜宪臊得不行，败下阵来，佯装嗔怒道："送你的请帖去！这件事我会跟我大伯母说的，让她帮着给金小姐找一门合适的亲事。"说完，转身就要走。

李谦拉住了姜宪，突然朝她嘴里塞东西。

"是什么？"姜宪含含糊糊地问，却没有拒绝。甜甜的，酸酸的，非常清新。

"是江南雪涛斋新出的橘子糖。我尝过了，不是很甜。"李谦笑眯眯地道，把一个白色描金山茶花的锡盒递给姜宪，"我之前回太原的时候买的，一直没有机会给你。"

姜宪把糖拿给房夫人吃。

房夫人笑道："姑爷送的？"见姜宪笑盈盈地点头，房夫人高兴地招呼姜律吃糖。

姜律靠了过来，闻到姜宪身上一股子玉兰花香，微微一愣："你刚才换了香？"

"没有，"姜宪略窘地道，"李谦送了我个装着新鲜玉兰花的玲珑球。"

姜律的脸上突然就有了笑容，夸奖李谦道："你这个姑爷选得还不错。你让他好好地在他爹手下干几年，升个参将什么的，等他的资历混得差不多了，再外放到陕西或是山东行都司去，他就可以接手他爹的位置了。"

姜宪拿白眼看他，道："你以为你是兵部武选司的啊？"

"兵部武选司的又怎样？"姜律毫不在意地道，"要是不听话，就换个人来做，总有会看眼色行事的。你就好好地和他待在山西，生几个孩子，没事的时候出去逛逛街，喝喝茶，买点新衣服新首饰什么的就行了。等过几年皇上生下皇子，我再想办法让你们回京城。"

李谦要是只求个富贵，她还有什么好担心的，怕就怕李谦天生反骨，闲下来就闹腾。姜宪慢慢地吃着糖，觉得她哥真是太闲了，还有空管她和李谦的事。

“伯母，您快点给大哥找个媳妇定下来吧！”姜宪调侃道，“我都出嫁了，大哥要是还不成亲，别人会说闲话的。”

姜律羞得满脸通红，慌慌张张地走了。姜宪哈哈大笑。

房夫人点着姜宪的额头：“你啊，什么时候才能长大，你大哥的玩笑也敢开！等他娶了嫂子，我看你还这么顽皮不？”

姜宪很喜欢吴氏，她希望这辈子吴氏还能做她的嫂子。这么好的女子不嫁给她大哥太可惜了，她支肘托腮地寻思着。

房夫人却道：“保宁，姑爷来找你有什么事？他只说你有事找他，具体是什么事却不说。我也不好问。”

姜宪一听，坐到了房夫人身边，抱了房夫人的胳膊小声道：“说起这件事来，还得请您帮忙呢！”

“哦？”房夫人挑了挑眉，学着姜宪的模样小声道，“什么事啊，我能帮得上忙吗？”

姜宪不知道房夫人这么有趣，抿着嘴笑了起来，没有说到底有什么事。

房夫人毕竟做了这么多年的国公夫人，吩咐身边服侍的退了下去，这才笑望着姜宪道：“现在可以说了吧？”

姜宪就把李谦所托之事告诉了房夫人。

房夫人皱了皱眉，道：“你们这样插手金家的事，不太合适。”

姜宪见瞒不过房夫人，干脆对房夫人说了实话：“李谦是不想让金邵两家再联姻。”

房夫人很是意外，笑道：“这才对！我说你们怎么无缘无故地要帮金小姐在京城说门亲事。行了，这件事包在我身上了，你去问问那金小姐想嫁个怎样的人家。既然管了，就要包别人满意才是。”

姜宪没想到房夫人这么爽快，忙连声道谢，心里有点明白自己的大伯父为什么会和大伯母伉俪情深了。

那边金媛却和金宵吵了起来：“你早干什么去了，现在来管我的闲事？怎么，金家要巴结邵家还不行，还要巴结上京城的高门大户才行？你们是不是觉得我长了这样一张脸，是个男人就觉得满意，是个男人就会把命卖给金家，帮着金家荣华富贵，飞黄腾达啊！我真恨我这张脸。”她说着，眼泪滚滚落下，“什么亲戚，什么长辈，全都是些趋炎附势的卑鄙小人！有事找我的时候就是舅舅、舅母，我有事来求的时候就推脱搪塞，让我去找吕家的人，说那才是我的外家。难怪娘死了之后，别人都只知道有吕夫人不知道有黄夫人……”

“阿媛！”金宵告诫般地呵斥着妹妹，毕竟是在黄家，隔墙有耳，若是被他们的舅舅和舅母听见了,传出什么“不孝”的流言蜚语可就麻烦了,“你少说两句，有什么事等会儿你跟我回客栈了再说。”

金媛太了解自己的舅舅和舅母了，她当然知道金宵在担心什么。

“我现在都这样了，还有什么好怕的？”她嚷道，“昨天你不是和邵洋在济南村吃饭吗？怎么，他没有把你带到他的私宅里去，没有给你来个肉林酒池招待你？我告诉你，我谁都不嫁，如果你们把我逼急了，我就剪了头发去做姑子。要不，就让他们邵家抬着我的尸体去拜堂！你们这些金家的男人没本事，就拿我们女人去联姻，这和那些贫寒之家卖儿卖女有什么区别？不对，你们还不如那些人呢！那些人至少是为了一口吃食，为了活命，你们呢？活不下去了？还是没有吃的了？”

“你都在胡说些什么！”金宵低声阻止着妹妹，脸却止不住地烧了起来。他想到之前金媛满心期待地来求他，想到那天在书房李谦跟他说的那句话——如果你觉得金家离不开邵家，只能求着邵家过日子，我就当你不知道这件事，我出面去跟郡主说……

“阿媛，”他一下子变得冷静，“我是不会眼睁睁地看着你嫁给邵洋的。你就相信我这一次，行不行？”

金媛呆呆地望着自己的哥哥，目光游离。

金宵心痛不已。姜宪和他妹妹差不多大，可姜宪有镇国公府护着，有李谦护着，甚至快要成亲了还敢到街上去闲逛，她妹妹却连拒绝一个纨绔子弟都不行。

这时有小丫鬟禀道：“金将军、大表小姐，二表少爷从太原赶了过来。”

“金城？”金宵愕然，“他怎么来了？”

金媛却欢天喜地地迎了出去：“二哥，你怎么来了？”她亲密地挽着金城的胳膊，站在院子的石榴树下。

金宵的表情有些晦涩不明，什么时候他的弟弟和妹妹的关系这么亲密了？他一心一意忙着在父亲面前露脸的时候，他的弟弟和妹妹都在干些什么？曾经遇到过什么事？是否伤心流泪？是否欣喜欢呼？他全都不知道。他只知道，他是家中的长子长孙，他要光耀门楣，他要为他早逝的娘挣个诰命回来，却从来不曾朝身后望一眼，看看他两个年幼的弟弟妹妹在干些什么。

金宵沉默地望着金城，十六岁的金城和他越长越像，只是眉宇间温柔文雅，比起他来更显宽厚亲和。

“大哥。”金城恭恭敬敬地上前给金宵行礼，“我听说妹妹来了大同，有些不放心，所以也跟过来看看，没想到会在这里遇到大哥。”

金宵望着黄家那些慢吞吞从院子里经过的仆妇，深深地吸了一口气，做了一个决定。

“有什么话屋里说吧。”他说着，转身进了屋。

金城和金媛狐疑地对视了一眼，跟着金宵进了厅堂。兄妹分主次坐下。

金宵问金城：“家里那套刀法你学得怎么样了？”

金城面露赧色：“没有三弟和四弟学得好。”

“我这里有个差事，你若是刀法还可以，就跟着去学学别人是怎么行事的；你若是刀法不行，我就帮你请个师爷教你算账，你去帮着管账好了。”

金城和金媛神色大变。没有分家的子嗣，原则上是不允许置办私产的。金宵这话里话外，分明是准备置办私产，让金城去帮着打点。可问题是，金宵这个人最守规矩不过，怎么会突然想到置办私产？

金宵见自己两个弟妹的样子，不由得苦涩地笑了笑，把弟妹带到旁边宴息室，亲自关了宴息室的窗棂，悄声道：“这里也没有别人，我就实话跟你们说了，我们不能再这样指望着父亲给我们出头了，我们要什么，只能靠自己想办法。这次我去京城，探了条路子，虽然凶险，可若是做得好，以后阿城的婚事就不必非得听父亲的了。这件事在金家只有我们三个人知道，你们切不可说出去。”又强调，“不管是谁，都不能说，知道了吗？”

金城连连点头，兴奋地道：“大哥，我听你的。”随后又腼腆地笑道，“吕夫人常去考校三弟和四弟的功课，我……我不敢冒尖……阿媛也是。如果和外面的人比起来，我们不比别人差！”

金宵听得眼泪都快要落下来了，他点点头，对金媛道：“我刚才还没有说完你就发起脾气来。这次帮你的是嘉南郡主，你也见过，她求的是镇国公府的房夫人。房夫人在京都素有贤名，行事很是稳妥，姜家那些下属的女眷有事，都喜欢请房夫人帮忙。我也见过房夫人两次，一看就是良善之辈。她们不会害你的。阿媛，我没有能力让父亲改变主意。这样的机会并不常有，你到底是听父亲的，还是求房夫人给你做主，你自己要想清楚了。”

金媛困惑地道：“我和嘉南郡主素昧平生，她为什么会帮我？”她甚至那天明知道嘉南郡主在逸仙楼喝茶，都没有去请安，狠狠地削了嘉南郡主的面子。

金宵隐隐知道李谦的打算。可有的时候，你能被人利用，说明你还有价值。如果你连被别人利用的价值都没有了，那你这个人就彻底没用了。可他并不想把自己的弟弟妹妹卷进去：“我曾经帮过嘉南郡主的仪宾李谦李将军一个大忙，这件事是李将军求的嘉南郡主。嘉南郡主很喜欢李将军，所以才会出手相助。”

金媛听着低下了头，半晌都没有说话。

金宵讶然，道：“你不愿意吗？”

金媛没有作声，金城欲言又止。

金宵道：“阿城，你说！”

金城看了金媛一眼，见她没有动静，这才道：“大哥，妹妹不想嫁给行伍出身的人，那房夫人认识的，恐怕也多是像我们这样的人家，未必能给妹妹找门如意的亲事。”

“不愿意嫁入行伍之家？”金宵愕然，“为什么？你难道想嫁到读书人家去？你是不是有看中的人了？像我们这样的人家有什么不好的，门当户对，嫁过去了该做什么不该做什么全都知道。那些读书人家规矩大不说，还素来瞧不起我们，就算勉强嫁了进去，婆媳妯娌之间，你能适应吗？”

“我没有看中的人！”金媛陡然抬起头来，打断了金宵的话，“大哥，我只是不想再过这种日子了。”她真诚地道，“你看娘，你看我们身边的那些小媳妇大嫂子，哪一个不是嫁过来就不停地生孩子，还得生儿子。丈夫出征，妇孺只能在家里守着。好一点的，能守到丈夫解甲归田，服侍一身伤痛的丈夫；运气差一点的，年纪轻轻就守寡。好不容易把儿子养大了，却还要送去战场，又是漫长的等候和无尽的担忧。大哥，我不要荣华富贵，也不要锦衣玉食，我就想我的儿子不用去征战，我不用一个人守在家里……”

金宵嘴角翕翕，不知道说什么好。

金城忙道：“大哥，你住在哪里？也住在黄家吗？我就和你挤一挤好了，让他们不用再给我安排客房了。”

黄家也不大，所谓的客房，也就是几乎不用的厢房，阴暗潮湿，如果不是看在大家是亲戚，他们来了不住在黄家怕别人说闲话，他宁愿住客栈。

金宵犹豫片刻：“我住在李将军那里，你也跟着我一起去那边住好了，让黄家的人别收拾了。还有阿媛，李将军那边没有女眷，我先去问问，如果合适，你也跟着我们一起走。舅舅和舅母若是问起来，你们就说是我的意思，让他们来找我。”他是长子长孙，从前在他祖父跟前养着，后来他祖父去世，他就跟着金海涛。黄家敢怠慢金城和金媛，却不敢怠慢他。

金城应“好”，推门正要出去吩咐一声，一个亭亭玉立的身影出现在了他们的门前：“大表哥，您什么时候来的？怎么也不提前打个招呼，也好让我爹给您接风洗尘啊！”

屋里的人听着那声音，脸上都闪过一丝嫌弃之色。

金城更是道：“阿媛，尤小姐怎么会在这里？”

金媛看了一眼金宵，说道：“她想嫁给大哥，如今大哥在这里，她肯定是要来晃几下的，不然大哥可能都不记得她长什么样子了。”

金城有些同情地望着金宵。

“走！”金宵冷着脸对金媛道，“我们去李家暂住！”

再有两天就是外祖母的生辰，到时候他父亲会派人送寿礼过来的。金媛和送寿礼的人一起回太原就行，反正留在这里也没有用。黄老夫人心里只有儿子，只要是对儿子有利的事，她怎样都甘心。万一要是在这里遇到邵洋，金媛被他纠缠上，就更麻烦了。

经过这件事，金媛已对自己的外祖母、舅舅、舅母彻底死心了，她一刻钟也不愿意再在这里待下去。金宵的话音刚落，她就喊了服侍的丫鬟进来给她收拾箱笼。

尤小姐见了，一副可怜兮兮的样子问金媛：“你这是怎么了？是我哪里没有注意到得罪了你吗？”

金媛最看不得她这个样子。尤慧娘小的时候，看见比她漂亮的金媛不得黄家的人喜欢，就拼命地疏远、冷落金媛。等她后来想嫁给金宵的时候，又开始拼命地巴结讨好金媛。

“我哥来接我，”金媛冷冷地道，“与你有什么关系？”

“你，你们能不能不走啊！”尤小姐去拉金媛的手，“住在这里不好吗？要不，我去跟我姑母说一声，她最疼我了。”

“不用了！”金媛道，“我和我大哥住在一起，舅舅、舅母难道还不放心吗？”

金氏兄妹没有理会黄家假惺惺的挽留，很快离开，住进了李谦家里。

李谦从大同总兵府回来才知道金氏兄妹住了进来。金宵有着世家子弟的骄傲，这种不打招呼就住进来的行为，只能说明一件事——他实在是没有地方安置他的弟妹了。李谦不由得叹了一口气，吩咐李泰：“好好招待金家兄妹。”

李泰笑道：“您不吩咐我也知道。金小姐安排在了金将军后面的客房，金家二爷则和金将军安排在了一起。调去服侍金小姐的丫鬟都是经过了余嬷嬷指点的，肯定不会让您丢脸的。”

李谦笑着点了点头，夸奖了李泰几句。李泰笑得见牙不见眼，身子骨仿佛都轻了几分。李谦这是跟房夫人学的。房夫人那样尊贵的一个人，身边服侍的做得好了，也会赞扬几句、赏朵花戴或是赏个小玩意儿什么的，所以那些仆妇们才会整天都高高兴兴的，显得很有朝气的样子吧？

李谦想了想，设宴给金城接风洗尘。

金城吓了一大跳。虽说行伍之家不讲嫡庶，可嫡庶之间还是有差别的。他作为庶子，走出去的时候别人也许会恭恭敬敬地称他一声“金二爷”，可到了正式场所，特别是和金宵在一起的时候，没有谁会把他放在眼里。金宵的朋友中，李谦是第一个为他设宴的人。

金城很激动，他对金媛道：“也许我们可以试着相信李谦。”

金媛缓缓地点了点头。

之后金宵把金城介绍给李谦。李谦知道金城的生母是金宵生母的贴身婢女，这样的身份，是天然的同盟。三个人关在书房里说了半天的话，出来的时候金城很兴奋。而李谦在得知了金媛对自己婚事的看法之后，绕过姜宪，去见了房夫人。

“把金媛许配给邓成禄？！”房夫人大吃一惊之后，若有所思地笑望着李谦道，“恐怕有点不适合吧？”

安陆侯虽说早已经远离朝政，可家中资产丰厚，人口简单，夫妻和美，邓成禄又人品出众，甚至有资格入选姜宪夫婿。在京城众多有女儿的贵妇人眼里，他已是难得的佳婿。等到姜宪出了嫁，给邓成禄说亲的人肯定会踏平安陆侯府的门槛。

李谦笑道：“您是觉得金家是外放的武官，和安陆侯家门第有差距吗？可嫁女儿不都是高嫁吗？何况金家小姐是山西第一美人，金家又是手握实权的封疆大吏，配邓成禄应该不算委屈他吧？”

“我倒不是说门第家世不对，”房夫人笑道，“我是觉得安陆侯夫妻为人清高，对子女十分疼爱，未必愿意让儿子娶个他不喜欢的人。”

“这就要靠大伯母您出马了。”李谦奉承着房夫人，“您也是做父母的，也是最疼爱儿女的，不然大舅兄也不会这个时候还没有成亲了。我相信您出面，这件事肯定能成！”

房夫人哈哈地笑，没有说愿意出面，却也没有拒绝，而是转了话题，问起李谦太原那边的准备来。

“都准备得差不多了。”李谦也不再继续这个话题，他今天来得突然，总要给房夫人一个考虑的时间，“家父亲自去了一趟双塔寺，请寺里的师傅帮着求了支签，又去上清寺算了个卦。自发嫁之日起，李家会连摆九天的流水席，账房已经开始登记随礼，搭酒棚的、负责酒筵茶水干果的都安排好了。”

房夫人很是满意。

两个人说了半天的话，李谦这才告辞。不过，他走之前请房夫人身边的余嬷嬷给姜宪带了一匣子杏子蜜饯，并请余嬷嬷给姜宪带话，说这是用大同的杏子，按照京城的制法做的，若是姜宪觉得好吃，他再让人送一些过来。

余嬷嬷见李谦对姜宪如此上心，高兴得都要合不拢嘴了，连声说着“姑爷您放心，一定把您的话带到了”，一直把李谦送到了大门口才折回去跟房夫人八卦这件事。

谁知道房夫人却含笑地瞥了余嬷嬷一眼，道：“我们家姑爷的心眼多着呢，你小心着了他的道。”

余嬷嬷哑然，不知所措。

房夫人扑哧一声笑，让余嬷嬷去把姜律叫来，说有事吩咐他。

余嬷嬷应声而去，可不过片刻的工夫就折了回来，身后并没有跟着姜律。

房夫人讶然。

余嬷嬷已兴奋地道：“夫人，国公爷来了！”

“你说什么？”房夫人腾地起身，差点打翻了手边的茶盅，“国公爷来了？人在哪里？他怎么不声不响地就来了？他一个人来的吗？是为了公事过来的还是来给保宁送嫁的？含哥儿和纵哥儿呢，也来了吗？”她一句接着一句，一面更衣，一面发问。

余嬷嬷一面帮房夫人打点衣饰，一面摇头道：“具体的老奴也不知道。老奴走到半路的时候遇到了来通禀的丫鬟，问了她几句，她也不知道，只说是齐大人差了她来给夫人报信。老奴怕那小丫鬟耽搁了夫人的大事，这才接下了这差事，急着来给夫人送信。”

房夫人点头，心情非常激动，她已经有一个月没有见到姜镇元了。平时还不觉得，如今知道丈夫就在自己不远处，这才觉察到自己想念姜镇元想念得厉害。

余嬷嬷和几个丫鬟婆子簇拥着房夫人去了外院的书房。

刚踏进书房的院子，房夫人就听见了姜镇元爽朗的笑声。她眼眶微湿，快步进了书房。

“夫人！”齐胜和姜镇元都站了起来，跟着姜镇元一起来的姜含和姜纵则忙上前给房夫人行礼。

房夫人的目光在姜镇元的身上停留了片刻，发现姜镇元并没有瘦，精神也还好，她悬着的一颗心这才放下来，笑着让人扶了姜含和姜纵起来。

齐胜和姜镇元又寒暄了几句，定下了接风宴的时辰，就起身走了，把地方留给姜家的人说话。

姜镇元问：“阿律呢？”

房夫人也不知道他去了哪里，还是余嬷嬷道：“大公子去了邵将军那里。”

房夫人皱眉："邵二公子和邵将军住在一起吗？"拜齐氏姐妹所赐，现在房夫人也知道了邵洋的恶名。

姜镇元听了道："不用管他。他这么大的人了，如果连这点是非都分不清楚，控制不住，以后也不会有什么出息，还不如趁早回家歇了，靠着祖上的余荫过日子。"

房夫人不再说什么。姜含上前把姜镇元补给姜宪的陪嫁单子给了房夫人。房夫人刚打开看了一眼，听到消息的姜宪就过来了。

"大伯父。"姜宪笑嘻嘻地给姜镇元行礼。

可能是走得太急，姜宪的脸上红扑扑的，看上去神采奕奕，仔细一看，好像比在京城的时候还胖了一点。可见姜宪离开了京城过得很舒心。姜镇元暗暗点头。

姜宪已和姜含、姜纵嬉笑成了一团："我要出嫁，你们都不送点什么给我吗？"

"大伯父给你写了一大串东西，还要敲诈我们，你也太贪心了！"活泼的姜纵呵呵地笑。

"你们这两个笨蛋！"姜宪笑道，"以后你们成亲的时候我不得还回去吗？"

"还倒是不用还了，"持重些的姜含道，"只是妹夫得把我们招待好了，他来迎亲的时候，才不会吃亏。你赶紧给他通风报信，就说他的两个大舅子来了。"

"通什么风，报什么信啊？把他叫出来就是了。"姜宪爽快地道，"你们小心别被他灌醉，分不清东南西北就好！"

"到时候看谁把谁喝醉了。"

……

三个人在那里叽叽喳喳的，姜氏夫妻对视一笑，屋里充满了温馨的气氛。

晚上，姜律果然去把李谦叫了出来喝酒。

姜宪担心得不得了，悄悄吩咐七姑："你想办法去见李谦，让他喝酒之前喝点羊奶什么的护着胃，万一要是觉得不舒服，就装无赖，千万别喝出什么毛病来。"

七姑笑着应“是”，眼睛都眯成一条缝了。

李谦得了信嘿嘿直笑：“你回去跟郡主说，让她放心，我心里有数。”

结果这话被出来找他的姜纵听见了，他高声向姜律告状：“大哥，大哥，姐姐还没有嫁就偏向姐夫，还专程让身边服侍的人带信过来，说别跟我们喝酒，今天我们不能放过他！”

姜律冷笑，吩咐店家：“上二十坛老白干！”

姜含更是跑出来押了李谦：“不许跑，喝完了再说，不然以后休想上姜家的门。”

李谦哈哈笑着和姜含进了“第一楼”的雅间。结果他们一直喝到亥时才回来，个个喝得东倒西歪的，问什么都只知道哼哼。

姜宪急得不得了，让七姑去李家看看。大半夜的，七姑换了衣服出了府。

房夫人不免有些担心，对姜镇元道：“你就不管管？他们三个喝一个，万一姑爷真的被喝趴下了可怎么办？”

“小孩子们的事，又都是小伙子，有什么好管的？”姜镇元不以为然，笑道，“我们年轻的时候还不也是这样过来的？”

“你啊！”房夫人娇嗔地横了姜镇元一眼，忙吩咐把早就熬好的醒酒汤送到姜律几个住的客房，又吩咐余嬷嬷，“跟二门值夜的婆子说一声，七姑回来了让她给我回个话。也不知道姑爷喝得怎样了，有没有人照顾。”

余嬷嬷笑吟吟地出了院子。

姜镇元放下了手中的邸报，对房夫人道：“你说，李谦要给邓成禄说媒？”

“是啊。”房夫人在姜镇元身边坐下，抿着嘴笑道，“我听到的时候惊了一下，这孩子，倒是个有心的。”

姜镇元笑了笑：“他要是没有那个心，能让保宁跟着他走？”

房夫人不由得道：“也不能这样说。我看姑爷倒是真心护着保宁，什么都想着保宁，保宁也很喜欢和他在一起。”

姜镇元不爱听这个，总觉得自己家好好一个姑娘，被狼叼走了：“皇上要立简王家的清仪县主为后了。”

“什么？”房夫人惊讶地睁大了眼睛。

姜镇元淡淡地道：“太后中意的是安陆侯家的大小姐，皇上中意的是晋安侯家的大小姐，皇上把安陆侯家的大小姐嫁给了晋安侯世子蔡霖，太后就把晋安侯家的小姐远嫁给了赵啸，朝廷里乱成了一锅粥。最后汪几道请了太皇太后出面，商量的结果是简王家的清仪县主被册封为皇后，估计这几天就会昭告天下了。”

房夫人好半天才消化掉这个消息。

“这不是乱来吗？”她气愤地道，“女子嫁人，等于是第二次投胎，他们怎么能就这样随随便便地给人赐婚？太过分了，太过分了！”

“谁说不是，”姜镇元苦笑道，“我来之前，简王特意去看了我。我以为他会和我说说清仪县主的事，特意从琼花楼叫了桌酒席过来，还从酒窖里把先帝赐的梨花白搬了出来。原想和他老人家喝喝酒，让他老人家也能说几句心里话的。谁知道酒喝了，菜吃了，他老人家却从头到尾一句话都没有说，走的时候那步履蹒跚的样子，你是没有看到啊，好像一下子老了十岁似的，让人心里酸酸的。”

“简王也不满意这门亲事吗？”房夫人目瞪口呆。

“他是明白人，怎么可能满意这门亲事？”姜镇元喃喃道，“先不说皇上那些荒唐事，就说韩家的那个女婿，平日里没事的时候什么都好，一遇到事了，就慌慌张张没有个主意。做个闲散的仪宾这些自然都是些小毛病，可若是成了当今皇上的岳父，这些小毛病就有可能成为致命的缺点，不仅会要了韩家人的命，甚至会牵连简王。你说，他能不烦心吗？”

房夫人也听说过这位东阳郡主的仪宾韩忠的一些轶事，知道丈夫所言不虚。特别是韩家之前家势普通，娶了东阳郡主之后就轻狂过一回，后来还是简王出面压了下去。这次韩同心被选为皇后，韩家只怕更加张狂了，到时候简王能不能压得住还两说。

“还有武阳郡主那边。”姜镇元淡淡地道，“也不是个安分的主儿。有了清仪县主这样的外甥女，她能安分才有鬼呢！现在想想，还好我们家保宁从这个圈子里走了出来，不然咱们两口子还不知道要遇到什么糟心事呢。”

房夫人连连点头。夫妻俩又感慨了一番，这才吹灯歇下。

第十章 立后

姜宪得到消息，已经是三天以后了。她当时就傻了眼，反复问白愫："你说安陆侯家的邓小姐嫁给了晋安侯世子蔡霖？"

"是啊，"白愫笑道，"蔡家大小姐嫁给了赵啸，清仪做了皇后。"她说着，还朝姜宪眨了眨眼睛。

姜宪的心思完全不在这上面，根本没明白白愫为什么要朝着她眨眼睛。她想到邓小姐，就觉得有什么东西堵在了她的胸口似的，非常难受。小绵羊一样的邓小姐嫁给蔡霖，那不是死路一条啊！不行，她不能这样坐视不理。这原本是白愫受的苦，因为她的插手，现在受苦的人却变成了无辜的邓小姐。

她匆匆去了房夫人那里，问房夫人："邓小姐的事定下来了吗？没有转圜的余地了吗？"

"圣旨已经颁布了。"房夫人诧异地道，"你怎么突然关心起邓小姐的事来？"

姜宪没办法对房夫人解释，只好道："我就是觉得那个蔡霖不妥当，邓小姐嫁给他太亏了！"

房夫人笑了起来："他们一个是侯府的大小姐，一个是侯府的世子爷，最门当户对不过了。不仅安陆侯府满意，晋安侯府也很满意。为何只你觉得不好？”

可是，那个蔡霖不是什么好人！姜宪想想就觉得气馁。

李谦刚刚考校过金城的身手，颇有些意外，对着金宵夸奖着金城：“你们三兄妹都挺出色的。我看，让他跟着云林出去办事好了。但我觉得你还是应该请个账房先生来教教你弟弟，管账可不是人人都能做的。”言下之意，是要培养金城管账，当负责人。

金宵喜出望外，强忍着才没有流露出来。他淡淡地颔首，笑道：“我知道了。我这几天就给他找个账房先生先跟着学学，看他能不能拿得起。”

金城也很高兴，离开太原总兵府，有自己的一份差事，能自己养活自己，这是他一直以来的期盼。

三个人一边用仆妇递来的热帕子擦着汗，一面往喝茶的花厅走去。

冰河跑过来说嘉南郡主到了的时候，他们都吓了一大跳，特别是金宵：“她就这样跑来找你了？家里人也不管管？”

李谦看了金宵一眼：“不要说是有事，就是没事，她跑来找我，也碍不着你什么事吧？”

的确不碍他什么事。可金宵想到他第一次见到姜宪时，姜宪安安静静地坐在那里，微笑着听太皇太后和他们说话，端庄秀美、娴静温婉，说不出来的大方沉稳。可现在……他觉得他心目中的那个完美形象突然间坍塌了。

李谦丢下金氏兄弟去了书房。

姜宪正坐在临窗的大炕上等他，表情有些呆滞，目光空洞地望着炕几上摆放的玉桃盆景，连他进来都没有听到。

李谦不敢贸然上前去拍她，怕吓着她，就在离她四五步远的距离停下了脚步，轻轻地喊了一声“保宁”。

姜宪还是被吓了一跳，但也因此很快回过神来。

李谦亲自去给她沏了壶茶，又坐到了她的对面给她剥芦橘：“这个你能吃。不是很甜，还有清肺、降气化痰的功效。”

姜宪哪有心思吃水果，她把曹太后和赵翌做的“好事”告诉了李谦。

李谦笑道："那你为什么不高兴？"他对赵翌的事特别敏感。

姜宪叹气，情绪低落地道："原本是白愫嫁给蔡霖的，结果白愫喜欢的是曹宣，那个蔡霖又不是什么好东西……"

李谦理解成原来白家要把白愫嫁给蔡霖，结果打听出蔡霖品行不端，白愫喜欢的又是曹宣，就让白愫和曹宣定了亲。

"就算是这样，作为父亲，安陆侯肯定不会坐视不理。"李谦把剥好的芦橘放在水晶碗里递给姜宪，"别唉声叹气了，吃几个芦橘。今天的天气有点热，正好解解渴。"又递了个小小的银杏叶水果叉子给她。

姜宪抱着水晶碗吃了几个芦橘，看李谦还在给她剥，脸上一红，把水晶碗推给李谦："你也吃，我帮你剥。"

李谦求之不得，把装着芦橘的果盘推到了姜宪的面前。姜宪哪里给人剥过水果？弄得满手都是芦橘汁。李谦也不嫌弃，就当是给她捏着玩。姜宪看着被自己弄得伤痕累累的芦橘直皱眉。

李谦笑道："没事，又不是不能吃。"直接叉了一个放到嘴里，结果汁水滴到他的衣服上，留下印迹，颇有些狼狈。

姜宪抿嘴笑，心情莫名好了起来。

李谦刮了刮姜宪的鼻子，去内室换衣服。姜宪被他亲昵的举动弄得面红耳赤，喊了香儿去帮她打水洗手。

等李谦出来，一盘子芦橘全都剥完了，整整齐齐地摆在水晶碗里，品相十分完整，一看就不是姜宪的手笔。

偏偏李谦佯装不知地逗着姜宪："不错，不错，越剥越好了，我以后可有口福了。"

姜宪咯咯地笑，心情更好了。

李谦坐到了她的身边，爱怜地摸了摸她的头。姜宪红着脸往里挪了挪，李谦倒没有再靠近，而是懒洋洋地靠在了大迎枕上。

这样随意亲密的样子，姜宪也是第一次见，只好低头去吃芦橘。

李谦就给她端着水晶碗，温声和她说话："我知道你希望她们都过得好。可子非鱼，安知鱼之乐？你觉得不好的，说不定对别人来说正正好。"

是吗？姜宪有些迷茫。

李谦起身，笑着又摸了摸她的头，低声在她耳边道："不知道多少人想做皇后，哪怕是皇上和乳母通奸，哪怕是皇上寡恩薄情。只有你才这么傻，跟了我……”那声音轻柔又温和，带着热气落在她的耳尖上，拨动着她的心弦。

姜宪大赧，去推李谦：“你才是傻子呢！”她可不稀罕做什么皇后和太后。

李谦不动如山，在她的鬓角轻轻地落下一个吻，很快坐了回去。那唇软软的，却又像火星子落在了她的皮肤上，烫得她打了个哆嗦。

“李宗权！”姜宪柳眉倒竖。

李谦笑眯眯地高声应了句“诺”，把姜宪气得说不出话来，却没有发现李谦的耳朵也红彤彤的。

两个人闹了一会儿，姜宪根本没有心思再去想邓家小姐的事，眼看着天色渐暗，姜宪决定打道回府。

李谦不敢挽留，他怕自己控制不住会做出让姜宪更羞愤的事来。他送姜宪到了大门口，看着七姑扶着她上了马车，走过去叮嘱她道：“现在我们知道得有点晚了，你要是觉得安陆侯大小姐的那门亲事真的不太好，我们到时候多关注些。若是他们夫妻之间生罅，我们再出面相助也不迟。你这个时候跑去跟他们说什么，他们不仅不会相信，说不定还会觉得你别有用心。”

姜宪点头，她的确已不再为这件事伤感了。也许，邓小姐不像白愫那样立场分明，和蔡家的利益没有冲突，蔡家会更喜欢这样的媳妇；而在邓小姐和蔡霖有矛盾的时候，自有长辈们出面压制蔡霖，他们反而会过得不错。

李谦让人装了好几筐芦橘，目送姜宪的马车离开。

只是还没有等他转身，金宵就不知道从哪里蹿了出来，满脸促狭地望着李谦，道：“快点交代，你今天下午和嘉南郡主在屋里都干了些什么？我可看见了，你们屋里服侍的都远远地站在院子里！”

李谦皱了皱眉，神色显得有些肃然，诘问道：“我和你说事的时候，丫鬟小厮都在旁边服侍吗？”

金宵被噎住了。

李谦左右看了一眼，道：“我们到书房里说话。”

金宵知道昨天晚上姜镇元到了大同，他正寻思着要不要去拜访，谁知道姜宪就过来了。李谦的样子让他觉得姜宪赶来找李谦是与姜镇元的到来有关，不由得严肃起来，跟着李谦去了书房。

李谦把朝中的闹剧告诉了金宵。

金宵差点跳起来，睁大了眼睛望着李谦："不会吧？皇上怎么说也是一国之君，他行事不会这么轻率吧？难道内阁和司礼监，嗯，司礼监不算，他们向来听皇上的。难道内阁的那些饱读诗书的股肱之臣们就没有劝劝皇上；还有太后，她老人家不是到万寿山静养了吗？皇上为什么要任由她这么乱来？"

李谦此时才算是彻底明白了姜家为何要保住曹太后的性命，为什么要把方氏和赵玺送到曹太后手中了。有她在前面挡着，皇上就没有空来收拾姜家。他端起手边的茶盅抬了抬手，示意金宵也喝茶，然后道："因为'孝'字，只要太后还活着一天，皇上就得敬着一天。当然，如果太后殡天了，那就另当别论了。"

"不……不会吧？"金宵想到某种可能，打了个寒战。

李谦笑道："皇上也是人，一样会犯错。"

金宵觉得李谦肯定是猜中了自己心中所想才这么说的，他又打了个寒战。

李谦正色道："这件事不是我们能揣测的，而且就算我们揣测出个什么结果来也没我们什么事。我想说的是另一件事，你觉得邓成禄这个人怎么样？"

金宵想到了一个可能，声音顿时绷得紧紧的："你这是什么意思啊？"

"我不知道能不能成，"李谦觉得金家肯定会很满意这门亲事，可邓家会不会答应还是有点拿不准，但既然房夫人没有一口否决，应该是有点把握，"可我觉得应该不错。在勋贵世家里，他是少有的读书人。"

金宵觉得可能性不大："我和他接触过，人品德行那是没得说的。可他曾经被太皇太后看中过，想嫁给他的人肯定很多。"金媛未必轮得上。

"等房夫人回京之后再说吧，"李谦笑道，"目前也只是个打算。"又道，"你要不要和我一起去拜访一下镇国公？"

"当然一起去。"金宵忙道。

叫上了金城和金媛，几个人坐着马车去了总兵府。

姜镇元知道姜宪去了李谦那里，所以对李谦才过来拜访他这件事并没有责怪，而是很郑重地在外院的书房里见了李谦和与他一同来的金宵、金城，而且在看见金城的时候还打趣道："我可真羡慕金大人，儿子一个比一个英俊。可惜我没有女儿，不然肯定要招个金家的儿子做女婿。"

姜律亲自给他们上了茶，几人连忙起身，口称"不敢"，谦让了一番，这才重新坐下来。

金媛则去了房夫人那里。看到乌发如云、明丽照人的金媛，房夫人颇为惊艳，没有想到山西也有这样的美人，顿时有点理解姜宪的做法了。任谁看见这么漂亮的一个小姑娘被逼着嫁给邵洋那样的浪荡子恐怕都会心生不忍。

房夫人问了金媛几句，都是些寻常应酬的话，既不过分热情，也不显得冷淡。

金媛摸不清房夫人的心思，应对得十分小心。

房夫人无意为难小姑娘，让余嬷嬷带着她先去给齐夫人问安，然后再去姜宪那里："都是小姑娘，既能说到一块儿去，也能玩到一块儿去。等到用膳的时候，我再让人去叫你们。"

金媛恭敬应"是"，去给齐夫人请安。

齐单齐双姐妹俩也在，彼此见了礼，知道等会儿金媛会去拜见姜宪，两个人也嚷着要去："也不知道郡主都在忙些什么，我们有两天没见到郡主了。"

齐夫人笑呵呵地道："那你们小姑娘一块儿玩去，我去厨房看看。"

姜镇元在大同总兵府歇脚，知道的人不多，但凡是知道的，没有一个不来给姜镇元问安的。齐夫人早有心理准备，这几天她就坐镇厨房了。

齐单和齐双知道自己就算是去厨房也帮不上母亲什么忙，还不如好好陪陪姜宪，让母亲不至于一心挂两头。是以两个人笑吟吟地随着金媛去了姜宪那里。

姜宪正和几个小丫鬟在院子里采凤仙花，看见她们过来，笑着接过香儿递过来的帕子擦了手，道："你们来得可真巧，我正准备摘些凤仙花捣了汁用来染指甲，等会儿你们一人拿一些回去。"

齐氏姐妹很是怀疑姜宪的动手能力，姜宪却对此信心百倍。宫中寂寞，这是宫女常做的事之一，甚至还会比谁的凤仙花汁留的时间最长，谁的凤仙花汁颜色最好看。她没有亲自动手做过，可她见得多啊，且还有孟芳苓帮忙，这根本不是什么难事。

姜宪抿了嘴笑，也不和齐氏姐妹争辩，领着她们进了厅堂。

姜镇元正在问李谦送聘礼的事："得饶人处且饶人。婚事毕竟是喜事，杀戮太过就有失天和了。"

李谦恭谨地应"是"，心里却知道，姜镇元到底和他不一样。

姜镇元是世家子弟出身，出生的时候姜家已经富贵了好几代人，仕途上又有前辈保驾护航，不像他们李家，是从泥泞中挣扎出来的，他只能杀一儆百。可这些话也不必和姜镇元去说，对方可能理解，但不会感同身受，心里还会觉得他太过霸道。他应下就好，必竟这样的事也不常有。

姜镇元见李谦态度恭谦，很是欣慰："那些押送聘礼的都是些什么人？"

李谦笑道："是家里的护卫。"

姜镇元笑道："领头的是谁？平时都是由谁在操练？"

据他得到的消息，那批押送聘礼的人不仅武艺高强，而且令行禁止，进退有度，既能使得军中常用的斩马刀，又善骑射。这样的人一个就能在军中出人头地，而李家一口气找了三十个。他怀疑这是李家养的私兵，但私兵养到这种程度，也颇让人忌惮。所以姜镇元帮着做了一些手脚，只让人以为李家的护卫凶残嗜杀，想不到其他的可能。

李谦想了想，道："是我的护卫卫属领头，平时是我在操练。"

也就是说，的确是李家的私兵。见李谦没有隐瞒，姜镇元微微点头。

金宵和金城却难掩心中的惊骇，骤然色变。虽然具体情况他们不清楚，但李家把打聘礼主意的人全都杀了他们是知道的。之前他们以为李家是花银子请了江湖上的人，所以手段才会这样狠厉，没想到却是李家的护卫，那李家也太凶残了一些。而他们却准备和李谦一起做生意，而且做的还是黑吃黑的无本买卖。

两个人不由得悄悄地交换了一个眼神，都在彼此的目光中看到了迟疑和兴奋。迟疑的是李谦并不像他的外表那样好相处；兴奋的是有这样一个伙伴，做起事来比较容易成功。

那边姜镇元还在说话："这次接亲，你们有什么安排？"

李谦道："我已经派人把接亲的路走了一遍。郡主身子骨弱，从这里到太原，共有四天。路上除了原来护送聘礼的护卫之外，还会抽调一些太原总兵府卫所的兵力，路上的护卫没有问题。郡主到太原之后，会在桃源歇一晚，第二天酉初迎亲，戌初进门，所以我们十九那天就会来接亲。"

这些都是请钦天监看过，姜镇元也首肯了的。他微微点头："你能想到请金大人帮忙，很好。"俗话说，强龙难压地头蛇，金海涛、邵瑞等人就是地头蛇，李谦这么快就和邵家、金家走到了一起，是很明智的选择，只因金宵和金城在场，这些话他说得很委婉。

姜镇元又看了一眼姜律："你们和金家贤侄的年纪差不多，又爱好相当，应该多多走动才是。"

四个青年人齐齐应诺。

这时有小厮进来，说承恩公曹宣、安陆侯世子邓成禄、恩亲伯世子王瓒过来了。

屋里的人俱是一愣。

姜律看了李谦一眼，为王瓒解释道："阿瓒之前说要来给保宁送嫁，可他现在在禁卫军左军当值，不能说走就走，要调休。我还以为他来不成了，没想到他还是赶到了。"

李谦笑着慢慢站了起来："大伯父，来者是客，何况承恩公还是我和郡主的半个媒人，我去迎迎他们吧！"

曹宣等人虽然身份显赫，但还没有资格让姜镇元亲自迎接，李谦是姜家的姑爷，代姜镇元迎客，也无可厚非。可姜镇元想到曹宣在姜宪婚事中的那份眼力和决断，不由得对曹宣刮目相看，觉得曹宣假以时日说不定会成为一个了不起的人物，至少，不到万不得已，姜家不宜和他结怨。

"你和阿律一起去迎迎他们吧！"姜镇元立刻就做了决定，"来者是客，何况你们之前都很熟悉了。"

李谦和姜律笑着应"是"，一起去迎接曹宣、邓成禄和王瓒。

姜宪正在和齐氏姐妹、金媛说着怎样用凤仙花汁染指甲："捣成汁之后，要加明矾。染的时候，要用细纱布包住指头，不然凤仙花汁染到手指头上，是很难洗掉的。”

众人点头。

白愫走了进来，笑着问她们：“大家有没有什么忌口的？今天厨房煮了绿豆汤和百合莲子羹。天气太热，我倒觉得喝点绿豆汤更好。可绿豆汤性冷，嘉南喝不得，你们要是有人也喝不得，我就让小丫鬟们端了百合莲子羹进来，都是温热的。”

几个人齐齐道：“没有什么忌口的！”

“那我就让小丫鬟端了绿豆汤进来。”白愫笑眯眯地看了姜宪一眼，“只有你喝百合莲子羹了。”

姜宪嘟了嘴，道：“清蕙陪着我一起吃百合莲子羹。”

“我才不陪你呢，”白愫嘻嘻笑道，“谁让你每天晚膳之后不陪我去院子里走步的？你就只能眼睁睁地看着我们喝绿豆汤。”

姜宪杏目圆瞪地抗议。白愫不予理睬，径直吩咐小丫鬟去端绿豆汤和百合莲子羹。

齐氏姐妹掩了嘴笑，金媛却眼眶发涩。嘉南郡主真是个让人羡慕的人，既有家人的纵容，让她能嫁给自己看上的人；还有和她情同姐妹的闺中密友，诚心诚意交往的好姐妹。

金媛端着绿豆汤，不由得低声对姜宪道：“郡主，那天在逸仙楼上，让您看笑话了。”

不管姜宪出于怎样的目的和想法，姜宪愿意帮她摆脱邵洋，她都很感激。她来拜见姜宪，按道理应该向姜宪道个谢才是，可事关她的婚事，又没有落定，当着齐氏姐妹，她不知道该怎么说才好，只好避而不提，委婉表达自己的感谢。

姜宪想到金媛对待尤小姐的粗暴，觉得这样的和煦可能已经是金媛的极限了。可她久在上位，见到她的人，是条龙也要给她盘起来，是以对金媛的低头并不以为然。她随意地摆了摆手，道：“家家有本难念的经。又不是你的错，你不必道歉。”又问起金媛的生辰，“我听齐单和齐双说，你们家很早就给她们发了请帖。过几天就是二十二了，你这个时候还在大同不要紧吗？”

金媛见姜宪也没有提起她的婚事，不由得松了口气。她沉默了片刻，才道："我即将及笄，家父觉得我既然已经长大了，这婚事也应该早日定下来才是，所以才会广邀宾客，想趁着这个机会把我的婚事定下来。"也就是说，金海涛打算在生辰宴那天为金媛举行及笄礼并为她和邵洋定亲。

众人面面相觑，没想到还有这一茬。一时间屋里安静无声，气氛显得有些沉重。

金媛见大家都真心为她担心，心里发酸，又觉得高兴，她和姜宪她们不过是萍水相逢而已，她们却比自己的家人更关心她。她不愿姜宪等人为她不快，忙笑道："不过，我有贵人相助，办不办寿宴都不打紧了。"

"什么贵人？"齐单诧异道。

"我的贵人就是郡主啊！"

姜宪暗自惊讶，她原以为以金媛的性子，是不会当着众人的面说出这样低声下气的话的。

"你们看，原本我父亲想在我的生辰时大办一场的，结果郡主初八定亲，二十四日迎亲，这一前一后的，大家都争着去看郡主了，谁还有空去关注我的生辰宴？"

这话既感谢了姜宪，又表明了自己的态度，不卑不亢，极为妥帖。姜宪和白愫都不由得暗暗地点头。

齐氏姐妹则好奇地问她："金小姐，那您的生辰宴到底办不办了？"

"不知道。"金媛若有所指地笑道，"我大哥说了，会留在这里给李将军帮忙。至于我，那就得看我大哥怎么安排了。"

众人都知道了她的意思，也就不再多问，说起姜宪出阁的事来："郡主，您出嫁之后，能不能邀请我和妹妹去李家玩？我听别人说，李家在山西总兵府后街的私宅金碧辉煌的，连官房里的马桶也是用金丝楠木箍的，他们家的门窗上全镶着七彩琉璃……"齐单睁大了双眼望着姜宪，眼里满是期盼。

姜宪哭笑不得："这是听谁说的？"

"大家都这么说。还说，李家有个藏宝阁，里面全是古玩珍宝，只要得了一件，就可以一辈子吃喝不愁了！"

姜宪听了直皱眉，这样的传闻，只会让更多的劫匪盯上李家，到底是谁传出这样的话来？趁着齐氏姐妹和白愫说话的工夫，她悄悄吩咐七姑把这件事跟李谦说说。

七姑低声称“好”，退了下去。

房夫人款待金媛到内院的花厅用膳，齐夫人和姜宪、白愫、齐氏姐妹作陪。

外院的花厅里，姜镇元和姜律、李谦也正在招待曹宣、邓成禄和王瓒。曹宣自不必说，和姜律是一块儿长大的，和李谦既曾做过一段时间的同僚，又有千里送诏的恩情，李谦对他客气之余带着几分亲昵。

李谦连敬了曹宣三杯，且一语双关道：“多谢承恩公成全，以后有什么事，只管差遣。我始终记得是太后娘娘特召家父进京拜寿，又是太后娘娘让我进了禁卫军，遇到了嘉南郡主，才有了我的今天。还请国公爷回京之后，代我去万寿山给太后娘娘磕几个头，说我有了机会，一定进京去看她老人家。”话里把他的背叛解释成英雄难过美人关。

曹宣明知他另有所指，却只能捏着喉咙喝下这杯苦酒，他总不能对外说李家和姜家早就沆瀣一气了吧，那他们曹家还有什么倚仗？而且，李谦这种说法既没有让曹太后颜面无存，又给李家突然娶了姜宪一个完美说辞。

强横如姜家，掌握大同、宣府、蓟镇多年，也有妥协的时候。如果想让曹家不被太后的威名所累，撑起曹家的门楣，就不应该在乎妥协，而是该想想妥协之后能得到什么样的好处和机会。

曹宣就笑着回敬了李谦三杯：“你不用说了，太后若是责怪你，肯定是责怪这么大的事你也不和她商量，难道太后就没有成人之美的雅量不成？这件事的确是你做得不对，你这三杯该罚。”

李谦就又敬了曹宣三杯，道：“这件事全是我的错，我自罚三杯。”

“这还差不多！”曹宣笑眯眯地道，笑意未达眼底，拍了拍李谦的肩膀，“今天有国公爷和齐大人在，我就不为难你了，等到你成亲的时候我再好好和你喝几杯，看看我们到底谁的酒量好一点。”

“承恩公，你这哪里是要和我比酒量，你这完全是想雪上加霜嘛！”李谦半真半假地抱怨道。

一直默默地坐在那里吃菜的王瓒突然站了起来，道：“你放心好了，要是那天他敢和你喝，你就找我，我帮你喝。”说着，他拿起酒瓶就将李谦的酒杯加满了酒，“不过，你今天又没有什么事，得好好地和我们喝几杯才是正经事。我先干为敬，你随意！”说完，仰头将自己杯中的酒一饮而尽。

李谦笑了笑没有说话，把王瓒给他倒的酒喝了，道：“阿瓒表哥，这些年来多谢你和嘉南做伴。嘉南虽然有太皇太后照顾，又有大伯父和大伯母的庇护，可毕竟不如同龄的表哥表姐，可以一起淘气，一起玩耍。这一杯，我敬阿瓒表哥。”说完，他给自己倒了杯酒，朝着王瓒抬了抬手，一口干了。

王瓒笑道：“嘉南是我的表妹，我自然要护着她。你以后若是敢欺负她，小心我不饶你！”

金宵不由得在心里琢磨。姜宪被李谦掳走的时候，王瓒像丢了半条命似的，他还以为王瓒喜欢姜宪，可现在却这样大方得体，难道他之前猜错了？他起身笑着跟着起哄，也敬了王瓒一杯。

王瓒来者不拒，喝得十分豪爽。几杯之后，就有了些许的醉意。

曹宣忙笑着给王瓒解围：“你们别总是盯着他灌酒了，我们来时带了太后娘娘和各府的夫人们给嘉南的添箱，一直战战兢兢的，生怕丢了一件到时候不好交代，比守着自己的东西还累。你们小心把他给灌醉了。”

“这倒也是。”金宵笑道，“受人之托忠人之事，你们辛苦了。”举了杯又要敬王瓒。

王瓒笑着把曹宣拉过来挡在了自己的面前，道：“承恩公，让我给太后娘娘和各位夫人押送东西的可是你，这酒你得帮我挡！”

众人哈哈大笑。

李谦的目光却沉了沉，随后他感到有一道视线若有似无地不时落在他身上，他不动声色地转过头去，和邓成禄的目光碰到了一块儿。

邓成禄心虚地转过头去。

李谦一愣，他早就知道安陆侯世子爱慕嘉南，但他从来不觉得这是什么坏事。恰恰相反，他认为正是因为姜宪非常优秀，这才会引来很多男子的垂青。邓成禄这样打量他，是想知道他是否配得上姜宪吗？他想了想，笑着朝邓成禄点了点头，道：“听说令妹由皇上赐婚，许配给晋安侯世子爷？可惜我在京里的时候不长，不曾认识晋安侯世子爷。”

邓成禄听着就露出笑容来，道：“我们也算是一块儿长大的。之前我娘总觉得我妹妹还小，又想给她找个人口简单的人家，所以从来没有想到过把妹妹嫁到蔡家去。皇上虽说是和太后赌气才把我妹妹许配给蔡霖，可蔡霖人不错，我们两家也算得上是门当户对，家父和家母都还算满意。接了旨之后，晋安侯夫人就上门来拜访了家母；皇上还私下赐了蔡霖一个农庄，一座宅院，几间铺子。家母也开始给我妹妹准备嫁妆，并和蔡家商量，定了明年三月初四的婚期。”

也就是说，不管是邓家还是蔡家，都算是满意这门亲事。李谦放下心来，这样一来姜宪也能把这件事放下了。

姜镇元则一边喝酒，一边和曹宣聊着立后的事：“你应该劝劝太后，皇上已经亲政，有些事该放手的时候就应该放手了，这样和皇上斗下去，有什么好处？反而让朝中的大臣们个个惶惶不安，平生事端，这可不是什么好事！”

曹宣笑道：“太后也是这么想的。可皇上行事也太荒唐了，太后实在是担心皇上，偏偏皇上现在除了汪阁老和熊大人的话，谁的话也听不进去。太后当时也是心急了一些。如今选了简王家的清仪县主为后，太后不仅消了气，还把皇上叫去万寿山，当着简王的面把凤印交给了皇上。”

李谦听了暗暗庆幸，还好姜宪没有嫁给赵翌。那清仪县主还没有嫁过去，太后就开始给清仪县主挖坑，看来京城以后有好戏看了。

接着曹宣说起赵啸和晋安侯府大小姐的婚事来：“太后着钦天监看了日子，定于九月二十日送嫁。”

王瓒陪着赵啸从药林寺回京之后，赵啸连夜出京回了福建。

李谦笑着邀请曹宣等人：“你们是远道而来的稀客，我们也难得能聚到一起。明天我在家里设宴给你们接风洗尘，还请诸侯务必赏脸，光临寒舍。”

既然来了，就少不得喝酒应酬。众人点头应允，大家定了明天早上巳初一起过去。

姜镇元自然是乐见其成，笑道：“明天我和齐大人要去校场看看，就不陪着你们这些小辈了，你们自己去吧！”

没有了姜镇元，大家更自在。

众人齐齐应“是”，言不由衷地说了几句客气话，引来姜镇元的一阵笑骂。大伙看时辰不早了，纷纷起身告辞。

内宅那边的酒筵也散了，白愫和齐氏姐妹代姜家送客，金媛临上马车的时候不由得回头看了巍峨的总兵府大门一眼。

前院的男人们要喝酒，她们的酒席散时那边才吃了一半，是以她们就移去了偏厅喝茶。眼看着前面的酒席要散了，七姑进来悄悄跟姜宪道："大爷说他这就回府了，明天会在府里给承恩公等人接风，问您有没有什么想吃的或是想喝的，大爷明天让灶上的婆子给您做。我们家老爷从京城里请了三个厨子回来，一个是做京菜的，一个是做淮菜的，还有一个是做京城小点心的，您想吃什么都能做得出来。等到郡主出阁的时候，这三个厨子会随着您去太原。"

七姑说话的声音虽然低，可房夫人当时和姜宪隔着个茶几坐着，还是听了个清清楚楚。她以为姜宪会点点头让七姑退下，谁知道姜宪却低声笑着和七姑道："我最不爱吃京城里的点心了，特别是御膳房做的，不是太甜就是太绵。我喜欢吃江南的小吃，你让他给我找个江南的厨子。"

姜宪说话之前抿着嘴笑了笑，眼底流露出几分狡黠，分明是调侃李谦。

七姑显然也看得出来，笑着称"好"，和姜宪一起打趣李谦："您看是请柳翠阁那样的还是请雪涛斋那样的？"

江南的雪涛斋是做糖起家的，渐渐做大之后，开始开点心铺子，他们家的点心花样最多，什么奇奇怪怪的口味都有；柳翠阁却是江南的老字号，做传统的苏浙点心，在苏浙一带的京官里面声誉很高，谁家有个婚嫁如果不是在他们家定的点心，都会显得不够档次。

姜宪摸着下颌笑，道："当然是柳翠阁的口味，大家不是都说好吗？"

七姑笑着退了下去。

房夫人任姜宪捉弄李谦，装作不知的样子和齐夫人说着话。

上马车的时候，金媛看见七姑正和李谦在大门口说话，很是意外，问身边的丫鬟红袖："他们在说什么？"

红袖是金宵亲自调教出来放在金媛身边的，闻言会意，佯装不经意地从李谦身边走过，就听见李谦吩咐七姑："她可能是真的不喜欢御膳房的点心，你别以为她是笑着说的你就不把她的话放在心上。这件事我已经知道了，我会让谢元希从柳翠阁里找个会做点心的师傅过来。"

七姑笑着应诺，回了总兵府。

谢元希却十分为难，道："柳翠阁传承百年，只怕不容易挖人。"

李谦笑道："我又不是要开点心铺子，挖什么人啊！你直接让人找到柳翠阁在京城分号的大掌柜，让他给个人到家里来做点心，他要是不给，你就去找姜家的大总管。"

谢元希道："找姜家的大总管，这样不好吧？"

"有什么不好的？"李谦不以为然地笑道，"难道不找姜家帮忙，别人就会以为咱们比姜家的家底厚实了不成？我们现在的确是比不上姜家，难道以后也永远比不上？现在姜家帮我们的忙，这恩情记在心里，以后姜家要帮忙的时候不要藏私就是了。"

谢元希恭敬地应"是"，不由得对李谦再一次刮目相看。天下间不知道有多少人议论李谦是癞蛤蟆吃了天鹅肉，靠着姜家升官发财。若是一般人，早就勃然大怒。可李谦不仅没有动怒，反而很坦然地承认自己现在的确配不上姜宪，要干什么事，还会找姜家帮忙。也许在别人眼里，会觉得李谦这是厚颜无耻，但在谢元希看来，这恰恰是李谦真性情的地方——既不回避自己的短处，也不会因为流言蜚语而改变主意。谢元希当即连夜赶往京城。

李谦站在正房的台阶上，看着天色渐渐暗下来，心里却生出几分困惑。照理说，姜宪要什么有什么，应该会很自信豁达才是。可她豁达倒是真豁达，就是男子也比不上，却一点也不自信，这种不自信不是来自她对事物的判断或是决定，而是来自对自己的肯定。她看似风轻云淡的做派下，却隐藏着股事事都怕麻烦别人的怯懦，有什么事都喜欢自己悄悄地想办法解决，从来都不求人，除非这个人极让她放心，极得她的信任。

保宁怎么会养成这样的性子？难道是被什么人狠狠地拒绝过，让她觉得自己的存在并不让人欢喜？李谦的眉头紧紧地锁成了一个"川"字。他让人去把七姑追了回来，遣散身边服侍的，单独问她："你当初为什么会投靠我，甚至愿意在内宅做个管事的媳妇？"

七姑出身武林世家，年纪轻轻就在江湖上崭露头角，后来嫁的丈夫虽然出身、门第都不如她，却英俊潇洒、精明能干，投靠漕帮之后，很快就成了漕帮镇江分舵的分舵主、漕帮五位执事之一。她却在父母双亡后和丈夫和离，隐姓埋名在江湖上卖艺，后来更是自愿卖身，做了李谦身边的一个仆妇。在李谦看来，七姑肯定另有所图，因此很长一段时间都不太信任七姑。

七姑不由得面露苦涩，小声道："欧英嫌弃我粗俗，看中了一位举人家的小娘子，正巧对方也相中了他，所以只好休妻。和离，不过是给我几分体面罢了。"

李谦蹙眉。

七姑的声音既疲惫又悲怆，偏偏没有一丝愤怒："说到底，还是我太无能。而我娘家那里已由我嗣弟当家，我不愿意把这件事闹得人尽皆知，让自己面目狰狞、狼狈不堪，更不想让先父先母的声誉受损，所以才离开欧家的。可我又想知道，我到底哪里不如那个举人家的小姐？就因为她出身书香世家吗？可欧英也不是什么读书人啊！"事到如今，她眼里依旧满是伤痛。

七姑的模样刺了李谦一下。七姑明明可以在江湖上扬名立万，却因为婚姻的失败、欧英的否定，选择投靠李家做一名内宅的仆妇，她所求的，不过是想知道那些所谓的大户人家是怎样生活的，她又哪里不如那些大户人家的太太、小姐。他想到当初陪着姜宪去郑大人胡同捉奸，她明明已经知道了事情的真相，却非要亲眼看到才死心……对姜宪来说，赵翌会不会就是她的欧英呢？所以她一个人的时候总会不经意间流露出落寞的表情来，所以她对别人的情绪总是那么敏感，怕被拒绝而宁愿什么事也不做。

李谦觉得自己的眼泪都要落下来了。他挥了挥手，让七姑退了下去，自己忍不住去了厨房，让灶上的婆子做了一匣子热气腾腾的米糕，用夹棉的小毡毯包好，悄悄去了大同总兵府。

姜宪此时正倚在大迎枕上由着百结和香儿帮她通头，她则有一搭没一搭地和情客说着话："有没有什么好的醒酒汤？你们家大爷照这样喝下去，总有一天要醉死的！"

情客一面帮她整理着到处都是的花样子，一面轻笑道："这我还真不知道，我明天一早就去问问家里厨上的人。"又安慰姜宪，"郡主不必担心，大爷素来是个有分寸的，也就这几天会喝喝酒，等到回到了太原，可不是什么人的酒大爷都喝的。"接着说起了金媛的生辰宴，"大爷说金家给黄老安人送寿的人已经到了，明天下午就会启程返回太原，到时候金小姐会跟着一块儿回去，您要备一份礼让七姑送过去吗？”

自从确定了百结和情客都会跟着姜宪嫁到李家去，孟芳苓和房夫人就开始教导百结和情客管家。只是百结的性子柔和些，情客则更有主见。孟芳苓和房夫人商量之后，就让百结帮着管理姜宪的内务，情客帮着管理外务，至于刘冬月，则想办法给他脱了奴籍弄了个良民的出身，暂时帮着打理姜宪的私房，等找到了合适的账房再说。

姜宪不由得抿了嘴笑道：“情大总管，那你说说看，我应该怎么做才好？”

情客脸都红了，道：“郡主您别打趣我了。我要是做得不对，您只管说就是了。照我看，还是要去送寿礼的，但不知道金家还会不会为金小姐做寿，这礼只怕是不能送得太重，大面上过得去也就行了。”

照情客看来，除非金海涛拎不清，不然怎么也不会为了给女儿做寿而去分姜宪出阁的热闹的，金小姐这生辰宴十之八九是办不成了。

姜宪笑着点头：“我觉得你说得不错。那你就去问问孟姑姑，看她是怎么说的，你自己拿主意好了。”也就是说，她连这些交际应酬都不想管。

情客顿时有些茫然，见姜宪没有什么吩咐了，就要退下去给金嫒准备寿礼。

窗棂响起三长一短，规律的叩窗声。

姜律隐隐觉得是李谦。这么晚了，还以这种方式来见她的，除了李谦，她还真想不出来有第二个人。

她朝着情客点点头，情客强忍笑意去开了窗棂。

姜宪一眼瞟过去就知道自己没有猜错，没等李谦开口已道：“这里是大同总兵府，我大伯和我大哥都住在这里，你是不是闲着没事做，想和我大伯、大哥较量较量啊？”

“你别总把我想得那么顽劣，我对大伯和大哥还是很尊重的。”李谦说着，笑嘻嘻地低声问她，“你屋里没有别人吧？”

姜宪冷笑：“我屋里就算有其他人，难道你就不进来了不成？”

李谦不以为然，痞痞地笑道：“所以说还是你知道我！”

姜宪横了他一眼。

李谦犹豫了一下，最后还是绕到门口走了进来。

情客忙去关了窗，指使着小丫鬟上茶点。

李谦把手中的小毡包放在姜宪面前的炕几上："我让人给你做了你最喜欢的米糕，你尝尝合不合你的口味，要是你觉得好吃，我把这个厨子也拨到你屋里服侍你。"说着，打开了毡包，露出晶莹剔透、热气腾腾的米糕。

姜宪原本已吃得五六分饱了，突然间又来了食欲。

李谦见状吩咐百结去给姜宪沏一壶老君眉过来，如果没有老君眉就换银毫。

百结应声而去。

姜宪不由得看了百结一眼。

李谦见了就顺着她的目光望了过去，奇怪地问道："怎么了？有什么不对吗？"

"没有。"姜宪顿时食欲全无，一点吃的念头都没有了，怏怏地道，"我怕吃了积食。"

李谦觉得姜宪肯定不是为了这件事而苦恼。她要是不想吃，可以立刻拒绝他，不需要这样反反复复，那就是刚才发生了什么事。

刚才……他吩咐百结去沏茶……李谦想着，眉角忍不住地就挑了起来，眼底闪过一丝得意之色。原来姜宪不喜欢他使唤她的丫鬟。

难道那丫鬟长得很标致吗？李谦想着，百结上茶的时候，就仔细地看了百结一眼。这小丫鬟的眉毛居然长得和姜宪很像，是那种服服帖帖，像黛羽般弯弯如柳叶的眉毛，让人看着非常舒服。

坐在对面的姜宪只觉得有股无名之火在胸口烧，烧得她心情烦躁，表情顿时有些冷。

李谦看着想笑，可他不能，他要是这个时候笑出来，就等着姜宪一脚把他给踹下炕去吧，说不定他们的婚约都会到此为止。

李谦忙凑过去，和姜宪说着悄悄话："这丫鬟叫什么名字？你刚才不看她我还没发现，这小丫鬟的眉毛长得很像你，不过，没你的好看。"

他说着，抬头望着姜宪，目光中满是不容错识的深情。

姜宪一愣，随后心如擂鼓："百结的眉毛，真的和我的长得很像吗？"语气显得有些小心翼翼。

李谦学着姜宪的样子，望着百结的身影小声道："不是和你长得像，而是你们都是一样的眉毛，看上去很温顺的样子。"他说着，想起刚才姜宪的不悦，心情又飞扬起来，他回过头，定定地看着姜宪的眼睛，突然伸出手蒙住姜宪的鼻子和嘴，悄声在她耳边道，“可她没有你这样一双眼睛，清澈、澄净、明亮、璀璨……”他的目光如夕阳下的湖面，泛着点点的金光，仿佛要把她温柔地裹起来似的。

姜宪的脸顿时烧得厉害，又羞又慌，一把推开李谦，不自在地转过脸去，心虚地大声道：“你胡说些什么！”她垂着眼帘，耳朵红彤彤的，像只受到惊吓的小兔子在他面前强装着镇定，可爱得不得了。

李谦的心软得一塌糊涂，他希望姜宪和他在一起的时候能快乐，自然不会拂了她的意思，也就顺势坐直了身子，只是望着她笑。

姜宪被他笑得不好意思，心里又藏着个秘密，咬咬牙，索性叫了百结过来，仔细打量她：“将军说你的眉毛长得像我，我看看到底像不像。”

百结被吓了个半死，脸色苍白，站都站不住了。

她怎么能长得像郡主呢？何况还是被李将军如此夸奖……特别是郡主说话的口气，她怎么听怎么觉得酸溜溜的，郡主好像在吃醋……她不知道还能不能活着走出这个屋。可她也不敢跪，更不敢求饶，否则郡主背上个“善妒”的名声，她就真的只有死路一条了。百结直直地站在那里，脑子里一片空白。

等到姜宪发现异样的时候，百结已满头冷汗。

姜宪一开始还有些诧异，但很快就明白过来，不免有些汗颜。这件事，是她想复杂了，白白伤了百结的心，忙笑道：“我看着也有点像。没想到我身边还有像我的人。”让人赏了百结两个银锞子，“难得你有像我的地方，拿去买花戴。”

百结战战兢兢地退了下去，直到走到院子的中间，清凉的晚风吹在身上，才惊觉自己汗透衣衫。她不由得拉了情客的手，惊慌地小声道：“情客，郡主会不会打发我出府或是让我去……”只是伺候李谦这样揣摩郡主的话她不敢说，也说不出口。

情客比她镇定多了：“不会的，郡主不是那样的人！你看之前服侍郡主的丁香和藤萝，嫁人的时候郡主还特意派了老成的宫女去道贺，给两个人做面子。”

“这倒是，”百结松了口气，总觉得自己惹了李谦注意不是件好事，和情客商量，“以后我就帮着郡主管理一些内务好了，这屋里的事你多担待点。”

情客也觉得百结能在李谦心里留下个印象不是件好事，沉着脸应了，和百结重新把姜宪屋里的事分配了一下，思忖着要不要把这件事告诉孟芳苓，和孟芳苓商量商量该怎么办。

姜宪早把这件事抛到了脑后，当然也就没有察觉到自己两个贴身大丫鬟的心思，而是想着李谦曾经对百结的宠爱。她很想问问李谦，他喜不喜欢自己的眉毛，刚才对百结那么好，是因为百结是她身边的侍女，还是因为那对和她很像的眉毛？

李谦有些不懂姜宪了，按理说，他把话已经说得那样透彻了，姜宪应该放心才是，怎么心思反而更重了？他想了想，干脆含笑道：“快点吃米糕，凉了就不好吃了！”有些事说出来是要讲时机的。两个人此时的气氛这么好，他不想去提那些让姜宪不高兴的事。

姜宪笑着点头。喝了口茶，吃了两块米糕，李谦就不让她吃了，说是怕她吃多了积食，拿了帕子要给她擦手。姜宪觉得自己又不是小孩子，不肯。两个人嬉闹了半天，看着天色不早，李谦这才回去。

姜宪抱着迎枕，望着填漆床帐顶挂着的塞了安眠香的各色荷包，一时微笑，一时抿嘴。

香儿和坠儿掩了嘴无声地笑，不敢让姜宪发现。

第十一章
婚礼之前

第二天，曹宣等人用过早膳陪着姜镇元说了会儿话，就去了李家位于西街的宅子。

宅子院落不大，清一色的黑漆家具，绿色杭绸幔帐，景德镇官窑的瓷器，云南个旧的锡器，大朵大朵的牡丹花，郁郁葱葱的香樟树，处处透着精致讲究。

曹宣看着不由得眯了眯眼睛，他还以为会看到一副富丽堂皇的样子，没想到土匪出身的李家这么快就摆脱了俗艳，知道怎样布置宅子了。一个人，只有不安于现状，才会努力朝自己向往的阶层靠拢。或者，知道的只是李谦？曹宣不由得朝正在和姜律、王瓒寒暄的李谦望去。

李谦腰细腿长，今天穿了件宝蓝色团花直裰，腰间系着葛色织金绦带，更显得身材高挑修长，俊朗的眉目笑意盈盈，神态谦和中正，不知道他底细的人一眼望过去，会觉得自己看到了个翩翩佳公子，哪里会想到这是个武将。可能这也是他能走到今天的缘故吧。曹宣猜测着，目光一直停留在李谦的身上。

身边突然有人问他："你觉得，李谦是真心求娶嘉南郡主吗？"

曹宣回头，看见了邓成禄带着担忧的面孔。

“肯定是真心想娶嘉南的！”曹宣笑道，把“娶”字咬得有点重。

邓成禄听了神色更担忧了。

曹宣想到当初只有他觉察到了金宵的异样，不由得心中一动：“难道你看出点什么了吗？”

“没有。”邓成禄眉头蹙了蹙，道，“我就是觉得挺奇怪的，郡主怎么会和李谦走？就算从前李谦和郡主接触过，郡主看上去也不是那种说走就走的人啊！这件事真是太奇怪了。”

曹宣没有作声，目光再次落在了李谦的身上。接着他发现了件有趣的事。同样是亲戚，李谦对姜律敬意中带着几分随意，对王瓒却隐隐带着几分郑重，好像王瓒是什么了不起的人物，需要他特别注意一样。可在曹宣看来，王瓒沉稳敦厚，比姜律更好相处，怎么李谦对待这两个人的态度却截然相反？

曹宣笑着走了过去。

李谦正在向王瓒说着接亲的事：“我倒没有指望那些卫所的将士能挡住什么人，他们能帮着威吓一些心怀不轨的就行，至于那些敢动手抢劫的，就只能靠我身边的那些护卫了。他们是经过生死的人，上了阵，没有谁会是软脚虾，你放心好了！”

王瓒点头，低头喝了口茶，眼底闪过一丝哀伤。

姜律在暗中直叹气。事已至此，自己能帮王瓒的就是以后让他在仕途上走得更顺一些了。姜律索性转移了话题，问曹宣：“皇上的婚礼准备得怎样了？钦天监定下日子了没有？韩家应该没有想到清仪县主会嫁给皇上，这些日子只怕阖府上下都在忙着给县主准备嫁妆吧。我们回去之后也要准备一份厚礼送到韩家才好，只是不知道来不来得及赶回去。”

东阳郡主的两个儿子他们都认识，只不过当时韩家式微，还轮不到和姜律他们把酒言欢，等到他们回去，情况就不一样了。韩家作为外戚，将会成为京城最炙手可热的人家之一，就是姜律，也不能等闲视之了。

李谦听了心中十分难过。姜律和姜镇元不一样，姜镇元是出了名的能伸能屈；姜律却还年轻，姜家传承的百年荣誉、少年得志的骄傲都隐隐流淌在他的血脉里，让他在困境不愿意服输，可也让他在污秽面前不愿意低头……这样性格的人做个清贵的读书人就好，可若是做个政客，显然是致命的。如果他做了国舅爷还好，不过是向皇上低头，毕竟天下人都向皇上低头，他心里也能好受些；偏偏他以后最多也就做个镇国公，不仅要向皇上低头，还要向内阁的那些阁老们低头，甚至是向那些因裙带关系而压在他头顶的外戚低头。

李谦不知道姜律能不能一直忍下去，他想劝劝姜律，却不知道该如何劝。太皇太后的娘家恩亲伯府早就没落了，为了避嫌，甚至不敢让王瓒娶姜宪，曹太后却因为太强势被皇上忌惮，以至于曹宣的处境也很艰难，在这种情况下，皇上肯定会抬举韩家来对付曹家的。他想到这里，眼角的余光无意间落在了邓成禄的身上，突然觉得有些好笑。

这个花厅里站着的，连同邓成禄，好像都是失意之人。

李谦蓦地笑出声来，众人不由得抬头望他。李谦目光灼灼，并不回避，而是朗笑道："几家欢笑几家愁，这原是至理名言。可也有句话说得好，三十年河东三十年河西，谁也不知道今天的福是不是明天的祸，今天的祸是不是明天的福。只要我们不放弃，总归能走出一条路来，不过是顺利还是曲折而已。"

邓成禄听着嘴角翕翕地重复了两遍，随后眼睛一亮，道："李将军这句话说得好，天无绝人之路，没有什么可担心的。"

其他人都朝着这两人撇嘴，曹宣更是道："我怎么没感觉到我们都在绝境里？"

邓成禄嘿嘿地笑，面露赧色。姜律大笑起来，王瓒和金宵也笑了起来。一时间屋里的气氛好得不得了。

李谦笑道："我倒觉得安陆候世子这话有道理。虽说皇上有可能抬举韩家，可不是还有个简王在吗？我倒觉得，皇上若是知道简王有多厉害，宗人府到底能管多少事，说不定皇上更顾忌简王，更顾忌韩家呢！"

姜律几个都是一愣，立刻明白了李谦的用意。姜律看李谦的目光第一次流露出了赞赏，这样快的反应，这样迅速的应对，李谦够格做姜家的女婿。

王瓒心里很是苦涩，他的目光更为黯淡。保宁最后愿意跟着李谦走，也是因为李谦身上始终有在困难面前不言放弃，不管遇到怎样为难的事都会想办法解决的生机勃勃吧？

金宵却是庆幸，庆幸自己和李谦都是外臣，能成为同盟，一起做很多事。

他望着李谦的视线里就多了一分热度，也许，李谦的提议是对金媛最好的结果：“你们在这里要待几天，明天我在第一楼请客，大家借着宗权成亲的机会，好好地吃几顿，如何？”

邓成禄笑望着曹宣。曹宣不由得在心里感慨，就在二十几天前，他们这些人应金宵之邀去大兴的田庄游玩，那个时候他们有几个人知道李谦？可转眼间赵啸回了福建，李谦则取代赵啸和他们站在了一起，而且立刻就让他们这些人接纳了他。

“成啊！”曹宣笑道，“我是没有问题的。”说着，他重新望向李谦，这一次，他的眼神里再也没有对待下属的亲切，而是重视对手的慎重，“说起来，我和阿瓒都应该感谢宗权提醒了我们，王家和曹家虽说现在不算什么，可有个简王在，皇上未必就愿意动我们。我看，后天就由我和阿瓒分别做东好了，请你们去吃吃大同的美食。不过阿律是地头蛇，到哪里吃、吃什么，你可得给我们拿个主意。”他决定和王家绑在一起，这样才有可能对抗韩家。

李谦暗暗松了一口气。只要把曹家和王家绑在一起，姜家才有喘息的机会，让赵翌按下葫芦又起来瓢，焦头烂额，没有空管李家和金家，他才能搅混这其中的水；等皇上和内阁的那些人回过神来的时候，他已经成了气候，不受朝廷辖制了。

金媛嫁给邓成禄，就成了一件迫在眉睫的事。李谦的目光微冷，分明的五官刀锋般锐利。一直站在他身后的金宵微微一愣，李谦已笑语殷殷，目光温谦，哪里还有一点点刚才的样子？金宵莫名就打了个寒战，对李谦又多了一丝忌惮。

李谦笑着把邓成禄拉到一旁说事，金宵看着邓成禄突然间满脸通红，不禁朝着自己的弟弟金城打了个手势，两兄弟趁着曹宣等人去宴息室落座时，低声交谈：“你觉得让阿媛嫁给安陆侯世子爷，靠谱吗？”

“阿媛应该会同意吧？”金城虽然不敢肯定，却很乐观，“安陆侯世子爷看上去很斯文，而且据说还是个秀才，父母恩爱，唯一的妹妹还是晋安侯府世子妃。”

金宵心中微安。

那边邓成禄的脸却红得像朝霞，他磕磕巴巴地道：“这种事，应该问问我父母才行啊……”

何况他根本不想这么早就成亲，他一直很喜欢姜宪，就算现在姜宪要成亲了，他还是很喜欢她。他以后肯定也会成亲的，但不是在这个时候，这样对以后会是他妻子的女子不公平，也不尊重；而且，他觉得李谦不怀好意。李谦肯定知道他喜欢姜宪的事，所以才会给他和金小姐做媒。他又不是那不知道礼义廉耻的狂蜂乱蝶，明明知道心仪的女子有丈夫还会去做些暧昧的事让她为难……可他要是不答应，李谦会不会认为他还惦记着姜宪啊！

邓成禄为难极了，觉得自己左也不是右也不是。

李谦听了心中一紧，他不怕赵啸，因为赵啸会明着来抢；他怕像邓成禄这样的，还有像王瓒那样的，默默地喜欢，静静地付出，从不夸耀自己做的任何一件事，却能在被人知晓后让人愧疚、感动。这样的人，自然得早点让他成家立业。不过，邓成禄的反应也算是在他的意料之中。他虽然有意凑成邓金两家联姻，可邓成禄和金宵都是他的朋友，就算是做媒，也希望两家亲上加亲，而不是最后配出一对怨偶，弄巧成拙。

"那是当然。"李谦笑道，"只是我听说安陆侯和侯夫人对你们兄妹向来上心，不愿意委屈了你们兄妹，所以我想先来问问你的意思，也好委托房夫人回京去向侯夫人提亲。你也知道，女方家里提这件事毕竟有些不妥，可金家大小姐的情况略有些不同……"他把金媛的事告诉邓成禄。

邓成禄听得目瞪口呆，他没有办法理解金家的做法，可就这样娶了那位金家小姐，他又觉得还不至于。

"婚姻也是要看缘分的。"邓成禄委婉地拒绝了李谦，"男女有别，瓜田李下的，金小姐我还是不见为好。至于说金小姐遇到的事，有什么其他可以帮得上她的，李将军告诉我一声就是了。"他是真不敢见这位金小姐。他怕到时候房夫人回去给他提亲时会跟他娘说他已经见过金小姐了，让她娘误会他看中了金小姐。

李谦颇有些意外。他一直觉得邓成禄很老实，没想到邓成禄的老实只是守着自己底线不愿意随波逐流，并不是不会动脑筋。难怪当时只有他一个人戳穿了金宵！

为什么姜宪身边围着的总是像邓成禄这样的人呢？李谦又是欢喜又是忧愁，他笑着向邓成禄道歉："倒是我考虑不周了。"

邓成禄笑了笑，很宽厚地原谅了李谦："我也知道你是好心，只是我娘现在忙着我妹妹的婚事，一时间顾不上而已。"

李谦笑着颔首，没有再说这件事，和他又寒暄了两句就转身招呼大家入席。

众人去了花厅。

金媛隔着花厅旁的花墙打量着曹宣等人。

旁边有位年过四旬却打扮得整齐精神的嬷嬷低声道："那个穿着竹青色直裰的就是安陆侯世子爷了。"

金媛红着脸咬唇含糊不清地应了一声，顺道打量了姜律、曹宣等人一眼，等他们都进了花厅，才随着李谦派过来的嬷嬷回了屋。她贴身的丫鬟忙上前来，悄声问："那个安陆侯世子爷长得好吗？"

金媛轻轻嗯了一声。白白净净，斯斯文文，瘦瘦高高的，一双眼睛真诚又温和，就像小时候他父亲为哥哥们请的西席。如果安陆侯家能看中她……她就嫁了吧！反正哥哥是不会害她的，而且她嫁进了京城，父亲必定会高看她一眼，哥哥继承金家就有了一大助力，就算她继母手段再高也没有用。

金媛暗暗下定了决心。

花厅这边却喝得热闹。

姜律道："齐大人前两天还和我爹商量，说鞑子的骑兵厉害，想建个车营。和鞑子交战的时候，可以四个人推一辆战车，战车里放置拒马和火器，开战时将战车结成方阵，先用火器远攻，等鞑子的骑兵靠近后再用拒马、长枪刺杀，最后由骑兵乘胜追击。我觉得这方法应该能行。"

曹宣和邓成禄根本听不懂，李谦和金宵却两眼发光，一个道："这方法何止是能行，简直是太好用了！齐大人不愧是大同总兵，仅此一项，就能名留青史。"另一个道："齐大人的法子试验过没有？其他总兵府能不能跟着学？车驾好说，拒马也好说，只是这火药难寻。宗权，我要是没有记错，世伯曾经在神机营当过差，不知懂不懂这火药。要是能让朝廷拨些火枪给我们就好了。万一不成，我们也可以自己造一些啊！"

李谦笑金宵："一看你就是没在京营里待过！神机营里的确有火枪，可这火枪却是由兵部监制，等闲人根本没见过，更不要说使它了。"说着，他望向姜律，"我爹在神机营的时候就没看见几把火枪。朝廷这两年国库空虚，神机营都没有份，就更不可能给我们配火枪了。照我看，只能自己想办法，但朝廷不会轻易同意的。是不是伯父有什么主意？或是齐大人想到了什么办法？"

姜律没有想到李谦和金宵会对这件事的反应这么大，如今遇到了真正对此感兴趣的人，兴奋不已，忙道："我爹和齐大人也是顾忌朝廷会不答应，而且，就算是朝廷答应了，制火药的开销太大，并不是每个总兵府都能承受的。"

他们都想到了如今九边的现状，不约而同地沉默起来。

邓成禄暗暗皱眉："不能派个老成的人想办法跟汪阁老或是熊阁老说一声吗？"赵翌的老师熊正佩前些日子入了阁，已是武英殿大学士兼刑部尚书了。

曹宣冷笑道："他们才不关心这些，他们只要能身居高位就可以了。你们一直没有回过京，有些事恐怕还不知道吧，据说熊正佩和汪几道在乾清宫为了给韩家多少聘礼的事吵了起来！"

这件事就是刚出京的邓成禄也没有听说过，他不由得奇道："为什么要吵架？不是还有礼部吗？查查从前的旧例就是了。显宗皇帝娶亲的时候也是在位，今上照着显宗时的礼数行事不就行了吗？"

"如果事情这么简单倒好了。汪几道的意思是，皇上刚刚亲政不久，还没有遇到什么值得大肆庆祝之事，皇上大婚，应该大肆操办，宣告天下才是，所以婚礼的规格应该高于显宗皇帝。熊正佩却觉得太后娘娘当家的时候奢侈无度，以至于国库空虚，百业待兴，皇上的婚事应该宣告天下却不应该大肆操办，按照显宗皇帝之时即可。皇上可能倾向汪几道的意思，几次叫了汪几道进宫协商，汪几道觉得自己得了圣心，居然怂恿御史上书请皇上大办婚事。熊正佩知道之后震怒，写了万言折，请皇上三思而后行，然后让自己的几个学生在江南会馆、江西会馆等地骂汪几道不管江山社稷，只知道谄媚皇上，是读书人中的败类。双方就对骂了起来，今天你贴我的骂文，明天我贴你的骂文，闹得整个京师沸沸扬扬，无人不晓。你竟然不知道？”最后一句，曹宣是在问邓成禄。

邓成禄眼睛睁得大大的，难掩惊讶：“我回京之后就一直住在京郊的别庄里，吩咐家中的仆从没有要事不要来打扰。要不是我妹妹被赐了婚，我回家去问我妹妹的事，我还不知道嘉南已定了五月二十四日出阁……”之后他匆匆出了京，在路上遇到了王瓒，两个人都不是多话的人，知道了彼此的目的，就一起结伴过来了。

他不说，曹宣也能猜到。

金宵却觉得很不可思议，有些漠然地道：“那……那皇上是什么意思？他俩可都是正二品的股肱之臣，皇上就由着他们这样闹不成？那岂不是成了读书人的笑话了？”

“这不算是什么笑话！”王瓒面色如常，不紧不慢地道，“孝宗皇帝之时，也曾有内阁大臣和御史对骂，两个人都成了名臣。对读书人来说，饿死是小，气节是大。熊正佩可能觉得这样能让别人觉得他不仅是个好老师，而且还是个有气节的好老师吧。只是可惜了，皇上未必会喜欢。”

李谦闻言几不可见地蹙了蹙眉，道：“如果内阁一面倒，实际上并不是件好事。”

姜律几个都听懂了。

曹宣道：“要不，我写封信给太后娘娘，让她老人家出面，尽快平息了这场争端？”

李谦沉吟道：“我觉得还是太皇太后出面更好一点。”皇上忌惮曹太后，如果曹太后出面，皇上说不定会觉得曹太后又要干涉他，谁知道会干出什么事来。

“最好是从皇上大婚说起，”李谦继续道，“而且不是还有简王吗？这个时候，他也应该表个态才是。”

熊正佩是必须要保的，最好还能和汪几道继续打擂台，这是最基本的平衡之术，不要说赵翌，就是他们这样的世家子弟也知道。可赵翌偏偏不是通常的人，他总是做别人不做的，不做别人都做的，所以谁也猜测不出他接下来的想法。

姜律立刻就明白了李谦的意思，笑道：“我回去之后跟我爹说说。”

姜镇元是个再稳妥不过的人了。大家心中一松。

李谦忙招呼大家喝酒："今天是来玩闹的，我还请了联珠社的杜慧君唱堂会，今天不醉不归！"

"你请了联珠社的杜慧君？"金宵听着眼睛都直了，"你怎么会想到请他？"

"说实话，杜慧君是我爹请的。"李谦嘿嘿笑，没有丝毫截他爹胡的赧然，"我不是要和郡主成亲了嘛，我爹请了好几家戏班过来，正巧昨天联珠社的杜慧君路过大同，我让杜慧君在这里多停留两天——反正去了太原也是给我们家唱戏，在这里也是唱，大不了多给点银子就是了。"

几个人都颇为赞同，用了午膳就去了后花园的亭台听戏。

曹宣却一个人站在不远处的小池塘旁喂鱼。

李谦笑着走了过来，道："怎么，可是这戏不对承恩公的口味？"戏是《沉香救母》，姜律点的。

曹宣望了一眼热热闹闹的戏台子，犹豫了片刻，才道："宗权，你觉得这样对吗？朝廷有银子给皇上大婚，却没有银子给九边添置军需，万一九边崩溃，京城还能保得住吗？皇上难道就一点也不担心？而且国库空虚，难道就只是太后娘娘的错？我姑母摄政的时候，好几年都没有添置过一件衣裳，放了数批宫女出去，宫中的费用也一减再减，到如今宫里还有很多宫女内侍说我姑母吝啬。"

李谦脸上的笑容渐敛，正色道："承恩公如若有兴致，不妨从晋中、寿阳回京，看看沿途的风景之余，也可以了解一下民生。"从山西入京有两条路可走，一条是走阳泉、蔚县，这条路通九边，通常是武官的选择；一条是刚才李谦建议的走晋中、寿阳，是文官们常走的路线。九边情况特别，不足以代表百姓的生存状态。而晋中、寿阳却是百姓居住之所，更适合了解民生。

李谦的用意不言而喻。

曹宣讶然，在他的印象里，李谦野心勃勃，一心一意往上爬，不会如此关心黎民百姓。

李谦笑道："承恩公还是皇亲国戚呢，少谁的嚼用也不可能少了您的嚼用啊！"言下之意，他更应该是那个不关心时事的人。

曹宣听着心中一动，若有所思地沉静了片刻，突然笑了起来："人不可貌相。李仪宾，我现在可算是见识了！”

李谦咧了嘴笑，雪白的牙齿在阳光下闪着健康的光泽：“我现在还不是仪宾，承恩公称我一声将军即可。”他虽然得到了赐婚的圣旨，却没有封赏。

曹宣呵呵笑，想起自己回京之后赵翌召见他时那张像吃到了蝇蚊般的脸，再次觉得李谦是个人物。他冲李谦点了点头，就放下手中的鱼食，转身去了看戏的亭台。

李谦没有走，而是拿起曹宣刚才拿着的鱼食，继续给鱼喂食。天下早已乱象纷呈，只是那些养在鸟笼里的人不知道而已。

尽管有这样那样的担忧，大家还是很尽兴地玩了一天。

第二天，金媛去大同总兵府问过安之后，就随着金家来给黄老安人送寿礼的人回了太原。

金城不免有些担心，问金宵：“不去给黄老安人祝寿，这行吗？”

“有什么不行的？”金宵站在“第一楼”二层的窗棂旁眺望着大同的城门，看着金媛的马车渐行渐远，“阿媛是奉父亲之命回的太原，我也是奉父亲之命在此帮着李将军迎亲，黄家毕竟只是我的外家，怎么能让我不奉父命？”

金城不再多言，转而说起了昨天晚上李谦交代的事：“大哥，我等会儿就随云林出行了。李将军说，各卫所的护卫不过是个幌子，他身边的护卫才是真正的护卫，我们这些人都走了，万一他们真的遇到那急红了眼的，打劫郡主怎么办？”昨天晚上送走了曹宣等人，李谦身边的云林突然把他叫了过去，让他立刻准备，今天午时出发去榆林。他吓了一大跳，想去告诉金宵，而金宵还在书房里和李谦说话，他只好先回去歇了，今天早上借口陪着金宵过来看看酒楼准备得怎样了，才有机会把这件事告诉金宵。

“李谦既然让你去，你就去。娶郡主是大事，他不会连轻重缓急也分不清楚的。”金宵想也没想地道，“你去了之后，一定要听云林的话。”

金城点头，不由得低声道：“实际上我觉得李将军挺厉害的，这个时候向邵家出手，谁都不会怀疑到李将军头上。到时候李将军不仅可以将自己摘清，还可以让邵家摸不着头脑，打邵家一个措手不及……他胆子可真大！”

“不然他怎么会成功呢！”金宵叹道，颇有些感慨地道，“像我们，就是太顾忌这个、顾忌那个了，做起事来畏手畏脚的，反而白白失去了很多机会。”

金城想到金宵这两年一直在为金媛的婚事操心却始终没有办法真正地摆脱邵家，就是因为顾忌太多。他深以为然地点了点头，随着金宵去厨房查看今天请客的菜品。

针工局终于赶在姜宪出嫁之前把全套的嫁衣做了出来。大红色的绛丝，金灿灿的织金丝线，让一袭嫁衣如霞似锦，十分精美。

正在试嫁衣的姜宪非常喜欢，穿着嫁衣在屋里走来走去。七姑忙上前托裙裾。

房夫人无奈地呵斥她：“别把衣裳弄脏了，到时候你穿什么出嫁！”又吩咐七姑，“服侍郡主把嫁衣脱下来收好了，等到出阁那天再给郡主换上。”

七姑恭声应“是”。

姜宪自然也不好拂了房夫人的意思。房夫人遣了房里服侍的，拿着从宫中带出来的春宫图低声给姜宪讲一些夫妻的相处之道。

姜宪听得面红耳赤：“李家不是答应等到我及笄的嘛，您干吗急着跟我说这些……”

房夫人怒其不争地一指点在了姜宪的额头上，道：“你啊，怎么只长个子不长心眼！到时候我们都不在你身边，还不是李家的人说什么是什么？这个时候不跟你说清楚了，难道让你被李谦随意摆布不成？”

李谦不是那样的人！姜宪想为他辩解几句，转念想到自己若是对李谦太好，会让大伯父和大伯母觉得她女生外向，不喜欢李谦怎么办？她索性什么也不说，只抿了嘴笑。

房夫人笑着摇头，突然觉得有点讲不下去了。

正在此时，常忍冬带着两个小厮到了。房夫人大喜过望，吩咐姜律亲自接待常忍冬。

常忍冬二十七八岁，高挑的个子，白白的皮肤，文质彬彬的，典型的江南读书人的长相。

姜家对他如此礼遇，让他小小惊讶了一番，对姜律也很尊敬，给房夫人、姜宪请安后，就在离姜宪不远的一个小院子里安顿下来。

翌日,常忍冬去给姜宪请平安脉。姜宪屋里正乱着,丫鬟妇仆进进出出,箱笼毡包随处可见,常忍冬都没个落脚的地方。还是百结看到常忍冬忙去通禀了一声,又请常忍冬到旁边的花厅里喝茶,歉意地笑道:“真是对不住,常大夫,郡主再过两天就要出阁了,我们正在给她收拾东西。您先在这里坐一坐,郡主应该马上就出来了。”

姜宪毕竟还没有成亲,不能像宫里的那些贵人一样把大夫请到房间里去把脉。

常忍冬忙笑道:“我也曾在宫里做过药童,姑娘不必担心,这些我都懂。您要是有事,就去忙您的好了,我在这里等着也是一样。”

姜宪就是看在田医正的面子上也不能让常忍冬等着,她很快就出现在了花厅。

常忍冬隔着帕子给姜宪把脉,报了平安。

姜宪对这样的结果并不惊讶,笑着道了谢,打了赏,吩咐百结亲自送走常忍冬,她则回到屋里继续和她的那些小东西奋斗:“把那个用纸折的青蛙带上,还有那个插在天青色哥窑梅瓶里的风车……还有那个印着桃竹黄鹂的匣子也要带上……”

情客等人一一应“是”,抿了嘴笑。那些都是李大人送给郡主的,郡主一件也没有丢,现在全部要带走。

姜宪却没有多想,只是觉得箱笼有点多,来的时候她只有李谦帮她买的一个箱笼,走的时候除了嫁妆,平时用的东西就装了十六个箱笼,而且一件也不能落下。可李谦说李家在太原的宅子很小,也不知道这些东西装不装得下。但这念头于她也不过是一闪而过,东西装不下,自有李谦、情客他们想办法,她现在要担心的是能不能平安嫁到太原去。

姜律找李谦过去的时候,李谦以为姜律是想最后确认一下李家对接嫁这件事的防卫。谁知道姜律对这件事提也没有提,而是说起了韩家的事:“你上次跟我说,最好是让曹家和王家联手,我觉得很有道理。可我仔细想过了,韩忠这个人向来谨小慎微,想让韩家弄点事出来,恐怕也不容易,不知道你有没有什么主意?”

李谦略窘，他没有想到姜律会让他帮着拿主意。

“你是觉得曹宣这边不太好办吗？”李谦想了想，“皇后才是真正的国母，曹太后想影响后宫，只能靠孝道。当初曹太后选安陆侯家的小姐，就是看中了安陆侯家人口简单，又没有权势。晋安侯则不同，不仅子嗣兴旺，而且和皇上交好，蔡家大小姐做了皇后，肯定会帮着皇上对抗曹太后的。结果曹太后弄走了蔡家大小姐，又冒出个清仪县主来。清仪县主比蔡家大小姐更麻烦，她除了有个做郡主的娘，还有个做亲王的外祖父，若是皇上怠慢曹太后，清仪县主肯定也不会把曹太后放在眼里，何况当初曹太后被逼去万寿山静养，还有简王的一份功劳，曹太后肯定不会就这样让清仪县主顺心顺意地坐上皇后宝座的。我觉得你与其和曹宣商量，还不如想办法和曹太后商量这件事。我想，曹太后肯定会给你出个好主意。”

李谦不想掺和太多，他虽然建议曹王两家联手，那也是为了和韩家抗争，可是如果主动去撩拨韩家，势必会把太皇太后牵扯进去。姜宪最在乎的人恰恰是太皇太后，他不想让姜宪伤心。

姜律听着微微地笑了起来，他昨天去问父亲，父亲也是这么跟他说的。庙堂之上没有永远的盟友，也没有永远的敌人。看来，他们姜家要和曹家合作了。姜律道：“我知道该怎么做了，你这主意挺好的。”并没有解决问题的喜悦，反而有点敷衍。

李谦在心里叹气，这又是姜家对自己的一次试探，不知道什么时候姜家才会真正地接纳自己。

李谦心中并无不满，因而笑容也就平静而温和：“阿瓒他们会随着你去送亲吗？”

姜律道：“不，他们不去，还是我和阿含去。”

李谦点头。

两个人又谈论了一会儿京中的形势，看着时候不早了，李谦起身告辞。

姜律去了后院。

姜宪已经收拾好了，正躺在床上由两个宫女出身的丫鬟给她脸上抹着不知道是什么的绿色糊糊，看上去很恶心。姜律不由得道：“你这是怎么了？这又是什么鬼玩意儿？明天你就要出阁了，小心把脸毁了李谦当场退亲！”

姜宪不方便开口，在那里小声哼哼道："你不是我哥吗？他要是敢毁婚，你难道不会揍他吗？我有什么好担心的！"

姜律想到之前他败在了李谦手下的事，顿时觉得糟心不已："你就胡闹好了，我去娘那里了！"说罢丢下姜宪不管，拂袖而去。

姜宪不知道姜律在发什么脾气，想着自己脸上敷的黄瓜糊糊马上就要好了，决定等会儿净了脸再去好好地问问姜律。

两个小丫鬟继续说明天婚礼的事："夫人特意命人兑了十箩筐的铜钱，到时候要全包成银封赏给李家来帮着搬运妆奁的下人。屋里的几个姐妹都被夫人叫了去，中午都没有回来。"

姜宪心不在焉地点了点头，并不关心这些，问小丫鬟："脸上敷了这个真的会让我更白吗？"

"我们敷了都会显白。"其中一个小丫鬟老老实实地道，"可郡主已经这么白了，不知道变化明不明显。"

姜宪有点高兴地道："你们觉得我很白吗？"

"很白！"两个人异口同声地道，"我们还没有见过比郡主更白的人。"

"你们见过几个人啊？"姜宪不以为然地道，但心里那股高兴劲却怎么也挡不住，便想跟白愫说说话，"乡君去做什么了？"

其中一个小丫鬟笑道："被孟姑姑叫去帮着清点您的嫁妆单子了。"

那么多陪嫁，不可能交给情客一个人就万事大吉，白愫和孟芳苓肯定是去检查情客重新誊写的嫁妆单子了。只要单子誊写属实，东西添减了就能盘得出来。

姜宪不由得暗暗庆幸自己不用管这些，不然她这些天就别想睡个好觉了。她打了个哈欠，眯了一会儿才起床，把脸上的东西洗干净了，凑在妆台上的西洋镜前瞧，感觉脸上真的光滑白皙了不少。她高兴极了，也不管白愫在干什么，跑去她们查嫁妆单子的小书房。

白愫直接把她给推了出来："你别在这里给我捣乱了，要是没事，就去睡一会儿，明天早上卯时的吉时，你子时就要起来梳妆打扮，别到时候边走边睡，给李家丢脸！"

"睡不着。"姜宪无奈地叹气，坐在小书房门口的小杌子上，叹气道，"根本就没有到我睡觉的时候，我怎么可能睡得着？明天我虽然子时就要起床，

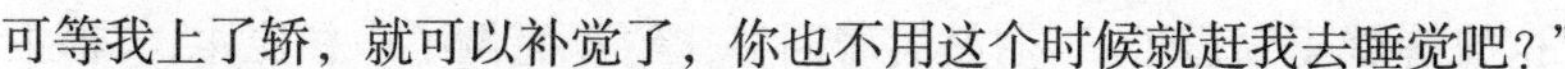

可等我上了轿，就可以补觉了，你也不用这个时候就赶我去睡觉吧？”

白愫怕自己和姜宪说话漏看了什么东西，要知道，这账册上的每一行都价值百金，她若是看漏了一处，就是丢了百两黄金，她怎么能不认真？

“那你坐在这里别作声。”可面对百无聊赖的姜宪，她还是心中一软，妥协道，“我最多一个时辰就弄完了。”

姜宪颔首，托腮坐在那里看着白愫几个对账册。可不过半盏茶的工夫，姜宪就忍不住了：“掌珠，你说我见到了李大人，要不要夸奖他几句？”

“夸奖？”白愫满头雾水，“你是他儿媳妇，又不是他上峰，夸奖李大人……不太适合吧？”

姜宪赧然地摸了摸头，嘿嘿笑了两声。

白愫不由得莞尔，轻轻地抱了一下姜宪，温声道：“你也别太紧张。看李家为了娶你摆出的这副架势，你只要平时给他几分面子，想来他也不会管你的事。”

姜宪点头，脸红得像朝霞却嘴硬道：“我没有紧张，我只是不知道怎么和李大人相处而已。”

白愫抿了嘴笑，调侃地安慰着她：“好了，好了，我知道了，你不是紧张，只是不知道怎么办好！”说得姜宪恼羞成怒，一溜烟地跑了。

姜宪回屋拉了被子蒙着头睡觉。

赶过来的七姑忙帮她把被子拉到颌下，笑吟吟地道：“时候也不早了，我让人打了水进来服侍郡主洗漱吧？”

姜宪强作镇定地嗯了一声。七姑像往常一样去叫了丫鬟、婆子进屋服侍。姜宪直到洗漱完毕躺在了床上，才觉得脸上没有那么烧了。

七姑笑着捧了个匣子进来，道：“郡主，刚才大爷身边的冰河过来了，说是奉了大爷之命，给您送东西来了。”说着，她抬了抬手中的匣子，“您看放在哪里合适？”

姜宪坐起身接过匣子，打开一看，里面是个穿着大红色深衣的木偶，三寸来高，梳着双丫髻，胖乎乎的脸上打着圆圆的颊红，大大的脑袋小小的躯干，不动的时候也晃着头，非常可爱。

姜宪把木偶放在床上。那木偶继续摇着头，配上笑眯眯的眼睛，很是讨喜。姜宪好奇道：“它就没有不摇脑袋的时候吗？”

“这奴婢就不知道了。”七姑笑着回答，给姜宪倒了一杯温水，“郡主喝了这杯水再歇息吧。冰河说，大爷还让他给您带了句话，还有一个在大爷手里，让您过去的时候可别忘了把这个带过去。”

姜宪抿抿嘴，应了句“知道了”，喝完七姑递到嘴边的温水，重新躺下。

屋里静悄悄的，只有床头李谦刚刚送过来的那个木偶在不停地摇着脑袋。不知道为什么，姜宪觉得李谦和这木偶很像，一直哄她开心，一直逗着她。

她莫名地扑哧笑出声来，心情前所未有地安静、宁和。逗了那木偶一会儿，睡意上来，居然很快就进入了梦乡。

第十二章
出阁

子时，还是百结把姜宪给推醒的。就算是这样，她也是翻了个身，又眯了一会儿才起床，心里想着，等会儿见到李谦，要跟他说，她长这么大还是第一次起得这么早，他要赔她没有睡成的觉。

好不容易洗了澡换了嫁衣梳了头吃了汤圆，天色已经渐渐亮了起来。

一直守在她身边的房夫人眼泪猝然间落了下来。小小的姜宪，就这样嫁了，就这样成了别人家的媳妇！在宫里的太皇太后连她最后的辞别也没看见。

谁能想到一次普通的出游，就让姜宪从此告别了生于斯长于斯的京城，告别了看着她长大的亲戚朋友，远嫁到山西……唯一让他们放心的就是李家门第太低，就算是远嫁，李家也不敢欺负姜宪。今天是这孩子的好日子，那边还没有来迎亲她就先哭起来了，这算是怎么一回事！

房夫人忙别过脸去，悄悄地擦了擦眼角。可她今天也化了妆，眼泪到底还是打湿了她的妆容。

余嬷嬷轻轻拉了拉房夫人的衣袖，不动声色地提醒她："夫人，您也去梳洗一番吧，迎亲的轿子马上就要进府了。"等一会儿房夫人还要代替姜宪的父母和姜宪辞别。

外面果然传来隐隐的爆竹声和敲锣声。

房夫人愣愣地坐在那里，全身的力气像被抽尽了似的，站起来的力气都没有了。余嬷嬷忙上前去扶房夫人。坐在床上的姜宪却突然伸出手来握住了房夫人紧紧捏着帕子的手，笑着对房夫人道：“大伯母，您和大伯父放心，我会和李谦好好过日子的。就算是吵架，也不会轻易跑回娘家的，肯定是我把他给赶出去。”她的目光清澈透明，闪烁着掩饰不住的喜悦，表情显得那么郑重和真诚。

房夫人一愣，随后破涕而笑：“你这孩子，哪有这样说自己夫婿的！”自己愁得不得了，她却一副没心没肺的模样……想到这里，她心中一动，也许，不是没心没肺，而是胸有成竹？还真是姜家的姑娘，遇到了什么事都信心百倍地去解决，而不是在那里抱怨哭泣。

房夫人陡然间就不那么伤心了，不就是嫁人吗，还怕李家对她不好不成？要是李家敢对她不好，回来就是，京城里又不是没有大归的姑奶奶！就算是孩子，姜家也能一并养了，说不定比跟着李家更有前程。这么一想，房夫人觉得姜宪出嫁也不是什么悲伤的事了。

她重新净脸梳妆，从内室出来的时候，神色间再也没有之前的担忧恍惚了。

姜宪定下心来，长吁了一口气，挽着房夫人的胳膊，低声笑道：“我出了阁，大伯母是不是松了一口气，以后就可以安安心心地帮阿律哥挑媳妇了？”

房夫人知道姜宪这是在哄她开心，刚刚压下去的心酸又冒了出来，忍不住抱住姜宪，说道：“好孩子，你这么好，菩萨会保佑你的。”

可她也曾杀了人……菩萨还会保佑她吗？姜宪低下头，心情骤然间落入谷底。

齐夫人过来了，和房夫人见了礼，见姜宪有些垂头丧气，上前搂了她的肩膀，打趣道：“哎呀，我们的新娘子不想离开娘家，在这里伤心呢！”

姜宪忙强忍着伤心，扬着脸露出了个甜美的笑容。今天是她出阁的好日子，她的大伯父、大伯母和几位从兄为了送她，特意从京城赶了过来，她怎么能愁眉苦脸，让亲人担心呢？

房夫人看着就笑了起来：“你看她，哪里有一点伤心的样子？刚才还跟我说呢，若是和姑爷吵了架，就把姑爷给赶出去。听听这话，还好李家的人不在场，不然这人还没有嫁，悍妇的名声就要传遍大同了。”

姜宪刚才的低落房夫人虽然看在眼里，却以为姜宪是因为要出嫁了，到底有些伤感，忙拿话调侃姜宪，想让姜宪不要那么难过。齐夫人也以为姜宪是因此而难过，也顺着房夫人的话逗趣：“我倒觉得郡主这话说得有道理，凭什么一吵架就要我们女人家回避，他们男人也能滚出去啊！我看，郡主这样的才像我们九边的女子，直爽大方，泼辣能干！”

房夫人何尝看不出来齐夫人这是想把气氛闹起来，因而笑道：“你就惯着她吧，等哪天姑爷找上门来向你要个说法的时候，我看你怎么办！”

“这不还有您，还有镇国公吗？”齐夫人不以为然地道，“我怕什么！”

众人哈哈大笑。

姜宪也笑起来，心里的那一点点阴郁被压在了心底。

有婆子气喘吁吁地跑了进来，连声道：“李家的花轿到了，李家的花轿到了！”

屋里立刻一片喜气洋洋的慌乱。

“快，快看看郡主的妆容，把口脂涂上，刚刚郡主吃汤圆的时候把口脂都擦了！”

“快看看郡主的东西都准备好了没有！”

白愫则紧紧地握住了姜宪的手，带着祝福的笑容望着姜宪，轻声道：“保宁，他那么喜欢你，以后一定会对你好的，不用担心，你会在他身边过得很好的！”她的语气非常坚定，但太过熟悉她的姜宪却知道，这不过是她的祝福罢了，对于自己嫁给李谦，她始终抱着怀疑的态度。

可好朋友这样关心担忧自己，让姜宪心里暖暖的。她回握住了白愫的手，笑道：“你放心，我会好好地跟李谦过日子的，不会轻言放弃。”就算有一天，李谦把家族的利益放在她之上，她现在争取了，以后也不会后悔。

姜宪深深地吸了一口气，由李家的全福人太原知府李奎的夫人扶着，一步步地走出了宴息室。临出门的时候，她还没有忘记嘱咐情客：“等会儿别忘了把我的木偶带上。”路上要走好几天，她不能下车，不能掀车窗，总得找点事做。

李夫人呵呵地笑，觉得姜宪虽然个子蹿得很高，却依旧是个孩子，要嫁人了，居然还惦记着自己的玩偶。不过这样也好。

姜镇元和房夫人已经在厅堂坐好，姜镇元戴着超品国公爷的七梁冠，房夫人冠上插着两个金翟、五个珠翟、二十四片翠云，神色肃然地坐在那里。

看见姜宪出来，姜镇元面色微动，嘴角翕翕，想说什么的样子，最终眼睛一黯，什么也没有说。房夫人却止不住眼眶湿润，拿出帕子擦眼角。

李夫人在山西也是数得着的贵妇人，眼力见识都在那里，见此情景忙笑道："我们的国公爷和夫人这是舍不得郡主！你们放心，我们家李大人那可是诚心诚意地想娶郡主，郡主嫁过去了，定不受一点点的委屈的。"说着，示意身边跟着的喜婆把早已准备好的蒲团放在姜宪的面前。

姜宪此时才有了出嫁的感觉。她知道，自己即将离开伯父、伯母、太皇太后，从此走上一条和以前截然不同、凶吉未知的道路。

"伯父！伯母！"姜宪徐徐跪了下去，眼泪不由自主地落了下来。

齐夫人忙上前几步，用帕子按在了姜宪的眼睑上，笑道："不哭，不哭。今天是你大喜的日子，小心哭花了妆。"

姜宪的泪珠子止不住地落，无声地打湿了齐夫人的帕子。

齐夫人忍不住也跟着伤感起来。女人在娘家做姑娘的时候自然千好万好；嫁了人，成了别人家的媳妇，要主持中馈，要生儿育女，要服侍丈夫，身上有了责任，就算夫家对你再好，也没有做姑娘时的天真烂漫了。

屋里的其他人也因此有所触动，原本高高兴兴的场面一下子变得伤感起来。

李夫人忙道："镇国公，国公夫人，郡主这不还有齐夫人照顾吗？您要是什么时候想郡主了，也可以常来看看郡主。郡主虽说出了嫁，不能时时承欢在两位膝下，可二位也因此多了位好女婿啊！常言说得好，一个女婿半个儿，以后女婿和郡主一起孝顺你们，岂不是更好？"

"是更好，是更好！"房夫人忙接了话茬，露出了带着几欣慰几分慈爱的笑容。

李夫人趁热打铁，道："郡主，您还不快给国公爷和国公夫人磕头。"

磕了头，辞别了伯父伯母，盖上盖头，就要上花轿了。

姜宪跪在面前的蒲团上，恭恭敬敬地给姜镇元和房夫人磕了三个头，好像要把这些年对姜氏夫妻的感激之情都融入其中。

姜镇元和房夫人自然能感觉得到。两个人的眼眶都有些湿润，受了姜宪的礼，按礼叮嘱了几句“以顺为正，毋忘肃恭”之类的话，李夫人就上前为姜宪盖上盖头，在李家喜婆的搀扶下走出了厅堂。

房夫人和白愫等人都哭了起来。

姜宪想回头看一眼，触目却满是红色。李夫人在旁边低笑道：“郡主，夫人这是舍不得你，你以后好好孝顺夫人就是了。”

姜宪很想再给姜镇元和房夫人磕个头，姜律的声音却在她的耳边响起：“保宁，哥哥背你上轿！”姜宪的眼泪再次落了下来。

姜律稳稳妥妥地把她背上了轿子。随着锣鼓声的响起，轿子被抬了起来，她四平八稳地离开了大同总兵府。

爆竹声、锣鼓声、人沸声一直跟随着她的花轿，直到快一个时辰之后，花轿出了城门，那些声音才渐渐远去。

姜宪昏昏欲睡，她想到上轿之前大伯母说出了城门就可以暂时拿下盖头，等到下轿的时候再盖上。于是她一手扶着新娘子的凤冠，一手小心翼翼地拉下了盖头。不用再被困在方寸之间，姜宪松了口气，四处打量，这才发现轿子坐椅下塞着几个大迎枕。

姜宪大喜，把迎枕抽了出来，垫在腰间。

轿外传来七姑的声音：“郡主，您可以在轿子里歪一会儿，我们还有两个时辰才到驿站呢！”

姜宪正上眼皮和下眼皮打着架，闻言心中愉悦，轻轻地嗯了一声，斜倚在几个大迎枕之间，就这样睡着了。

等她醒过来的时候，轿子已经停了下来。

七姑在轿边问她：“郡主要喝点水吗？干粮什么的都放在轿子的座位底下。”

姜宪找了找，发现不仅有食盒，还有个马桶……她突然什么也不想吃，只喝了点水，又沉沉地睡着了。

姜宪再次醒来，是被七姑叫醒的。他们已经到了驿站，七姑让她盖上盖头，李夫人要来搀她下轿。她闻言盖好盖头，由李夫人扶着下轿，等到了房中，姜宪再次掀了盖头。

驿站干净而又简陋，在她歇息的房间窗棂上贴了一对红双喜字，床上的被褥也都是她们自己带过来的。

百结和情客服侍她更衣梳洗歇息。李谦身边的冰河过来了，给她带了一把夹竹桃，说是李谦让他带过来的。情客笑着去找了个青花瓷的花觚，把那把夹竹桃插在花觚里。屋子里顿时有了几分生气和妩媚。

过来陪她的齐夫人看见了不由得夸道："李将军可真是细心！"

姜宪抿了嘴笑，心里甜甜的，吃了几块米糕垫了垫，疲惫地倒在床上，不一会儿就睡着了。

翌日一早，她换了马车，启程往太原去。百结、情客和她同坐在马车里，陪着她说话，给她读话本。

如此过了两三天，风平浪静的，什么事也没有发生。

姜宪问齐夫人："还有几天到太原？"

齐夫人笑道："明天就到太原了。"

姜宪觉得有些不可思议，道："就没有人来打劫吗？"

齐夫人笑道："九边原本就是边关重镇，驻守的都是些卫所的将士，土匪打劫之事本来就少，上次要不是李家的聘礼实在是惹得人眼红，有谁会来冒这个险？何况上一次，李将军不仅大开杀戒，还放出话去，说谁要敢再来打劫，不管劫到没有，事后他都会向那些人的师门问罪，向山西绿林问罪。李将军这么厉害，现在又有太原总兵府和山西总兵府的卫所将士护送，谁还敢来打劫？"

姜宪讪讪地笑。

齐夫人则另有关心之事，低声道："郡主，那些干粮虽然不好吃，您到底用一点。您这样只用早膳和晚膳，身体会抗不住的。"

姜宪笑着应了，却并不准备食用。

齐夫人不了解她，只当她答应了，没有在意。

半夜，李谦又跑来敲她的窗户。

她气得不得了，轻声道："你还让不让人睡觉了！"

齐夫人就睡在床前的屏风后面。这要是把齐夫人给吵醒了，可就成了大笑话了。

李谦含笑望着她，从怀里掏出一串葡萄，悄声道："给你。明天让丫鬟给你洗了带到路上吃。"

姜宪接过了葡萄，脸上火辣辣地烧。

李谦看着就要坐在床沿上，姜宪立刻给了他一脚，低声警告他："你还不快走，难道要等齐夫人醒来不成？"

李谦不以为意，换了个地方坐下来，道："明天中午就要到太原了，你先住在那边的别院，我直接回府，齐夫人带着你的嫁妆去李家铺床。我让七姑和香儿、坠儿陪着你，你哪里都不要去，要什么就跟她们说。后天申正的时候我会从家里出发来娶你……"

这些房夫人早和姜宪说过了，他还是事无巨细地叮嘱了一遍。她觉得他多事，却又莫名地冒出些许的甜意来……脸上更热了。

"知道了！"姜宪有些不自在地赶他走，"你快点回去吧，我这边有齐夫人照顾，不会有事的。"

李谦笑着起身。姜宪以为他要走了，谁知道他却俯身摸了摸姜宪的头，在她的耳边温声低语："早点歇了，要是觉得那些干粮不好吃就别吃，我明天一早让人给你准备些糕点。说起来，这是我的疏忽，忘了你不喜欢吃隔夜或是放得太久了的东西。"

姜宪一愣。

李谦已经笑着翻窗而去。

姜宪坐在床头，望着驿站长案上爆着灯花的油灯，无声地笑了起来。

五月二十三的午初，姜宪的花轿到了太原，他们被安排在离山西总兵府有两里地的一个别院里。

姜宪累得不行，草草地洗漱一下就睡了。

齐夫人喝了口茶，随着嫁妆去了李家位于山西总兵府不远的宅第。

李长青穿着件鹦哥绿的杭绸直裰，薄薄的绸缎让他已有些发福的身材显得更加魁梧、厚实。他有些不合礼数地站在李家的大门口迎接着齐夫人。

"这次可辛苦您了。"李长青语气十分诚恳，"按礼数，应该由我夫人来招待您，可您难得来一次，除开是郡主的铺床人，您还是齐将军的夫人，这么多年来，齐将军正是有了您这样的贤妻，才能事事顺遂，我羡慕不已，早就想见夫人一面了。夫人也就不要计较我的这番失礼了。等小犬和郡主的婚事完了，我再亲自去府上拜见齐将军。"

齐夫人笑着和李长青客气了几句，眼看着快到吉时了，李长青亲自领着齐夫人去了新房。

这其间李谦的继母何夫人始终没有出现。

齐夫人不免在心里计较，听说李家的这位继夫人出身寒微，不怎么撑得住场子。如果真是这样就好了，至少嘉南头上没有个会指手画脚的婆婆指使她。

李长青借口还有客人要招待，让人去请何夫人过来。

齐夫人闻言笑道："您去忙您的好了，我这边很快就好了。"

李家早就把新房的平面图送到了房夫人手中，怎样布置新房，孟芳苓也交代了百结和情客，齐夫人也不过是站在旁边看着。

李长青笑说了句"麻烦齐夫人了"，就告辞去了前院。

郡主的嫁妆一抬抬地抬了进来。第一抬已经进了门，最后一抬据说还在城门外。一共三百三十六抬。

李长青惊喜得嘴都有些合不拢。朝廷这些年来一直国库空虚，他根本就没有指望嘉南郡主能有几抬嫁妆，还想着要是姜家没有准备，他就自己给补上，没想到嘉南郡主不仅嫁妆丰厚，而且还丰厚到了这种程度。他忍不住叫了谢元希来问："路上没什么事吧？"

"遇到了两三批来打劫的，"谢元希不以为意地道，"都被大爷赶跑了。"

李长青一听就急了："为什么不全杀了？就这样这些人都敢来打劫，绝不是什么普普通通的劫匪，那个狗屁章子照一直在给我打马虎眼，我正愁没有机会给他扣个屎盆子呢！你说你们，要是这次闹出点事来，我岂不是正好找那个章子照算账……"言谈间十分遗憾的样子。

谢元希很是无语，半晌才道："大爷说，郡主随行，怕惊动郡主，毕竟是大喜的日子，见了红就不好了。若是大人觉得这样处理不好，等大爷的婚礼完成了，小的带人去把那些人抓回来就是，大人不必担心。"

"也是，"李长青摸了摸头，"那就以后再查。若真的只是人为财死鸟为食亡也就算了，若是有人在背后指使，"他脸一沉，眉宇间就露出一股戾气来，"一个也别放过——我正想杀人立威呢！"

谢元希笑着应是。

有小厮跑了过来，兴高采烈地道："大人，郡主的嫁妆都进门了。"嫁妆进了门，就要开始摆嫁妆了。

李长青兴奋得脸都红了，手一挥：“走，看看去！”拔腿就往前院去。

谢元希笑着摇头，也跟了过去。

姜宪睡到黄昏时分才醒，齐夫人还没有回来。她迷迷糊糊地靠坐在床头问香儿：“百结和情客也没有回来吗？”

“没有。”香儿轻手轻脚地帮她挽了帐子，笑道，“郡主您中午只喝了两杯清水，现在该饿了吧？厨房里炖着乌鸡红枣枸杞汤，您先喝一点，我再给您摆晚膳。”

姜宪点了点头，由着坠儿服侍她穿衣梳洗。

等一切都收拾停当了，姜宪出了内室，在外间的宴息室坐下，香儿带着几个丫鬟开始给她摆晚膳。姜宪发现了几个生面孔，香儿解释道：“郡主身边的几位姐姐都跟着齐夫人去了李府铺床，就叫了她们来伺候。”

姜宪笑道：“那两位齐小姐呢？”

齐单和齐双磨了半天，终于磨得齐夫人答应了她们跟着姜宪一起来了太原。只是这毕竟有些不合规矩，齐夫人怕她们被人笑话，就让两人打扮成姜宪身边的丫鬟，又因姜宪是新娘子，不能随意走动，两人索性和百结、情客坐了一辆马车。

香儿笑道：“两位齐小姐也跟着一块儿过去了。”

姜宪点头，有小丫鬟进来禀道：“大舅爷来了。”

姜宪一时没有反应过来，还以为是李谦继母的兄弟过来了，心里还嘀咕着这个人这个时候来干什么，不承想抬头看见了姜律。

她不由得呵呵地笑，想着以后自己得尽快适应身份的转变才是，也明白了这宅子里服侍的可能大多数都是李家的丫鬟妇仆。

“用过晚膳没有？”姜宪问姜律，“阿含堂兄怎么没有和你在一块儿？”

“他连着骑了几天的马，大腿都磨破了，有些吃不消，我让他先歇了。”姜律说着，在姜宪对面坐下，“我还没有用晚膳，寻思着你应该起来了，就过来了。”

他的话音未落，香儿已机敏地拿了副碗筷过来。

姜宪问：“大哥找我可有什么要紧的事？”

“没有，”姜律叹道，“就是想着你明天就要出嫁了，过来看看你。”

姜宪抿了嘴笑，低声道：“大哥不必担心，我靠着镇国公府若还是过不好，那可真是老天爷都要看不下去的。大哥回去之后可要好好建功立业，光耀镇国公府门楣，让我也有个依靠。”

“说得我现在好像一无是处似的。”姜律笑道，心情却比刚来之时开朗了很多。

两个人沉默着用了晚膳，移坐到院子右角的葡萄架下说话。只是两个人刚刚端起茶盅，还没有来得及说什么，就听见有人在墙外道：“你们没有去看，真是可惜了。郡主的陪嫁，不仅仅是多，而且全是些稀罕东西呢！有个叫冰鉴的东西，就是大人都没有见过，还是李大总管解释，大家才知道那是干什么用的，现在太原城里的人谁不知道我们家大爷娶了个金人回来！”

姜宪似笑非笑地望着姜律，低声道：“都是你们让我变成了别人眼中的金人。”

姜律不以为意：“金人有什么不好？别人想做金人还做不成呢！至少这么一来，李谦名动天下，谁都知道他是姜家的女婿了。”

姜宪不由得叹了口气。

齐夫人和百结、情客回来了。齐氏姐妹跟在齐夫人身后，看见姜律，两个人面色绯红，低着头，含羞带怯地躲在齐夫人的身后。

姜宪愣了愣，觉得得早点给齐氏姐妹找个如意郎君才是，她还是希望姜律能娶心爱之人为妻。

齐夫人把去李家铺床的经过讲给姜宪和姜律听：“郡主的新房在西院，三间四进。第二进是正房，内室在东间，西间做郡主的书房，正厅做了宴息室；二进和三进之间有个小花园，因而在三进布置了个花厅和暖阁；第四进楼上是库房，楼下是百结、情客等人的住处。我看那边的地方都不大，库房有些不够用，就和何夫人商量，等过了百日，就把那些家具、屏风这种又大又沉的东西运回汾阳老宅子的库房安置，以后有机会扩建宅第再搬回来。”说到这里，她笑道，“听何夫人那口气，早就想把旁边的两幢宅子也一并买了，可人家不愿意卖，这件事就只好放一放了。不过李大人也说了，因为他们家急着娶媳妇，有些事委屈郡主了，等过些日子，李大人准备在城西买块地盖幢大点的宅子，到时候郡主的东西就不愁放不下了。”

有钱有权能办到的事，在姜宪和姜律眼里都不是什么事。大宅子小宅子对他们来说都是住，只要住着舒服就行了，因而两个人只是静静听着，并没有对李家的做法有什么异议。

齐夫人见了就喝了口茶，继续道：“正房我按照之前孟姑姑的交代，布置成了郡主平时惯用的，前院的书房和会客室、正厅是李将军平时用的地方，委托了李将军身边的门客谢元希布置，不过，我还是照着房夫人吩咐，给前院送了些古玩珍宝过去陈设……”

花了一炷香的工夫，齐夫人才把事情经过说了个清楚明白。

姜律亲自给齐夫人倒了杯茶：“辛苦您啦！您用过晚膳没有，要不要我让厨房就把晚膳摆在这里？”

“你们不用担心我，”齐夫人笑道，“我已经在李家用过了。”说着，她疲惫地打了个哈欠。

姜律忙道：“婶婶，您快回屋歇会儿吧，可别累坏了。”

明天姜宪上轿，齐夫人还要代表姜宪的娘家人送嫁。

齐夫人真累了，没有客气，说了几句话就带着齐氏姐妹告辞了。

姜宪警告姜律：“大伯父说了，让你别那么早成亲，你可别和女孩子暧暧昧昧地扯不清楚，这样是最伤人的。”

“我还用你说！”姜律道，可见也不是全然没有察觉，“我们两家是世交，这件事一个不小心就会让两家反目成仇，该怎么做，我心里有数。”

“那就好。”姜宪和姜律说了会儿话，姜律惦记着明天是姜宪出阁的日子，叮嘱她早点休息后，回了自己住的客房。

姜宪根本睡不着，找百结和情客说话，问她们李家的情况。

李谦则被几个族中兄弟拉着在他新房前院的小花厅里喝酒。

他的堂兄李麟啧啧奇道：“二叔这次真是高兴！你看，还特意在你们这边设了个小厨房，我们兄弟几个长这么大，从来都是爱吃就吃，不爱吃就饿着，饿狠了，自然就会吃了。这郡主嫁进来，到底是不一样！”

李谦不喜欢听他这么说姜宪，而且这几天李家的亲戚朋友都在这里，若是因为这些言论给姜宪留下了什么不好的名声，那就更不好了。他淡淡地道："这小厨房是我让我爹弄的。郡主从小是在慈宁宫里长大的，我在紫禁城里当差的时候就知道，因为郡主月里不足，先帝在的时候就为郡主在慈宁宫里设了个小厨房，慈宁宫里的吃食是小厨房供给，御膳房那儿只送些清理好了的鸡鸭鱼肉；而且每到换季的时候，小厨房都要等太医院里的医正给郡主请过平安脉才敢定菜谱。所以这次郡主的陪嫁不仅有金银珠宝，还有一位杏林国手。可能在你们看来很是奢侈，可对郡主来说，那是生活必备之事。没了这些，她就像我们喝水不用杯子要用手捧似的，会很不习惯的。"

众人闻言面面相觑，李麟更是面露窘色。

其中一个穿着青衫做文士打扮的瘦高青年见状忙笑道："看来宗权兄很中意郡主啊！文骥说了一句，宗权就回了这么一大段，我真没有想到，我们冷心冷肺的宗权也有知道维护妇孺的一天了。"

屋里的人听了都知道他这是在为李麟解围，都捧场地笑了起来，打趣李谦："你不说我们也不知道啊！就像刚才，那个什么冰鉴，做得那么精美华丽，我还以为是个什么古玩，结果只是为了夏天里给郡主冰镇水果。我们可没有一个人认识的！"

"是啊，是啊！"有个又高又胖的青年笑道，"今天郡主的嫁妆可让我们大开眼界了。"

有人问李谦："你去过镇国公府没有？镇国公长什么样子？我听说镇国公世子姜律是个十分厉害的人物，十五岁就能开二石弓，是不是真的？这次应该是他来送嫁吧？他的酒量怎样？脾气好不好？我对他闻名已久，就是没有机会认识。明天酒筵的时候，你一定要指给我看看。就算不能指给我看看，敬他酒的时候，你也要多站一会儿，让我把他认出来……"

这样的话题屋里的人大部分都很感兴趣，七嘴八舌地问着京中贵人的八卦。李谦耐着性子一一回答，该说的就说，不该说的提也没提。

那个青衣文士和高胖青年是少数对此话题不感兴趣之人。一个朝李麟望去，另一个端着杯茶，笑眯眯地坐在旁边听李谦等人说话。

坐在角落里的钟天宇看着挑了挑眉。他是个高大肤蜜、沉默寡言的青年人，不同于哥哥钟天逸的气宇昂扬，众目所瞩，他更喜欢待在无人注视的地方。

青年文士是李家军师高伏玉的侄儿高妙华，高胖青年是李长青的结拜兄弟马贵的儿子马永盛。

前些日子李谦奉李长青之命召集旧部，马贵以旧疾缠身为由婉拒了李长青的邀请，却让次子马永盛带着马家三千多护院投靠了李长青。李长青考虑到马永盛的年纪，把马永盛和他的人马拨到李谦的手下听候差遣。马永盛可以说现在是李谦的人。

高妙华却是因为伏玉先生才和李家结的缘。他五岁时父母双亡，由家中忠仆带着他和他的胞妹高妙容一起投靠了叔父高伏玉，之后兄妹俩就在李家长大；但高家是读书人，高伏玉虽然在李家做军师，却一直督促着这个唯一的侄儿读书。三年前，高妙华被高伏玉送回了户籍所在地山西，通过了乡试和院试，如今已经是位少年举人了，在李家的这些子弟中颇有声望。因李谦不太喜欢伏玉先生的弟子王怀寅，高妙华和李谦的关系也不是很亲近。

现在看来，高妙华和李麟的关系倒还挺不错的。钟天宇在心里暗忖着，就听见隔壁书房里传来他哥哥钟天逸的惊呼声：“真的假的！你不会看错了吧？”

花厅里说话的人一下子安静下来。

隔壁书房就传来一个清冷的声音：“我看别的看不明白，难道看这个也会出错不成？你看这女子的衣裙，线条流畅，笔法飘逸，颜色明快，这是典型的前朝吴氏笔法。这幅画若不是吴三道的画，我把我的脑袋割下来给你当酒樽！”

“脑袋就不用了！”只听见钟天逸尴尬地道，“李公子是山西省的解元，你说这是吴三道的画，那就肯定是吴三道的画。”

那位李解元却不放过钟天逸，接着道：“我知道你不过是碍着我的名声不得不承认我说得有道理，你这是折腰权贵，我不说清楚，你肯定不会死心的。你跟我过来，看见盖在那里的钤印没有？那是吴三道四十岁生辰之时给自己雕刻的一枚‘三戒’印，这个印是辨别他画作真伪的重要标志之一。你再看这个钤印，是吴三道好友黄磊的‘映月’印；再看这个，黄磊的儿子黄成的‘草堂鉴明’印；再看这个，黄成儿子的‘半雪堂’印……”

钟天逸求饶：“李解元，我知道这幅画是真的了。您眼光如炬，我有眼不识金镶玉，明天是宗权大喜的日子，今天大家不过趁着长辈们都在前院喝酒，所以聚一聚，您看，我改天再请教您成不成？”

花厅里听明白了的人不由得扑哧笑出声来。

高妙华招呼道：“讷敏兄，没想到你也在这里，我们都在偷喝李大人藏起来的竹叶青，你要不要过来尝尝？”

“好啊！”李解元欣然答应，和钟天逸一前一后地出了书房，进了花厅。

高妙华和李解元是同科，因而比其他人都要亲近些。他笑道：“你们在争论什么呢？哪里有吴三道的画？”吴三道是前朝的画师，画的美人图是一绝，至今前无古人，后无来者，价值千金还供不应求。

李解元的目光就落在了李谦的身上，道：“我之前过来的时候，李将军的书房还只是有些藏书，刚才却发现李将军书房里添了几件东西，其中一件就是这吴三道的仕女图。我问了问屋里服侍的小厮，那小厮说是郡主的随从进来布置了宅子。”

高妙华顿时脸色大变，神色一会儿阴一会儿晴，好一会儿才恢复常态，笑道：“郡主真是大手笔，吴三道的画就这样挂在了书房里。”

这要是寻常人家得了一幅，必会当传家宝似的珍藏起来。这不仅是高妙华的想法，也是其他人的想法。就是李谦，也没有想到姜家会这样大手笔地布置他的书房。

李谦一个远房从弟李累就要去看看：“我还从来没有见过吴三道的真迹呢！”

众人都有此意，便一起去了书房。

书房墙上何止挂了幅吴三道的仕女图，还挂了一幅前朝大画家黄磊的仕女图，书柜上则零零散散地摆了个三寸高的天青色汝窑梅瓶、一个用紫砂烧制而成的有容乃大摆件、一个巴掌大小的弥勒佛卧角、一枚象牙雕的桃花源记的镇纸、一个羊脂玉荷花笔洗……几件东西一添，整个书房立刻显得儒雅了很多。

李累捶了李谦一拳：“郡主进了门你可得引见给我认识，我得问问她有没有堂姐妹或是表姐妹，能不能给我做个媒。”

姜宪的堂姐妹是镇国公府的小姐，表姐妹是公主。这两样姜宪都没有，而且天下人都知道她没有。李累纯粹是在打趣李谦。

大家哈哈地笑。

钟天宇还以为李谦会不好意思，谁知道李谦丝毫不以为意，大方地笑道："你说晚了，郡主有个从小一起长大的姐妹，不过被承恩公捷足先登娶走了。"

李累做出一副哀号状。

众人又是一阵笑。

李家的大总管李泰过来，请众人一起去东跨院吃夜宵。众人看天色不早，不好再打扰李谦，说说笑笑地跟着李泰往东跨院去。

李解元字讷敏，名宁，是太原知府李奎的儿子。他之前和李谦没有什么交情，这次是因为父亲做了李谦的媒人，母亲又被李家请来做了全福人，两家这段时间走得有些近，他才随着父母过来吃喜酒的。他此时的表情却有些急切，拉着李谦走在最前面，道："宗权，我有个不情之请——郡主的陪嫁里应该有很多的孤本名作吧，到时候能不能跟郡主说一声，给我个机会鉴赏一番？"

李谦笑道："那是郡主的嫁妆，我可不敢拍胸保证一定能成，但我会跟郡主说一声。"

"这是自然！"李宁忙道，喜形于色。

高妙华和李麟却渐行渐慢，慢慢地落在了人群的最后。

一直注意着高妙华和李麟的钟天宇也放慢了步子，就听见高妙华调侃李麟："你弟弟都成亲了，你还单着，你要不要也快点，小心宗权的孩子成了李家的长子长孙。"

李麟颇不以为意，笑道："我跟他本来就是两个房头，没有可比较的啊！"

李长青的父亲家无恒产，死之前李长青就已离家，根本谈不上分家不分家。李麟这一支是当之无愧的嫡支长房，他是没有异议的长子长孙。可若是世间全是以此为论，也就不会有那么多的纷争了。李长青虽然是二房，可目前李家他混得最好，众人都有求于他，他也就成了李家的顶梁柱，李麟这个长子长孙也就没有什么意义了。

钟天宇思忖着，找到了自己的哥哥钟天逸。钟天逸正在听李谦和李宁说话，他拉了拉哥哥的衣袖。钟天逸回头，奇道："怎么了？"

正在说话的李谦和李宁也回过头来望着他，把他要说的话堵在了嗓子眼里，他只好轻轻咳了一声："大哥，我现在不饿，就不去吃夜宵了，我先回屋了。"

如果姜宪在这里，可能会关注一下钟天宇，但此时的钟天宇，只不过是个跟在大哥身后亦步亦趋、木讷少语的小弟弟而已，没有谁会过多地注意他。

钟天逸只是交代了一句"那你自己先回去吧，如果饿了就找屋里服侍的人要吃的"，就不再理人了。李谦却仔细叮嘱了一番，才放他走。

一群人去了东跨院，热闹喧哗扑面而来。三五成群的人站在一起，或议论着这次婚礼，或彼此打趣调侃着。

迎宾的管事立刻跑了过来，给他们安排地方，推荐佳肴，上茶水点心瓜果，忙得不亦乐乎。

李谦笑着招待亲戚朋友，心里却想着姜宪。宫里规矩大，连个高声说话的人都没有，冷冷清清的；李家却恰恰相反，他们喜欢朋友，更喜欢在家里招待朋友以示诚意……也不知道姜宪嫁进来之后会不会适应？

姜宪却没有这么多的担心，她只是有点忧心明天李家会不会闹新房。

关于这件事，房夫人曾经告诫过她：市井之家讲究三天无大小，不拘礼数地闹腾，以示彼此同共；不像京城的功勋之家，反而更守周礼，以端正肃穆为好，不仅不会闹新房，就是娶亲的时候，也多以敲乐相助，爆竹都用得不多。但她的身份地位在那里，李家的人会有所收敛吧？

姜宪睡不着，索性叫齐氏姐妹来，问别人成亲的时候都是怎样一副光景，顺便想知道她俩明天是和齐夫人一起留在这边等她的婚礼结束之后回大同，还是想乔装打扮去李家看热闹。

"当然是去看热闹！"齐氏姐妹毫不犹豫地道，笑容里满是狡黠，"我们已经和李大总管说好了，到时候李大总管会派人来接我们，以李家亲戚的名义去李家观礼。等你进了新房我们姐妹俩就回来，然后和娘一起回大同。"

姜家在京城，离得太远，就算是三十日回门也不太可能。所以李家和姜家定了三日回门，他们现在暂住的别院会成为姜宪的回门之处，姜律和姜含也会等姜宪回门之后再离开太原。自此之后，姜宪就正式算是李家的人，在山西定居下来。

姜宪想着她们是女孩子，不好安排，吩咐刘冬月到时候跟着齐氏姐妹。

齐氏姐妹连连摇手，齐声道：“郡主不要管我们的事了，明天是您大喜的日子，您只管一心一意和李将军拜堂就是，李大总管会照顾好我们的。”

姜宪坚持要刘冬月跟着她们：“那天的人太多了，身边还是跟个人放心些。”

两个人推辞不了，只好答应。

姜宪这才安心地去睡了。

婚礼定在了晚上的戌时，所以姜宪睡到已正才起。洗澡，穿嫁衣，梳头……所有的程序又重新来了一遍。仔细算算，这已经是第三次准备出嫁了，她不由得抿了嘴笑。

中午草草吃了一点，清点了随身的物品，陪着她嫁入李家的百结、情客等人刚收拾完毕，李家的花轿就来了。这次依旧是姜律背着她上轿，上轿之后，李夫人塞给她一个苹果和一个宝瓶，让她抱在怀里，一直到落轿，迈进了李家的大门才可以放下。

花轿很快就落在李家宅子面前，有人扶着姜宪下了轿。

喧哗声中，她拜了天地，进了新房。

四周安静下来。姜宪就听见李夫人焦急而又含着笑意的声音：“李将军，现在还不能掀盖头，要坐了床、撒了帐之后才可以掀。”

姜宪没有听到李谦的回答，却听屋里有人细细地笑，她也忍不住在盖头下面笑了起来。她被人引着坐在了床上，李夫人说了几句吉祥话，念着“一把花生一把枣，大的跟着小的跑；多子多孙多富贵，吉祥如意白头老……”这样的俗语。有硬的东西落在姜宪的手心，她猜不是红枣就是花生。

好不容易等李夫人念完了，李夫人递了杆用红纸裹着的新秤杆。

李谦想也没想就挑开了姜宪的盖头。盖头下的姜宪，与平时有些不一样，眼睛更亮，表情更温和，五官更分明，戴着凤冠，披着霞帔，光彩照人，如珠似玉。

李谦的心怦怦乱跳，只觉得口干舌燥，原来准备好的俏皮话此时一句也说不出来。姜宪还是第一次看见李谦穿大红色的衣服，红色的衣服不仅映衬得他的皮肤比平时更白，而且让他的笑容也更显灿烂，一口白牙晃得人眼睛发花。李谦笑呵呵地望着姜宪，喜悦从他的眼底溢出来，让人没有办法忽略。

姜宪别过脸去，嘴角却忍不住翘了起来。

李夫人看了也不由得掩了嘴笑，提醒李谦："该喝合卺酒了！"

李谦如梦初醒，忙深深地吸了口气，定了定神，笑着接过李夫人递过来的小瓢。巴掌大的葫芦，被一锯两半，成为两个小瓢，用五彩丝线拴在一起，新郎新娘各执一瓢，各饮半瓢再交换；凡是新郎有酒量的，必要连饮三瓢，新娘则礼仪性地点到为止即可。

李谦心里那个高兴劲儿让他觉得全身都是力气，不要说是三瓢交杯酒了，就是现在围着李府跑三圈他都觉得没问题。他毫不犹豫地连喝了三瓢合卺酒，欢喜之情溢于言表，赤诚而又热情，李夫人等人都感受到了。

姜宪跟赵翌成亲的时候全照着周礼来的，安静而又肃穆，对方也是依礼而行，她那时既不激动，也不担心害怕。不像现在，她不过刚刚在新房里坐下，刚刚进了李家的门，就能感受到李谦的欢喜。所以最后一瓢合卺酒，不同于前两次的浅尝即止，她一口气把半瓢酒全都喝了下去。

酒是李谦老家汾阳的，不仅比金华酒烈，还比金华酒冲。姜宪喝下之后肚子里就翻江倒海似的，脸色也有点变。李谦吓了一大跳，急急地伸出手去想扶着姜宪，看见李夫人也神色大变地走了过来，又把伸出去的手缩了回去，忙转过头吩咐七姑快去请常忍冬来看看，又问姜宪："你喝过酒没有，这酒不能这样喝的！头晕不晕？等会儿是不是还要滚床？我看就算了，让嘉南先休息一会儿，不然她该难受了。"

李家自然不会允许别人来闹洞房。为此，李家的那些亲戚还颇有微词，觉得李家娶了个郡主媳妇，金贵得连洞房也不让人闹，李家在嘉南郡主面前，未免也太卑微了些。

李长青刚刚听到这番话的时候，也曾有片刻的动摇，为此还特意请教了怀玉先生。高怀玉却觉得这正是个让李家上上下下学学什么是"规矩"的机会，就告诉李长青应该遵循姜家的意思，不能闹洞房。

李长青答应，并和家里的亲戚朋友解释了。可临到成亲的日子，他还是没能迈过自己心里的那道坎，觉得闹洞房可以免了，可这让家里的童男童女爬一爬、滚一滚，最好能在新床上尿一把尿，寓意着以后李谦夫妻能够“多子多孙，大吉大利”的风俗却不能免。他又临时请了李夫人去和齐夫人说。

齐夫人气得不得了，坚决不答应。还是姜律知道后让了步，对齐夫人道：“事已如此，李家事事都遵了我家的规矩，只提出这一项，而且还是盼着嘉南能为他们家开枝散叶，我们若是也不同意，两家之间必定生隙，我们也不必如此斤斤计较。”

齐夫人觉得李家这是典型的土匪做派，不过是因为两家的亲事已经是铁板钉钉了，想显显李家的威风而已。虽然因为尊重，同意了姜律的说法，可心里却极不痛快，鸡蛋里挑骨头道：“孩子不懂事，若是真的尿在了新床上怎么办？”

姜律笑道：“那是他们两个的事，与我们何干？”他之所以让步，是因为姜宪从小就月里不足，而且李家答应姜宪在及笄之前都不圆房，他在兵营里听那些大兵们说过荤话，说能生孩子的女子必是膀大腰圆、做事有劲的，那些贵妇人生不出健康的孩子就是因为没有力气。他看姜宪一条也挨不上，有点担心姜宪生不出孩子。当然，这种担心他跟谁也不会说。

齐夫人也就只能由着他。

此时李谦提起来，李夫人答了声“是”，不免为姜家说话：“大舅爷同意了的，所以李大人就安排了一对兄弟姐妹很多的童男童女来滚床。”

李谦看了一眼神色有些萎靡的姜宪，用商量的口吻道：“你看，是不是免了？”

李夫人一愣。

姜宪却道：“还是按公公说的行事吧。”又喊了七姑回来，“这个时候去喊常大夫不合适，我没有什么事，只是喝酒喝得有点急了。”

七姑也觉得不合适，让别人发现了，很容易遭人非议。

李谦却坚持让七姑去请大夫：“天大的事也没有你的身子骨重要！”

两个人都不愿意让步。

李夫人只好出面相劝：“既然郡主说没事，李将军注意点就是了。若是等一会儿还不见好转，再去请大夫也不迟。”

李谦仔细地观察着姜宪，见她双颊泛红，目光恍惚，心痛得不得了，很是后悔用汾酒做今天的合卺酒。他很想把姜宪抱在怀里，让她靠在自己的身上，这样她还能舒服点，可李夫人她们都在这里，他什么也做不成。

姜宪却没有他这么多想法，笑着让李夫人去把滚床的小孩子接进来，很是好奇地说道：“我还没有看过滚床呢。”

李谦心里就更后悔了，姜宪并不是个好奇的人，她这么说，分明是不想他继续在请不请大夫的事上和她僵持。李谦只好退让，让七姑去把那对童男童女请进来。

李夫人看着笑了笑，她看到姜宪的嫁妆时就知道这是姜家在警告李家别欺负他们家的姑奶奶，本以为姜宪的脾气恐怕不是那么好，却没想到姜宪的性情很温和，而且很好说话。

李夫人不免打量了姜宪两眼。只见李谦从身后捞了个大迎枕让姜宪靠在身后，温声地问姜宪：“你要不要重新梳洗一番，把头上的凤冠取下来？反正等会儿也没有旁人进来，你觉得怎样轻快就怎么装扮好了。”

“我还好啦！”姜宪觉得婚礼都有美好的寓意，她还是遵守比较好，不由得低声告诫他，“你也别乱来，婚礼的程序都是太皇太后她老人家亲自定下来，请了钦天监看过吉时的，你可别辜负了她老人家的一片心意。”像天地桌本应该设在新房内，可太皇太后想到姜宪闻久了香烛味会不舒服，就要求李家把天地桌移到了外屋。

李谦亦小声回答：“我知道了。”

他现在只盼着这婚礼快点结束，好让姜宪能早点休息。

来滚床的两个孩子一个两岁，一个三岁，都穿着开裆裤。看得出来，李长青这是成心想让这两个孩子在新床上尿尿。可惜两个孩子十分乖巧听话，上了新床滚了两下就开始捡新床上的红枣桂圆吃。

姜宪虽没有带过孩子，但曾经有个官司一直打到了她面前，就是因为外婆喂外孙吃汤圆把孩子给噎死了，孩子的父亲要休妻。她忙抓住孩子的小手，冲着李谦道：“快，别让他们把红枣桂圆吃进去了，会噎着的。”

李谦立刻帮忙去捉两个孩子的手。两个孩子还以为大人是在和他们玩，咯咯笑着满床乱爬，两个人慌手慌脚地去抱孩子。那狼狈样儿，把李夫人等人都逗得笑了起来。两个孩子的乳母忙上前接过孩子，屈膝行礼，说了很多吉祥话，才带着孩子退了下去。

李谦见姜宪衣衫有些凌乱，示意七姑帮她整理衣裙，自己则低声和姜宪说了几句话，起身去外院敬酒去了。

姜宪松了一口气，依旧正襟危坐等着李谦回来。

窗棂处传来女子窃窃的嬉笑声，众人都很意外。李夫人道："我去看看是怎么一回事。"

姜宪点头，心里却猜测着，莫不是李家的女眷想来看她？

果然，虽说不让闹洞房，但李家的女眷觉得总不能不让来看新娘子吧？可她们又怕李长青知道了责怪，一个个躲在姜宪的新房外你推我，我推你，指望着谁能带头冲了进去，也让她们见见名动天下的嘉南郡主。

李夫人直皱眉。何夫人像个摆设似的，在关键时候连靠着自己丈夫吃饭的这些三姑六舅都压不住，这内宅的中馈确实该换一个人来主持了；可看郡主那个样子，也不像是个管事的人……这李家，可真是让人看着心悬。

姜宪笑着对李夫人道："既然是家里的亲戚，又全都是女眷，就请她们进来坐坐吧。虽说闹洞房不好，可她们也是来庆贺我的，总不能把人这样晾在外面。"

李夫人想了想，觉得姜宪说得有道理。李家虽然亲戚不多，但故旧多，通家之好多。姜宪原本就是下嫁，李长青做足了姿态，若是姜宪端着架子，就很难融入李家了。当然，以她的身份可以不融入李家，但若是能和李家人和平相处，得到众人的称赞，岂不更好？何况李家是以军功立家，以后郡主的儿子就是李家的家主，家中的家主如果没有族人的支持，就算有家主的名头，只怕也难以让家里的人齐心协力，光耀门楣。

"郡主可真是个随和人。"李夫人夸着，让香儿去请了李家的那些女眷进来。

能在这个时候做出这种事的，都是李家一些远亲或是因为从前对李家有恩而攀上的亲戚，在李长青发迹之前，不是种田的就是给人做零活的，这些日子能出入李家这种封疆大吏的府邸，也是因为李长青回了山西。她们看见姜宪金光闪闪的嫁衣，都不由得啧啧称赞。有个老妇还摸了摸姜宪的新衣："郡主这身衣裳花了多少钱？我女儿马上要出嫁了，我也想给她做一件。"

姜宪还是第一次遇到这样的人，不免有些傻眼，不知道怎么回答好，只能求助般地朝七姑望去。

七姑忙道："大姑奶奶，这衣裳是皇宫里的绣娘绣的，有钱也买不到。"怕这位姑奶奶托姜宪帮着绣一件，语气微顿，又道，"这得有了品阶才能穿。就像我们家大人，从前是正四品的时候，官服上就只能绣虎纹补子，现在是正三品，就得穿豹纹补子，朝廷都有规定，不能乱的。"

那位姑奶奶点了点头，依依不舍地放下了姜宪的衣袖。

有人问姜宪："郡主,听说宫里的贵人都不吃鸡只喝鸡汤,是不是真的？"

姜宪笑道："也吃鸡啊，和大家吃的一样。"

"不可能吧，宫里的贵人还能和我们吃一样的东西？"那些妇人叽叽喳喳地道。更多的，还是躲在门口打量着姜宪。

姜宪颇为无语。

突然有个妇人道："郡主，这屋里的几位大姐都是你身边的妇仆吧，长得可真俊！看着就像大家小姐似的。我有个女儿,今年十三岁了,可听话了,让她到你身边给你做个丫鬟吧？"

姜宪等人目瞪口呆。那妇人偏偏不会看眼色，继续道："郡主，我那丫头，真的很听话，针线也好，你见了一准喜欢。"

姜宪无力地苦笑，此时才觉察到自己做错了事，有些人，真的没有办法与之交往。姜宪朝着七姑使了个眼色。

七姑会意，抓了把糖给那妇人，并道："大家吃喜糖。前面不是在唱戏吗，你们怎么过来了？"

那妇人一面接了糖，一面笑："这戏都唱了好几天了，虽说好听，可听多了也就是那么回事。郡主这边今天不见可就见不着了，明天认亲，我们这些亲戚只怕是进不了大厅。我们就是想过来看看郡主长什么样，以后回去了也好跟人说道说道。"

她正说着，有小丫鬟跑了进来，道："何夫人来了！"

屋里的人俱是一愣。姜宪看了李夫人一眼,正巧李夫人也朝姜宪望过来,两个人的目光在空中碰了个正着。姜宪朝着李夫人微笑着点了点头，李夫人也回了她一个笑容。两个人一坐一站，都挺直了脊背，迎接即将到来的何夫人。

何夫人中等个子，杏眼桃腮，看上去不过花信年华，穿了件大红色宝瓶方胜纹的遍地金褙子，油绿色绣鹅黄色折枝纹的襕边马面裙，柔弱的表情让她看上去如一枝娇丽的海棠，漂亮得让人眼前一亮。她进门就满脸歉意地向两人赔不是："都是我没有注意，郡主和李夫人还请多多包涵！"言辞间透着这些人不应该出现在这里的意思，立刻把屋里的人全都得罪了。

那位大姑奶奶阴阳怪气地道："这皇上还有三门穷亲戚呢！长青虽然如今贵为总兵，可念在我当年几顿饭的恩惠，逢年过节也会使妇仆去家里给我请个安、问个好什么的，就是当初宗权她娘在世的时候，也时不时地救济一些口粮。没想到轮到何夫人当家，我们来看看宗权的新娘子都不成了，可见这世道变了！"她说着，朝身边的人一声吼，"走了，走了！留在这里做什么，讨人嫌啊！"又低声嘀咕，"郡主都没有嫌弃我们，你一个商贾出身的继妇，倒嫌弃起我们这些人来。"

"不是，不是！"何夫人一副不知道如何是好的模样望着姜宪，喃喃地欲言又止。她身后跟着的几个丫鬟、媳妇则眼观鼻，鼻观心，没有一个人出来给她解围。

姜宪担心她说出诸如"是大人吩咐的，不让闹新房"之类把李长青也推出来的话，忙朝着情客使了个眼色。

情客想也没想地走出来，笑盈盈地对着那位大姑奶奶道："瞧您说的，夫人怎么会嫌弃您来看大爷的新娘子呢！您能来喝喜酒，我们家夫人欢喜还来不及呢！只是眼看着马上亥时了，外面的戏唱完还准备了夜宵，再加上明天认亲的人多，郡主怕失了礼数，还给大家准备了些见面礼，正准备对着礼单发送，所以夫人才请诸位姑奶奶、夫人们过去，要是遗漏了哪家就不好了！"

那些人一听有吃的喝的还有拿的，立刻笑逐颜开，不再和何夫人纠缠，纷纷相约着出了新房。

倒是那位姑奶奶，看了情客一眼，困惑地道："这位大姑娘好生面善，我是不是在哪里见过？"

情客就是仗着这几位都不是常在府里走动的，才冒充何夫人身边的人出来揽事，闻言笑道："我如今在郡主屋里当差，倒让大姑奶奶笑话，哪天大姑奶奶进府来玩，我服侍大姑奶奶喝酒。"

把那位大姑奶奶捧得脸上笑开了花，高高兴兴地走了。

何夫人松了一口气，诚心地向姜宪道谢，随后道："郡主还给这些人准备了见面礼吗？我怎么没有听管事说过？您看您这边要不要派个人过去看着点？”

所谓的见面礼，不过是权宜之下的随机应变而已，姜宪哪里想到李家的亲戚会这样复杂，怎么可能提前准备见面礼。

可何夫人问得这样天真，让姜宪很是无语，只好吩咐情客：“你去找李大总兵，把这边发生的事告诉他，让他拟个单子，我们照着单子赏些见面礼。百结和香儿一起，把先前准备赏人的银锞子拿些出来，有荷包就用荷包，没有荷包就用红包，务必人人一样，每份一对，当见面礼赏了下去。”

两个人齐齐应声，分头行事。

李夫人叹道：“郡主，辛苦您了。”

“家里的事，说不上辛苦不辛苦。”姜宪淡淡地道。

李夫人的目光中带着几分同情之色。

何夫人此时也明白过来了，顿时脸色发白，额头上冷汗直冒。有个十五六岁的小丫鬟大着胆子上前扶住她，低声地问她怎么了。何夫人摇了摇手，示意自己没事，强打起精神笑着再次向姜宪道歉。

姜宪笑着客气了一番，让七姑送何夫人离开：“您应该还有应酬吧，我这边已经没什么事了，若是有什么需要夫人帮忙，会让丫鬟去请您的。”

何夫人点头，神色黯然地离开了。

李夫人如释重负般松了口气，也跟着起身告辞：“郡主先歇会儿吧，看时辰李将军应该要回来了，我也要去歇息了。郡主别忘了明日早点起来给李大人敬茶。”按礼，若是新郎官过了子时还不进屋，就要歇在其他地方，明天再夫妻同房。李夫人看李谦那黏糊劲，觉得李谦肯定会在子时前赶回新房，所以才有这么一说。

姜宪不免有些面红耳赤，站起身来，吩咐七姑送客。

李夫人笑着出了新房。

屋里没有了其他人，姜宪这才松懈下来。

谁知道冰河却跑过来，告诉她：“这边的事大人都知道了，特意让我来跟郡主说一声，让郡主不要放在心上，都是些浑人，却没有坏心思；还说以后大人会注意，再也不会发生这样的事了。”

姜宪不置可否，让冰河给李长青带话：“亲戚们想看看新娘子无可厚非，只是突然在新房外面说话不招待太过失礼，请大人不要放在心上，家里的亲戚也是想热闹一番。倒是家里的妇仆，要整顿整顿才好，大人明明发了话下来，却出了这样的事，这不是打大人的脸吗？还好李夫人是自己人，要是换了别人，传出去得多难听。有什么事，还是等我回了门之后再说吧！”

冰河把话带给了李长青，听得李长青脸上红一阵白一阵暂且不说，李谦如李夫人所料，赶在子时之前回了新房。

李谦今天很高兴，因而就喝得很痛快。可他惦记着独自在新房的姜宪，虽然喝得痛快，却喝得不多，而且在金宵他们还想再灌他一坛汾酒的时候，直接装醉溜回了西跨院，并在外面喝了醒酒汤，重新梳洗了一番，才进了新房。

姜宪一靠近就闻见他身上的酒味，淡淡的，谈不上讨厌却也说不上喜欢，不由得皱了皱眉毛，道：“你今天喝了很多吗？”

李谦怕姜宪不喜欢，忙道：“今天都是来恭贺的人，不好推辞，平时倒不会喝这么多的酒。”

姜宪抿了嘴笑，根本不相信他的话。她并不想拘着李谦，她和他之间看似亲密，实则隔着千山万水，谁也不知道两个人能不能走到尽头。在一起的时候，能开心就尽量开心些，不必为了些许不影响生死的事生出嫌隙来，要不以后想起来，她肯定会后悔的。

“那我叫坠儿去帮你打盆水进来洗洗脸。”姜宪笑着，高声吩咐坠儿去打水。

李谦懒洋洋地靠在新床的大迎枕上，问姜宪：“我走了之后，你吃过东西了没有？饿不饿？不是让你累了就早点歇息吗，怎么还没有歇下？明天一大早要认亲，家里的亲戚不多，可通家之好来了不少，估计到中午都完不了事，我怕你睡得晚了，明天支持不到中午。”

“没事，我这两天睡得挺好。”姜宪说着，有些心不在焉。李家当初可是答应了，她及笄之后再择日圆房的，李谦躺在新床上算是怎么一回事？姜宪心里有点急，觉得自己在这件事上有些失策，早知道这样就应该把刘冬月留在屋里服侍。

姜宪心里正琢磨着，坠儿已领着小丫鬟打了水进来。

李谦梳洗更衣完，问一直心不在焉地坐在镜台前的姜宪："你要不要吃点东西垫垫肚子？"

姜宪摇摇头。她跟着太皇太后，生活习惯比较养生，过了申正就不再吃东西。

李谦也知道她这习惯，因此并不勉强她，笑着将新床上的红枣、桂圆、花生等拢到了一起，问姜宪："这些东西怎么办？是让它们继续放在床上还是收拾起来，或者是我们把它们吃了？"

"我也不知道。"姜宪觉得关于新婚之夜的事得和李谦说清楚。

李谦喊了七姑进来，问她这些寓意早生贵子的东西怎么办。七姑笑道："就把它们撒在床上，明天早上起来再收拾就是了。"

李谦就把那些都堆在了枕头边，拿起其中的一个枕头拍打了一番放在床的内侧，道："保宁，快歇了！"

姜宪鼓起勇气喊了声"李谦"，道："你答应过太皇太后，等我及笄了我们再在一起的。"话没有说完，她的脸已红得仿佛能滴出血来。

李谦一愣，道："是啊，就算我没有答应太皇太后，也不会这么早就和你在一起的。我听大夫说过，女子太早同房，很伤身体，甚至会减少寿元的。"他说着，走过来拉住姜宪的胳膊，在她耳边低声道，"我还准备和你过一辈子，怎么能让你病痛缠身呢？"

姜宪的脸更红了，说话也期期艾艾的："那你还，那你还……在这里歇……"

李谦恍然大悟，笑道："我们肯定是要住在一起的，我不想和你分开。不然你一个人远嫁到山西，人生地不熟的，连个说体己话的人都没有，岂不孤单寂寞？再说了，我们住在一起也不一定是要夫妻敦伦，我们躺着说说话也很好啊！"

姜宪很是怀疑。

李谦却不由分说地把她拉上床，并蹲下来给她脱鞋子，道："你放心，你现在就是我的胳膊，我的手足，我伤了你就如同伤了我自己。你从前不是很相信我的嘛，怎么现在防我像防贼似的！"

姜宪被他气得笑了起来，道："谁防你像防贼似的？要不是你不让人放心，我能这样吗？你指责我的时候，要先检讨一下自己有没有错，别遇到事就倒打一耙，我可不给你背黑锅！”

“我知道了，我知道了！”李谦伸手要帮她脱嫁衣，被姜宪一把推开，叫百结和情客进来卸妆。

李谦就靠在床头看着她洗漱。

百结和情客欲言又止。姜宪当没有看见，吩咐情客：“今天晚上就让冬月当值吧！”

情客面露窘色，看了李谦一眼，低声道：“郡主，冬月在外院……”

她还没有说完，李谦就打断了她的话，道：“保宁，我们虽然都知道冬月是怎么回事，可如今冬月随你出了宫，我们就不能把他当成原来那个冬月使唤了。我知道中途有家里的亲戚闯进来以后，就让冬月领着我的几个小厮今天暂时在西跨院巡逻。这件事我原想明天再和你商量的，你既然说到他，我正好问问你的意思，你看能不能让冬月当你院里的小厮，以后就在外院住着，有什么事，让他帮你传个话或是出去办个事什么的？”

李谦并不是那种不征求她同意就自作主张的，他突然要把刘冬月当成小厮使唤，肯定是出了什么事。

姜宪想了想，道：“是不是有人问起冬月了？”

李谦没有瞒姜宪，道：“是马向远。他专门问我冬月是我身边的小厮还是你身边的小厮，我觉得他话里有话，为了稳妥，这些日子就让冬月跟着我的小厮在一起好了。”

提起现在的宣府总兵马向远，姜宪有话和李谦说。她用香膏抹着手，坐到床沿，低声道：“你见到马向远了？他给你的感觉不好吗？”李谦不会无缘无故地因为马向远的一句话就把冬月和他的小厮安排到一起的。

李谦想了想，道：“怎么说呢，这个人看上去豪爽大方，很有气度，可不知道为什么，我总觉得他行事做派不应该是这样的。他应该是个比较记仇的人，虽称不上睚眦必报，可也不应该这么大度。今天不仅马向远来了，金海涛和邵瑞也来了。邵家这几年守着榆林关发了大财，邵瑞也有些轻狂起来，喝喜酒的时候，李奎、赵煦、胡以良等人都在，按理，胡以良是山西巡抚，这上座应该由胡以良坐才是。可胡以良非常谦逊，觉得邵瑞年纪最大，就让邵瑞坐上座。邵瑞毫不客气，直接就坐了上去。当时我就看到马向远的脸色有些不对，后来我才知道，马向远比邵瑞还要大几个月，只是马向远是从辽东调过来的，和辽东指挥使廖修文的关系非常密切，宣府又一直是姜家的地盘，他到底能在宣府待多久，大家都心里没底，所以他来山西快两年了，大家和他的交往也不多，更谈不上知道他的生辰了。”

姜镇元曾分析过马向远这个人，说他表里不一，看上去爽快大方，实则心胸狭窄，自私自利，是个睚眦必报之人，迟早有一天他会为了私利做出伤害社稷之事的。

姜宪此时却更关心另一件事，兴致勃勃地问李谦：“胡以良来喝喜酒了，他送了我们什么贺礼？”

我们！姜宪说我们！李谦觉得平生没有听过比这更动听的话了，笑道：“他送了一幅他自己的画作。”

姜宪嗤笑，她就知道，以胡以良的小气，不可能送更贵重的东西给她了。不过，胡以良为人虽然很贪，却写得一手好字，画得一手好画，在士林中也是有名的才子。不过，李谦能在自己提出疑问时立刻就回答她，可见也是注意了这些事的。

果然，就听李谦笑道：“我听你说过他的性子之后，就照着你说的和他交际应酬，你还别说，还真行！所以这次我去给他送请帖的时候还专程跟他说，家里开的是流水席，让他不必带贺礼过来，又送了他一个纯金打造的小金羊。没想到他居然送了贺礼，虽然那幅画还没有一尺宽，只能做成炕屏摆在桌上，可好歹给我们送了一份贺礼。”

姜宪抿了嘴笑。大红的喜灯下，一双妙目星辰般璀璨。

李谦心中一动，拉过姜宪的手，轻声道：“时候不早了，我们也早点歇了吧，有什么事，明天再说。”

姜宪见他目光灼灼，仿佛有团火在眼睛里烧，觉得很不自在，不由得轻声道：“你……你今天晚上真的要歇在这里吗？”

“当然！”李谦回答得斩钉截铁，“我们已经成了亲，当然要住在一起。”

姜宪红着脸，想着她应该更信任他一点，垂着眼睑上床。

李谦大喜，让出内侧。姜宪看着他懒洋洋地搁在床上的大长腿，想要上去，她要么从他的身上跨过去，要么从他的脚边爬过去。哪一种她都不想，姜宪目光有些阴晴不定。

李谦却一直看着她，眼神纯粹又明亮，还带着些许懵懂。

姜宪一闭眼，踢着他的小腿道："要么你睡在内侧，要么你下去让我先上床！"

李谦眼底飞快地闪过一丝失望之色。可惜姜宪正恼火着，没有注意到李谦眼底的异样。

"还是你睡内侧好了。"他一边下床一边正色道，"如果你晚上要喝个水什么的，我也可以给你倒。"

姜宪上了床，决定等会儿试试他是不是真这么好。她静静地躺在内侧，把被子拉到胸口，闭上了眼睛。

李谦突然起身。姜宪吓了一大跳，忙睁开眼睛，就看见他倾身把放在床头的宫灯移到了地上，这样，就照不到他们了。

姜宪犹豫了片刻，道："你睡觉的时候不喜欢点着灯吗？"

"谁睡觉的时候会点着灯？"李谦道，突然发现自己说错了话。寻常的人家为了省灯油，晚上的时候都不点灯，早睡早起。姜宪在天下最尊贵的地方长大，她睡觉的时候，也要点着灯。

"那我把灯移过来吧。"李谦说着，起身去拿灯。

"不用！"姜宪阻止了他。从前她一个人睡在宽大的楠木床上，有时候会觉得害怕，所以需要点灯；现在有个人在身边，有没有点灯就显得不那么重要了。

李谦却趁机握住她的手，低声笑道："看来我们还真的需要磨合。"

姜宪抿着嘴笑了笑，这算不算是相知容易相处难呢？

她想把手抽回去，李谦却把她的手握得更紧了，姜宪抽了几次都没能如意，只好由着他。李谦用拇指细细地摩挲着她的手心，像要把她手掌上的纹路都铭记在心似的，让她脸上火辣辣的，心里却又像有羽毛掠过，痒痒的。

"别闹了！"姜宪再次想把手抽出来。

李谦不依，使出力气来拉她，差点把她拉到他怀里。姜宪睁大了眼睛瞪着他。李谦讪讪地笑，就是不松手。

姜宪就想起这个人的厚脸皮来，不管她怎样冷嘲热讽，怎样轻视怠慢，他都我行我素，弄得她没有了脾气。原来他是封疆大吏，经历的事多，什么事都做得出来倒也无可厚非；可现在他只是个未经风霜的少年，却一样把脸面丢在旁边不管不顾，可见他自小就是个无赖……姜宪把脸埋在松软的枕头里，忍不住笑出声来。

欢快的心情通常能影响周遭的气氛。李谦能感受到姜宪的好心情，也跟着笑了起来，并用手去推她的肩膀："快别这样睡，小心闭了气。"

姜宪笑着在枕头上蹭了蹭，露出红红的面孔，水润的明眸，脉脉的神情，让李谦的心尖一颤，他的手不由得轻轻地抚上了姜宪的面庞。

姜宪的心顿时乱了半拍，慌乱地把脸又重新埋进枕头里，含含糊糊地说了一声"我要睡觉了"，任性地把被子往头顶一捂，不再理会李谦。

李谦捻了捻手指。保宁的脸真滑，像新剥的鸡蛋，难怪她那么白净，而且她的手比脸还要白净，那些看相的人都说，手比脸白是有大福气的人。保宁，是有大福气的人……他想着，只要想到她以后会平安顺遂，心就化成了一摊水。

"保宁，保宁，"他俯身，悄声地喊着她，"别蒙着头睡觉！"

"我知道了！"姜宪全身都像有火在烧，热乎乎的，她莫名有点害怕见到李谦，想把自己蒙得更紧，又觉得自己这样有点心虚，索性一把将头上的被子掀开，转身背对着李谦，口齿不清地道了声，"你怎么这么多话，快睡觉啦！"

那尾音，又翘又长，像在撒娇。李谦忍不住无声地笑起来，保宁，是害羞了吧？

李谦想起自己第一次见到姜宪时，她冷漠生疏地拒人于千里之外，却又在不经意间被他发现她偷窥他时，那亦喜亦怒、亦怨亦憎的表情……是不是那个时候，他就把她装在了心里，总想着探寻一番，想知道她到底是怎样看待他的？

李谦失笑，帮姜宪把被子整理好，重新搭在她的身上，掖了掖被角，压低声音在她耳边道："快睡吧，我明天一早叫你起床。"他眼尖地发现姜宪的耳朵红彤彤的，像被泼了一碟大红的颜料，他的小姑娘真的在害羞！这个发现让李谦心花怒放，他就知道，他的保宁最会的就是粉饰太平。

他想看她羞红了脸，看她娇嗔瞪着眼，看她恼羞成怒地用脚踢她，生动活泼，有血有肉，而不是像个木偶，端庄秀丽地微笑，轻言慢语地说话，有条不紊地安排，如同戴了个面具，把自己泯于众人之中……这种心思怎么像逗小孩子似的？

李谦哑然而笑，温柔地拂了拂姜宪有些凌乱的头发。她的青丝亮泽顺滑，身上隐隐传来如兰似柏的香气，引得他身体一阵燥热。李谦深深地吸了口气，忙翻身仰躺，不敢再靠近，他不想和她分房而居，就得想办法克制自己。李谦慢慢地平复着自己心情，呼吸渐渐变得绵长平稳而均匀。

姜宪对李谦的心思丝毫没有察觉，只觉得李谦说话时的热气暖烘烘地缠绕在她的耳边，令她面红耳赤，只想躲得远远的，还好没等她说什么李谦就已经翻过身，自己去睡了。

她又无端地觉得委屈，觉得她都没有睡着，李谦就不管她了，太自私了。觉得他总把她当孩子似的逗，喜欢的时候就低声下气地缠着她说话，不耐烦的时候就把她丢在一旁不管。

姜宪很想踹他几脚，让他也不得安生，可这样也太过分了吧？姜宪在心里犹豫着。

李谦却像知道了她心思似的凑过来，握住了她搭在被子上的手，温声地哄着她："快睡吧，小心明天起来眼睛肿了，不漂亮了。"

在他的眼里，她是漂亮的……姜宪翘着嘴角，任李谦握着她的手，慢慢地进入了梦乡。

李谦却坐了起来，静静地望着她静谧的面容，心里前所未有地觉得踏实、安宁。

晨曦渐渐染红了窗棂，新房内红烛还摇曳着橘色的灯火。

情客惴惴不安地站在屋檐下，姑爷歇在了新房里，而且还把她们这些近身服侍的都打发出了新房，到现在还没有动静。郡主不会纵容姑爷胡来吧？她出宫前可是受了太皇太后她老人家之托，要好好地照顾郡主的，要是郡主有个什么事儿，她可怎么向太皇太后她老人家交代啊！她看了一眼正站在院子中间指使小丫鬟们给花草浇水的七姑，到底是姑爷的人，看到这种情景却无动于衷。

第十三章

认亲

新房里的姜宪已经醒了，她没有想到自己会睡得这么沉，一觉到天亮，连个身都没有翻。

虽然已进入了仲夏，可太原的早晚还很凉爽，薄薄的夹被盖在身上正正好，让人懒洋洋的，不想起来。

李谦在她睁开眼睛的时候就已经醒了，见状不由得起身低头抚了抚她散落在大红鸳鸯戏水枕头上的青丝，温声道："是不是没有睡好？要是没有睡好，就再睡一会儿。爹说过了，今天一天就认亲这一件事，不用那么急。"

如果姜宪嫁的是国君，国之事，在祀与戎，那么她成亲第一天的第一件事是去祭祀；李家是平民百姓，新妇进门三个月之后，才会郑重地祭祀祖先，让新妇上族谱，真正成为这个家族的一员。

可就是这样，也要看夫家的安排。若是严肃正经一些，自然是一大早就要认亲。像李长青这样，心疼儿子和儿媳妇，让他们多睡一会儿，就会把家里的认亲和中午的家宴安排在一起。

姜宪不想太晚，李长青如此看重她，她也该对李长青更加尊敬才是。早点去给李长青和李谦的继母何夫人磕头，给李家的亲戚朋友送上见面礼，有一个谦逊的态度，才是做人儿媳妇该有的做派。她起床来到了妆台前，还催李谦也快点起床。

李谦却神色悠闲地坐在床上看姜宪梳妆，并道："用不着那么早，昨天他们喝酒都一个个喝到了半夜，今天早上肯定起不来。"

"那是他们的事，"姜宪比画着是戴祖母绿挑心好，还是戴羊脂玉观世音挑心好，"我们却不可真的睡到了日上三竿才起床。"她最后决定戴红珊瑚石榴花挑心，石榴花代表着多子多福，这个寓意比较好。

"你快起来，"她继续催李谦，"你不能拖我的后腿。是谁说一早喊我起来，结果让我睡到这个时候的？以后再也不能相信你了。"

李谦闻言心中微滞，他没有想到姜宪会对他们的婚事这样看重。他亲眼见过她是怎样在慈宁宫里行事的，除了太皇太后，就算是赵翌亲临，她也一样肆无忌惮，何况他们这桩婚事是他强求来的。李谦很早就感觉到了姜宪对他那若有若无的喜欢，他觉得姜宪可能会因为对他的那点喜欢而善待他，却未必会有耐心应酬李家的人，可他也不希望因为姜宪的原因让自己的父亲受委屈，所以在姜宪还没有进门的时候就另买了宅子。

李长青不以为忤，皇家的女儿原本就比较娇贵，公主还会另行开府，驸马就像上门女婿似的。还好他们家娶的是郡主，没有那么多规矩，但他们家这位郡主不一样，还享着亲王俸禄呢！虽说如此，他还是不愿意把精心培养出来的儿子送给别人做上门女婿，更不愿意像臣子一样和儿媳妇居家过日子，索性就在李谦的宅子旁边买了一座宅子，这样分而不散，关起门来大家各过各的，也免得有什么矛盾，还道："你们以后生了孩子，我可以帮你们带，也免得我的孙子都不认识我这个做祖父的！"

李谦原本觉得，就凭父亲的热情和姜宪的清冷，他婚后夹在父亲和姜宪的中间，日子肯定不会太安宁，他甚至做好了两头受气，给两个人做和事佬的准备。可没有想到的是，姜宪却能妥协到这个地步。姜宪，也许比他以为的更喜欢他！

念头闪过，李谦就再也坐不住了，他跳下床来三步并作两步地走到了姜宪的面前。

从镜台里面看到李谦动作的姜宪吓了一大跳，紧张地转身，问他："你要干什么？"她知道他素来大胆，这屋里屋外这么多服侍的，要是他不管不顾地闹出点什么事来，让别人觉得他对她只有宠没有敬，她以后还怎么在李家仆妇面前立威？

李谦突然对自己从前那些自信有了些许汗颜，他实际上能为她做的事，很少，很少……心里明镜似的，心潮却如海涛拍岸般汹涌澎湃，让他有些不能自已。他好不容易才克制住了自己，轻描淡写地坐在镜台旁的绣墩上，望着镜子里的姜宪笑："你今天打扮得可真漂亮！"

姜宪脸色一红，觉得他是在哄她。今天她一身大红，实际上她并不怎么适合穿大红，她适合穿蓝色，任何一种蓝，穿在她身上都比别人多出些许的韵味。这让她有些小小的不安，道："你要是再拖我的后腿，我以后什么事也不问你了。你给我好好说话，我这身打扮到底怎样？我若是听了你的却被人嘲笑，你就等着我让我哥揍你吧！"

李谦哈哈大笑，他好喜欢姜宪这样和他说话，自大又幼稚，仿佛没有经过大脑，实则却把她心底的话告诉了他。他握住姜宪的手，目光璀璨嘴角含笑地望着她，轻轻地说了句："我没有骗你，你今天真的很漂亮。"

姜宪的脸一下烧得通红，她佯装没有听见，高声喊着七姑，吩咐她："你去趟东跨院，看看我和将军这个时候过去合适不合适？"她无意让那些亲戚等她，可她也不愿意第一次见面就等那些亲戚。这就好比是东风压倒西风，总是要斗一斗才能知道谁是东风谁是西风。

从前姜宪是最讨厌这些事的，总觉得没什么意思，可今天不知道为什么，兴致勃勃的，觉得和李家的那些亲戚应酬是件很有意思的事。她穿着大红色柿蒂暗纹杭绸比甲，配着油绿色镶织金璎珞串珠八宝襕边马面裙，收拾整齐之后，和李谦一起去了东跨院。

得了信的李长青已领着一群亲戚朋友在厅堂里等着，他心里略有些不安。新媳妇刚进门就被家里那些乡下的姻亲惊扰了，还是新媳妇自己想办法给自己解的围，最后新媳妇让人来告诫了他一番。亏得他之前嘱咐了又嘱咐，结果还是出了事……这不是在他的脸上狠狠地扇了一巴掌吗？也不知道新媳妇会不会觉得他们李家没有规矩。想到这里，李长青就不由得暗暗地叹气。

高伏玉看着，摇着手中的黑漆描金折扇笑了笑，道："大人，郡主是姜家的姑娘，性子再怎么倔强，大道理还是懂的，你不必那么担心。"

李长青呵呵笑了几声，道："我没有担心啊，你哪里看出我担心了？我再怎么也是郡主的公公，她总不能不尊敬我这做公公的吧？你放心，我没有担心，我就是在想等会儿吃什么好。我原来不觉得，去了福建之后，突然发现山西除了面就没有什么好吃的了，之前还想着让厨房准备点羊肉什么的，可天气这么热，也不合适，我就让厨房做了凉面……"他絮絮叨叨的，把他的紧张和无措暴露无遗。

高伏玉知道他的性子，只是微笑地听着，并不打岔，等李长青把想说的话都说完了，就会平静下来的。只是让他没有预料到的是，李长青这次的话比平时都要长，直到小丫鬟跑进来禀告说郡主和大爷过来了，李长青这才讪讪地打住话题，有些紧张地扯扯衣袖，咳了两声，这才道："让他们进来。"

小丫鬟应声而去。

屋里一下子变得鸦雀无声，气氛压抑而凝重。

穿着一身大红色菖蒲暗纹道袍的李谦领着姜宪走了进来，轻薄的杭绸衬得他的身材高挑而又修长，含笑的眉眼，飞扬的神采，轩昂的气宇，真是又精神又俊朗，让李长青看着笑意就从眼底溢出来。而跟在他身后的姜宪只到李谦的肩膀，看上去有些娇小，却长得杏眼高鼻，红唇鸦鬓，那皮肤白净得像初雪，娇嫩得如孩童，一看就是从来没有受过苦难，被捧在手心里长大的孩子。

李长青的眼睛笑得都快眯成一条缝了。

高伏玉却有些意外，高门大户出身的孩子不一定个个漂亮，把父母缺点都长在身上的也不在少数。嘉南郡主的名气来源于她的显赫，她的相貌却没有过多的言辞传出，通常这种情况下，当事人的相貌就算是不丑也会很平常。如今见到才发现，嘉南郡主是个十分漂亮的少女，虽然身子单薄了些，但那张脸还是很好看的，气度仪容那就更没得说了，端庄秀丽又雍容矜贵，眸光流转间，又隐隐透露出睥视天下的傲慢来。

高伏玉直觉姜宪不是个简单的女子，他平生还没有从哪个女子身上见到过如此强大夺人的气势。这种气势，如果出现在姜律的身上，倒是十分合理，出现在姜宪身上……怎么看都觉得有些奇怪。可眼前的形势容不得他细想，也容不得他打量。

李谦已带着姜宪走到了李长青身前，早就安排好的妇仆忙将蒲团放在两个人的面前。李谦和姜宪跪在蒲团上，在礼宾“新人给父母磕头了”的唱喝声中，齐齐弯腰给李长青磕了一个头。

李长青的眼泪都快要落下来了。

姜宪进门就看见了李长青身边那个空着的太师椅，何夫人坐在那个空出来的太师椅的下首。她想到之前自己听到的关于李家的话，知道这位置是李长青特意空出来给李谦生母的，不免有些同情何夫人。这么重要的时刻，李长青却一点面子也没有给她，难怪何夫人在这个家里一点地位也没有。

姜宪起身，接过李夫人传过来的茶盅，双手捧着端给了李长青。

李长青显得非常激动，有些失态地接过去喝了一口，从兜里拿出个红包放在旁边七姑托着的托盘上：“郡主，这是一个田庄的地契，收成还不错，给你贴些花粉钱。”

姜宪笑盈盈地望着李长青，朗声道了句：“多谢爹！”

李长青顿时屁股像被扎了一刀似的差点跳起来。李谦一看，生怕他爹一激动闹出笑话来，忙把手中的茶递了过去，喊了声：“爹，您喝茶！”这才把李长青压住。

李长青接过儿子敬的茶，眼睛却盯着姜宪，不住地道：“好孩子，好孩子，爹过两天再给你点东西，可不能让你吃了亏！”

何夫人听了这话眼观鼻，鼻观心，像没有听到似的。站在她身后的亲生儿子李驹一双小手却握成了拳头。坐在何夫人对面的李麟看着，不由得撇了撇嘴。

姜宪却差点笑出声来，李长青的喜欢直接又热烈，让人猝不及防，却备觉温暖。姜宪的视线一下子变得模糊起来，她一直想要的，不就是这样一份热闹吗？她觉得，自己有李长青这样一个公公，也是件挺不错的事。

给李长青磕了头，敬了茶，李谦和姜宪并肩而立，等着李夫人递茶给他们，好给何夫人磕头。谁知道李长青却指了指旁边空着的太师椅，和颜悦色地对姜宪道：“郡主，宗权的娘不在了，她活着的时候，一直就盼着宗权能长大成人，成家立业。你们就当她还在，给她磕个头，喊声娘吧！”

姜宪望着面色带着几分悲凉、行事却简单粗暴的李长青，都不知道说什么好了。李谦却早已习惯了父亲的做派，什么也没有说，拉着姜宪再次跪在蒲团上，恭敬地给空着的太师椅磕了三个头，喊了声“娘”。姜宪立刻照做。

李长青的眼中已泛起了水光。他从兜里摸出一对带着藤黄色沁色、成色十分普通的羊脂玉手镯放在放见面礼的托盘上，颇有些感慨地对姜宪道：“这是宗权他娘的陪嫁，她弥留之际曾经说过，这是她娘家传女不传儿的老物件，如果有女儿，这手镯就给女儿，可惜我们没有女儿，这东西就留给宗权的媳妇了。我保留了十几年，如今就照着宗权她娘的意思，给你吧，还请郡主不要嫌弃。”

姜宪一愣，没想到这么多年过去了，李长青还惦记着李谦的生母。

姜宪不由得对他心生敬意，索性对着空出来的太师椅又磕了三个头，这才双手接过那对玉镯子，诚心地道：“爹，我会好好保管娘留给我的东西的。”

李长青嘿嘿地笑，看得出非常高兴，道：“保不保管好不重要，重要的是要把这镯子传下去。”

言下之意，是让他们早些开枝散叶，屋子里一片嬉笑声。

有人窃窃私语，有人善意低声道：“李大人这是急着抱孙子了！”

姜宪的脸火辣辣的，京城功勋之家，媳妇几乎是不和公公说话的，更不要说在这样的场合说出这样的话来。但她又发不出脾气来，她深切地体会到了李长青作为父亲对儿子的殷切期盼，她没办法无视这种关爱，只好瞪了李谦一眼，捧上见面礼——两件道袍，四双鞋，六双袜子。

这当然不是姜宪做的。尽管如此，李长青收到时还是乐得合不拢嘴，不停地称赞这女红做得好。

李谦看着，无奈地摇头，朝着李夫人使了个眼色。

李夫人颇有些同情这对新婚夫妻——公公是个不靠谱的，婆婆是个不管事的，以后这家里可怎么办！这所谓的认亲，还是快点了事吧。她思忖着，忙笑道：“新娘子该给何夫人敬茶了！”

两个人给何夫人磕了头，姜宪见李谦称何夫人为“母亲”，也照着喊了一声，敬了茶。

何夫人只受了他们半礼，笑容有些勉强地接过了茶盅，象征般地小呷了一口，给了一对镶红宝石的赤金手镯做见面礼。

姜宪回的见面礼是和李长青一样的。何夫人明显神色大霁，亲自上前去扶了她起身，和气地问了她几句“刚刚到家里来，还习惯吗？”“有什么觉得不舒服的地方记得跟我说，不用觉得不好意思不敢指使人”之类的话。

姜宪很想告诉何夫人，就算心里是这么想的，也用不着当着这么多人面说出来，这家里要正常运转，没有这些仆妇，单靠一个人是不行的。御下，是要恩威并济的，不是靠一味的恩赏，也不是靠一味的威吓。就凭她这一番话，就把整个李府的仆妇都给得罪了，又没有李长青的支持，难怪她指使不动人！

没出三服的亲戚里就再也没有比新人辈分高的了。姜宪以为接下来该给李谦的堂兄敬茶，给弟弟见面礼了，谁知道李长青却把坐在他下首的高伏玉引见给自己：“这位是伏玉先生，我结拜兄弟，行七，你们称他七爷就是。”

原来这就是李家的那个军师，这样的排序，足见李长青对高伏玉的重视。

姜宪随着李谦给高伏玉敬了茶。因高伏玉不是之前礼单上出现的需要准备见面礼的人，姜宪没有给他准备合适的鞋袜，就送了一个扇络和一个眼镜袋。

高伏玉笑着道了谢，回礼是用礼盒装着的文房四宝。姜宪一看就知道是京城翰墨苑出品的，而且还是去年的旧款，有钱就能买得到，高伏玉在给她的见面礼上并没有花心思。姜宪因此对他不太待见，不过她给高伏玉的见面礼也只是随手指的。

之后李夫人为她引见了李谦的从哥李麟、庶弟李骥、同父异母的弟弟李驹和妹妹李冬至。

李麟是个高挑英俊的男子，笑的时候和李谦有些相似，都是那种看上去很爽朗的男子；可他的五官没有李谦周正，目光也没有李谦明亮，不如李谦那样耀眼。

李骥则长得不像李谦，也不像李长青，是个面目温和的少年，皮肤白皙，笑容腼腆，姜宪给他见面礼的时候，他小声地道谢，一副温驯无害的模样。姜宪猜他长得像他的生母。想到这里，姜宪意识到自己好像到目前为止一直没有看见李长青的这位姨娘，是没让出席这种场合还是已经病逝了？她有点后悔没有仔细打听李家的情况。

李驹长得完全像何夫人，精致的五官，如玉的肌肤，还有着少年人特有的骄纵和傲然。姜宪觉得很有趣。

李冬至和李驹一看就是兄妹俩，两个人像一个模子里印出来的，都非常漂亮，但她看姜宪的目光却有些怯怯的。

姜宪不免猜测这会不会是儿子由父亲教导，女儿由母亲教导的缘故。姜宪给李冬至准备的见面礼是一对粉色梅兰草的荷包，荷包里装着对小小的南珠珠花。东西虽小，却非常精致，不过米粒大的或白或粉的珍珠被串成了朵酒盅大小的牡丹花，叠瓣重重，映着两三片用米粒般大小的祖母绿串成的叶片，艳色逼人，珠光宝气。

这件礼物是齐夫人帮她准备的。在齐夫人看来，李家的男人好说，只要姜宪和李谦的关系不错，就不会有什么问题，可内宅的女人却不一样，虽然不用每天都见面，却时时要打交道，作为何夫人唯一的亲生女儿，又是姜宪小姑的李冬至就很重要了。姜宪知道齐夫人这是为自己好，被齐夫人耳提面授的她诺诺点头，心里却颇不以为然。看在李谦的面子上，只要是他的亲戚她都会礼让三分，可若是让她上赶着讨好，她还真做不出来。不过，等她看到李冬至之后，又想到李长青对何夫人的态度，心中不由得对李冬至多了些许的同情。

接下来引见的就是一些姻亲和通家之好了。金海涛、邵瑞等人趁机和李长青攀交情，自认是她的长辈，也不要她磕头，却主动讨着要喝媳妇茶，给见面礼。

姜宪也没有矫情，笑着给他们敬茶，收了一大堆的见面礼。

大家都乐呵呵的，气氛十分热闹，给足了李长青面子。

李长青忍不住拉着高伏玉在一旁夸道：“我之前还担心李谦不会同意娶个贵女回来，毕竟他曾跟我说什么与其娶个娘家与李家立场不同的媳妇回来，还不如找个家世一般，却能一心一意地站在李家这边，为李家说话的岳家。你看现在，我有错吗？”

高伏玉笑笑没有作声。一直在旁边服侍高伏玉的高妙华则顺着李长青的话笑道：“所以说，宗权现在还离不开您。”

"那是！"李长青望着金童玉女般的一对璧人，心里痒痒的。

李谦和姜宪正在给李奎敬茶。李奎端了茶盅之后不知道和姜宪说了句什么话，姜宪笑着回答了他几句，他越说越有兴趣，以至于手里一直端着那杯茶，连喝一口的时间都没有。姜宪和李谦只好一直站在那里听他说话。

李奎是正经的两榜进士出身，对他们这些武将向来只是面子上谦和，这还是借着郡主的名声，李家才请动了李奎做媒人、李奎的夫人做全福人。不知道郡主都和他说了些什么？李长青是个雷厉风行之人，起了这样的心思，干脆丢下高伏玉就凑了过去。

只听见李奎道："……说起来我离开京城已经快十年了，每次回京述职也都是来去匆匆，老师也忙，还是去年见过一次面。现在想想，马上是老师的四十岁寿辰，我应该送份薄礼去才是。"

李长青闻言不由得奇道："郡主认识李大人的老师？"

李奎笑着点头，对李长青的态度亲近了不少："我的老师曾经教过郡主功课。"

李长青吓了一大跳，道："郡主在宫里是由那些大儒讲筵的吗？"

姜宪点点头，道："李大人的老师是左以明，现在在行人司任职，学问不错，字写得尤其好。太皇太后原想让他教我写字的，可惜我伯父觉得他的字太过刚毅，不适合女子，加之他又要教皇上《论语》，还要修订《文献大成》，实在是没空，太皇太后就请了熊正佩教我写字。"

实际是太皇太后请了左以明教她写字，曹太后却看上了左以明的学问，让他去教赵翌《论语》。左以明哪里敢推辞，结果左支右绌，忙得不可开交。这事很快被太皇太后发现了，太皇太后气得发抖，叫了赵翌的总师傅熊正佩来强行让他教姜宪写字。两位师傅夹在其中左右为难，赵翌的《论语》没有学好，她的字也没有学好，后来她的字还是跟着孟芳苓学的。时过境迁，现在姜宪想起来只觉得有趣，突然间思念如潮，非常想念太皇太后。

李长青却被左以明、熊正佩的名字给砸蒙了，不免有些感慨。想当初，他想给李谦找个老翰林做西席，提着束脩不知道上了多少次门，最后还是出了别人十倍的银子才成，可嘉南郡主却鸿儒名士随便挑……

嘉南郡主的学问一定很好！难怪别人都要娶高门大户家的闺女做媳妇，不说别的，孩子的启蒙就不用愁了。李长青看姜宪是越来越顺眼，连带着看李谦也越来越满意了。他悄悄拍拍儿子的肩膀，低声道："你这回可让你爹脸上有光了，你以后要好好地对待嘉南才是，你要是惹了她不高兴，跑回娘家去告状，看我不打断你的腿！"

父亲如此喜欢姜宪，李谦心里欢喜得不得了，笑容抑不住地往外冒，忍不住和父亲开玩笑："那还是我对吧！如果照您的意思，我娶个侯伯之家的女儿，能有嘉南这样的气度吗？你看嘉南，叫您叫得多敞亮！"

李长青不住地点头，笑眯眯地道："那也是你媳妇会说话。"不过一杯茶的事，就和李奎攀上了交情，他这个儿媳妇不简单啊，以后生的孩子肯定也聪明。李长青呵呵地笑，两巴掌差点没把李谦给拍趴下。

之后给姜宪留下印象的就是李累父子了。这家人是李长青出了五服的亲戚，李长青没饭吃出去逃荒的时候，李累的父亲曾经给过李长青二两银子做盘缠。李长青那些年不在家，李麟的父亲去世，母亲跟人跑了，也曾在李累家生活过两年。姜宪不由得多看了李累两眼，李累比李谦矮半个头，长得清秀斯文，像个读书人。

另外一个引起姜宪注意的是马永盛。这个李谦的死忠加跟班，看上去高高胖胖白白净净，笑眯眯的，实则一肚子坏水，李谦每次进京都带着他，什么请客送礼、贿赂拉拢，没有一件事少了他的。现在的马永盛没有半点她记忆里的机灵，看见她就眯着一双细长的眼睛直喊"嫂子"。姜宪实在是烦他，随便挑了两双袜子给他做见面礼。他也不恼，笑得很是开心，忙不迭地收了。

姜宪各给了钟天逸、钟天宇兄弟俩一个钱褡裢做见面礼，钟天逸笑着喊了她一声"弟妹"，钟天宇则是朝她点了点头。

姜宪甚至见到了孙世鼎父子，她悄声对李谦道："你们还请了他们父子？"

李谦的脸皮抽了抽，道："没请他们，可他们上赶着要来送钱，我也拦不住。"说完，笑着转身和那孙济延聊了几句。

之后她又见到了那个只闻其名从未见过其人的马向远。据李谦说，马向远也是不请自来。不过没有看见杨文英，不知道是他不想凑这个热闹，还是被马向远所设计没能出席。

给那些女眷敬茶的时候，姜宪的精神已经有些不济，加之人太多，她没能记住几个，倒是认出了金媛和“前世”曾去宫中给她请过安的高妙容。

高妙容矜持地站在那里，落落大方地朝着她微笑着点了点头，姿容端丽，气质清雅，可惜她站在容颜逼人的金媛身边，美貌不免逊色了几分。

金媛见到她很高兴，竟然拉了拉她的手。

姜宪吓了一大跳，给李家的这些亲戚朋友敬过茶之后，大家移往花厅用酒筵的时候她问李谦：“金媛这是怎么了？之前那么骄傲的一个人，脸上恨不得写着生人勿近，今天却转了性似的拉了我的手，不会是你又做了什么吧？”

“我能做什么啊。”李谦笑道，看着姜宪皱着鼻子锁着眉头满脸困惑的模样，要不是顾忌着大家都注意着他们，他很想伸手捏捏她嫩嫩的小脸，“你以为我是神仙，想怎么样就怎么样啊？”

“现在当然不行，”姜宪想起这个人的霸道冷漠，不禁小声嘀咕道，“以后就难说了。”

偏偏李谦的耳朵尖得很，听了个一清二楚。被他心尖上的人如此赞誉，而且还满心的诚意，李谦从心底笑出来。他朝四周看了看，见他们的注意都不在自己身上，飞快地摸了摸姜宪的头，俯身在她耳边道：“乖，等会儿我们回新房，你想让我干什么我就干什么。”

姜宪被他摸得满脸通红，忙四处打量，发现没有人注意到他们的举止，这才长吁了口气，低低地呵斥李谦道：“你要是再敢对我无礼，我就对你不客气！”

李谦闷声地笑。姜宪挺直了脊背，目不斜视地向前走了几步，把李谦丢在了身后。李谦不敢再放肆，忙正色追了上去。

用过中午的筵席，马向远、李奎等人起身告辞。邵瑞却被金海涛留了下来，邀请他去自己的府邸住两天。

李长青笑着和他们调侃：“这可是我儿子的婚礼，你居然在我的眼皮子底下和我抢人，也太不把我放在眼里了！”

邵瑞哈哈大笑，李长青和金海涛也跟着笑起来。

邵瑞的次子邵洋睃了眼女眷们歇息的厢房，很失礼地插嘴道：“爹，您和金世叔也有些日子没见了，金世叔既然诚心相邀，您就去金世叔家里住几天呗！正好让我敬敬孝心，还免得祖母说您来了一趟太原，却什么地方都没有去。”

邵瑞知道自己的儿子这是想见金媛找的借口，随后想到金海涛口头上已经同意了这门亲事，让两个孩子见个面也没什么，遂点头同意了。

邵洋喜不自禁。

邵瑞的随从却匆匆忙忙地走了过来，行礼禀道：“大人，老夫人有要紧的事让人给您带了口讯过来。”

邵瑞微愣，歉意地对李长青等人道：“我去看看是什么事。”

众人点头，目送着邵瑞走远，和他的另一个随从碰了头，这才各自寒暄起来。

姜宪一直像个玩偶般低头含笑跟在李谦的身后，实则是这仲夏的风吹得她很是舒服，让她困得有些睁不开眼睛了，只盼着这筵席早点结束，好回屋补个觉去。

突然一声呵斥如惊雷般在姜宪耳边响起。她循声望去，就看见邵瑞铁青着脸走过来，硬邦邦地对李长青和金海涛道：“我家里出了点事，现在要赶回去，只能以后有空再来拜会李大人和金大人了。”

大家看他这样子也不好留他，说了几句客气话，李长青和金海涛一起送了邵瑞父子出门。

出了太原，邵洋很不高兴，问邵瑞：“爹，好好的您怎么又变了主意，家里到底出了什么事，怎么惹得您发这么大的火？刚才金大人都吓得有些傻眼了。”

邵瑞知道就算是跟自己这个不学无术的傻儿子说，他也未必听得懂，干脆不理，压低了声音对邵江道：“有人强行过关，你四叔和十三叔都被打伤了，带去的人也全都死了。”

“什么？”邵江的脸都白了，“怎么会这样？是谁干的？”

“不知道。”邵瑞说着，目光变得阴森起来，“据说是生面孔，可谁也没有查出他们的来历。这件事很棘手，一不小心传出去，会让关外的那些马帮联合起来，有样学样。”

邵江点头，已退去了刚才的惊慌，变得冷静起来：“爹，我先赶回去，看能不能查出些什么来，还可以安抚一下人心。”

邵瑞欣慰地点头："那你多带几个人，怕就怕是针对我们邵家。"

过关的商队十抽四，这个比例比官府的税赋高出几倍，时间长了，肯定会传出去的。朝堂上他又没有私交特别好的人，万一传到京城也是件麻烦事。

邵江快马加鞭离开。

邵瑞把主意打到了姜律的身上，但邵家和姜家向来没有什么交情，而且事到临头才求到别人家去，这话怎么说，成了一个大问题。邵瑞这才发现，他需要李长青帮着牵线搭桥，他不应该就这样离开李家，更不应该让邵江赶去榆林。邵江和李谦年纪相当，有些话可以让邵江试探试探李谦，甚至通过这件事和李家结成通家之好……想到这里，他不由得瞥了次子邵洋一眼，如果这个孩子争气一点，能帮得上他的忙就好了。可惜，这孩子太不成器了，别说帮忙，不给他拖后腿他就谢天谢地了。

他大喝一声："我们回太原！"

随从都面露不解。邵瑞懒得解释，策马转头重新往太原去。

位于山西总兵府后的李家在连着摆了好几天流水席，大宴宾客之后，终于有了片刻的安宁。东跨院东边的花园里正在唱戏，姜宪和李谦则回到新房，暂且歇息，一会儿他们还要去参加晚上的家宴。

姜宪卸下头饰就躺在了床上，手指头都不想动一下。

李谦却觉得自己像喝了鹿血似的，热血沸腾，全身有使不完的劲，亲自去倒了杯温水，半搂着姜宪喂她喝水："喝了水，休息一会儿，等晚上的家宴完了就好了。"明天家里就要开始拆喜棚、撤灶，喜宴就到此为止了。

姜宪无力地点了点头，道："我明天要狠狠地睡一觉。"

李谦望着她溺爱地笑，轻轻地帮她揉鬓角，温声道："闭上眼睛，快睡吧，我等会儿叫你。"

姜宪从来没有一下子应酬这么多的人过，她的确累了，李谦揉得又那么舒服，她闭上眼睛就不想睁开了。

"你不睡一觉吗？"她迷迷糊糊地问李谦。

李谦在她耳边轻声地笑："我不累，你快睡吧。别说话了，不然没等你睡着，又到了晚膳的时候……"住得近的亲戚今天都要回家，所以今天的晚膳比平时要早一点。

姜宪嗯了一声，很快就进入了梦乡。李谦见她睡得毫无防备，不由得失笑，可笑过了，心中却是一软，保宁对他得多信任，才能这样说睡就睡。正如他爹所说，他要对保宁好点才是，保宁为他背井离乡，孤零零一个人来到山西，谁也不认识……

李谦想着，怜惜之心顿起，忍不住把唇贴到了姜宪的面颊上。姜宪的面颊滑溜溜的，温温的，总让他想起新剥的鸡蛋，真想咬一口。李谦念头刚起，身就快于心地一口咬在了姜宪的脸上。

睡梦中的姜宪感觉到有什么东西贴着她的脸，很是炙热，让她觉得不舒服。她嘤咛了一声，不悦地摇头，想把面颊上的东西惊走。李谦被姜宪的动作惊醒，怵然而又及时地停住，可舌尖却不可避免地从姜宪的面颊滑过。姜宪皱着眉头嗯了一声，转过身去，脸埋在李谦腹部，只露出个纤细白皙的脖颈。

李谦顿时面色通红，他发现自己全身的血液朝身下涌去……姜宪顿时如同一个烫手的山芋，他觉得自己应该立刻起身，却又不能起身——如果他这个时候站了起来，姜宪岂不是会被惊醒？他在心里暗暗说服着自己，任由身体里的血液如脱缰的野马般恣意奔腾着……

直到七姑悄声走了进来，低声地道："大爷，您要不要歇一会儿？"

李谦既恼火又庆幸，说话的声音就不由得带上了几分凌厉："这里不用你们服侍了，你们也去歇一会儿，等会儿还要陪着郡主去参加晚上的宴席。"

七姑并没有看出什么异样，她以为李谦只是舍不得放开姜宪。七姑抿了嘴笑，又轻手轻脚地退了下去。

李谦深深地吸了口气，身体的热意良久才慢慢散去。

姜宪对这些全然不知，她舒舒服服地睡了一个好觉，被李谦唤醒的时候不过迷糊了片刻就坐了起来。

李谦忙扶住她："你小心点，起得这么猛做什么？小心头晕。"他在宫里当值的时候，曾经偷窥过姜宪，知道她刚刚醒的时候身边服侍的人都是先用温热的帕子帮她擦脸，让她清醒一会儿后，才慢慢托着她的后背服侍她起床的，而且起床之后的第一件事就是喂她喝几口温水。

李谦照着自己知道的喂了温水给姜宪喝。重新回到自己的生活轨道上，这让姜宪备觉舒畅。她笑着换了大红色地锦暗纹的杭绸比甲、蓝绿色四合如意纹襕边马面裙，又换了金镶玉石榴花挑心，点翠大花，才和李谦去了晚宴的花厅。

金媛上前亲热地拉了姜宪的手，对李谦道:“李大哥，我会陪着郡主的，你就放心去应酬我哥他们好了。”

李谦笑着说了声“有劳”，捏了捏姜宪的手，暗中询问她的意思。

姜宪笑着朝李谦点了点头。李谦还是不放心，低声叮嘱了七姑几句，才去了东边敞厅。

东边的敞厅坐着来喝喜酒的男客，西边坐着女客。男客那边是敞开的，女客这边却立着个十二扇的屏风，让进来的人看不清楚西敞间的情景，却能一眼就看见东敞间的情景。姜宪此时正站在屏风的入口，望着李谦往东边去，她一眼就看见了午膳后刚刚离开李家的邵瑞。

他怎么又跑回来了？姜宪不解地想着，却也没有放在心上。曾经没有她的帮忙，李谦一样赢了邵家和金家，她就别在这里指手画脚地阻碍李谦了。她笑着和金媛进了西敞间。

很快，管事的婆子进来禀告何夫人，要开始上菜了。何夫人笑着招呼众人坐下。大家嘻嘻地笑，对何夫人还是颇为尊重的，可见何夫人只是在家里有些受气。姜宪坐在何夫人下首的一桌，金媛、高妙容、李冬至陪着她。何夫人说了几句客气话，就开始上菜。

金媛低声向姜宪介绍着菜品，高妙容则含笑看着她们，目光十分温和，温和到带着些许宽厚的味道，像长辈善意地看不懂事的晚辈一样。这让姜宪觉得很不舒服，她几不可见地蹙了蹙眉。

倒是李冬至，一如既往地胆小怯弱，正襟危坐在桌前由着身边服侍的仆妇布菜，一双眼睛不时地打量着姜宪，让姜宪想发火都没办法发火，颇有些哭笑不得。

好不容易用完了晚膳，大家纷纷告辞。姜宪跟在何夫人身后，和何夫人一起送客。一开始何夫人还有些不安，劝姜宪先回去歇息，说这里有她就行了。

姜宪怎么会做这样有损她声誉的事，索性做出副恭敬的样子跟在何夫人身后。何夫人只好同意，可目光却不时地落在她身上，仿佛要确定她是否高兴一样。

何夫人对她也太小心翼翼了些，看来李家也是挺有趣的。

家里的姻亲和通家之好全都被送走了，包括金媛，可高妙容却没有离开。

何夫人看到姜宪眼中的困惑，忙道："高小姐是伏玉先生的侄女，向来都随着伏玉先生住在李家的。"

姜宪笑着点了点头，没有说什么。

高妙容却笑道："以后恐怕会常常打扰郡主，还请郡主不要嫌弃我话多才好。"

姜宪笑道："高小姐太客气了，我初来乍到，也盼着能多认识几个人。"她话说得漂亮，实则却是一个邀请都没有给高妙容。

高妙容脸色微变。

何夫人却什么也没有听出来，闻言笑道："就是，就是，以后大家一个屋檐下住着，就像一家人一样。我看郡主也是个温顺的性子，妙容就更不要说了，谁不夸她一声温良谦逊，你们以后要像好姐妹一样相处才是。"

高妙容笑着应是，果然一副恭良的样子。

姜宪却只是微微地笑，她不太喜欢高妙容。

一行人回到花厅，东敞间的客人也散了，花厅冷冷清清的，几个仆妇正在收拾满桌的狼藉。

何夫人还要指挥仆妇们清点器皿，盘查破损，一时走不了，只得打发身边的嬷嬷抱走李冬至。

姜宪早就盼着能回去洗个澡早点休息，加之她并不准备和何夫人争权，把主持中馈这吃力不讨好的事情拿到手中，因而也没有和何夫人客气。她笑着对何夫人表示，自己刚刚嫁过来，这些事都不懂，就不在这掺和这些事了。问清李谦的行踪，知道他被李长青叫去了外院的书房，她更是无意多留，带着七姑等近身服侍的人起身告辞，准备回东跨院去。

何夫人不仅没有生气，反而笑着催促姜宪早点回去休息："我是过来人，成亲是件再累人不过的事了，我当时恨不得这日子能跳过去。你快点回去休息吧，大爷若是差了人来问，我会知会他一声的。"

姜宪笑着道了谢，由七姑几个簇拥着出了花厅。只是她刚刚出了花厅，就听见何夫人对高妙容温声道："你今天也早点回去歇了吧，大爷成亲，我又是个不顶用的，还要你帮着操持，如今不过只剩了些清点东西的活儿，你就不用继续在这里陪着我了。万一要是把你给累着了，我这心里怎能过意得去？"

"没事。"高妙容笑着安慰何夫人，"这些都是小事，我不累。倒是夫人，我看您这几天心事重重的，是李大人又做了什么事惹您不高兴吗？您看，都有黑眼圈了。"

"真的吗？"何夫人说着，恨不得马上找面镜子来看看。

高妙容笑道："等忙过这一阵子，我再给您调种新的香膏，保证您的黑眼圈一下子就没了。"

"那敢情好。"何夫人高兴地道，随即又感叹，"你这样聪颖贤淑，也不知道谁家的儿郎有这福气娶了你去！"

"夫人又打趣我。"高妙容笑道，"我这算什么贤淑，您这是和我相处的时间久了，偏爱我罢了。"

姜宪微微一笑，离开了花厅。

那边姜律已派了人来："明天辰正回门，郡主不要忘了。"

"我知道了！"姜宪笑着让人赏了小厮几两碎银子。

这时李谦回来了，他挑着眉角，神采飞扬，满脸得意。

李谦一边高声叫着"嘉南"，一边道："我回来了！"

姜宪低低地笑道："可是遇到了什么好事？我看你的眼睛都要长到头顶上去了，我坐在这里你也没看见。"

"我不是没看见，"李谦嘻嘻地笑，露出一口白牙，更显英气逼人，"我这不是回来了，要和你打声招呼吗？"

"有你这样打招呼的吗？"姜宪压根不信。

"这你就不知道了！"李谦笑道，"有一年我被我爹丢在军营里跟那些将士一起操练，直到快过年了，我爹才派了纳福接我回家。当时下着大雪，走到半路，大雪封路，实在是不能走了，我们就找了户人家歇脚。给我开门的是个满头白发的老妪，说家里只有她和老伴两个人，老伴会打猎，每年冬天都要去山上打野兔和野鸡。我们喝着热茶的时候那老头回来了，就是这么喊那老妪的。"他说着，不知道想到了什么，目光微凝，突然上前抱住姜宪，低声道，“保宁，我也想和你这样过一辈子，一辈子衣食无忧，一辈子护你周全，就是老了，头发花白了，子女都不在身边了，我们也一直在一起……”

姜宪想象着大雪封山的小木屋，等待着老伴回来的白发老妪，为老伴打猎的老头，还有像李谦那样欢喜地高叫……她的心顿时软软的，手不由自主地回抱住李谦，轻轻地应了声“好”。

李谦眼角发红，紧紧地抱着姜宪，恨不得把她嵌到自己的身体里，成为自己身体的一部分，恨不得时光就这样一下子溜走，让他和姜宪就这样紧拥着变老。

“保宁。”他轻唤着姜宪的乳名，唇不由得落在了姜宪的鬓角、脸颊、唇角。

姜宪当然知道他要干什么，她以为自己会落落大方地与李谦缠绵。可事实上，李谦不过是情难自已地亲到了她的唇边，她就已经紧张慌乱得瑟瑟发抖，脑子里糊得像泥浆，根本不知道该干什么好了。

李谦却是一愣，怀里的小姑娘，像只受了惊吓的猫，抖个不停，却又故作镇定地不躲不闪。保宁是在害怕吧？他曾经答应过她的家人，不会对她逾礼，可现在他却朝着相反的方向一路狂奔，而她的小姑娘还像从前那样一如既往地包容着他，纵容着他。

“是我不好！”他及时地停下来，温暖的唇停留在她的嘴角，“你别害怕，我就是想抱抱你。”他的声音轻柔而又坚定，“我不会做更过分的事的。”

姜宪脸红红的，觉得自己这个时候说什么好像都不合适，索性低了头不作声。

李谦果然守诺地只是安静地抱着她，只是抱的时间有点长。直到掌灯时分，家中的仆妇拿着绑了铁叉的木棍把屋檐上的灯笼叉下来，点上蜡烛，重新挂上去，照亮了屋檐下的青石台阶，李谦才把她放开，温柔地道：“我刚才回屋的时候听到有人告诉你大舅兄提醒你明天辰正回门，那我们明天卯初就要起床。今天你也累了一天了，我让小丫鬟打热水进来给你泡泡脚好不好？等会儿你就能睡个好觉了。”

他不说，姜宪还感觉不到身体的疲惫，他这么一说，姜宪全身都叫嚣着疲惫。她点点头，低低地道了声“多谢”。

李谦听了却正色道："我们以后是一家人了，不用这么客气。"

她扑哧笑道："谁跟你客气了！"

李谦看她高兴起来，也跟着高兴起来，身上有着使不完的劲，索性弯腰把她打横抱了起来，道："那好，我们去泡脚去！"

姜宪猝不及防，哎呀一声，忙搂紧了李谦的脖子，见他又开始胡来，嗔道："你快点把我放下来！"

李谦置若罔闻，径直把她抱到内室临窗的太师椅上，笑道："别动，我叫丫鬟打热水进来。"说完，便喊坠儿进来服侍。

姜宪自然也就不好和李谦说什么了，可当她的脚泡在热水里，白生生的小脚连脚背上的青筋都看得一清二楚时，李谦到底还是没能忍住，把坠儿等人遣下去，竟然蹲下去要给姜宪洗脚。

姜宪抬起脚朝着他虚甩了几下，水珠顺着她的脚背落在李谦身上，她红着脸威胁："再敢胡来，小心我甩你脸上！"

李谦嘻嘻地笑，捉住了姜宪那只脚。

姜宪抬起另一只脚就踹在了他的肩膀上，李谦没有防备，一下子坐在了地上。

姜宪哈哈大笑，趁机趿着鞋子就往床上跑。

李谦爬起来就追了过去："我给你洗脚，你居然踹我。"

"活该！"姜宪笑着爬到床角，把被子一股脑地堆到自己的面前，想挡着李谦，"谁让你不老实的。"

"我怎么不老实了？"李谦扑了过去，"我做什么了，你就说我不老实？"他腿长手也长，伸手就推开姜宪面前的被子。

姜宪笑着跑到了床的另一角，道："你给我老实点！我要睡觉了！"

"咱们先把这件事说清楚了再说别的。"李谦不依，翻身去捉姜宪。

两个人像孩子似的嬉闹着，把床上弄得乱七八糟……最后还是李谦看姜宪笑得都有点带喘，生怕她岔了气，主动认输，两个人这才消停下来，东倒西歪地仰躺在床上喘着气。

姜宪忍不住又笑了起来，记忆中她所有的笑声加起来也没有今天的多。她不禁翻了个身，双肘支身趴在李谦的身边问他："你今天怎么这么高兴？"

李谦想了想，没有瞒姜宪，笑着把自己和金宵联手之事告诉了姜宪，并悄声对她道："我让云林领头，原本只是想让他试试手，没想到他比我预料得还厉害，不仅强行穿过了榆林关，而且还黑吃黑，把邵家一批从江南弄来的上等龙井给吞了。邵家的损失先不论，这件事要是传了出去，邵家丢了颜面不说，还会让道上的人有样学样，也想法子强行通关，这才是对邵家真正的打击。等于是他们这几年的努力浪费了一大半，需要重新在道上立威，以后邵家可有事干了。"

姜宪看李谦一副幸灾乐祸的样子，忍不住低声地笑，问起金媛来："她突然对我这么热情，难道是因为你的缘故她觉得不用嫁给邵洋了？"

"应该是吧。"李谦摸了摸鼻子，也不是很确定，"毕竟她的婚事八字还没有一撇呢，如果能把她嫁出去，估计她对你更感激。"

"感激倒不必了，"姜宪想到自己的遭遇，颇有些感慨地道，"你别乱点鸳鸯谱才是，别弄得大家连朋友都做不成。"金媛是联姻的好人选，她理智上能接受，情感上却没办法认同，这也许是她不如曹太后的主要原因，她也不希望李谦变成那样的人。

"我知道啦！"李谦笑着，捧着她的脸突然啪地亲了一口，"我是要和金宵结盟，又不是要和他结怨，怎么会怂恿金宵随随便便地把金媛嫁了呢！"说完，他又在那边自言自语道，"我真没有想到云林还有这本事，以前就是觉得他听话，不管吩咐他什么事都能不声不响地办好，可见我还是有些轻瞧了他。我准备让他再办几件事，要是他都能不出什么纰漏，我就把他调回来做家里的护卫长，让他以后守护你的安全，这样我就能全心全意地忙外面的事了。现在是五月，再过几天就是出盐的日子，我准备去趟四川，你一个在家里，我不放心……"

他絮絮叨叨的，姜宪完全没有听清楚，她的脑海里一直回荡着李谦那句"要是他都能不出什么纰漏的话，我就把他调回来做家里的护卫长，让他以后守护你的安全，这样我就能全心全意的忙外面的事了"。

以前，云林是居庸关总兵，居庸关离京城快马加鞭半天可到，对京城防卫来说，十分重要。

那时李谦使尽了各种手段，最后甚至拿出山西巡抚这个职位和她、和姜家讲条件，大伯父见实在没有办法阻止云林任居庸关总兵，这才勉强答应的。李谦还给自己分析，说云林是帅将，有勇有谋，战功显赫，以他在李家军的地位和资历，把他推出来争夺这个职位，是为了增加赢的筹码。居庸关虽然很重要，却不在九边重镇之列，不能佩将军印，云林不会在这个职位上坐很久，否则他用人不公，会在李家军内部产生矛盾和罅隙。

她当时相信了，而且那个时候李谦正在和鞑子打仗，把云林这样的猛将放在居庸关养老，也太浪费了。不要说精明如李谦了，就是她，也不可能做这样的决定。可事情却出乎她和姜律的预料，云林不仅安安静静、老老实实地待在居庸关，而且一待就是五年，直到她被赵玺毒杀。

开始的时候，她和姜律非常不解，还曾调查过云林和李谦的关系，猜测是不是云林哪里得罪了李谦，能不能想办法把云林拉到姜家这边——姜家能用的人越来越少，如果云林愿意，甚至可以给他个宣府总兵或是大同总兵的职位。调查的结果再次出乎她和姜律的预料，云林在李谦那里不仅没有失宠，反而自他担任居庸关总兵之后，不仅不时往返于居庸关和西府之间，李谦连一些私事也会交给他打点。在李谦那里，他的地位不仅稳固，而且还隐隐有第一腹臣的味道。

从前的往事在姜宪的心里一掠而过，她陡然间想起一件事来。

有一次李谦进京述职，曹宣在家里设宴款待李谦。白愫和蔡霖为了纳妾之事大吵一架，气不过跑回了娘家，蔡霖就把白愫晾在了那里，两三个月都没有去接白愫。蔡家的长辈怎么劝他也不听，没有办法，蔡家的长辈只好亲自去接，可就算是这样，白愫也一样脸上无光。正巧白愫的婆婆、晋安侯老夫人得了风寒，姜宪就借着这个机会去晋安侯府探病。这种情况之下，晋安侯不可能没有主持中馈的宗妇接待姜宪，蔡霖才别别扭扭地把白愫接了回来。结果白愫回到家里才知道，在她不在时，蔡霖已经把自己相中的那个落地秀才的女儿抬进了门，并且怀了身孕，蔡家的长辈知道之后不允许这个孩子生下来，于是，一碗汤药下去，一尸两命，尸体被卷在草席里丢在了乱坟岗上。

最后，蔡霖却像没事的人似的把白愫接回了家，让她彻底死了心。

姜宪见到白愫，白愫忍不住对她说了这件事，她的心情糟糕透了。听说李谦在曹宣家里吃吃喝喝，还叫伶人在家里唱堂会，顿时气得不得了，走到半路上鬼使神差地转道去了承恩公府，没让人通报就直接闯到他们喝酒的花厅。

看到满屋的莺歌燕舞，她全无风度地乱发了一通脾气，把李谦和曹宣都狠狠地训了一顿……两个人就那样垂手恭立听着她教训。

她的气终于消了一点，旋风般出了门。谁知道出门后却听见那个讨厌的马永盛在和云林说话："你们就这样忍着？还好我没有被派去居庸关，说实在的，你真不准备回西安了？这多可惜啊，你正值壮年呢！"

她一眼瞥过去的时候，马永盛虽然住了嘴，可那表情说有多委屈就有多委屈，好像她欺负了他似的。她的火气噌地又冒了出来，随手揪下身边大太监头上戴着的乌纱描金曲角帽就朝他的脸上砸去……

如今仔细想来，云林驻守居庸关，难道是奉了李谦之命来保护她的？她越想越觉得有这种可能，越想那些她从前不敢想的念头就越在她的脑海里挥之不去。

姜宪翻身坐了起来，推着已经熟睡的李谦的肩膀："你起来，我有话问你！"